春晚

喜宏◎著

春晚

作家出版社

▼ 本小说为虚构作品，若与现实雷同，

▼ 纯属偶然，（以下为乱码）娱濄濄

▼ 戣，齪迚酢。麄啾蘁麄蘁娱濄濄

▼ 戣齪迚弥冇弦悥濄戣齪迚……

▼ **春晚文件夹**

▼ 春晚倒计时第60天文件夹 19：03

▼ 莞儿一大台文件.txt

莞儿提着二手电脑，夹着一手子宫，气喘吁吁跑出地铁口的时候，肖门神正怀着恶意在广厦B座前和光头梁子微笑PK。

迎面扑来都是雪!

莞儿抽了抽小鼻头不禁打了个寒战。空气寒湿而又新鲜。她把小粉花素色围巾又裹了一圈。那颗柔软而又新鲜的子宫小小地抽搐了一下，往温暖的盆腔深处躲了躲。莞儿不觉揉了揉肚子。她有点后悔穿了双旧靴子。靴子茸乎乎的白毛翻边虽然好可爱，但靴底磨平了容易滑跤。人摔了没得事，拍拍屁股走路，电脑和速录机摔了，回去不好向老板说起。两千块钱押金呢!

莞儿站着不动，后面的人却拥了出来。温润而污浊的地铁气味漫过人们头顶。莞儿又抽了抽鼻子。不少人也和她一样望天望地。有人细声嘀咕一句：“靠！又下雪！”人们的身后又传来车厢抽搐着开门的“哧哧”声。莞儿的耳后刮来再熟悉不过的广播：“……各位乘客请注意，现在正是乘坐高峰期。请您配合我们维护通行秩序，迅速上下……列车门即将关闭，请注意安全……”

莞儿歪头看天。她总觉得这段话儿有些不对劲。可哪儿不对劲，一时也想不过来。这当儿，后面又有人大声嚷嚷：“走啊！走啊！下雪还不过啦！”伴着一股肉夹馍的烂蒜味，有人搡了一把，莞儿就一脚踏进雪地里。

夜幕黑得深沉。西风斜走，飞雪如蝶。黑车见白，白车见肿。一片纯净又湿漉漉的雪味儿弥漫在夜灯下。又有几辆警车无言踏在白茫茫雪地里，红蓝警灯使劲儿闪烁。莞儿踩着红蓝闪光打眼一瞟，却瞧见还有几个便衣人物桩子也似的钉在路口，都清一色黑衣平头青头皮，面色刚毅，肩头堆白，寒风中纹丝不动。莞儿替他们感到肉冷。

又要过大佬了？

莞儿回望了一下，果然主道有半边清空。更多的交警挥舞着亮闪闪的指挥棒，红蓝光影映雪而动。蓦然，伴随着一串低沉的车鸣，一溜快进镜头般的车影，飞驰而过。莞儿看得发呆，一不留神，左靴一滑，四仰八叉正要摔个屁股蹲儿，却情急神来，拿出小时候溜索的功夫，鹤飞一跃，借个势，竟站住了。就见旁边一黑衣小伙儿“扑哧”一笑，清水鼻涕甩出几滴。莞儿不禁嫣然一笑，莞儿认识“嫣然”这两个字，莞儿知道自己“嫣然”笑起来很是好看。嫣然着站稳后，莞儿便顺手掏出半包纸巾，往那个红鼻子青头皮小伙面前一杵。

不料，他并排站着的同伴却突然抬臂出掌，抢先拦住莞儿，凛凛然喷出一口食堂大锅饭的葱味：“对不起，同志，我们正在执行公务，请您理解，迅速离开！”说完，这个便衣还瞪了鼻涕小伙一眼，把鼻涕小伙瞪得满脸羞红，眼光斜移。莞儿气得收了纸巾，心想大佬走都走了，你们不该撤吗？还装啥子嘛！也瞪了那便衣一眼，却见他又抬起手臂做了两个OK的手势——许是向街对面什么人发信号吧——便噔噔噔头也不回地向大台走去。

大台的大门极其朴素，不事张扬。门口的铭牌，敦实厚重。一整块老辣子红的大理石，勒着“北电集团”内敛又苍劲的金字。仿佛是映衬这几个金字的分量，门卫正装肃立，不苟言笑。在大门两侧，又散开几个制服或便衣，形成一个格局。不远处，几辆无牌黑色闷厢车停在松树林中，车头已然堆白，顶灯却没有闪亮；有两只穿黑衣的大犬，悄无声息地趴在树根旁。

莞儿是速记公司速记员，常来大台速记扒词。门卫自是见惯的，警察不常见却也见过，但是今天这个格局，却有点稀罕。今天有什么事？看来进台麻烦了，大雪天地等起，不晓得要等到啥子时候。莞儿不觉跺跺脚，引得几个便衣朝她的黑包探望。莞儿这才注意到这几个便衣看上去有点土，气质上又远不如刚才那一对身板笔挺的便衣执勤战士。这些土便衣虽也是身着统一便服，却高矮不等，老的像大叔，小的像小工，皮色都发糙，眼囊旁印着两个红印印，一看就知道是从常刮大风的外县来的。又都绷紧面皮，有一种共一个组织的通用神情。莞儿想要是他们流鼻涕本姑娘才懒得递纸巾呢！他们聚在大台门口干啥子？

莞儿忙抽出手机给公司调度打电话。

“小刘姐，我到台门口了！”

调度小刘是个肉乎乎的本地女孩，和有残疾的老板走得近，所以不用在外颠儿颠儿干活。“哟！莞儿呀！我忘了告诉你，春晚组不在台里——你瞧台后面三栋大楼——那是广厦，广电大厦，他们在B座，你就直奔那儿去得了！”

莞儿小小一喜：“那不用在台门口等人办手续啦？”

“不用不用。春晚组来来往往尽是人尽是事，进出太费劲儿，他们历来都在B座办公，你赶紧过去吧，啊——”

莞儿赶紧转身，不由自主往松树林那边一瞥，发现一只黑犬居然直勾勾地望着自己。她不觉压低声音道：“我这就去——对了，小刘姐，今天什么日子？台门口尽是便衣，还有狗呢，怪吓人的！”

“今儿个是‘12·4’呀！就是普法宣传日，每到这一天，那上访喊冤的，给法制节目递材料的，特别多。自然也有截访——嗨，这都不关你的事，可别叫人截了去！快干你的活儿吧！”

“好嘞！”

莞儿夹着腚仓仓皇皇溜着那伙便衣的边儿走过。一抬头，前边法制节目接待窗口边的人行道上果然聚拢着另一伙人物，约摸着有二十几个人，蹲着的，站着的，跪着的，都有。他们各顾各的，互不搭腔。有的举着大纸，上面粗字拉杂地写着什么言语；有的胸前背后都挂着纸牌子，牌子上糊旧报纸，标题清晰而照片模糊；还有个老哥，举着标语不说，头上还扎着一条脏兮兮的白布，白布上的字有红有黑混成一片，他神情悲怆地大声演说，可别的人也并不朝他看。莞儿是一句也听不懂，只觉得他方言古怪，又掺着一股腔子里冒出来的地沟油味。又有一个女的，莞儿弄不清是姐是姨，灰头土脸目光呆滞，怀里却抱着个闭眼睡觉的脏小孩。有一个女便衣弯腰上前给小孩盖了条毛毯，那个当妈的既不感谢也不拒绝，一脸漠然，动都没动。

莞儿虽然走南闯北见多识广，这样的阵仗却是头一次见到，不觉越走脚下越慌张，眼睛并不敢细看。这么多人聚拢来，莫不是要搞啥子事儿？为啥子也不见人来管起？脚下又一滑，她赶紧扶着树干站稳。抬头一看，却见几百号人乌乌泱泱聚在侧门。莞儿想糟了，要出大事了！

定睛看时，却见他们手里都拿着票，又都九曲八弯地排着世博风格的长队，想来他们是盼着进台看节目的观众。果然就看见两个面熟的副导演在吆喝指挥。忽又听见大车鸣笛，一回头见两辆大巴熟门熟路地停下。门开处，先一个黑袜美腿，再一个小旗晃了出来——原来是导游，便见她引导着游客穿过便道上的各种人群，直奔大台门口嘻哈照相。女导游小嗓清脆："大家注意啦——该看才看，都别乱窜！抓紧照相，有话上车再扯淡！"莞儿笑了，不觉肚子咕咕叫起来。又抬头时，却见三座大厦巍然在前。雪夜之中，大厦更显灯火辉煌。尤其是中间那座，高悬一个镶灯结彩的硕大"春"字。想来那便是"春晚"节目组的所在了。

▼ 肖门神—梁子—蔓姐文件.txt

莞儿夹腚仓皇走向广厦B座的时候，肖门神依然不屈不挠地挡在梁子的大奔前，而梁子的忍耐也已经到了极限，他决意来个绝地反击——光头一探，任冰凉的雪花撒在油腻腻的头皮上，粗短胳膊一挥，车门在身后"嘭"地一响，便破口大骂：

"你丫什么东西！大爷我在这三栋楼里来来回回这么多年了，也没见过你这么个屎不冷坑的——你丫凭什么挡我道！你丫拿个文件来，大爷我立马让道！你丫要是拿不出来个道道，看你大爷我今天怎么玩你！"

肖门神悄悄舔舔两颗上火烂牙，笑脸不改，却并不让道。

"既然你也是台里的，就该知道，三天前B座已经全交给春晚组了——包括这门前的车位。要平时，又下雪，我可以通融——现在不行，今晚开会！主创都过来，门口车位我还不够呢！"

"那我的房间还在楼上哪！怎么没人告我哪——我不管，大爷我就把车撂这儿了！除非你把文件拿来给我看！"

肖门神心里有底——这家伙不像是台里正经上证的。但凡台里正式胸前挂牌的，要么是开新车好车，要么是大众系列——那是台里统一给节目组租配的。像他这样整个二手大奔，还是不带预热屁垫的老款，一看就知道是"装"。装台里也行，你倒是别这么横呀，装得倒比正式的还横，笑话！肖门神抖一抖肩，正正身披的警蓝大衣，冷笑一声：

"这位老师，我该说的都说了，你要是再不走，我就打电话给保卫处了。保卫处怎么处理——你既是吃台里饭的，总该知道吧！”说着把手往警蓝大衣兜里一插——这件大衣是保卫处发给节目组值夜班用的。

梁子觉得有点下不来台，好在下雪没有人围观。一股小冷风从车底下旋出来直扑两腿——梁子为了娱乐方便或方便娱乐从来不穿内裤——突然间就觉得那坨肉肉小动物也似的抽缩成一团。靠！关键时刻它也不给力！梁子心里骂了一句，脸上却挂不住，虚空空地嚷嚷:“你别跟我玩这个！大爷我是吃吓长大的呀！……”

“哟！这不是梁子吗！”脆生生一个女人声音穿耳而来。梁子一回头，只见一辆黑乌乌的帕萨特斜在他的大奔后面，那车虽是黑不溜秋灰不溜秋，车窗前却随意搁着几张车证，既有进台证，也有军证、警证，更有政要机关的枣红特证。门开处一个肥实肉厚的女人探出身来。大花烫头，明星派大墨镜，很是眼熟——又不像是圈里的明星，紫唇笑开处终归有些江湖气息。

“你这小子！把你蔓姐忘了！”梁子正发呆时，一只花皮手套已经轻慢地拍上了他的光头，“别心里只惦记着漂亮美眉——把你蔓姐忘了！去年做笑林大赛，劳大仙手下的王导病了，不是蔓姐我开车把你接到台里救场的吗！”

梁子这就想起来，确是蔓姐。说起来在江湖上飘了大几年了，也自称导演，头也剃光了，墨镜也戴了，不管天热天寒都展开一双欧版高鞡哑光皮靴，甚至也备了个全铝运动水壶，可就是没多少正经活儿——那水壶没小催班捧着，还得自己拎着（有时拎烦了也别在裤腰带上）。就是蔓姐，就是这辆帕萨特，风驰电掣地，找到他，急吼吼拽上他，又风驰电掣地直闯台大门，停都不停，直奔演播厅——梁子这才进入笑林大赛，进入电视文艺圈。虽然是帮人排练小段子的副导演，却见了真场面，也从此在心里有个“梁导”的定位。笑林大赛之后，赶紧印名片，又一咬牙，连借带骗，整了个二手大奔武装自己——倒也是，有了大奔之后，活儿渐多，价码也抬了起来。一忙活，倒把蔓姐忘了！

“蔓姐，这……我这一阵挺忙，也没顾上看望您老人家——”一见知根知底的人冒了出来，梁子就像是轮胎撒了气，一下软了几截。

“废什么话！去！蔓姐我哪儿老了！”蔓姐又随手搡了他一把，嗔怪一声，又“扑哧”一笑，满头大鬈烫发花枝乱颤，“你别往心里去——你不欠我人情！当年你是给我救场……咦！肖主任，你这是和梁子聊天哪？”

肖门神刚要解释几句，蔓姐的电话响了。

蔓姐飞过一个眼色，拔出电话就聊上了。但肖门神已然松了口气，有蔓姐在，没有她蹚不平的事儿。刚才的僵局，并不是肖门神心仪的愿景。本来事儿不大，一般情况下，台里的编导职工都能通情达理，主动配合。毕竟台里下过一个文，说是要举全台之力办好这届很难办的“春晚”。没想到碰上这么个又装又愣混不吝的主儿，肖门神这才把保卫处搬出来。实际上他并不想惊动保卫处。毕竟他这个大家随口瞎叫的“主任”也是个虚的。“制片”不带“人”，那就不是人。真正的制片主任老郭头高高在上，收拾起手下来，也从来不软。

“蔓姐，没什么，这位梁导要在门口停车，我正在劝他呢。”趁蔓姐放下手机，肖门神赶紧打招呼。他知道她的电话多。

“嘿！梁子！你可别不把肖主任当领导——这地儿归他管！台长车来了，也听他调遣！你瞧那边后门——”蔓姐甩手虚虚一指，头却不回望——她头发已然开始稀疏，由烫小花，到“自来卷”，再到烫大花，都是为了头上维稳。因此她总是正面示人，忌讳亮后脑勺。“后门那儿有空地儿！在那儿停，直接进电梯！冻不了你的肥屁股！”

“姐，那可是货车、货梯！走垃圾包的！”

“嗨！我说梁导演，有道是，明晃晃的大舞台，黑黢黢的上场口！你目的不是停车进大楼吗，管他什么梯呢！再说了，这个点了，什么货车都没有，地方又宽敞！你非要挤在这儿，一会儿开会，来个把女新手，把你的大奔剐了蹭了你找谁去？！”这当儿，蔓姐的另一部手机响了，她脸朝着梁子，却和电话里的人打情骂俏，“我说大李，你装孙子也别跟你蔓姐装，这分就得铲了！实话告诉你，车主是我们组的魏导演……嗨，他从香港过来的，方向是拧巴的能不手潮吗！办了，啊！姐请你洗脚！”——蔓姐利索地把电话一收，斜眼盯着梁子，“要不，姐陪你一块过去？”

“那倒不用……这……”

梁子斜了肖门神一眼，有点要走的意思，却又不挪窝。

“梁导，谢谢合作！今天确实车多——下次你早点打招呼，我给你梁导留位！”肖门神不失时机地点头微笑。

蔓姐一手勾住梁子的脖子，一手拉开车门，亲密无间地细语道：“梁子，算你给姐面子——下次有戏姐还找你——你可别得罪这个老肖，他有个外号叫肖门神——专给言大导把门的！你明白了吧！”

梁子肉蛋蛋叫皮椅凉得一惊——刚才为了省油，是熄了火下车的——靠，别叫这肖门神给盯上。“谢姐了！”一点火，一开灯，两道粗光正直射在肖门神脸上，肖门神却面不改色，依然微笑，还挥手送行。梁子装作没看见，回头倒车，一踩油门，那黑大奔便“嗯突嗯突”喘着气，抖了两抖，向后爬行而去。

“什么破车！怕是农夫车装了个山寨壳子！”肖门神用力朝地上吐口唾沫。微笑像频道切换一样，一眨眼就没了。烂槽牙又隐痛起来。医生说过，他常年微笑，引发笑肌位移并格式化，导致智齿发育不良——医生的话他没大明白，只知道笑口常开牙就不痛。

“可别跟这小子一般见识，他就浑球小混混一个！”蔓姐从车里拔出包烟塞到肖门神大口袋里。肖门神笑口一咧，直觉得两颗烂牙后面淌出水来——那牙立马不痛了。“照说该我谢你，蔓姐——要不是你解围，这小子——”

“别提他了！咱们谁跟谁呀——哎，门神，今儿个大雪天还把大家都拘了来，什么大事呀？”

“60天了！60天，掐着指头算算！几个大节目还没定！大导还稳得住，可昨天茅台亲自打电话来问，台里倒是有些急了！”

“哟！那我赶紧上去了！别问到我那摊子事叫大导挑出个娄子！”蔓姐又热情地拍拍肖门神的肩膀。

“谢啦！”一见蔓姐闪进门里，肖门神伸手摸摸那包烟，凭着手感，他知道这是包好东西。肖门神这才嘘出一口气，向着蔓姐快速消失的背影，暗中微笑了。

▼ 莞儿—U盘文件.txt

那雪不讲道理地一个劲儿下。雪花大片大片，像是赶着投胎转世似的乱挤着从天而降，轻舞，飞扬。广厦前的彩灯旋天旋地乱晃，把大雪照得和舞台布景一样。看那雪花大如鹅毛，莞儿就觉得这景象美得叫人不敢相信，不觉噘起小嘴“扑哧”乱吹，那雪花却没有像蒲公英一样轻飘飘乱飞——原来雪花大了也不轻薄。长这么大，莞儿是第一次瞧见这么大的雪！不管是在广东，还是在川西，哪有这么大、这么好看的雪！一股兴奋的暖意不知不觉从小肚子那儿扩散开来。莞儿不禁快走几步，倒不是因为冷，是兴奋得想撒开腿跑。要不是怕滑倒，莞儿真想跑呢——不是有首歌叫什么“我很想在雪地里撒个欢儿”吗！

“抓住她！！”

“先抓住那个女的！！”

突然间，一串声嘶力竭的喊声爆发出来。

莞儿愣住了，刚一回头，一束浓烈而流动的汽油味夹杂着狗叫伴随着一个女人影子一闪而过。

那女人一身灰蓝牛仔，一条土黄围巾长飘在后。那个跑，真是不要命地跑。后面两条黑衣犬也是不要命地追。眼见得狗要追上了，那女人从挎包里奋力抽出一个大可乐瓶，又把包一甩——那包就像中箭的大鸟飞将过来，莞儿机灵地头一偏，那包一头撞到树上，又栽倒在树下。又似乎从包口弹出什么小东西——那女人却头也不回，又突然站住，也许是地滑，也许是跑岔了气，竟平滑着踉跄几步，却毫不迟疑地将可乐瓶倒竖在头上—— 一股更浓的汽油味炸散开来直扑到莞儿鼻子底下。莞儿完全傻了，那两只狗也完全傻了——也来了个急刹车，不知道是该往前扑，还是该往后撤。有一只个儿大些的，用力嗅嗅，急忙回头望去——后面却传来杂乱的脚步声和杂乱的叫喊声：

“有话好说！咋想不开？！”

“千万冷静！你要相信俺！一定会——”

“快！上手段！”

“恺撒！毛头！快撤！”

“林子里还有个男的！莫叫他也脱逃了！——你！你！带人往那儿搜！！”

莞儿只觉得一颗心乱蹦，小肚子不听使唤地乱抽抽。那女的却慢慢而又坚定地回过头来，披头散发，湿眉压目，但那道目光刀一般横扫过来，叫莞儿想起几年前在川西中学跟男生偷看的恐怖片——不料，那阴森、绝意又坚决的目光无意扫到莞儿的脸上，竟定住了！又像是辨认什么，就好像她认识莞儿似的，竟把莞儿骇得倒退两步，一脚踏在什么小物件上。

她是谁？难道认识我？！

莞儿正心惊肉跳，又一声低沉的喊声打破寂静。

“快！车上有灭火器！”

灭火器三个字似乎提醒了那女的。她收回目光，宛如利刀入鞘，湿眉间漾着一种平常又深沉的神色，手一扬，手上的打火机燃出一个橘黄的温暖亮点——亮点又迅速变成黄中夹蓝的透明火苗，跃动跃动，从她手上轻松蹿到胳膊——而后，她一头乌发“噗”的一声闷响，四散燃开，如舞台主角被电光火闪地照亮。整个人像大火炬一般，呼呼燃烧——那女的却一声不吭，只使劲捂着脸，把腰弯得像一张大弓。突然就爆发出剧烈的咳嗽，既清脆又沙哑，还带着熬不下去的呜咽哀鸣。

莞儿几乎要窒息了，小小子宫抽成一坨，无力地乱抽，不知上哪儿去躲。好疼哟！好疼哟！我的个姐姐吔你好傻吔！要死也得找个舒服点儿的法子呀!

这当儿，两辆闷厢车顶灯乱闪地奔驰而来，车门开处跳下几个人，或保安制服或便衣，拿着灭火器朝那个火人乱喷。白沫夸张地咆哮而出，不几下就压住了火势。

又有一个声音响起来，低沉而有力。

“喊急救车了没有？”

“俺才打的电话！”

“等不及！路况拥堵，快送医院！毯子！”

那几个脸上有红印印的外县便衣一拥而上，七手八脚，把那一段黑糊糊的人样物件裹了，熟练地往车里一扔。

“轻点！”有个女声在埋怨。

“咋的？她还能还魂？！”有个保安制服的年轻壮汉戗了一句。

“少废话！”有人呵斥，“好像还有个包？！”

“俺去！”随着脆生生的应答，有个年轻女便衣跑了过来。就在她戴上白手套弯腰捡起那只大包的时候，她瞪大好看的眼睛，认真盯住莞儿，好似在辨认什么。

莞儿望着她干干净净的白脸和两坨红扑扑的印印，不由强笑了一下。奇了怪吔，哪个她也认得我？

然而女便衣什么也没有说，撂下个眼神转头就跑了。

闷厢车闪着灯追魂也似的狂奔而去，另一伙人在树林里搜寻什么。几束明晃晃的光影在树林间活泼跃动。间或也有一两声沉闷的狗叫。

但交通已经恢复正常。一辆又一辆因为阻塞而延误的汽车，急躁躁鸣着笛，你追我赶轧雪而去。有一辆宝蓝色跑车旁若无人地斜插过来，疾驰，超车，加塞，把一堆压湿的雪泥甩到莞儿脚下。莞儿怒目而视，但见车里一个漂亮女孩，嚼着口香糖，目不斜视，只两个夸张的大耳环前后晃动；又觉得那女孩似曾相识，莫不是啥子歌星影星?

车流过处，路面上除了灰突突的烂雪和黑糊糊的车辙，什么也没有留下。

莞儿松了那股慌张劲儿。正拔脚时，忽见脚下踩的竟是一个小小U盘。莞儿捡起一看，U盘上的小帽是一只胖乎乎的小熊。只是叫自己踩坏了，小熊有点脏，也有点裂。

莞儿把U盘捏在手中，一时无语，想想便塞进电脑包，往广厦B座而去。

恰在此时，从远远的观众人群中走过来一个黑风衣高个男人，在人行道上快步而过。望着他高竖衣领的背影，莞儿抽抽鼻子，有点疑惑：除了从他领口蒸腾的腋臭和薰衣草香味，更有衣袖间挥挥手就带来的一阵汽油味。

莞儿满心疑惑，小心翼翼踩着雪向广厦B座走去，不经意抬头间，发现那个黑风衣男人大步流星——好像他习惯于踏雪而行——居然也进了广厦B座。

广厦B座的门前，有一个穿警用大衣的敦实汉子在抽烟。莞儿本想问问他春晚节目组在几层办公，又见那灰蓝大衣领围裹着的那张脸颜色铁青，且两眼直盯着来往车辆，便打消念头直奔大厅。

B座大厅，进门就是一只大鼎，青铜浇铸，九龙缠绕。莞儿记得这只九龙鼎，那是几年前春晚节目里亮过相的——节目里不少穿着漂亮衣裳的男女艺员把五色土倒进鼎里，一时尘土飞扬，有个好看的女演员不禁用手抹了一下眼睛，把一只眼的妆弄成个“熊猫眼”。直播时这个镜头一闪而过，后来重播，莞儿想找那个“熊猫眼”却再也见不到了。所以莞儿对这只鼎很有印象。

据说，这只鼎可是一位大艺术家铸造的呢！莞儿回头看看大厅，大厅里前台服务员只顾结账，有一些人围在咖啡桌前大声说话——没人注意到她，她便摘下手套快快地摸了摸鼎脚——莞儿从打字员的专业角度知道这只硬脚应该叫鼎足，不是有个什么成语叫三足鼎立吗。哇，这大鼎确是真材实料青铜铸造的呢！莞儿听同宿舍的小勤说过，奥运会里上千人击缶的那个缶，看着像铜器，却是用玻璃钢做的——就是做大洗澡盆的那种材料！小勤为了说明，还四仰八叉倒在床上比画，把一屋子的女孩笑岔了气，惹来隔壁的男蚁族敲墙抗议。青铜真是好材料，虽是硬的，却又不愣，摸起来亲和，内里却又刚劲；有点粗糙，有点沧桑，叫莞儿莫名其妙地想起川西刷马口的拴马桩，没来由地想起万宝路广告里的西部汉子。可惜后面有一只鼎足断了一小截，竟叫人用半块砖头垫着。这么好的东西，他们怎么不爱惜！

莞儿叹了口气。想问问服务员春晚组在几层，又看她们忙着，便在一个角落找个沙发坐下——忽然就想起那个U盘，赶紧打开笔记本把U盘插上去。

先是杀毒，然后打开，出乎意料地，U盘竟吱吱呀呀怪叫了几声，好似一只虫子火烧火燎地声嘶力竭地叫唤，惹得大厅的人朝这边看。就见一个戴眼镜的高挑小伙子还特别留意看了自己两眼，莞儿赶紧把笔记本的声音关了。

U盘里只有一个文件夹。文件夹名称居然叫《春晚》。莞儿好奇，不禁打开文件，却是一堆乱码：

？弥儦攔紘峌醲嘍欌衕叩姅鋐澎弥冇弦？蘆怣婐濄嘍……

再往下看，还是一堆乱码：

……琫尛欌衕叩姅鋐澎弥冇弦？蘆怣婐濄嘍跶悳褰蔟怣婐濄濄敤涉跙迚罘酢腂麄嘁蘆怣婐濄蘆龟蘆怣婐濄濄敤涉跙迚罘凧傠叻噻穌卅垄垺迚怣婐濄弥冇弦濄敤涉蘆怣婐濄跙迚罘吋怣罘弦……

莞儿有点失望，忽地想起可以用编码自动识别来转换。一转换，果然，文件里有了些内容，不过还是掺和了一些乱码：

弥儦攔紘峌醲……欌衕叩姅鋐澎弥冇弦？蘆怣婐濄嘍

弦&%※？‘？’？嗹，裛岇鎙啵豝岜癹魃芠。

戕？跶悳崣＃478#￥￥++@。

&7*8#####（）（9+——@##￥5%……%%￥￥%66777&8，

&$%%^%^7&**%%%6^^&*7*^&%【※？‘？’＃##42%裛岇鎙啵豝岜癹魃芠：

“……莞儿提着二手电脑，夹着一手子宫，气喘吁吁跑出地铁口的时候，肖门神正怀着恶意在广厦B座前和光头梁子微笑PK。

“迎面扑来都是雪！

“莞儿抽了抽小鼻头不禁打了寒战……”

看到这里，莞儿不禁也打了个冷战。这不是在说我吗？！而且干吗还要说我的子宫？说小鼻头不行吗？

莞儿心里又惊又乱，急忙往下看——

“……空气寒湿而又新鲜，她把小粉花素色围巾又裹了一圈。那颗柔软而又新鲜的子宫小小地抽搐了一下，往温暖的盆腔深处躲了躲。莞儿不觉揉了揉肚子。她有点后悔穿了双旧靴子，靴子茸乎乎的白毛翻边虽然好可爱，但靴底磨平了容易滑跤。人摔了没得事，拍拍屁股走路，电脑和速录机摔了，回去不好向老板说起。两千块钱押金呢！

“莞儿站着不动，后面的人却拥了出来。温润而污浊的地铁气味漫过人们头顶。莞儿又抽了抽鼻子，不少人也和她一样望天望地。有人细声嘀咕一句：‘靠！又下雪！’”

莞儿惊骇得浑身起鸡皮疙瘩，背脊上冒出一股冷汗——这，这，这是哪个搞的！这哪个……！连今天的事它全都晓得！莞儿低头看看靴子，靴子白毛翻边茸乎乎的很是可爱——它也居然这么说。至于电脑确是二手的，因为那是公司发的。至于子宫确又是一手的，爸妈给的，还没有为哪个男人用过——

莞儿不敢细想，赶紧往下拉。文件里居然提到“夜幕黑得深沉。西风斜走，飞雪如蝶。黑车见白，白车见肿”。又有“警车无言，踏雪而立，红蓝警灯，闪烁不止”之句。莞儿又往下拉，居然完整描写了她刚才递纸巾给便衣警卫擦鼻涕，又有松林里窜出一个自焚者等情节，连U盘怎么到她那里的也和刚才发生的事情一模一样！这，这U盘搞啥子名堂！

“莞儿松了那股慌张劲儿。正拔脚时，忽见脚下踩的竟是一个小小U

盘。莞儿捡起一看，U盘上的小帽是一只胖乎乎的小熊。只是叫自己踩坏了，小熊有点脏，也有点裂。

“莞儿把U盘捏在手中，一时无语，想想便塞进电脑包，往广厦B座而去。

“（以下为乱码）攧紘屽醲弦？嘜趑�嶶＃4257000007886445565645455000000078#8888@@@@@@@@@@￥￥++@&7*8#####+嶶蔟怠媬潙潙斣�迚罘酢脨簏啾蘆麄蘆怠媬潙潙斣涚跮迚罘怠悳悳庛鉶啵豝邑癹魃芰虵輙鮊皷颵糶逡嚓嚾礤夨桊筴叜蘆怠媬潙蘇弦？嘜趑悳嶶蔟怠媬潙潙斣涚跮迚弥冇弦罘酢脨簏啾蘆麄蘆怠媬潙潙斣涚跮迚罘冊廁矗攧紘屽醲弦？嘜趑悳嶶蔟怠媬潙潙斣涚跮迚罘酢脨簏啾蘆麄蘆怠媬潙潙斣涚跮迚罘……”

再往下，又是一串乱码，试了几种办法却都打不开。

莞儿把U盘拔下来，捏在手中，竟真的一时无语，想想便塞进电脑包，往服务台走去。

现在结账的人过了一拨，莞儿勉强一笑，问服务员道：

“请问春晚组是在几楼？”

“你是找春晚组的吗？”

耳边突然斜飘进一个男孩子的声音。转头看去，正是先前那个向她探头探脑的高个子眼镜男生。一个塑料牌牌在他干瘪的胸前晃荡。头油与青春痘叫莞儿有些不自在。

“您是——”

“春晚组接人的，跟我走吧！”

眼镜男生要给莞儿提包。莞儿客气地拒绝了，那个U盘还在提包里哪。

莞儿跟着他进了电梯，她的鼻子竟然又隐约闻到一股极淡的薰衣草香味和汽油味。莞儿又一惊：原来那个黑风衣男人也在这里！

就在肖门神一面享用蔓姐的好烟，同时又暗想蔓姐这人得罪不得的时候，莞儿跟着眼镜男生来到8楼。

出了电梯，经过几个房间，见得里面几个爷爷奶奶鬼哭狼嚎地在练合唱；又有两个房间里，几个穿体操服的女孩子正在胡乱弯腰劈腿；又经过一个房间，门关着，里面猛然蹿出一句民歌，声音之高亮令人耳鸣，而跑调之怪异又叫人称奇。

“啊，我们这里什么人都有。”

眼镜男生有点不好意思回头送了一句，好像这些不靠谱的人都是他的错。莞儿一时觉得他挺单纯，不禁莞尔一笑。

不一会儿，停在一个门口，门上堂皇悬着一个精工细作的铜字招牌，“春晚”两个大字朱漆楷体，十分正派。

这就是春晚节目组了！

莞儿莫名有些兴奋，又见大字下面有一行极小的字，却是英文。不及细看，眼镜男生已经推门把她让进去。

里面是间大屋子，有几个大人正围着一个小男孩看他打快板。小男孩的快板噼里啪啦，口里却是背《弟子规》，行云流水大有一泻千里之势。忽见到莞儿，小男孩竟愣住了。大人们都回头漫漫张望了一下，又有一个女人大声呵斥了一声，小男孩重又练将起来。

眼镜男生并不和他们搭腔，却向套间的门上轻轻叩了两下。里面传来瓮声瓮气的一声骂。小伙向莞儿伸伸舌头，垂手站在门口。

不一会儿，门开了。小伙刚说了半句“梁导”，里面抢出一个女孩，也是体操服，腰臀间却围着大白毛巾，脚上趿着鞋，面色绯红慌张逃走。男生闪身进了屋，随手又把门关上。那小男孩他妈赶紧蹭了过来，候在门口。也不多一会儿，门又开了，男生闪了出来，一手却抓住把手。

女人急凑上前去，讨好地笑着：“该咱们了吧！小强都练好了——这孩子有国学大师指点过哪！”

“大姐您别急，一会儿盒饭马上到，吃了再说吧！”男生的回答似乎有些文不对题，却向站在一边的莞儿招手。

莞儿疾步上前，进了门，门在她身后轻轻关了。

就见得一张大桌铺满了白床单。一束强光正照着自己。一个光头在灯后闪烁。屋里弥漫着汗味、馊饭味、烟草味，还有一股熟悉的腥味——对了，是在老妈干活的洗浴城闻到过的味道。

“哟哟哟！你是——嗨，瞧我这记性，我在哪儿见过你！”

“啪”一声脆响，那光头用力拍了一下脑门，倒把莞儿拍得肉跳。

那光头动作迅猛，从桌后绕出来。一身大花毛衣，领口敞着。莞儿一眼瞅见领口上的油腻不薄。光头却极热情地伸出手来。

“我是梁导，请坐——”

莞儿就觉得那肥肥厚厚、油叽叽的手上，带着一股焦煳烟味和洗浴城的腥膻味。莞儿不情愿地隔着手套和那手碰了一下。

“快，暖气太热，你先宽宽衣。”

莞儿解了围巾，脱了羽绒服，又引来梁导的赞叹。

“太棒了！太棒了！我见过的嫩模很多，你是一流的。不！是超一流的！——你叫什么？”

“范莞儿。”

“范馆儿？饭馆！好，好，东不管西不管——饭管，以前我给个饭馆拍片就是用的这句广告语……”

“是东莞的莞。”莞儿知道他弄错了。

“什么东管的管？”

“就是广东东莞市的东莞。”

“什么！那叫东莞？！不是叫东完吗？”

莞儿“扑哧”一笑。原来梁导就是这么个文化底子。一时间，莞儿不觉有了底气。

“嗨！瞧我，这么多年，我整个一个大白字！”梁导又拍了一下光头，这回拍的是后脑勺，依然脆响——他老是拍头，不晓得疼？莞儿一时觉得气氛不那么紧张了。

“我这个人，VJ出身，一天到晚整影像，认字太少！向你学习，范老师！一字之师，莞儿老师！”梁导又递给她一杯水。莞儿却说：“梁导，快说吧，什么活儿？”

“活儿？没什么大不了的！到我这块，都是好活儿！你先歇会儿，我给你看看材料，增加增加你的信心！”

梁导把投影仪调了出来，一束蓝光映在墙上。音乐铿锵，画面却是多种国际模特走秀。

莞儿就觉得一只肥手按到她的肩上。耳边飘来伴着大蒜味的悄悄话：“怎么样？你比起她们来，一点都不差，瞧瞧你的三围，更有东方嫩模的味道……”

莞儿很不自在，就觉得这情景似乎很熟悉。还是洗浴城。东莞边上的小镇。那一夜，大雨。她本来是给老妈送伞去的，却给一个香港老板看中，硬给拉到房里，也是一个大套间，也是一只大肥手按到肩上。然后老板说粤语，她不懂。老板把老妈叫过来，鬼鬼祟祟地说什么“开苞”，还把手上的金表撸下来塞给老妈。老妈把金表掼到地上，拉起她的手就冲出房间。

“你看！这是Angelababy，已经出道演过两部电影了！这是Yumi，Lavina，哇，这是秀娜·Z，你看，32D，23，34，太棒了！……你看这是YaKaNa！日本最著名的嫩模，已经转为女优了！人气特旺。评论界认为她身材娇小，面容可爱，又有丰满的酥胸，这是嫩模入行的条件——正所谓童颜巨乳，是网络上那些宅男最喜欢的类型——你玩过成人游戏没有，貂蝉！昭君！对了！我说在哪里见过你！你很像咧——”

莞儿这才明白，为什么很多人都说在哪里见过自己，原来他们都在玩成人游戏。

——哈！门外那个说快板的小子，也一定偷偷玩过。

照说莞儿电脑不离身，随时可以玩游戏。但是公司有网络却不让玩，出活又忙得要死，回了家和几个公司姐妹合租的地下室根本没网线。莞儿不禁暗叹一口气。

“我说妹妹你不要垂头丧气！你的条件很好哇！你看你，身材娇小，面容嘛，长得比她们还Q版。三围嘛，还不太够标，不要紧，你别灰心，梁导我自有办法让你无限扩张——我可是好几届模特大赛的执行导演哪！你放心，经过我的调教，你一定会在今年春晚大放光彩！”

梁子重重加上“经过我的调教”，是因为必须把这个路径指明了。因为在他背后，或者说在他之上，还有老尹。那个风风火火的湖南人很喜欢抢资源，也喜欢调教那些女演员。因此，梁子心里有点急，但又不敢太急。不急，鱼不知道有个饵；太急，鱼又知道那是个饵。他忽然想起手机上的泡妞三部曲的段子，先是诱之以利，再是晓之以理，最后是动之以情。现在利已诱，理已晓，而情似乎未见起色，因此现在似乎还动不得。

不过，这莞儿一动不动看着嫩模图片，她在想什么呢？梁子有些纳闷，宛如猫儿见了螃蟹，腥味总是闻到了，就是不知道从哪里下手。

莞儿思绪却停滞在这房间的氛围上。看来这梁导倒不像要派自己正经活儿，不是他弄错了，就是我弄错了。莞儿伸手到包里摸手机，却碰到了老妈给的那支大口红。她心里一喜，把大口红攥在手里。心里一下有了维稳的感觉。原以为朗朗乾坤太平世界，这玩意儿没得啥子用，还是老妈有见地。

"……你女娃儿家的，是脸面最要紧？不是的！我的个娃儿吔，最要紧的就是要把身子胎胞保护好！洗浴城里都晓得的，就是做了小姐做到头做不动了，找个人成家生娃儿还有个本钱——"说这话时，老妈已经有些醉，但又有点醒。老妈平时总是和她说普通话，她说广东外来人口多，说好普通话，叫人猜不出家乡在哪里最好。只有和她说最重要的话，才说川西家乡话。老妈说这话时，正是那个摔金表的风雨夜——"台风刮了已经两三天了，那个老板的生意没法做起，只有泡在洗浴城里玩起，都腻了，所以见到你才觉得有新鲜感——你也不要往心里去，洗浴城都这样，这个老板人也不坏，昨天我送毛巾他还给了我不少小费。"老妈牵着她的手，又快又急地走，一面又低声说话。洗浴城这点事儿莞儿是知道的。老妈一直在广东各种宾馆、洗浴城里打工，莞儿就出生在东莞边的小镇上，所以叫莞儿。她从小没有机会上幼儿园，都是跟着老妈在宾馆里混，所以对宾馆熟得不能再熟。本来老妈是要她在东莞上小学的，可是有段时间连着丢了几个外来工的小孩，老妈心一横就把她送回川西老家跟老爸过了。

她原以为老妈是把她领回家的，不想老妈却领她到了楼层尽头。老妈开了门，原来是一间特大的套房。老妈快快关上门又快快开了灯——房间里金碧辉煌，酒柜闪闪发亮，西式古典家具，还有光洁雪白的浴女雕塑。壁炉居然还有红火飘逸——走近一看，却是电子的。

"好像真的！还有这种玩意儿！"

"就是我们东莞生产的！你不晓得那句话——世界上的东西啊有一半

是中国制造，中国嘞，有一半是广东制造，广东嘞，有一半是东莞制造！东莞是个好地方，不过我不要你在这里陪我，你的前途不在这里！”

老妈给莞儿剥了不知名的水果，自己却打开酒柜倒酒——她选了两瓶酒，各倒了一点，却又往酒瓶里加了一点水，好让酒瓶看不出痕迹。

“回家嘛，妈！”莞儿心里有点怕。

“去！怕啥子嘛！又是风又是雨的，又远——不怕，莞儿，你吃，吃！今天晚上没得事——我晓得的。莞儿，我是楼长，这一层都归我管！要是有客人上来，他们第一个就要报告我，好准备房间嘛！”

老妈喝了酒，非要她吃水果，还要她洗豪华澡。她不肯，老妈说头发都湿了，坐病！就把套房打开，里面却是硬木大床，床上四五个枕头堆得像座小山。老妈又打开浴室——一个扇贝形超大浴盆展开在莞儿面前。莞儿笑说，啊呀，这一个人洗滑下去还不淹死。老妈说，傻娃儿，这盆盆儿不是给一个人洗的。你尽管洗，盆盆儿都是消过毒的，干净的。水多的是，你浪费一天也不是罪过。莞儿就想一个人洗，老妈却说，我来伺候你嘛，我天天伺候太太小姐的这么多年了，就伺候你一天没得啥子。再说这里按摩机关多你也不会用。伺候就伺候了，老妈还怪怪的，叫她闭了眼，说是让她回到小时候，帮她洗。莞儿心想老妈难道变态了，又一想，这么多年来经常不在她的身边，怕是想死她了。老妈帮她从头到脚洗完了，还剪了脚指甲，似乎很满意，也似乎下了什么决心。

“莞儿，你这个傻娃儿，长得好咧！声音也好听！应该搞文艺，一定有出息的！你的前途不在这个小地方！妈是没得这个命啰。”老妈靠在大床边上，看着莞儿吹头发，把一口剩酒都喝了，就径直站起来，直挺挺走到客厅，打开卡拉OK开始唱李铁梅的“听奶奶”。莞儿晓得，老妈的名字就叫铁梅。为了叫这个名字，老妈小时候没少挨打。老妈出生时正是大唱样板戏的时候，老妈的奶奶就给她起了铁梅的名字，希望她命硬一点。但是奶奶是富农家的，她就是富农后代——这铁梅的名字也是你叫的？老妈经常被同学欺负。老妈说过，是邓小平搞起改革开放，把富农帽子摘了，她才把名字重又改回叫铁梅。

听奶奶，
讲革命，

英勇悲壮——

却原来——

我是风里生来，雨里长——

老妈忽一声高忽一声低地唱。老妈人年轻时长得水灵好看，声音原本也很动听，莞儿记得小时候总是要缠着妈妈唱歌唱戏。那时东莞周边的小镇还很杂乱，尽管巷子外摩托来去，妈妈的哼歌总是能把莞儿送进温柔的梦乡。莞儿记事起，就见到妈妈嘴巴很怪。嘴有道横切豁口。那好看的双唇边横横地躺着一道大疤。她问妈妈怎么回事，她支支吾吾就是不肯说。后来有洗浴城一起打工的婶子说，她妈先是不从，后来又从了。小莞儿也不知道这是什么意思。莞儿在川西刷马口念完小学又回到妈妈身边念初中，东莞有个好政策，外来工子女念书是免费的，还有补贴。妈妈还总是给她唱歌教歌的。不料莞儿在东莞刚念了一年初中，又有街边的烂仔盯上她了。老妈又急急把她送回川西。直到高中毕业，她才来东莞找老妈讨工作。老妈开始老了，嘴边的疤修过一次，却反而修得更惹眼了。嘴也张不大开，成天戴口罩，不晓得为啥子歌也不大唱了。

"奶奶呀——"

老妈忽一声没有号唱上去，竟然号哭起来。莞儿心慌慌地丢了吹风机，奔到客厅，只见老妈蹲在地上，伤心得像个孩子。莞儿抱住她的肩膀，她还使劲挣了两挣。

"……我恨呀！就是，就是在给奶奶摘帽的文件刚到公社，他们还弄我！说是现在不弄，往后没得弄了！我小学还没有毕业，硬是把我弄破了……"

老妈哭得瘫软如泥，莞儿也扶着她坐在地上，陪她哭起来。她这才明白，老妈为什么总泡在广东打工，她其实是不愿回老家。

老妈哭了好一会儿，忽又横手把鼻涕眼泪一擦，叹一声说："命啊。"又硬硬地说，"娃儿，你身子还好，你又聪明又好看，不要在这里耽误了。老妈存了一点钱，总有万把多块，都拿去！你去找一个人——他是，是个好人！你找他，找你的命。我明天就把钱和名片给你——你明天就走，一天也不要耽搁！"

莞儿脑子反应不过来，正愣着，老妈又重重说了那句剃刀也似的话来：

“……你女娃儿家的，是个脸面最要紧？不是的！我的个娃儿吔，最要紧的就是要把身子胎胞保护好！洗浴城里都晓得的，就是做了小姐做到头做不动了，找个人成家生娃儿还有个本钱——你不懂！这是穷人家女娃儿的根本！”

第二天老妈给了她一把钱——有人民币，有港币，有美元，还有不认得的钞票，和一张皱巴巴的名片，还给了她一支大口红，说是防卫喷射器。

莞儿已经好不自在，把那大口红都攥出了汗，梁导的声音还伴随着投影仪上的画面倾泻——画面已经变成日本女优的大胆照片，而梁导则在讲述女优的八卦和她们的出道之路。

莞儿暗暗启了大口红的盖子，只等梁导有所动作。然而那个梁导似乎说得上瘾，也没有进一步动作的意思。莞儿僵在那里不知到底该怎么办。

“嘿，我说莞儿，你听得可入神了，想什么呢？”

梁导转过身来，在莞儿耳朵边悄悄说话。那股蒜味和肉夹馍的馊味，叫喜欢干净水灵的莞儿腻歪。

恰在这时，门“砰”一下被推开了，一个壮实男人大步闯了进来。他也是光头，却已有些小寸毛，短脖，大宽下巴，又有点向前兜齿，一看就是个狠角色。眼镜男生慌慌张张跟在后面，同时又把快板小子他妈挡在外面。

“尹哥！”

梁导也急忙堆笑迎上去。

那叫尹哥的却黑着脸：“这样不行！梁子这样不行！”尹哥一屁股坐到桌上。把白布单蹂躏得不成形状。他嘴里嚼着什么东西。一股生石灰和槟榔的味道直呛莞儿——莞儿在东莞见过不少湖南人爱嚼这槟榔，莫不是这尹哥也是湖南人？

尹哥瞟了瞟莞儿和墙上的投影，梁导急忙横了眼镜男生一眼：“那谁，开灯！”

眼镜男生赶紧开了灯，莞儿就见尹哥满口黑牙搅和着白灰沫沫蠕动，好似很享受口里的味道。

“这样不行的！梁子！我刚才到咱们的房间转了转，什么烂人都有！

这些烂玩意儿怎么吸引网民？！还和楼上竞争呢！屌毛！”

“尹哥，网络春晚吗，不就是全民娱乐嘛，成色是差一些，不过——”

“梁子！你这个理念不对！网络春晚就不能出精品吗？我靠！我们要从三网合一的新高度拿出一些硬通货！什么是网络的硬通货？互动啊！兄弟！互动啊！我们要用传播新理念来打造节目！你这个状态不行，靠，我请你来是干活的，兄弟！”

他们二人都不再言语。莞儿突然就明白了。她走错了地方——她原本是要去大台“电视春晚”组，可恼那眼镜男生竟把她领到这“网络春晚”组了！

莞儿突然站起来，把衣服一夹，愣头愣脑地说：“对不起，我走错门了！”

莞儿拔腿就走，眼镜男生竟然追了出来：“您到底是——”

莞儿瞪他一眼：“我是要去楼上的。”回头却瞧见那金字招牌上的细字原来是什么什么.com。

里面传来梁导的喊声：“那谁，让她留个电话——”

眼镜男生刚要开口。莞儿说了句：“再见！”急忙奔向电梯。

▼ 永哥—曹磊文件.txt

就在莞儿从“网络春晚”组脱身而去的时候，远处——加勒比海以东的安圭拉——永哥正在和环球网姐候选人共洗泥浴，而他的朋友曹磊正在海面上练习帆船。

安圭拉的卡普扎卢卡酒店，早晨的空气新鲜得像是用碧蓝碧蓝的海水洗过的。永哥抓起一把海泥扔到姑娘们光洁玉润的背上。一个姑娘一甩草黄头发，大惊小怪地叫起来，却又不失时机地向他抛出媚眼。其余几个姑娘却咯咯乱笑起来，像永哥曾经养过的一群母鸡。

“别怕，一点都不冷！再说了——”永哥英语麻麻的，说了个“再说了”，竟卡住了，两手的泥浆滴滴答答往下漏。他本想说，按中国说法，大早沐风起舞，本是养生的所在。可是话到嘴边成了广东话，谅她们也听不懂，便戛然而止。实际上，姑娘们中有几个连英语都听得很费劲。

她们都是本届“环球网络小姐”的候选人。“环球网络小姐”是永哥给她们的说辞。事实上，她们并不在乎非要得到什么头衔，不管她们是否能够戴上桂冠，永哥都会给她们丰厚的酬薪，而且按网民点击率还可以分账。

这是永哥的管理模式。分享。稀缺资源必须分享。现如今美女并不是稀缺资源，但是这只是就视觉而言。要是从所谓体验型消费来讲，可以零距离体验，又是积极配合的洋美眉，对于国内不少VIP朋友，总体上还是稀缺资源。况且还是清一色的90后嫩模。

“嗨，小姐，别乱动！戴上面具，保护好七窍——”永哥又卡住了，他临时把七窍说成了七个洞洞。有个浅栗色头发的姑娘肆无忌惮地说了句粗话，又惹起了一片笑声。永哥也笑了，却骂了句，“去！别打断我——是脸上的洞洞，保护好，然后开始剥蛋游戏！一、二、三！滚起来！”

这是“环球网姐”开幕式的视频部分。永哥把这个仪式定位为“行为艺术”，俗名“剥蛋秀”。曹磊还提供了个学术依据，叫什么基于“分形几何”的“分形艺术”，也不知他钻的什么牛角尖。

姑娘们都极其合作地往泥浆池的深处滚，令永哥想起养鸡失败改腌皮蛋——用黄泥巴掺和稻壳糊蛋的手艺。姑娘们简直是太配合了，不仅滚得有序，还自己把没有滚上泥浆的地方用手糊弄起来。很快她们全成了泥塑人——或趴或卧或坐，却各有姿色体态。

好吧！“穿林海，跨雪原——”永哥耳边飘起了杨子荣的唱段——每到兴奋时他都会想起这段旋律。永哥大叫一声也跳进泥浆池，洗这泥浆澡价值不菲。酒店老板说这海泥是死海出产的，又经过过滤消毒加工，空运过来的，还要环保使用——泥浆是循环回收。一是因为加勒比海一片清澈，不可污染；二是这泥浆确实很贵。

贵是贵，但是物有所值。泥浆不仅可以去腿毛，还可以润肤。永哥介入这个大赛是第二回了。上一届，他基本上是看客加玩家。开幕地点正好在迈阿密。但收藏了两个小美人之后，他的收藏家的野心勃发起来，他决意收藏这届大赛——

如果办得好，他就要永远收藏下去。这不仅是个生生不息的美女资源发生器，更可一生二、二生三、三生万物。

永哥的眼力是不错的。想当年大陆还在斗私批修的时候，他小小年纪就敢于套着汽车内胎——俗称大圈跳海逃向香港。正是在手脚抽筋气息奄奄的时候，孤胆英雄杨子荣的“穿林海”旋律给了他励志的力量。先在深水埗贫民区瞎混，在“大圈帮”里他以善于搞事出名。后来却改邪归正，努力考上何文田官立中学，然后顺理成章地考上香港中文大学。但他并不把学业放在要紧处，成天倒腾一些不上台面的小生意。命运的转折来自两个西洋大盗。大盗在夜里光顾古玩城，让醉酒昏睡的保全从此不再醒来，古玩城于是加强安保力量—— 一位也是大陆过来的老乡黎叔在古玩行做保全，便荐了他值夜班。从此他便踏入古玩业。值夜班的好处是认识好东西。好东西都在玻璃柜子里。但是借着夜巡，可以凭借书本画册一样一样琢磨。虽然不能上手，却是饱览博物，大开眼界。于是从小玉饰做起，再到山料仔料。也是运气来了门板都挡不住，有几次赌石，居然赢了两次——发了以后他不仅不再赌石，连麻将也都戒了。This is not Business，大学里最重要的收获就是这句话。

在他开了小铺，自我定位为收藏家之后，真正的大行市才姗姗来迟。以后的发家故事，他一直秘而不宣。香港、巴黎、纽约的拍卖会上，他是一名神秘的“东方收藏家”，有时大买，有时大卖。有时明明亏本的事情也做——比如有几件所谓“中国国宝”被他贵买而去又捐回给了内地博物馆。

但是稍微走近他的人知道他其实收藏一切，不仅是古董，还有矿山、林场、公路，甚至还有银行处理的资产包和地方政府埋单的“政务外包”。最近一次饭局，在唱了杨子荣的样板戏之后，又乱说他开始收藏人。朋友们以为他在收藏一些外国政府的大佬，哈哈大笑。永哥，你难道不知，家财万贯，带毛的不算。这是古训。

我知道的，他在收洋妞。曹磊挤着近视眼：永哥他去年就收了两个欧洲网姐，还要做一届。上瘾了。

永哥收了放纵神色，微笑着摇头。是什么，他又不说。

网姐算什么。大路货而已。我收的都是你们想不到的，都是国脉所在。网姐可以分享，国脉分享不得。不是老哥我小气，实在是兹事体大。

加勒比海的风什么时候都透着一股暖意。东阳初升，云蒸霞蔚。海滩上几个黑人服务员在棕榈树下整理帐篷。更远处，一艘双桅帆艇在海里打转。橙帆、白艇、青天、蓝海，令人赏心悦目。

永哥却嘲笑了一声，用别人都听不懂的家乡话说："黎叔，麻烦你打电话叫曹先生回来吧。我看他还是个新手，风向角都看不准。压舷也不到位——也不知道他在迈阿密是怎么学的。"

黎叔适时地从走廊柱后探出头来："阿永，曹先生玩心重，我几句话怕是劝不回——就说有暴风雨？"

"那倒不用。艇上有雷达预测。就说要他回来剥皮蛋。回来晚了，别说我不等他。"

实际上，永哥也没有打算等他——到时候给他留两个就是了。

死海泥浆——这是有牌子的，只是他记不住，确实是个好东西，微风一吹，曙光一照，一会儿就风干了。奇妙的是海泥像结痂一样会在人体上结成一个细腻又结实的壳，既不多余，也不缺少，正好包裹住姑娘们的人体；更奇妙的是海泥风干之后还会形成哥窑瓷器那样的冰裂纹，纹线细曼，如网一样缠住嫩模们的胴体，这正是永哥的创意。"打开网络见网姐"，曹磊的网上推广词就是这么说的。

下一步，永哥就要亲自打开泥网见真人了。这等好事，不好随便和人分享的。永哥决意亲自动手。"穿林海，跨雪原，气冲——霄汉——"在极兴奋时杨子荣的励志唱段变成轻曼耳音抒情地回荡。3D扫描摄像仪也已架好。本来曹磊是要做视频直播的。因为安圭拉正好和国内有几个小时的时差，这里清晨，国内入夜，正是激活点击率的好时间。永哥本来肯了，想想又不肯。他告诉曹磊，打碎泥网见真人，万一某小姐的屁股蛋蛋露出半点，岂不违反禁令。闹得把网封了，不值当。其实他内心想，何必呢，都身家过几十亿了，要玩还不尽兴玩一玩。人生几何，对海当玩。反正3D录了视频，剪了也能用。曹磊这小子，号称网络新贵，但不少股份还变不了现。更重要的，为了熬在纳斯达克，什么点击率、黏度、广告，他都得认真对付，洒脱不起来。不过，曹磊虽是最大的赞助商，却拗不过永哥这个"组委会主席"——他会适时拿出国际组委会的意见书。

卡普扎卢卡酒店是永哥亲自订的，这家酒店不大，才九十几个客房，但安排环球网姐却刚刚好。风格是地中海式的白色。希腊晚期圆拱，廊柱，原石方砖铺地，亚热带绿植，干干净净。本来是欧美名流度假的所在。永哥曾在这里遇到过著名画家和政要，以收藏家的眼光，他更看重这里的气质和私密。

这里法国人来过——安圭拉其实是个法语名，意为“鳗鱼”，因为这个岛长二十多公里，宽才五公里，狭长如鳗鱼；英国人也来过——事实上，它是英属西印度群岛中小安地列斯群岛中最好的背风岛，现在还挂着米字旗；又离美国很近—— 一半游客来自美国，更重要的是不远处，美属维尔京群岛是办公司的天堂，永哥已着手为这“环球网姐”在维尔京办个公司。更重要的是从迈阿密过来，太方便了。由于倡导分享文化，永哥以一种共荣共进的机制物色了不少代理人来打理世界各地各种生意，而他本人更多时候待在迈阿密。他喜欢迈阿密。温润的海上气息和家乡差不多。他甚至把他最重要的基金会——YONGGE国际人才交流基金会的办公基地也放在迈阿密。办公基地的大堂供奉着海神娘娘。

当年要不是海神娘娘保佑，能一个破胎漂流到香港吗?

姑娘们依然摆着各种Pose，体态优雅。偶有腿上落下几块泥巴，自觉补上。

太妙了！真正的艺术品！永哥作为“收藏家”，常去国际上知名的艺术区，国内的广州二沙岛、上海莫干山仓库和北京798也很熟悉。确有艺术家把人体糊上泥巴的，但是那是塑料模特，死东西，怎么能和这些活物比。再者他们弄的泥也是糊墙的烂泥。简直是糊弄观众!

永哥看看3D扫描仪，几个角度都有红灯亮着，已经进入录像扫描状态。

这是永哥更高一级的管理模式：资源—开发—再开发—产业链。一鱼两吃之后还可把鱼骨磨成粉，继续喂鱼。

永哥像考古队员开挖之前一样深深吸了一口气，先认真洗了手，怀着对艺术的虔诚和洁净心态，弯腰剥开模特的一条小腿。

干巴的泥块如蛋壳般干干净净地碎落一池。玉腿如洗，洁中带柔，更重要的是洋妞腿上常有的细黄毛也随泥而去——怪不得用过的泥浆要处理，原来有毛呢——永哥乱想了一下，又开始剥第二条腿。见到腿上光洁如玉，姑娘们都闷在面具里面轻声欢呼。她们配合得更认真更自觉了，一动也不动，生怕干透了的泥巴提前脱落。

由小腿而大腿，由大腿而肚皮。永哥鉴赏得很仔细。即使发觉了隐润羞美，他也不为所动。这项艺术工作进行得很庄严，永哥见过大世面。

慢慢进行的“剥蛋秀”其实是为了3D扫描仪能够更细致地记录数据。这些数据可以集成一个“环球网姐”系列数码图像卖点。真实到连毛发都不掺假。那些日本、美国仿真硅胶娃娃公司一定会疯狂竞买的。

但是美丽的高潮来临时，永哥竟有些把持不住。

真正的高潮是“开胸验奶”。这句俗话是曹磊发明并坚持要用的。据他说“开胸验肺”和“仿真假奶”是国内网络热门词。永哥对国内社会新闻不大在意，不明白他整这么个俗词的意义。这部分视频原是准备要播出去的。曹磊说，俗点不怕，网上的热点就是大俗大雅，要不谁的眼球会黏住！技术上我来处理。曹磊虽然有IT博士学位，倒没有什么学生腔。听他说当年在餐馆洗盘子的时候还和老黑打架呢。

永哥再次洗手，宛如在开胃菜之后欲用大餐。洗手很重要，把小泥洗净，可以保持手指的灵巧和触觉的通达。曹磊这家伙到底是博士，真有些科学底子，他说据美国人的研究，男女之间有感觉就有电位差，所谓爱情就是电位差巨大，导致“奋不顾身”。

永哥屏心歇气，用细长的手指点到为止，那细碎的泥片受不住回弹之力，缤纷落下。软玉温香渐次露出。说是剥大皮蛋，那就太粗糙了；说是剥鸽子蛋呢，格局又小了。永哥鉴赏中又生出些顽童本色，伸指小小触了一下，就听得耳边气息渐粗。

电位差?

永哥刚闪过一念，就觉得自己有些把持不住。

永哥急忙转过身，不让扫描仪扫录进去。虽然录像可以剪去，毕竟不是雅观镜头。再者，这些姑娘们，新鲜不新鲜的，也都和他的第三步计划有关呢。

网姐—视频—数据—硅胶娃娃。但是永哥的产业链并不止于此。要吃就要把骨头渣子也吃了，补钙。永哥的第三步计划是租赁。毕竟中国是个文化古国，除了变态佬，谁会对“疑似”真人的硅胶娃娃感兴趣呢。货真方能价实。

“哈哈！你露馅了！还老说艺术艺术呢！”曹磊恰在这时闯了进来，

“这么个好活，也不叫我！你忘了，我还是国际金箍奖评委呢！”

永哥叹了一口气。艺术境界的精妙，就在这毫厘之间。这家伙闯进来，就非弄砸了不可。

最可恨他坚持要做王老五，身上积累了不知多少电位差。真是张飞玩瓷器，弄一半，碎一半，连掐带撸，把剩下的姑娘们都解决了。艺术高潮毁于一旦。

“你小子悠着点。我准备请人和茅台过个话，让咱们的网姐上春晚——不要一开新闻发布会，她们把你掀翻了！”永哥本想说别坏了她们的数据，转念一想，事关商机，不说也罢。就算是个把姑娘弄坏了，总体上国际嫩模出货量大，成色又好又配合的多的是。

“不会的！”曹磊含混不清地回应，“电位差，太大了！”

▼ **附件文件夹**

▼ 《北方晚报》文件夹

▼ 《北方晚报》2011-02-17文件.txt

《北方晚报》之《本报调查》

《六千八电视剧露脸　七万五承诺上“春晚”》

《当童星的路有多远？》

本报记者　张鹏

春晚又有童星爆红，唱豫剧的3岁女孩张欣怡和跳舞的4岁男孩小宝被封为春晚“最可爱明星”，这无疑给自林妙可走红之后的童星热又添了一把火，这些孩子小小年纪就风光无限，动辄百万的代言费更是让人艳羡。无数的家长带着孩子开始前赴后继地往这条路上挤。记者看到，在很多专门包装推荐童星的经纪公司网站上，成千上万的孩子忙着上传照片资料，参加各种培训，苦苦等待露脸的机会，而所谓的包装费和培训费从几千元到几十万元不等。

菲菲是一所重点小学四年级的学生，是这些做着明星梦的孩子们中的一员。从去年暑假到现在，为了帮助孩子实现这个梦想，菲菲的母亲王女士带着孩子托关系、找朋友，辗转于多家包装童星的经纪公司，接洽了数个剧组，钱花出去不少，听惯了各种各样的承诺和无数的“忽悠话”。

给明星配戏　上戏先签“卖身契”

……一名自称“艺术总监”的男子接待了她们，上来就是面试，要求菲菲演一段小品，内容是“一个穷苦人家的孩子，给生病的爸爸过生日，一边唱生日歌一边流泪”。训练有素的菲菲毫不费力地演了下来，看得“艺术总监”赞不绝口，大夸孩子“有天分有前途”。

……逡嚓噆磔夨筞筴叐蘆悥婐濄斁渋“我来做她的经纪人！”当然，前提是要先交一笔包装培训费，具体数目可私下商谈，一旦包装成功，菲菲所得代言费和片酬将按三七分成，经纪人拿走七成。

记者询问了几家比较正规的经纪公司后得知，目前包装童星的分成一般是按照三七或者二八分成，孩子拿大头。“如果是经纪人拿走七成，那简直就是卖身契了，太黑……逡嚓噆磔夨筞筴叐蘆悥婐濄蕔弦？�跶悳嶏蒺悥婐濄濄斁渋跧辿弥冇弦罛酢脨龕唬蘆龟蘆悥婐濄濄斁渋

6800元培训费　充当电视剧免费劳力

差点上了“草台班子”的当，王女士变得更加谨慎。几经考察，她在去年暑假为菲菲报了一家看上去相当正规的影视公司的童星培训班，一次性交费6800元，培训之后就成为公司的签约学员。

果然，菲菲在去年年底终于首次出镜，在一部古装电视剧里演一个小丫鬟，没有台词，总共一两个镜头……一位影视圈的业内人士告诉记者，这些孩子实际上在充当电视剧的免费劳动力。（以下为乱码）·#￥�啵粑岜癹魃茇蚆轙鲌皺颷糶逡嚓噆磔夨筞筴叐蘆悥婐濄蕔弦？

争个小角色　剧组开口就要赞助费

第二天到剧组见了制片主任，没想到他开口就问我们能带多少赞助费进组，因为同时候选的还有好几个孩子，导演都挺满意的。言下之意是谁

带的赞助费高就选谁。王女士通过朋友私下打听了一下，赞助费最低门槛也要10万元，能保证孩子最起码在剧中有名有姓，有台词。“10万元争取一个有名字的小角色，我觉得这个价钱对于我们这样的工薪阶层有点高，所以最后还是放弃了。”王女士无奈地说。

……—*—%逡筬爰蘫怘婐澏蕔弦？嚄跶悳嶅蕻怘婐澏澏斁渋嶳迚弥冇弦罘酢脨麄¥……

记者了解到，某暑假大热古装神话剧中就有带“赞助”出演的小演员，“赞助费”在10万元到20万元不等，20万元可以演到小演员中的男一号，赞助费多少决定戏份多少。

75000元包装　此“春晚”非彼“春晚”

去年年底，王女士听说一家经纪公司正在包装孩子上“春晚”。这个圈子轰动了。

“那是一家很正规的经纪公司，据说在北京算是一流的，工作人员都是在新加坡培训的，对孩子的考核也很严格。”

“后来公司找我谈，按照国外包装童星的流程，他们先找人按照菲菲的形象和声线特点给她量身定做一个单曲，制作成MV，送到电视台去打榜，然后把这个节目推荐去‘春晚’和其他一些大型晚会。把孩子包装成功之后，菲菲今后的广告和童装代言公司提成30%，双方签订长期合同。”王女士告诉记者。

而对孩子所有的培训、包装、摄影，包括制作MV和打榜等费用，经纪公司开出了价码——75000元，他们还对王女士说，因为菲菲有成为明星的潜质，他们才决心包装她，这已经是他们这个级别的经纪公司的最低包装费，如果孩子没有天赋，家长给再多的钱他们也不会接。而对于王女士来说，上“春晚”才是最大诱惑，比在电视剧上一个小角色的含金量大多了，王女士这次真的动了心。她先付了2500元，给孩子录制了一首歌。可是就在签约的时候，王女士却发现了问题，合同上承诺的参加“春晚”是国外的某个华人春节晚会，王女士觉得受了欺骗和愚弄，愤怒地责问经纪公司。公司人员却很无辜地说，他们走的是国际路线，很多演出都安排在国外。合同最终也没签成，“春晚梦”最后变成了一场闹剧。

¥%…%……##2@@3¥¥8@@8^^★遂嚓嚛礤夨筞筴旻�革婐濄蕺宖?嚄跶悳鍌蔟悥婐濄濄叚渋岴迚★$%#＊—

流行一句话：“有朝一日你的孩子可能就是下一个林妙可！”为了这个梦想，他们觉得再苦再累也能咬牙挺过去。（以下为乱码）遂嚓嚛礤夨筞筴旻蓕。悥婐濄蕺，宖?

莞儿—春晚主创文件.txt

就在永哥和曹磊亲自动手“打开网络秀网姐”的时候，莞儿又踏入了广厦B座的电梯。

看着电梯小屏幕往外蹦数字，莞儿心焦上火，刚才重新下楼问过服务员，才知B座居然有两个“春晚”组，一个是大台的“电视春晚”组，在18楼；另一个是所谓“网络春晚”组，也不知什么来头，在8楼租了半层办公，而且他们又在外大肆广告招摇，每天不少人前来报名，弄得前台不胜其烦，这才有那个眼镜男生在楼下领人。

18楼好不容易到了，门开处，迎面是一个占满整面墙的巨幅大红喷绘，上书第某届春节联欢晚会几个古体大字，两边金龙缠绕，银凤飞翔，又有剪纸风格的祥云升腾四起；还有两只剪纸喜鹊飞衔一幅立轴画卷，上书“春晚倒计时60天”——那数字却是可换的。喷绘两边又有两座宫灯，巍然挺立，金碧辉煌；宫灯余辉，正照绿萝。枝叶繁茂处，一派盎然生机。

莞儿就觉得这才是正宗地方！仔细看看，又觉得这个“影壁”比洋的俗，比俗的雅，比雅的闹，比闹的正，比正的喜庆，比喜庆的大气，比大气的又生动活泼。这堂大景，比庙会更像堂会，比堂会更像晚会，比晚会更像庙会，倒是透着一股莞儿看惯的各种传统春晚的年味儿。

“看什么呢？！”

忽听耳边一声喝。莞儿扭头一望，只见绿萝大叶旁边站着一位敦实汉子——正是在楼下见过的那位，只是把警用大衣脱了。

“你是哪个报社的？”那人又喝问道。看来他对记者可不大友好。

莞儿怯生生地一浅笑：“我不是记者。我是速记公司的——你们要开会记录。”

“哦，速记公司的——你一直往里走，沿楼道走到顶里头，就是大会议室，找鄢老师！”

莞儿谢过，慌慌张张夹着衣服提着包，怀着新鲜胎胞往里走。从楼道走过，一顺见得房间上大都贴个牌子，却是A4纸打印，极为简朴，上面写有什么音乐组、舞蹈组、语言组、视频组之类。房间有的开着，有的关着，不管开着关着，都散溢出一股方便面的俗香味，有的还杂和着烟、酒、小吃、果皮、口香糖以及臭袜子的味道——莞儿知道电视台的路数，赶时赶工，加班加点，无穷无尽，没完没了。

走到尽头是一个大会议室，门开着，门口闲站着几个人，抽烟说话，一见到莞儿，又都不说话了，都直勾勾看着她，好似在辨认什么——莞儿心里话：他们又都是玩过成人游戏的，要不就是日本女优迷。却低着头偷偷一笑，问道：

“老师好！请问哪一位是鄢老师？”

“哦，是速记公司的吧！”从人后冒出一个干巴老头，皮贴着肉长，戴一副极深的老式圆圈眼镜，声音却是出人意料地响亮。

“您是鄢老师？对不起，我刚才走错地方了——”

“不急，你先坐下，休息会儿，言大导还得有一会儿——”

“不对吧，老烟斗，”有一个头型夸张的胖女人接口道，“你没瞧见肖门神已经上来了吗——大导的车位不安排好他怎敢上来？”

又一个穿中式对襟棉褂、留山羊胡的老先生，把玩着核桃，悠悠地说：“大导上是上了，不过，刚才我看见齐濛濛气势汹汹跟着进了他的房间——老烟斗说得对，这开会，还是得有一会儿。”

鄢老师喷一口辣烟道：“来者不善，善者不来也。”

众人都哄笑起来。

“来，小姑娘，跟我来。”

鄢老师把莞儿带进会议室。莞儿环视会议室，但见灯光素亮，中间一个超大椭圆桌，围放二十多把椅子，有的椅子前有话筒，有的又没有——全都没有人名标牌，人这么多，发起言来，谁是谁，倒先要向鄢老师问个明白才好。

会议室有一面大墙，上面是北电集团各种电视活动的照片；又一面大墙，却是本届春晚舞美设计图，有点像电影里军事指挥所的战略地图那样，前面还用一层纱幕阻隔。头顶横梁上，有两条红底黄字的标语：一是“开门办春晚　创新做节目”；二是“春晚无小事　事事要请示”。又有各种大小福字倒贴在墙上。

“你坐这儿，”老烟斗一指大桌后一个小茶几，“就在我身后，有什么人名不懂的问我。插座、接线板也都给你备好了。”

“真谢谢您！您真在行，鄢老师！”

“莞儿，你真把我忘了！你叫什么莞儿吧——去年做歌手大赛，你不是来过嘛！那一次我只做策划，没做撰稿，接触不多，不过，我可听说了，你整稿子是又快又好，所以，是我指名把你请来的，哈哈。”

“那，那，太谢谢您了。对了，我叫莞儿。”莞儿恭恭敬敬递上公司名片。还真是的，就像腿脚不利索的老板说的，口碑就是最好的营销。

老烟斗漫漫瞟了一眼名片：“范莞儿——喔，是莞儿，你是在东莞出生的吧？”

“是。”莞儿有点奇怪，这老头，看名片就能看出我的出生地。

“我看你不像广东人啊——广东姑娘没你这么白的。你不是四川的，就是贵州的！”

“我家是川西的。”

“那你妈在广东打工也十好几年了吧？”

莞儿越发奇怪了——难道他认识我老妈？莞儿不由得想起那张皱巴巴的名片。

“你是90后，农二代！——就是农民工的第二代。对不对？”

莞儿怔怔地望着老烟斗：“鄢老师，您真神了，都给您说对了——您原来是当警察的？”

“呵呵呵，”老烟斗有些小小得意喷出一口残烟，“做策划的，要一眼能看清事物的本质——你说是东莞出生，又不是本地人，那应该是打工的后代。东莞是个爆炸式成长的城市，人嘛，不是老板就是打工的，中产阶级还没有成长起来，对不对？再者你的气质也不像湖南妹子，以广东打工成分而言，应该不出川、贵。你妈和你老汉——你们四川人都把老爸叫老汉对不对？”老烟斗压低声音，“以我的观察，恕我冒昧，关系也不大融洽，对不对？”

莞儿又一惊骇，这老头还能看出老妈和老汉的关系！“鄢老师，您，您……太有本事了……”

“其实这没啥，我经常去广东做节目，我知道当地的民生状况——以你爸妈的生存背景，你长大以后怎么讨生活，他们一定打嘴仗——你这活儿，说实在的也挺累的。”

莞儿听了有些伤感，低声道：“鄢老师，我，我一定要向您学习，您太有本事了！”

“别向我学，我最没出息——不过你来春晚组，的确是个学习的大好时机，这里来的个个都是人物，来，我给你介绍介绍，待会儿记录，别张冠李戴。”

老烟斗就手指点着，把已经在会议室闲坐的人物一一介绍过来。

门口那个留山羊胡子、穿中式衣裳手玩核桃的，是云先生，画家出身，大设计、大策划，也是本届春晚总策划，不少两岸文化大项目都是他策划的—— 一手好字画呢，就是不肯出手给别人写一个字。

刚才一起说话的女人——叫蔓姐，是制作组的大制片，简言之，没有她办不成的事。她后面的老头姓郭，是制片主任，不会说话，就会签单。

还有一个在门口抽烟的总策划师丙老师——朱乙丙，著名作家、诗人，文思汹涌澎湃以致泛滥，众多著名歌词，甚至那什么著名会歌，都出自他的手笔。面色黑沉，最能喝酒，喝完酒看不出醉不醉，只有唱戏才真醉了。

门口边上有一位白白净净优雅女士，看不出她多大年龄，正埋头发短信——她叫梅兰竹，歌舞总监——英国留学回来的，大节目都少不了她，最爱干净，或者说有洁癖。另外你千万不要问她年龄。

“那她是——大剩女？”

莞儿悄悄问。莞儿晓得电视台盛产大剩女的。老烟斗低声笑道：“莞儿我看你人小鬼大。”

莞儿伸伸舌头笑了。

又有一男一女在低声说笑什么。男的一身牛仔，面目沧桑；女的梳一头清汤挂面式发式，黑色素花毛衣，像个机关干部。男的说了句什么，女的只浅笑一下。

“莞儿你猜猜，他们两人哪个是主管语言组的——就是每年组织生产相声、小品的？

莞儿想都没想就说：“一定是那个男的，他不是正在讲笑话吗？”

“路漫漫其修远哪，莞儿——穿牛仔服的是导播组的大切米哥，台湾人，听说也是从欧洲什么地方留学回来的。奥运的节目有不少是他担纲导播，切得又快又好，绝对是专家。就是喜欢和女人讲笑话——你看他一个老杆子，孤身在大陆混，不讲笑话他怎么过？可是梅兰竹，梅导，他不敢惹；蔓姐，他嫌俗；再其他小姑娘小助理，他又怕别人说闲话，所以他只能讲给劳导听——这可是在一个错误的地方、对错误的人物作的错误的选择。劳导是谁？她是台里最资深的语言组导演，虽然是编辑出身，可是历练太久，都成仙得道了，所以人称劳大仙——铁山团队、黄大将、菜鸽组合、巩哥，还有过世了的秀腕，很多经典都是她勤勤恳恳抓出来的，你说她能对什么民间笑话好笑吗？所以圈里有一句话，‘千金难买劳一笑’。她这么一笑，完全是对台湾同胞的尊重哩。”

莞儿不觉对劳导肃然起敬，又觉得鄢老师似乎也有些话多。

这当儿有一个胖子，毛衣肮脏，头发凌乱，一副没有睡醒的样子，趿着鞋走进会议室，又一个瘦小子急忙给他让座倒水。莞儿就闻到那股酸臭味，原来臭袜子就是胖子的。

“他是李后主——最著名的后期大师，视频，没有他搞不定的，别看他年纪不大，玩的场面大，大活动开幕式，视频都有他作品，你看舞台，这次全玩大屏幕，视频任务重。对了，他还是著名爱国骇客，曾经把外国国家网给黑了。”

李后主睡眼矇眬地扫了会议室一眼，嘀咕道：

“干什么贴这么多福字，一看就知道是肖门神的手笔——这不搭调哇！”

丙老师朗声笑道：“李后主，你的眼力真好——贴是肖门神干的，主意是我出的。”

李后主笑了：“丙老师！您什么时候把品位改成庙会派了？”

丙老师个头高大，总有点不好意思似的低头弓腰，却黑着脸说：“李后主！风格从属于文化——这是驱邪的，你明白不？”

李后主被正面一戗，却好似没往心里去，满不在乎地一屁股坐下来，掰了半个橘子往嘴里一塞，呜噜不清地说：“什么叫邪？跛子放屁，那才叫邪门儿。嘿！”

众人都乐了。

蔓姐笑骂道：“李后主你这个小不正经的！丙老师说的是正经话——你是今年才入组，老人儿都知道的，每届春晚，说来也巧，总会折个把人，赵师奶、秀腕老师、樊大师，这些名家你都知道的，做完春晚，一命归天！当然，也许是累着了，咱这个活儿熬人哪——都几年了，一做春晚铁山大叔就犯病，天天打吊针，当然他命硬。命软的，也许就被克了。再说了，他们先走的几位，也都住在这层楼，你说这阴气重不重？”

有一些新来进组的听了，竟哑口无言，眼色发滞。莞儿一时也觉得后背冷风飕飕的。梅兰竹嘀咕道：“——蔓姐，你这一说我都觉得暖气不足了。”

老烟斗笑道：“阴虚胆小，赶紧回家壮阳！”

梅兰竹笑嗔他一眼，却不接话茬。

台湾来的米哥大声嚷嚷：“这么说，是得驱邪冲喜——光贴福字法力不够大呀，是不是还要烧香？”

丙老师说：“是要烧的，只是还没到日子。”

云先生道：“伟大领袖说过的——要奋斗，就会有牺牲，死人的事是经常发生的。咱这么大一个事业，精、气、神、命，哪能不损耗。要养生也不来此地。从文化上讲，年祀大仪，必有祭献，不是祭在前，就是献在后。克己方能复礼嘛！”

蔓姐急眼道：“咱还是赶紧献猪头得了，免得把咱们这班好人给折了。”

众人都笑了。

老烟斗笑道：“你这是俗套子——云先生讲的是一种文化、一种心灵追求。既来之，则安之，既安之，则奋斗之——”

“既奋斗之，则损耗之——老烟斗你快回家补肾壮阳去吧！”梅兰竹突发快言，竟把老烟斗给堵上了。

众人都闷笑起来。

这当儿，肖门神快步走进来，径直来到正中间的主位，先把话筒、果盘收拾一下，又掏出一个精致的茶叶筒，取出一根长钉也似的绿茶棍，

“叮”一声搁进一个钢制茶杯里，又续上水。

众人见状，都不再说笑，掐烟掸灰，纷纷落座。肖门神唤过服务员来，给众人都倒了茶。那服务员是个上了年纪的大嫂，满面凶肉，人却和善，还轻手轻脚给莞儿泡了杯热茶。叫莞儿想起老妈来。

会议室一时静下来。众人都把眼光扫着会议室的门口。就听得一阵急促而用力的脚步声，然后，闪进一个西装革履、发型工整的汉子，宽脸膛上架一副钢边眼镜，横皮寡肉，一个大鼻头却冻得通红，拎一个大茶杯，径直往主位方向走去。

莞儿想，这便是言大导了，慌忙打开速录机，激活界面，输入言大导的名字，准备进入工作状态。

老烟斗却斜过身来，使个眼色，低声道：“他不是——他是副总导演林木森，名字好记，全是木头！”

莞儿赶紧把名字改成林木森。就见他紧挨着主位坐下。又注意到肖门神袖手一旁，并不张罗给他倒茶。

林木森抽抽鼻子自言自语：“好冷！堵车堵得厉害，我是走过来的——”

李后主身边有个瘦小伙低声道：“林总，听说刚才在门口有人自焚？”

林木森厉眼扫了他一眼，大声道：“不信谣、不传谣，这是干我们这一行的基本素质！”

说话的瘦小伙涨了个大红脸，不再言语。

林木森又瞟了肖门神一眼：“我还以为会议开始了呢，紧赶慢赶的！发布会也草草收场，要不还可以多讲几句——门神，大导不是先离场了吗，他该到了吧！”

肖门神不卑不亢地道：“是到了，就是有人在找他谈事，谈完了，自然就来了。”

林木森又扫他一眼：“什么人？”

肖门神道：“什么人不清楚，反正是个能发威的威爱屁！”

有人闷笑起来，令林木森不悦，大声道：“你们制片部门是干什么的！也不挡挡！什么人都要服从总体安排嘛。时间这么紧，总不能瞎耗着吧！”

制片主任老郭头使个眼色，蔓姐乖巧地站起来，举手道：“林总，我去叫一声大导！”说罢也不等林木森表态，转身就走出会议室。

林木森自饮一口水，咳一声，开腔道：“同志们！今天台里安排正式的新闻发布会，我和言总都出席了。言总先回来谈事，我就多留了一会儿，现在趁此机会把一些情况和大家通报一下——”

说到这里，他又扫了莞儿一眼，莞儿早已舒张柔臂，十指灵巧地在钢琴键似的速录键上运动，他说的每一句话，甚至包括语气词，都已然记下。

林木森满意地收回目光，大声说将起来，从“春晚”的意义到国内形势国际关系，再到目前若干政策和宣传口径，以及这些新提法对于“春晚”创作把握思路、正确定位的重要意义。莞儿心里好生佩服，这些若干复杂的概念在林总口里行云流水般噗噜噗噜淌出来，如此流畅，如此准确，文法上毫无阻滞，语气上也强弱有致，无不得当。除口角边渐泛起一些小沫沫，真可称之为完美无缺。

莞儿打得酣畅淋漓，忽想起老板的教诲——速记公司老板是个坐轮椅的残疾人，他本人就是打字高手，莞儿刚入职时，只知下苦功、下死功。别人都睡了，她还练，直练得手指磨红、磨破、磨出血。贴上创可贴继续练。老板见状，免单培训，指点要诀，俗话说，会讲的不如会听的。人海茫茫，总是言者少而听者多；人生一场，也大都是发言少，听讲多。速记业者，就是听者里的全能冠军，不仅要听，还要听出文本，形成记录，而这记录又比那新闻记者的文本更加忠实于语言事实本身。速记，宛如长跑，一上手总有些紧张，话有差异，人有口音，不适应在所难免，等找到规律，摸到讲话者的语音、语态、语气、语境，必能舒张有序，收放自如。最高境界便是掌握其心音、心态、心气、心境，所谓听者之道，高于言者——言者出言未既，而录者机上成章。宛如业师观徒，察剑之起舞，而知构架形势，刀之欲落，而知木石分崩。又如晨练遛犬，见其尾之摇曳，而知芳心始动；腿之高抬，而知必有屎尿。那林总虽有横肉，言语却极文明、极书面、极报刊。莞儿虽出道未久，但追索此类句式，已有套路，甚至自觉地在脑海深处某个地方，贮存着此类文辞、句式，乃至文案。所以林总一出口，她基本上就知道下句、下下句，乃至整个段落的走势。加之天资聪慧，手法凌迅，长篇下来，竟无一字讹错。

老烟斗斜过身，见她沉浸于工作的愉悦中，悄声道：“别累着，他的话，记不记都无所谓，会一散，风一吹，说再多也都散了。”

莞儿低声道：“公司有规定，会议正式发言都是要记的。”

老烟斗笑道：“行行，你记。他是有名的空话篓子，讲是由他讲，用是由我用。我是总撰稿——我是说你别累着。”

“喔！”莞儿这才舒了一口气，就觉得指尖麻酥酥的，怕是把茧子磨红了。赶紧从包里摸出几个安全套来——老烟斗扶住眼镜很是吃惊：却见莞儿熟练地用指甲剪剪掉套套前面的小兜，给红肿的几个指头戴上——这是公司姐妹们发明的土办法，又薄又滑，既保有手感，还免费。老烟斗捡起一个无头的套套，悄声叹道：“90后哇，真有一套真有一套哇——”

“同志们！”

林木森的眼睛斜到这边来了，老烟斗也正色坐好。

“同志们，我要特别指出——最近我们有些同志缺少学习，尤其是一些新进组的新同志，组织观念不强，出言自由散漫，不仅在组里乱传小道消息，还擅自接待记者，引发种种猜测、流言飞语，甚至是一些无聊绯闻，对外界造成不良影响！——同志们哪！每年一入冬，只要天上无冰雪，地下无矿难，便是新闻淡季。过年、春晚，就是各大媒体的日常主题，有事他能给你节外生枝，无事他也能给你空手变戏法。前天，有个网络的女探子把我堵住，问今年是请铁山大叔还是请他的弟子？我正要去台里开例会，随口说了句‘时机未到，无可奉告’。这就整出事儿来了，当天晚上网络铺天盖地，标题党！说是春晚无计划邀请铁山大叔。更邪乎的，说铁山大叔或无缘春晚。这一个或字，把我他妈的给坑苦了！”

众人忽听他冒了一句粗口，都乐了。莞儿想笑，又不太敢。老烟斗小声笑道：“他这才叫擅自接待女记者呢。”

“这不，他们接下来，又一窝蜂围攻铁山，弄得他们的发言人老给我打电话。今天新闻发布会，又是为这个事提问，解释，烦不胜烦！同志们哪，有时我想，有的地方说防火防盗防记者，也是有一定道理的！当然，我们北电集团就有一班出色的记者，他们的干劲令人佩服！不过，我们这里是新闻源，换句话说，也是是非地。老肖经常有事无事在楼道里挡记者，这是值得表扬的！”

李后主和几个小青年起哄，鼓起掌来。肖门神无端受了一“赞”，一时不知所措。等掌声收了，便使个眼色。那个老妈子也似的服务员大嫂便从林总开始，仔细地给每人加了一轮茶。

“同志们！请大家把这条标语记在心里——春晚无小事，事事要请示！我以台办‘春晚’领导小组监察组副组长的名义再次强调：对外宣传接待，实行归口管理。擅自接待记者，这是不允许的！本台文艺频道、新闻频道的采访，是自己人，咱们热情配合，但是重要口径，比如谁上、谁不上，由我把关。台外的任何媒体来采访，实行预约申报，由我审批。我是第一发言人。如有专业问题，也请各位总策划、总监以及各专业导演配合，既要恰当宣传本届‘春晚’的主要收视点，也要注意保密，免得给组里造成被动！——魏小虎！”

林木森口气突然一变，李后主旁边一个瘦小伙应声道：“我在！”

“你私开微博！散布‘春晚’八卦！妄自评议节目和演员！严重违反了节目组有关纪律！经报台办会批准，现予除名——请你立刻离开会场！”

那小伙似挨当头一棒，有点发木。李后主捅了一下，他才清醒过来，在李后主的陪同下默然走出会场。

林木森扫了全场一眼，全场鸦雀无声，他似乎很满意这场景。又道：“下面，有几份台办文件，台领导关于‘春晚’的若干指示，我给大家传达一下——对了，老肖，请你去看看，这个蔓姐神神道道，说是去请言总，怎么肉包子打狗一去不回了？”

大家这回都没有笑。肖门神也不端着了，急忙应声而去。

▼ 📁 **附件文件夹**

▼ 📄 春晚最小演员悲情养家纪实文件.txt

《文化艺术报·书刊参考》

2011年春晚，《薪火相传梨园美》中演唱豫剧《花木兰》的3岁女孩张欣怡，外表稚气，但一声一调，一招一式，都准确到位。她的精彩表演成了一个突出的亮点，深深折服了亿万观众。

别看张欣怡这么小，她之前已经在很多有影响的电视节目和重大活动中大显身手，曾受到…＊媃濄？///？？濄殶^^浌★跧@@迚弥冇宖★★%￥·#。鲜为人知的是，张欣怡三个月大时父亲就因为车祸去世，她的母亲也重病在身，只能辞职，甚至不能站着抱抱小欣怡。而她的姥姥是癌症患者，生命羸弱。凄苦命运中，小欣怡年仅两岁就唱戏养家，为了拯救姥姥，为了治好妈妈的病，更为了让妈妈能给自己一个幸福的拥抱……

厄运连连亲情有憾，两岁登台唱戏养家

2007年6月13日，公交公司女司机王丹顺利生下欣怡。张欣怡三个月时，爸爸在去广州送货途中，与迎面而来的一辆大货车相撞，当场死亡。为了生存，王丹把刚满百天的女儿留给母亲照看，拼命地工作。2007年底，王母被确诊为乳腺癌。为了给母亲治病，王丹狠心贱卖了栖身的住房，住进了阴暗潮湿的出租屋。2008年初，王母做了癌细胞切除手术。由于要照顾母亲和女儿，身体条件也不能开车，王丹不得不从单位辞职，打起了力所能及的零工，每天50元工资。

王丹和母亲都是戏迷。每天下午骑上自行车，把小欣怡放到后面的婴儿座椅上，一起去公园听戏。别人唱戏时，她听得很专注，有时还跟着别人一起唱。欣怡最喜欢《穆桂英挂帅》中《辕门外三声炮》选段。此后，又学会了豫剧《花木兰》《小白鞋》，曲剧《陈三两》等曲目。不到两岁，小欣怡仿佛读懂了生活的艰辛。看到妈妈每天带病起早贪黑挣钱，她心疼地说："妈妈，我要唱戏挣钱，给你看病。等你病好了，好好抱我。"

2009年5月的一天，王丹带着欣怡来到一家茶社找到吴总，欣怡跑到吴总面前，抓住他的手，说："伯伯，我会唱很多戏，我要挣钱给妈妈、姥姥看病。"吴总惊呆了，他决定给她一个机会。欣怡摇摇摆摆登上舞台。她镇定自若地唱起《穆桂英挂帅》选段《辕门外三声炮》，一曲未完，台下掌声一片。吴总惊呆了，连连赞道："这孩子真不简单啊！"他给欣怡300元钱酬劳，还不时邀请她去演出。

拼命演出夺冠挣钱，为了妈妈幸福的拥抱

为了能多陪伴女儿，王丹不再做水暖工，应聘到一家超市做收银员，每天上半天班。遇到女儿演出的日子，她事先和同事调班，陪同女儿演出，@@@@@%&8￥￥￥王丹不甘心，独自再次排队去报名。她给欣怡多报半岁，才勉强被允许参赛。当期《梨园春》儿童擂台初赛共11名选手，欣怡排在1号。一口气把《辕门外三声炮》唱完。顺利晋级。

欣怡仍不退烧，在昏迷中还不忘求王丹："妈妈，我不打针，我要参加比赛。"王丹彻夜未眠，不断使用物理方式给女儿降体温。

2009年6月21日，欣怡在母亲、姥姥陪同下，准时来到《梨园春》赛场。上场前，欣怡眼睛一直瞪得圆圆的，竭力驱除困倦。第一次站到电视直播镜头前，她并不怯场，用尽全身力气，投入唱完《辕门外三声炮》。她表情丰富，字正腔圆，味道特别足，演唱博得场下观众阵阵喝彩，她以8500分的最好成绩获得当期《梨园春》擂主（冠军），同时获得500元奖金。

欣怡夺冠归来不久，又高烧40℃，伴随呕吐，全身无力，躺在床上不吃不喝。医生诊断为严重心肌炎。

自从《梨园春》夺冠，欣怡成为小明星演员，还相继参加了其他几个频道的节目，影响越来越大。她经常跟随栏目去各处演出，每次报酬500元左右，每月收入不等。女儿小小年纪就要挣钱养家，王丹内心有说不出的酸涩。她把女儿每月挣到的演出费分成四份，前三份分别用作生活费、自己和母亲的医疗费，第四份存起来，作为欣怡将来的成长基金。为了让欣怡有更好的发展空间，王丹和母亲商定，带她到省城去住。

春晚最小黑马横空出世，悲情家庭笑中带泪

王丹母女俩在一小区租了间房子。她们的日子过得很清苦，基本上吃馒头和素菜。每隔一段时间，王丹最多给女儿做顿西红柿炒鸡蛋或蒜薹炒肉，这些菜也是欣怡的最爱。她们的生活来源，全靠欣怡参加演出的报酬。

眼看欣怡到了入托年龄，王丹到处给女儿联系幼儿园，可好点的每月收费几千元，她根本凑不出，急得寝食不安。河南省军区幼儿园领导得知张欣怡的情况后，伸出援手，让她免费接受正规学前教育。

2010年6月1日晚，在“和祖国一起成长”大型文艺晚会上，张欣怡演唱了豫剧《花木兰》。她外表稚气，但唱得准确到位，台下掌声经久不息。

回来不久，王丹由于奔波疲劳，腰椎间盘突出病情加重，躺在床上不能动弹，翻身要靠母亲帮助，钻心的疼痛更是折磨得她彻夜睡不着觉。王丹没有钱住院，苦苦撑着。而欣怡仿佛一下子长大了，她每天给妈妈拿毛巾擦脸，端饭，倒尿盆。为了帮妈妈减轻痛苦，她一会儿给妈妈跳舞，一会儿唱戏。

2010年11月底，王丹接到春晚节目组的电话，让张欣怡去参加节目选拔。她激动得跳了起来。原来，张欣怡在六一儿童节晚会的精彩表演，引起春晚导演组的极大关注。12月24日，王丹带着女儿来到节目选拔现场，有人质疑：“女孩这么小，上春晚不是开玩笑吗？”面对不友好的目光，欣怡反过来安慰母亲：“妈妈，我一定不会让你失望！”果然，张欣怡的表演征服了导演组，被选定上春晚演唱《花木兰》。

2011年1月10日，张欣怡到春晚节目组开始彩排。第一次彩排，欣怡演唱最后一句用力不够。第二次彩排，欣怡腰间佩戴的麦克风出了故障。第三次彩排，欣怡动作又没做到位，工作人员沉不住气了，纷纷劝导演：“孩子太小了，现在换人还来得及。”导演不置可否。关键时刻，王丹只有不停地给女儿鼓励，让她有信心改正不足。一次次彩排出现意外，欣怡年幼的心也深受打击，可她哽咽着说：“我一定努力，不会让妈妈失望！”婐濄濄斁渋澅迚弥冇宖。

2011年2月2日20时，春晚如期拉开序幕。22时50分，《薪火相传梨园美》节目张欣怡一出场，现场欢呼声一片。她把《花木兰》演唱得淋漓尽致，把现场气氛推向高潮，现场的王丹激动得哭了！

就在莞儿为林木森的语气变化之快而震惊的时候，肖门神熟门熟路，来到言大导房间外。

他办事细密，先在门口侧耳细听，果然听见一个女人在哭泣。他便转身走进制片组的房间，那蔓姐正斜靠在床上，有一搭没一搭地在看肥皂剧。二人相视一笑。蔓姐抛个火龙果过来："还在说呢？"

肖门神拔出钥匙串上的水果刀，一刀切了，边咂吧边嘀咕："上瘾了。趁大导不在，还不多说几句——怎么齐濛濛在哭啊？"

蔓姐道："嗨，两口子的事，谁说得清啊！"

齐濛濛是言大导的前妻。此刻她正坐在言大导的对面，不断用纸巾擦泪。而大导却无动于衷，既不好言相劝，也不帮她递个纸巾，他的大胡子大脸埋在阴影里，任由她泪水杂伴怨言，絮叨不止。

齐濛濛知道她给他出了道难题：

她要女儿小濛上"春晚"。

而且要超越传统的"坤·仑"组合，形成"坤仑濛"新组合。

"春晚"舞台，齐濛濛并不陌生。说起来，早年间，她也曾大红大紫过，也曾签售专辑签得手软过。后来真是应了风水轮流转那句老话，新一拨、又新一拨的歌手如庄稼一般成长起来，其势汹汹，浩浩荡荡，竟把她这么个大姐大给生生淹没了。

她最受刺激的是在习惯了"春晚"亮相的某一年冬季，"春晚"再次没有向她发出邀请。我老了？我过气了？还是老言这个总导演作梗？一怒之下她奔赴新大新血拼——那是个明星们都爱去的超五星购物中心。她看中了一款德国牌子Windsor的黑白花格羊绒卡腰风衣，从中号试到最大号，总也扣不上腰间的搭扣。那导购小姐明显有些不耐烦，竟说："阿姨，这款是专门给小女生做的，您就是扣上了，风格恐怕也不搭调——楼上是知女馆，是为中年知识女性开的，也都是大牌子，还打折，今天正好请了著名的崔教授讲讲知女的人生追求，免费的，阿姨您可以先听听崔教授的讲座再决定走什么风格路线——"

齐濛濛当场被噎得说不出话来。她本想取下硕大的遮眉镜叫那小东西认识认识自己，又怕整到小报上，编派出更恶心的话来。

看来该升级了。升级，是瑞士美容界的暗语，表明服务对象不再年轻，因此应当上手段。

齐濛濛从小就不怕上手段。她父亲是个边地小政委，小孩儿们不听话，他习惯就要“上手段”。练就齐濛濛不怕对自己下手狠。齐濛濛向团里请了个长假去了瑞士——那时团里已经并不把她当做台柱子。她经另一个过气老星指点，早就报名参加了瑞士特项旅游团。那是一个专门为富太太们设计的“深度游”项目——深入到瑞士腹地Mont-Pelerin山谷，深入到瑞士麦瑞美容医院，由专业的医师和仪器再深入到她们的皮肤下、肌肉里、乳房内、子宫中，所上的手段，从脸上动刀、下巴锉骨、鼻梁垫块、腰里削肉、臀后抽脂、奶中灌胶、腿间绷皮，再到注射肉毒素、口服羊胎素，以及脑垂体按摩、松果体电针、卵巢靶标红外、海泥全身封闭塑形，如此等等。她一步到位成了VIP。听说过和没听说过的，都整了一遍。价格自然不菲——比去韩国做同类项目要贵两倍，齐濛濛不差钱。为此行她只把早年团里分给她的一居室给抛了——那房子曾是她和言大导的婚房，其实留着也是块心病。瑞士人以做手表的精细来做脸上功夫确实是举世无双。齐濛濛望着镜子里刷新的面容，很满意。

不料回来后好不容易见到言大导，才知道她撞到一堵结结实实的冷墙上。在“春晚”的发言权上，大导一向很有分量。言大导面无表情，淡淡地，以教导兼开导的口气说，电视是特写的艺术，一个大特写，尤其是现在上了高清，分毫毕现，毁人没商量。你是聪明人，你该明白，这也为你负责。你现在，哈，不差钱，不差名，你留点好印象在观众心里不行吗？

“我不是为了出风头，和年轻人抢镜头！你也不为我想想，我多少还是个歌唱家的名分吧！就给我一点机会，行不行？我只是一年一度几年一度地想证明一下，哪怕是和别人双拼、三拼行不行？老言，往日的情分你心里一点也不念吗？！”

说完这句话她又很是后悔。果然，言大导冷眼看着她，完全是在看一个陌生人。

老天！真是成也萧何败也萧何！我他妈怎么就绕不过这么个贵人呢！

齐濛濛生相甜美，歌喉甜润。从边地小城走到“春晚”舞台，一路之上，居然不缺贵人相助。先是少年宫的老师，后来是音乐学院的主任，再后来是主管部队文工团的首长。他们都对她钟爱有加，援手给力。但是对她最有影响，在根本上改变了她艺术人生的却是言大导。

那时言大导还是言小导。齐濛濛所在文工团有一场高级别的拥军爱民联欢晚会，外请言大导一班电视团队来帮忙录像。言导就负责电视导演，以当时他的资历还未混到实际把场——按后来他的说法，要是他是晚会总导怎么也不能让她出场报幕。

齐濛濛彼时正是小位霸——团里位霸不少，以她刚进团不久的资历，就是有首长推荐也轮不到她唱歌。但她心眼活泛，霸住报幕的位子——报幕这份活儿话虽少出场多，还可以多换几套衣服，大小不论也是台面人物，会后吃消夜少不了有机会和首长们套近乎。但是那一次，她“私心杂念”太多——这是言大导后来的总结，见台下来的大首长很多，还有地方上的高官和名流，一时兴奋不已。聚光灯下，她身着开胸透背晚会礼服，面如桃花，袅袅婷婷，一开口，把大家吓了一跳：

“拥军爱民联欢晚会——到此结束！”

台下一阵哗然，首长们还很体谅，面色平静，但观众已然鼓起倒掌。团长和政委吓出一身冷汗，急忙上台一把将她拉下。晚会是怎么开场的，又是怎么结束的，齐濛濛已经记不得了，只记得她趴在后台的破道具箱上哭。哭啊，哭啊，台上的热闹更衬映出后台角落的寂寥。言大导正是在这时来到她的身边，递给她手绢（那时还不时兴用纸巾呢），也带来了她从没有感觉到的男人的真诚和友爱。她情不自禁趴到他的肩头痛哭。

他们的爱情从舞台开始，也围绕舞台展开。接下来的时光是她的人生低谷。大错已然铸成，团长和政委都受到批评——如果只是部队内部联欢，这事也许就当个笑话过去了，可是那一场晚会偏偏有地方高官、有记者，一切都无可挽回。她很快被边缘化，然后是出局。所幸政委是她父亲的老战友，手下留情，没有把处分写进档案，要不然转业也很难有人收用。

就在齐濛濛四处钻营找工作的时候，言大导却考上美国加州伯克利的影视学院，那可是为好莱坞输送人才的著名学府。但是令齐濛濛万分感动的是，言大导没有把去美国深造变成分手的借口，几年后，言大导学成归国，除了蓄上美式艺术圈的漂亮胡子外，还和她一起造了一通美式的艺术范儿的爱，她觉得他对她的感情并没有被太平洋的海水稀释。而此时，齐濛濛也已钻营进入著名的矿冶文工团，渐渐从无名之辈混成主持人了——彼时正时兴把报幕员唤作主持人。那是齐濛濛第一次对幸福生活的真实体悟：老公是艺术圈名流，自己是常在舞台亮相的主持人。晚会，舞会，宴会，偶尔的堂会。手头不宽裕，心里很充实；白天很琐碎，晚上很精彩。

如果不是第二次丢人现眼，也许齐濛濛后来也就是个大路货的主持人而成不了著名歌星。那又是一次高级别的典礼——是某大型地矿工程开工典礼，有一批国级领导前去剪彩。红旗招展，标语高悬。主席台高高在上，与宏阔场面甚为匹配。齐濛濛心情舒畅，仪态万方，风姿绰约，笑容可掬，一袭红缎旗袍，引无数眼光乱瞟。

“在主席台就座的有……”

齐濛濛出口爽朗，行云流水，一时自信满满，将手卡上的书面语改成自己的口头语：

“下面，就让我们热烈欢迎前排就座的各位领导——下台剪彩！”

音乐起处，却无人挪动。当地省长慌作一团。齐濛濛却不知何故。

我说错什么了？

她原是一番好意，台子高，台阶长，领导、首长们又年事已高，“下台”之词暗含提醒，也是指明路径，却不知高层生活，忌“年高”“下台”等语。齐濛濛见无人动窝，又加上一句：“敬请各位领导、首长下台剪彩！领导首长们有的年事已高，下台时敬请小心保重！”

台上依然无人动弹。有就座边位的地方领导原本要起身，见主要领导不动，也不敢造次，重又坐下。

当地省长脸都绿了，气急败坏又急中生智，冲上主持台，一把抓过话筒：“诸位领导！诸位首长！刚才主持人讲错了——我们现在有请礼仪小姐上台，引导诸位领导、首长前往剪彩区，共同主持剪彩仪式！”

省长一挥手，音乐大作，礼仪小姐们鱼贯登场，玉臂援手，搀扶各位领导，终于缓解一场危机。

齐濛濛照例是大脑一片空白，无助哭泣之中，不知这典礼如何开始，又是如何收场。令她意外的是，言大导闻讯后竟漏夜赶来，齐濛濛又惊又喜又愧又羞，少不得又趴在他的肩头痛哭一场。

“濛濛，事不过三，你再也经不住折腾了。你没有主持这个命。说实在的，你心理素质不行——还是私心杂念太多，按我们斯金纳教授的说法，你的自我幻象太重，放不下来，进入不了现场语境。有的人就是这样，也不都是你，美国名流也常弄笑话。总统讲话也有颠三倒四的，给脱口秀主持人当素材。”

可是这样的安慰，似乎太无力。齐濛濛马上想象到，又是批评，又是通报，说不定下岗——再到哪里落脚呢？团里过气前辈们总说脱毛的孔雀不如鸡。

“我说，我帮你设计一下。”言大导好像看清了她的想法，“你不知道，主持人这一行都是和组织行为挂钩的，你组织观念不强，又把控不了思绪，所以容易出错——你不是常把‘笛子独奏’说成是‘独子笛奏’吗，其实，你本来唱歌本钱不错，只是没有碰到好歌罢了。”

“你说得轻巧，有好歌也给大腕们抢走了，哪轮得到我；再说有好歌，我买得起吗，我。”

齐濛濛说的是实情，以她的收入买得起词买不起曲，买得起歌买不起配器、演奏、录音、MV乃至宣传推广。自然也不是没有老板捧场。矿冶文工团下乡慰问，不少地方官员和煤老板都愿意为女演员埋单。她所在的团里，不比她红的也都开好车。但她一方面有小城骄女的清高，另一方面却是在真诚等待言大导归来——要是和煤老板不清不楚惹上闲话那可容易落个鸡飞蛋打的下场。

言大导也不言语，却从提包里取出几张盘来：“这是我在美国打工的公司认识的一位作曲家瑞恩，他很热爱东方文化，常在东方旅行，得了灵感，写了几首曲子，我为你填了词，你试试，反正美国人唱不来，瑞恩也只象征性收了点版权费——你要是火了，再还他人情不迟。”

齐濛濛感动得小肚子抽搐，无声地献上一吻。这是她接吻史上最真诚的一次。

瑞恩，是个国际知名的鬼才，那几首歌，起势高，架构大，眼界开阔，虽充满浓郁的东方情调，却没有传统民谣的小家子气。在大洋大河雪山高原的气势中，又有些蓝调的忧郁，隐喻着历史的沧桑——后来知道那瑞恩原是黑人，祖上也是唱灵歌有传统的。

言大导亲自填词又亲自配器，灌注了纯情心血。额外地，用驼铃渲染出大漠腾孤烟的旷达，又以梵磬点化了松林隐古庙的深邃；既有黄钟大吕，又有石鼓漏滴。而齐濛濛本有音乐学院大专班的声乐功底，在合唱队也正经八百担任过领唱——唯一的阻碍是英文。好在老师就在眼前。二人全神贯注，倾情投入，把高能耗的美式造爱也暂时搁置，合力冲刺当年“春晚”，终于收获了巨大的成功——《东方行吟》暴得大名，那几首歌本是吟颂高山大川又咏叹人类文明的，“春晚”过后，却被不少言及的景点当做指定歌曲，从车站到大巴，从餐厅到厕所，无不传唱。

齐濛濛终于如愿以偿，从触摸到沉醉再到融化，“女明星”三个字成了她每天临睡必要琢磨，而醒时又品味不已的套装。

令她没有想到的是，当初求名心切的能量居然在财路上大有招展。由于所谓“东方行吟”，很自然地，很多景点、名胜、宜居城市，歌中提及的和没有提及的，纷纷邀请她出任代言人或是主唱市歌。

至于走穴大型晚会，一开始还如她的生理周期，每月一轮，而到后来，竟每周一次，再到一日两三场。令她着实忙不过来。有一段时间，竟是“打飞的”在城市间来去。第一个100万，她还小心翼翼地数着，并计算着如何在自己、言大导、父母、老家的曾经帮助过父亲的舅公们之间安排平衡；而第二个100万到1000万，速度之快令她头晕目眩。她给言大导买了块表面朴素的江诗丹顿，而给自己，本是想要块百达翡丽的，但浪琴、豪爵和香奈儿则同时请她代言新款淑女腕表，而香奈儿的代言除了表，还有新款香水。新朋友收藏家永哥笑眯眯地指出：“算是两份合约。”很久以后，她很诧异，这样的好事，她竟不甚激动，心静如水，在拍照片和MV时，显出一种真正的大牌气场。当即，她把LV包送了化妆师，因为她已经不需要市俗化的证明，而过去常去淘货的OUTLETS，怕跌身份也不想再去。

除了衣服牌子，凡是进入身体的，她倒是越来越在乎。出于对小城土包子的恐惧和仇恨，她狂热地爱上西点，爱法式的马卡龙，爱双馅儿中有马达加斯加香草籽与长士达混合，爱在薄如纸片的千层酥上寻到神秘的海洋气息，爱一时兴起抹上葡萄牙的覆盆子酱以增添邮轮的浮浪风韵；爱奶酪，更爱瑞士奶酪，也爱奶酪火锅香鲜齐备，自然，爱用料出自爱蒙塔尔的奶酪，因为当地有个法令，奶牛所食必须用青草和干草而不得使用饲料、添加剂和转基因原料。爱4月龄的爱蒙塔尔奶酪糯而清香，入口消融，爱12月龄的硬中有软，软中有韵。

当然，进入身体的青春活力也不可忽视。瑞士团的VIP升级为VVIP。爱“羊胚胎素”而不再爱“羊胎素”。原来这两者竟有本质的不同，前者取自阿尔卑斯4000米以上高山黑绵羊的子宫——那里孕育着5个月的羊胚胎，那种细腻而奔腾的生命就饱含于胚胎活体的细胞中；而“羊胎素”则是取自于母羊生完小羊的胎盘——那玩意儿不过是可回收物资的再利用而已。罪过罪过。第一次在宁静的佩勒兰山谷中享用“青春永驻术”之时，齐濛濛尚有些小小的不安。后来听说这羊胚胎素原来已经在欧洲达官贵人中流行了100年，且发现此种活力物质的法国卡尔医生还获得过诺贝尔生物奖呢。再后来，瑞士青春激活之旅成了她每年的必修课。

爱名，爱钱，也爱色，自然地，在有名有钱之后，也爱、也可以挑剔色。作为男人，言大导表现还是不错的，有艺术家的风范，有性感的胡子，也有周末雄风的美式激情。但是齐濛濛总觉得他身上缺点什么。他太文明、太文雅、太绅士、太平等、太西化。齐濛濛是在部队大院长大的，她虽然后来一反大食堂土包子，喜欢铺排法式点心、瑞士奶酪、意大利松露，但在内心，却又渴望被重视、被占领、被拿捏、被统治、被蹂躏，甚至被上手段。后来她在离婚时才明白，对于有胡子的男人，她实际上喜欢的是留胡子的将军，甚或是留胡子的土匪，但不是留胡子的艺术家。

暴名之后，身不由己、又半推半就地，齐濛濛渐次打开了“生活空间”。某次“春晚”，她认识了低调坐在台下的著名收藏家永哥——她所迷恋的瑞士奶酪和江诗丹顿也是永哥的收藏品，很自然地，他们的话题从手腕上的表到手腕上的毛，再到男人的胡子与雄风。顺理成章地，她成了永哥远程堂会上的主角。

第一次是在新疆喀纳斯湖山脚边的度假村。

第二次是在澳门的秘密会所。

第三次是在毛里求斯的鹿岛。

那里的高尔夫仙境般美丽纯粹，却是私人球会并不对外开放。齐濛濛大长见识，原来大佬界中原有如此众多的精英豪杰，除却名流外衣，都各有令女人仰慕的雄风英姿。有的其貌不扬，却气吞山河，雄图大略；有的并无胡须，却强悍霸蛮、雄劲刚健；有的土气木讷，却为人厚道，雄浑可依；有的深沉老相，却智谋超群，雄辩有力；更有不少威爱屁人物见色眼开，明目张胆，却又真诚坦然，雄姿勃发。无须的居多，有味的不少，宛如，瑞士奶酪，2月、4月、6月、10月、12月，各有千秋，又浑然自成。先酒后借意，再意前借酒，直到酒意合欢——正如永哥话说的“革命靠自觉”，齐濛濛一步步收获了众多威爱屁大佬的情谊。

齐濛濛得意至极，却忘了生命之宫是不受自我控制的。期然与不期然之间，一个血肉居然不以齐濛濛的意志为转移，静悄悄萌发。

言大导以艺术家的幸福感用DV细致记录了齐濛濛的大肚崛起之路。还配了音配了乐，制作了一盘家庭影像。每当小濛生日，这段《生命历程》便是保留节目。直到忽然有一天，为了义务献血，听医生和同事闲聊，说起有些血型在亲子关系上不可能成立。

鬼使神差的，言大导立马把小濛从幼儿园接出来，直奔医院。

血型分析报告结论简单而残酷，言大导便知道那传了已久的小报绯闻竟是真的。

“你以为你是明星、名媛，说得不好听，就是个公共汽车——虽然是个豪华车！”

齐濛濛哭了。她没有想到言大导对她如此不屑。这句话宛如军刀直刺她内心的软肋。

离婚不可避免。言小濛改名为齐小濛，从此开始在永哥的什么国际人才基金会的安排下进了全寄宿的国际精英学校。

但是说来奇怪，自从言大导这个贵人离开之后，齐濛濛便开始走下坡路，先是与“春晚”舞台渐行渐远，再是广告和代言江河日下。为了保持热度和收益，她不得不参与一些莫名烂剧的拍摄，连一些过去从不正眼相看的节庆小穴，和乡镇官员、煤老板合影干杯，也强颜为之。永哥的堂会不知为何渐渐对她关上大门。那些老朋友们也对她敬而远之——因为其中有两个已经因贪腐犯事判了重刑。一些扫帚星的传闻令他们也令她隐约不安。更令她心寒的是，放眼舞台，铁打的营盘流水的兵，一拨又一拨青春少女正大踏步迈进，展露着横扫一切的花样年华。

不能坐以待毙，不能像她所见到的几位白发前辈一样，永远在艺术与人生的话题中怀念流金的岁月，在“流金岁月”的话题中怀念艺术的人生，更令人胆寒的是，这样下去，生命的光辉灿烂只能终极定格于追思会上的大幅艺术肖像照。

绝地反击！必须上手段！

齐濛濛并不缺乏战略布局和战术出击的能力。她把女人的战略洼地——子宫，变成了战略高地。小濛的DNA就是“上手段”的最佳手段。

面对面的决战不用下手多狠，小濛的真老爸很快便缴械投降。

真所谓毕其功于一役。从此，她和先生分工合作。先生走仕途，干净体面；她蹚财路，实惠治家。在手段的上与不上之间，她渐次拓展了新的生活空间。不久，她手上已有一座矿、三家公司、十几套房子、一堆股票。到了日进斗金、人五人六地在大班台后签字的时候，她有时会对自己曾经那么在乎“春晚”露个脸，甚至央求老言这家伙双拼、三拼而感到好笑。不错，就像老言说的，是有个什么自我幻象，不过最终看来，这个幻象落实在大班台、董事会上，而不是过眼云烟般的聚光灯下。

不料，正如老爸常说的事情必有辩证法，一笼包子熟了，一笼馍又发过头。财路维稳不成问题之后，又一块心病开始发育——那便是小濛。

十月怀胎，牵肠挂肚，虽然小濛是自作主张钻进她的身子，但是无论如何，那是自己的一块血肉。不料那个小东西吱哇哭闹从肚子爬出来之后，却不以她的意志为轴心。

从小在国际学校成长，也就不怎么和她亲近；从小什么都不缺，也就不怎么努力；功课时好时坏不说，逆反逆反，也就忍了，还尽惹事，先是网瘾，游戏，胡写。闹到学校请来心理专家解决问题。然后去美国，鞭长莫及，和男孩子，不是一个，而是多元化，还是国际多元化！要她拜瑞恩门下学音乐，她却非要搞什么文化产业管理，却又无事生非地参加什么俱乐部，和几个黑人男孩打得火热。她可以接受小濛谈个洋朋友，却不能接受谈黑人朋友，况且还是一堆！

——从照片和录像上看，小濛身边的那些人谁是谁她一直都弄不清。哈！忽然间一个小屁黑孩儿缠着她叫姥姥！这他妈叫什么事儿！而按照小濛的任性和胡闹的轨迹，这个小屁黑孩儿没准儿就在小濛什么隐秘的地方发酵呢！

突然地，好像她又回心转意了，要回国发展。好好好！太好了！既然你愿意搞文化，我让你大搞，风生水起地搞！上“春晚”搞！“春晚”这个大舞台总比那些不入流的俱乐部带劲吧！最重要的是，这丫头终于又回到眼皮底下了！

为了把小濛拉回自己身边，不怕上手段！哪怕是再次碰撞言大导那堵冷墙。

当然，现在已经修炼到家，不打无准备之仗。

第一仗她先孤身飞到加州伯克利，以谢恩的真情和东方的风韵进入了瑞恩的视野，取得了《地球·春天》套曲的使用权。她有很好的理由：中国的崛起，“春晚”的舞台，北电卫视系统数亿人口的覆盖与传播。同样的理由，加上瑞恩的套曲版权，小濛居然没怎么闹，乖乖地和那些黑朋友拜拜。哈，说到底，她还是有着会盘算的基因。

第二仗先是很顺手，老友永哥还是念旧情的，正好在他的数不过来的基金会名目中有顺应潮流的“低碳经济促进会”，这个说松散也松散说不松散也不松散的庞大组织，正需要恰当的舞台和艺术作品来推广概念。

齐濛濛开出的药方正对“低碳促进会”的口味：瑞恩作曲，“春晚”舞台，坤·仑组合加齐小濛。前两个概念没人有异议，但是坤·仑组合作为品牌已经深入人心，再加上一个不搭界的，能行吗？

大导这个人你还不知道，他对艺术最为执著了。要不你先和大导说说，回头我再请人托茅台来烧把火。永哥老奸巨猾地把球开走。

齐濛濛知道，有些阵仗别人靠不住的，还得自己往前冲。

意料之中的，言大导只说了一句话：笑话！

“老言，我是这样和他们说的。”面对冷墙，齐濛濛自有破城利器。

“我好歹也从你那儿学了不少导演阐述嘛，我说，诸位领导、诸位老总，首先‘低碳’这个概念比较技术、比较生僻，它就需要嫁接大品牌、成熟品牌，这样才能人人传唱，深入民间，是不是？瑞恩、坤·仑是大品牌没有错，但是他们都是成熟品牌，本来也和‘低碳’不搭界，是不是？所以应该加上‘低碳’的符号——小濛可以成为‘低碳生活’推广大使嘛！对不对？”

“‘低碳大使’？你们的生活最不低碳了，开豪华车，抹海狗霜。洗个头，放无数遍水！”言大导终于露出一丝笑容。

“我确实在改呢，以前老用死海泥、费水，现在我‘低碳’了，用日本货——好了，言归正传，我为这个事早就谋划把小濛办成‘低碳大使’，过不了多久，你就会看到广告爆炸的。还是公益的，我不收钱！”

“真该对你刮目相看了，连钱也不要了？我不信！”

“君子爱财，取之有道。‘低碳促进会’是个公益组织，这个钱怎能要？要了还叫低碳吗？——不过嘛，另外有些城市、企业，也要玩低碳概念的嘛！他们要找低碳城市、低碳企业、低碳产品代言人，这些补贴还是可以拿的。你看，瑞恩的曲子、歌词也安排好了，‘女人、男人、地球’三个角度，坤唱女人，仑唱男人，小濛唱地球，‘坤·仑·濛低碳’新组合，也为你的‘春晚’增色嘛！”

“哈哈哈！”言大导不禁失声朗笑，“我见过离谱的，可没见过这么离谱的！真滑稽，‘坤·仑·濛低碳’新组合，这是艺术吗？太可笑了！哈哈哈！”

“我看不出有什么好笑的！！”

齐濛濛突然发作，一擤鼻涕道：“你别把你的破‘春晚’看得那么神圣！那么高不可攀！离谱？艺术？哼！言大导演！言大博士！我倒要请教请教你，什么叫艺术！打情骂俏肉麻当有趣的，是艺术吗？装疯卖傻撒泼打滚揪耳朵洒狗血的，是艺术吗？干巴巴喊口号的，滥情煽乎的，也是艺术？相互糟践挠痒痒胳肢人的，糟蹋儿童纯真的，教唆观众骗人的，还有照顾关系的，也都是艺术？那有不少还是你言大导亲自操刀安排的！‘春晚’！哈！也就是一个庙会不庙会、堂会不堂会的大杂烩，风马牛不相及扯在一起的节目多了去了！你都不看看网上是怎么评论你的！”

齐濛濛着实生气，着实伤心。以前那个可以伏在他肩头痛哭的，真心诚意帮她的男人哪里去了？

看着言大导脸色铁青，她后悔话说重了，又缓缓语气：“当然，我也不是说你做的‘春晚’不好看，每年你不都整出几个精品让大家说一年吗，就是那些牛马不相干的节目你也给缝得严严实实天衣无缝！这才是大手笔！大导演啊！不过，话说回来，我策划的这个节目，真的！也不是无聊肤浅的片儿汤话题！低碳生活，这是国计民生的大事，也是我们每个地球人的责任！我倒不怕坤仑两个拒绝——对他们，自有有关方面去做思想工作，我倒是怕你不通过，我知道你们今晚要议论节目构架，所以提前来找你就是这个意思。没想到，你还笑话我——不说了，你看看这个吧！”

齐濛濛也不再说话，只递给言大导一个大公文袋，落款单位是一行粗壮的老宋字体，威风凛凛，红得正派。言大导抽出文件看着。

齐濛濛道：“一封推荐信，二十五个红章章！他们是为一个齐小濛吗？不是！他们是为了低碳生活的普及推广，为了地球文明的健康发展——”

“别跟我说晚会的词儿。这封信我拿着。我一定会给你一个答复。”

“要令我满意的答复！”齐濛濛又恢复了一股又娇又嗔又骚的劲头，“老言啊！我的功夫已经做到家了，这成不成，就看你了——你知道的，我做事不怕上手段！茅台那里我已经拜见了，另外也会有人和他打招呼的。你要明白，我也不全是为我自己。小濛是你带过的，多少也有父女情吧！说个秘密给你听，小濛对她爸并不太亲。时不时，她还常拿你来比她爸呢！”

言大导沉默无语。看来，更多的秘密她不知道，小濛回来后已经悄悄见过他了。现在手机里就有她的短信：言老爸，我就在楼下，等你开完会我有事要说。

看着言大导陷入沉思，齐濛濛心里冷笑一下。

大导！哈！他妈大导！有啥了不起！看老娘怎么摆平你！齐濛濛正想还刺他几句，突然手机响了。为了和言大导谈话，她已经把手机调至VIP挡，现在有动静，自然不是一般人。齐濛濛脸上瞬间堆上笑容，进入笑容可掬的待机状态——可是电话里却是一瓢冰水——老家三舅公的儿子密报：她暗中入股的煤矿出事了！七八个小工被困在井下！

齐濛濛一听就上火了，急问：“你告诉你姐夫了吗？”“还没敢。”“好！别胡嘞嘞！就此打住！”

齐濛濛收了电话，她并不担心言大导听了什么去。胡子是有胡子，可是既不兵，又不匪的，胡子再漂亮也不硬气。不过，这该死的矿井看来还真是沾不得手哇！这次摆平之后，一定要赶紧脱手。便起身正色道：“老言，以前你比我有见识，这几年，我可以说，我比你有眼界。有些事，真该想明白些！小濛她的路我已经铺好，一直铺到你的门下。就看你开不开这个门了！”

齐濛濛说罢，掏出小镜子，从额头到眼角，从眉线到睫毛，从鼻尖到牙齿，仔细睃巡一遍——这是出门前的例行功课，天寒地冻的，万一哪里热胀冷缩不匹配容易出事——据说有个主，是冬天在韩国做的，随后去三亚过年，日头一晒，鼻和奶这“一个中心，两个基本点”都“改革开放”，“跨越式发展”，成了笑话。又扩胸、提乳、缩臀、甩腿，感到一切正常，这才戴上口罩和墨镜。见言大导依然木坐，便甩甩手套拍拍他的肩，款款而去。

▼ **附件文件夹**

▼ 谭盾文件夹

▼ 戏水文件2010-12-12.txt

《南方周末》2010·12·2《我在现场》之《谭盾“戏水”联合国》

《南方周末》2010·12·2谭盾走上联合国总部联大会议厅的舞台，指挥乐队进行《水乐》演出前最后的排练时，特意穿着1+1=1黑底白字T恤。

这件出自谭盾独特创意的T恤，总共只制作了50件。“1+1=1”被谭盾戏称为自己的牛顿定律，1+1既是东方和西方，也是过去和未来，更寓意天人合一。谭盾穿着这件T恤进行排练，与此次演出歌颂大自然的鲞蔟悥婐濄濄斁浾蚏主题有关。

11月10日晚，“天籁——联合国学术影响项目启动仪式音乐会”在联合国总部联大会议厅举行。亚太地区交响乐团联盟主席、中国交响乐基金会理事长郭珊对《南方周末》记者说：“这次音乐会没有政治和商业色彩，表现的是人人都能接受的主题，那就是大自然之美。大自然那么慷慨地给予了我们，作为音乐家要表达的是对大自然母亲的关爱和回报。”

谭盾的《水乐》是这场音乐会中的重头戏。舞台台口，放置的三个玻璃容器盛满清水，闪动的水光倒映在联大会议厅的天花板上。演出开始时，全场一片寂静，观众席里发出了缭绕的琴声，如泣如诉，似风似雨，隐身在观众里的打击乐手王贝贝手里旋转着水琴，边演奏边走向舞台。

《水乐》是谭盾多年前纽约爱乐乐团的委约之作，谭盾在这部作品中加入了对家乡之水的怀念，对婴儿在宫内羊水中运动的想象。

水是谭盾多次运用到作品中的元素，湘江边长大的谭盾对水的运用颇有心得，他用水做琴弦，以水做鼓面，自然的水声在不断的变化中具有戏剧性的张力，水琴、铜锣、纸杯和打击乐手的手指都是乐器，打击乐手在水面上和水中击打出不同的声音效果，时而暴烈，时而温婉，或摇滚、或舞曲的节奏杂糅呈现，乐队缥缈的旋律与挥洒的水声互相呼应，又互相对立。

不久前，谭盾在上海青浦水乡朱家角制作了《水乐堂·天顶上的一滴水》，将自然水声无限放大，推到极致，产生出离奇的效果。谭盾表示：环保不只是口号，也不仅仅是“零／低碳”，重要的是对世界文明与文化遗产产生影响。音乐只是把我们的祖先提出的心灵环保的理念和中国的音乐哲学推向世界的桥梁和载体。

联合国舞台上的《水乐》就是谭盾的自传。谭盾早年在哥伦比亚大学求学时，曾在纽约街头拉小提琴以补生计。有一次，他坐地铁回家，在车厢里打盹，迷蒙中醒来，诧异地看见对面的座位上一排五颜六色的腿，过了一会儿，他才意识到那些腿是由不同肤色组成的。而现在的谭盾登上联合国的舞台，指挥不同肤色音乐家组成的交响乐团演奏自己的作品。演出之后，谭盾的喜悦和兴奋溢于言表：“水是全世界最长的弦，把全世界的人和全世界的水连在了一起。”

联合国秘书长潘基文因为临时有事去外地开会，不能参加音乐会，特地在会见郭珊时向她表示歉意，并委托联合国常务副秘书长阿莎—罗斯·米基罗女士到场致辞。演出开始后，郭珊和中国驻联合国大使李保东等人别具深意地坐在联大会议厅中国代表团的席位上观看了整场演出。

联合国副秘书长赤坂青隆高度赞赏这台歌颂大自然的音乐会：“除了纪念和平（以下为乱码）#@&№瀫洪敱迚弥有弦罘酢，腂麄啨蕫麅蕫。悥婐濄濄瀫洪敱迚罘冊廁龘擟紘屽醲弦？嚄跶悳蓥蒺悥婐；濄濄瀫洪敱迚罘，酢腂麄啨蕫麅蕫悥婐濄……”

就在肖门神、蔓姐眼瞅着齐濛濛罩眼蒙脸地疾步穿越走廊的时候，言大导气哼哼地开始洗脸。

洗脸，一是有点犯困——自10月长假后建组到今天，每天晚上开会，耗得胡须枯焦，精力不支；二是为了洗洗“眼境”，清除污染。有一次云先生神秘地告诉他，为何参与重要典仪之前都要净身更衣、洗却凡尘？上善若水。上善莫若水。印度教徒在恒河里洗，我们去不了，水龙头的活水便也是上善之水。这家伙虽然神神道道，洗洗干净倒符合视觉心理学的频闪刷新原理。

视觉污染哪！

视觉污染哪！

他完全没有想到，在进行长时间的植入性、侵入性、进攻性谈话，特别是大声嚷嚷什么手段之后，齐濛濛最后还来一招植入性、侵入性、进攻性的视觉污染——扩胸、提乳、缩臀、甩腿，她是故意的吗？故意恶心他，表示他的青春情爱居然和一堆假冒伪劣挂钩？倒也不至于，她是有些心机，但也不至于这么损，说到底也没有这么大的恨。再者，就算她有钱了，以她的学识也不至于知道美国人弄的心理战术和频闪技巧。那么是下意识的？这说明，要么她是把自己当成家里人，没在意；要么她是把他当成一件东西，根本就不关心或不在乎他的感受；是的，就是当成家里的一个物件，顶多是豪华物件，既无须在意，也可随便糟践。这是她的一贯风格，在外千般好，回家就找茬儿。老烟斗好像说过的，“男人猎女人一夜，女人猎男人一生”。

郁闷啊，真他妈郁闷啊！

不管是从导演的角度，还是从“前夫”甚或是“前父亲”的角度，都是被劫持！被齐濛濛这么个一身假货俗不可耐的半老徐娘劫持了！哈！“坤·仑·濛——低碳组合”？太滑稽了！

再说，小濛要上“春晚”，她自己怎么没有说起？

小濛一回国就悄悄跑来，一起吃饭的时候只说到美国新近流行的曲风、乐队器材，甚至还说了不少剧本剧情什么的，可没提上“春晚”啊。

言大导抬头看镜子。水滴从胡子慢慢坠落。胡子丛中已有白须，添了两分沧桑、三分威严。这胡子的样式还是瑞恩这家伙从摩门教男人那里“探索与发现”而来的。可是齐濛濛居然包裹着子宫，温润而神秘的东方子宫，直奔美国、直奔好色的瑞恩，且还拿了他的大作回来！

可是他又能说什么？这也是为了小濛，这也是母爱啊！母爱伟大，谁能责备？况且，他又有什么资格说三道四？言大导心里隐隐地有什么地方揪着扯着，很不自在，便拿起干毛巾用力搓揉胡子，好似那胡子是瑞恩的。

刚出门，迎面见到肖门神、蔓姐和李后主，李后主那庞大身躯后面隐着一个哭丧着脸的瘦小子魏小虎。

“言导……”那瘦小子龇开暴牙也不知是哭是笑。

李后主也哭丧着脸：“言导……我们是来告别的……”

“嗯？怎么回事？”言大导注意到他们手里都拎着一个旅行包。

“刚才，在会上，林总把阿虎开了。”

“哦？为什么？”

魏小虎扶了扶眼镜又龇牙低声道：“都是我不好啦，我有擅自开微博、私设专栏、散布八卦、扰乱春晚正常工作秩序……”

“阿虎他刚从香港学校出来，也是第一次进媒体，看什么都新鲜，又不知道媒体的纪律……当然，我也有责任……”

“你也走？！”

李后主叹口气，以一种情景喜剧的悲剧口吻半真半假念叨：“阿虎是我的助理，也是为师的我管教不严——”

“胡来！你们都走了，视频组怎么办？”

言大导自己明白，别看这两个小人物，却有关节目突破的大结构。“春晚”节目结构已然成为一种传统，上下左右都已经形成思维定式。在这个大气场中，想冒尖、想突破，在技术上，尤其是视频上容易出活，这是政治保安全、艺术见效果的必杀技。所以一建组，就把李后主和他的团队挖了过来——他们干过不少在亚洲有影响的大活动，玩视频是高手，见过大场面，当然也有点小脾气。都是80后、90后，这都正常。搞艺术的没性格那还不成了匠人？这个林木森，净干挖墙脚的事儿！

“言大导，您待咱们不薄，咱们此一去恐难再相见，所以咱们特来和您道别——”

“去！还跟我玩情景剧！你们要我对什么词？好自为之？一路走好？”

他们二人“扑哧”笑了。

“你们这帮小子！玩电玩多了！还会设计剧情了呢！——都给我回去。阿虎，你先回房间，写份检讨书——”

魏小虎扶扶眼镜，一头雾水的样子：“检什么书？”

言大导这才想起他念的是香港学校，不兴写这样的东西，便道：“就是，就是，apologize——say sorry 啦！美国人也写的啦！好好写，写好了，要你师傅帮你改改。李后主你先别拿个包吓唬我，把包先给我放回去，马上回会场，我就要开会了，会后我来和林总沟通。”

二人应声而笑。言大导隐声叹口气，今天他妈的什么日子，倒要叫云先生看看，怎么净是窝心事儿！

言大导走进会场的时候，看见大家的脸上都浮着一股板正之气。他本想和劳导开个玩笑，因为等下要议的事项中，就数语言组的事儿难办。又见她低头打盹，便自嘲道：“不好意思，让大家久等了。为什么呢？这因为，有户人家，生了个小孩，他爸就管这小孩叫‘事儿’。他妈不明白，就问为什么，他爸就说了：打这以后，我就可以叫你‘事儿他妈’了——今天呢，就是‘事儿他妈’来了，所以我就迟到了。”

包袱不甚太响，咧嘴的没几个。就是老烟斗身后打字的小姑娘偷笑了——这小姑娘，笑起来倒很“嫣然”呢，好像在哪里见过？

老烟斗见言大导往这边张望，以为是指望他搭个话，便道：“我估摸着今天要议的事儿不少——这不是事儿他爸也来了嘛！”

言大导听出弦外音，便不再调笑，正色道：

“诸位战友！今天是倒计时60天，确实，要议的事儿不少，我列了个单子，有21项哪。还是老规矩，各部门先快速报告一下进展和已经落实的工作。然后提议的21个事项，一项一项过。容易的先来——老肖！你把我房间里那篮水果拿来。嘿嘿，事儿他妈刚送来的，进口水果，不吃白不吃！”

早已候在门口的肖门神应声而去。

各部门的汇报简约而给力。都是老伙计了，言大导捻着胡子微笑。在常规节目的编排上，基本上不用他操心。偶尔插话，也是开开玩笑，活跃气氛，以缓解大家心理压力。等会儿大难点事项有21个之多，别先把他们整趴下了。

“春晚”节目组组织结构甚为庞杂。先从策划组、撰稿组、语言组、歌曲组、音乐组、舞蹈组、曲艺组、杂（技）魔（术）组、戏曲组、主持人组、群众演员组等编导主创部门开始，再到舞美组、视频组、灯光组、摄像组、导播组、字幕组、外拍组等技术主创部门；然后到社会嘉宾组、一般观众组、短信电报互动组、制片剧务组、外联外事组、秘书组、安保组以及纪检组等行政剧务服务部门，最后是技术一组（音频系统）、技术二组（视频系统）、技术三组（切换录制及备播系统）、技术四组（高清系统）、重播编辑组、外语版本一组（英语）、外语版本二组（日、韩、俄、法等语种）等播出部门都一一“过了堂”。

虽然常规节目是简约报告，也足足用了一个小时。其中最简约的是播出部门的技术四个组和外语组、重播组，因为他们的实体工作要在一个月以后才正式开始，现在也就是人到会，应个声，旁听为主。

“很好！谢谢诸位！辛苦辛苦！”

言大导点头致谢。他在美国学会了用艺术甘特图来掌握总体进程，把事项分为常例和特例，常例入甘特表，特例入办公会。如此这般，入表的事项则大可不必上会，以免浪费时间。可是推广若干年，各位搞艺术的，习惯天马行空不喜欢上笼头，那甘特表发了也不填，填了也不填全。

“大导哇！有些大腕老总连电脑都不大会开机呢，你还要他们填excel！”他的艺委会行政助理，留过洋的MBA贾斯汀叫苦不迭。

他知道这是所谓文艺界的通病。那总策划们用文案最多，偏是云先生、丙老师都不会打字，老烟斗打是会打又奇慢，这才批准他们用速记员。而现场导演们凡上年纪的，也大都只会上个网，收个邮件。至于利用excel，还要上升为掌握进程的甘特图，更是没戏。唉，现在连搞建筑施工的包工头都要根据公司甘特图总进度来干活呢！

言大导只有叹气。妥协的结果是，甘特图只有他一个人用，自己填表，自己看。真是傻小子玩鸡巴——自娱自乐。望着自己房间里的甘特图大表，他时时发出苦笑。

但是妥协的代价是常例项目也须每日开会当面沟通，有关无关的人都得旁听陪练。人疲马乏之际，少不了说带色的段子加思想动员。疲软一鼓劲一泄火一又疲软一再鼓劲，这样的怪圈宛如男人周期的循环不已。

“表扬的话我就不说了，有道是：领导不问辛苦，观众只看结果。我们幕后的同志们这么辛苦，一定会换来辉煌的成果！”

言大导忽觉得这样说着太空洞，便又换了腔调故作神秘状说：“报告诸位同仁，我已经向茅台申请了一笔总导演基金，专门用以奖励辛苦！”

林木森不失时机地补了一句：“我们把报告交给茅台的时候，茅台说了，如果台办公会不通过，他从台长基金那里拨付！”

众人都鼓起掌来。

言大导心里又有些心酸。

都是各路精英，在社会上，怎么混也能奔小康发大财的。但台里的体制一贯下来，事业单位，计划经济的轨迹，对“春晚”这样兴师动众的特大项目，也并无特殊政策——没有红头文件的批示，谁敢乱发钱？所以一直沿用老规矩，台里的员工，从总导演到具体干活的制片，都只拿工资，算是平调进组工作，员工有加班费，干部还没有；台外的特聘人员，从总策划到现场帮忙的，多的三千五千，少的也只有千儿八百的——做表做高了，人事部门通不过，科长处长才拿多少钱？至于外聘演员，大腕也不过6000的稿酬，大群众就更不用提了。

10年前总导演不会为这些琐碎事发愁，可现在都得算账。但是你算账，别人也会算。一个小品作家，拘在这组里两三个月，出一个活儿，通过了才3000；要是毙了，只几百块的退稿费；他要是接个电视剧本子，一集少说也有一两万，两个月耗在这里少说也都损失四五万，更不用说李后主团队这样的视频高手，两三个月接一单广告，是多少钱？而且电视发达竞争激烈，是腕儿的不一定非得到此地扬名立万。

所以，总导演的人事路线从过去召之即来，变成友好协商，现在甚至是赔笑恭迎、低三下四。那李后主这些浑小子，请的时候费劲，走的时候痛快，你还拿他没辙。所以才想办法要点奖金。估计按人头也就五百、八百的加班费。还不知道台里给不给。因为去年要过就没批，说是不能开这个口子。

“台里哪个节目不重要？哪个节目不加班？”新闻频道的老石头跳起来反对，“他们要，咱们新闻频道也得要，每周都有直播，不是去灾区，就是去战场，不说辛苦，要说人身安全，也比那舞台花活来得危险对不对？文艺节目嘛，男男女女一堆人，蹦蹦跳跳的，有什么辛苦烦恼也都自我化解了。那公园的老头老太天天搞文艺，还自己贴钱咧！”

这个老石头，什么话到他嘴里都变味！一想到为同仁们要点辛苦费加班费，居然要了几年也没要出个名堂，言大导又暗自叹气。便又强笑道：

“我知道咱们这帮兄弟姐妹不是朝钱看的人，刚才也只当个笑话。不过，消夜是有的。肖门神，你去拿吧，别拿你家亲戚的陈年包子糊弄咱们这些艺术家！”

肖门神是老助理，深知大导的意思，做丑角科应声道：“得令——”

大家都以为肖门神取包子去了，不料，他和几个年轻剧务捧了一大堆黑糊糊的黑皮夹进来，扁扁的，像是文件夹，见人发一个。

老烟斗道：“是要我们做作业吗？”

就听得有人惊呼：“iPad！ iPad！”

言大导捻着胡子，笑而不语。

李后主却抽抽鼻子说：“什么Ipad，山寨的！”

有人已经打开这种很像Ipad的平板电脑，高兴地说：“嘿！管他山寨不山寨，上网、游戏、电影、word，嘿！都有喂！肖门神，谢谢你！”

言大导笑道：“大家别谢错人了，该谢要谢林总！我推行信息管理系统化，推不下去，没有信息工具也是原因。林总自告奋勇，和广告部联系，现在落实下来，主创和重要岗位人手一个，推行无纸化办公——以后有文件不到万不得已不许打印。咱们也办个低碳‘春晚’。感谢林总！”

大家呼啦啦鼓起掌来。林木森有些不好意思，说：“大家也别都感谢我，主要还是大导的主意，我不过去落实罢了。‘文革’时有句老话还是管用的：‘牛长两只角，斗争出成果。’广告部那帮家伙！‘春晚’给台里提供了多大的平台！广告部的人都有业务提成，合着咱们辛苦干活的倒只有吃盒饭的份儿！当然，也是茅台开恩。这事我还得交代两句：第一，这是国内新产品，上市也不贵，才千把多块，是办公用品不是奢侈品，这一堆加起来合成本价也不到10万，广告部也没要求在节目里体现——”

老烟斗道：“体现也行。高科技嘛。梅导安排几个俊男靓女夹着这玩意儿上台，伴舞也成，群舞也成。”

梅兰竹瞪了他一眼，却没吱声。

林木森继续道：“植不植入节目，另外再议吧。第二，我强调一下，这是办公用品！是为了低碳办公、促进信息管理，大家别传到别的部门，引起误会，把咱们和广告部装进去了！”

言大导笑道：“林总说得对！我让他们把21条事项都拷进去了，大家打开共享文件夹。对了，这玩意儿功能较多，为了严肃办公纪律，除李后主这帮单身汉外，都不许用来看电影！尤其是成人电影！”

大家都笑了。言大导看出大家的眼神里那种宽容、体谅、尊重、敬业、克己配合的职业精神，深为感动。不是这帮老伙计，这事儿真他妈的办不起来啊！便振作起来，把21个事项一一念了一遍。

所谓21个事项，都是疑难杂症：

1．停车车位问题。广厦B座门口那块小空地不够，地下停车场又是各单位、公司的年租，车位根本没有。

2．开场形态问题。有无可能营造一个既有气势又独特，与往年不雷同的大开场。

3．绿色段子问题。绿委会致函希望推广绿色文明的短信段子，且要和相声、小品结合起来。

4．红歌联唱问题。红歌歌咏大赛已经决出五个金奖队，一个队就有三五十人，如何进入节目。

5．国学推广问题。全球华人国学推广基金会希望推广《弟子规》《三字经》，他们已经请了大腕作曲。

6．非物质文化问题。世遗申报总会呈请有关部门并已批示下来：中华年节乃世界级非物文化遗产，春节晚会不普及年节文化、各地年俗，岂非怪哉？

7．昆曲入戏问题。同样是世界级非物质文化遗产，为何历年来没有大节目正面表现？著名台湾文化家白先勇先生身体力行推广经年，现已向媒体发出呼吁。

8．两岸关系问题。两岸关系迅猛突破，北电新闻历来跟踪报道经贸协定、文化协定，作为华人欢聚过年的春节晚会如何正面表现两岸关系内容？

9．本年度重大事件问题。事由新闻频道老石头提出：年度事件风起云涌，既有立法进展，又有改革新事，成就卓然，崛起可期。新闻频道已开展《感天动地》系列人物展播，作为台里大品牌，“十大感天动地人物”应在“春晚”亮相并有访谈环节。

10．军事内容问题。拥军爱民历来都是重要内容，但今年军方新武器频频亮相，跨国演习此起彼伏，尤以海军远程护航护渔、保卫蓝色国土、举国期待航母问世，国民振奋，如何在节目中宣国防扬军威。

11．警方内容问题。警方已有和台里合办节目和晚会，但从“我为治安管人民”转变为“我为人民管治安”，警方工作成绩斐然，涌现出“街头标杆好交警”“千里打黑好刑警”“小巷当家好片警”“文明维稳好特警”“火眼金睛好边警”“抗洪救灾好水警”“勇战台风好海警”“高铁保镖好铁警”“凌云壮志好空警”“巡路人生好路警”“挽救青春好网警”“一片爱心好校警”“反贪治腐好经警”“诲人不倦好狱警”“执法如山好法警”，以及参与联合国维和行动的“非洲维和五警花”等等。一台晚会都说不过来。如何以点带面，警民联欢。

12．农民及农民工问题。人口超过半数，国家极为重视，年关常有讨薪悲剧，板胡般凄凉；必又有“春运”大迁徙，史诗般壮阔，人间冷暖，色彩斑驳，又不可障目无视。如何表而不亵，哀而励志，分量给多少、情怀怎么开，都不是尺寸间能拿得住的。

13．新年致辞问题。既是老问题，又是新问题。各行各业、驻外单位一定会有大量来函来电来短信表达新年心愿，并向观众拜年。其中企业、商号均由广告部处理、纪检组督办。但现在每年来电越来越多，越平衡越不平衡、越照顾越照顾不到，导致节后台里台外怨声一片。比如上一个“欧美同学会”，那“旅日侨总”上不上？上了“旅日侨总”，“抗日战争联谊会”上不上？上了，“黄埔同学会”要不要上？你要照顾了海外系统，那就平衡不了本地各民间团体。工、青、妇、红十字、慈善团体、公益组织、志愿者等等等等，哪一个都是建设精神文明的重要力量。这是历来老大难。新问题是外事口转来一份公函云，大国崛起，举世瞩目，本年度内曾有多达几十位大国小国元首政要来本土访问，预计他们出于礼节会发表新年致辞或贺信。如果在节目中发布，不仅仅有个时长问题，更会带来新的更高级别的问题：国外的政要贺了，咱本地的还贺不贺？谁贺？怎么贺？这是茅台最头痛的问题，因为他决定不了；但如果一直决而不定，又可能等来一个上面不决而定的决定，引发被动局面，严重后果。

14．观众审美问题。众口难调是老问题，也是新问题。社会生活纷繁多元，老龄观众、80后、90后、小资情调、中产趣味、男女分野、学历差异，还有众多网友组成的虽同龄同代却志趣各异的亚文化群体：NONO族、漂人、新生代、电玩族、驴友、蜗居族、月光族、剩女族、爱猫人、老知青、老三届、车友会、军事迷……如何激活他们的兴奋点和动情点，把他们的心理聚焦点为我们所用，叠加成一波接一波的收视心理波，是一大难关；至少不要对他们的年度兴奋点视而不见，甚或是无意冲撞，招来某一群体的反弹和骂声。

15．粉丝团问题。与此相关，大凡新星，尤其是当红新星，背后都有强大的粉丝团，有的明星博主，粉丝多达百万。推荐、声援、抬杠、对骂，声势浩大，背后的背后又有网络、媒体、公司乃至网络水军策划运作。“春晚影子名单”“粉丝推荐！”“强力声援！”此起彼伏。小角想成大角，大角想成腕儿，“未曾上台身先红”，明星并不怕炒作，反正事先已经赚足了眼球。节目组请得来，是明星给面子；不来请，则是节目组不给粉丝面子、不尊重观众意愿。现在至少有十几个歌星的个人网络在造声势（言大导想，齐濛濛幸亏先和他通气，但不知她如何运用新媒体，她一煽乎，还不知又做出什么局来）。

16．节目结构问题。长达5个小时的节目，要不要按时段分主题、分层次形成框架结构？若是形成结构，一旦演员或节目异动，牵一发而动全身如何调整。

17．零点钟声问题。历来零点钟声一带而过，众多观众指出值此除旧迎新之际，只是几个主持人引领演员口头欢呼，踩几个气球拉倒，太小儿科了。况且主持人往往临危不慎乱局出错，假笑共作秀一色，口误与抢话齐飞，往往是华彩乐章中的败笔，难道就没有路径突破？

18．首长互动问题。与此相关的，首长来不来现场观看？互不互动？是大动还是小动？都是悬而难决之事（本来言大导没列上此条，林木森却坚决说，首长的座位就是舞台的定位，这是大事，必得有个预案才好）。

19．三网合一问题。这是已经定下了的大事，但是超常规的电视“春晚”引发的技术很多：让不让网络直播，直播后造成观众分流怎么办？相关的广告资源怎么办？虽然节目组本身不参与经营，但联合播出后的短信互动就是大事。短信要不要进节目？怎么把关？如果分流到网站会不会引导观众去上网从而影响收视率？

20．环球网姐问题。这是茅台批转下来的项目。一大批国外美女怎么和本土观众挂钩？是网络为电视输送资源，还是电视为网络抬轿子？这些都没想透彻。

21．最后是低碳问题。（虽然是齐濛濛的私事，但也是当前生活一大主题）事实上齐濛濛找来之前，已经有城乡主管领导向茅台打招呼，希望反映低碳新生活。

言大导一口气不停，连主题带提要，又夹杂些自己的注解，把事儿都一锅端了出来，直说得口焦舌干，连呼肖门神加茶。

众人听了，面面相觑，一时只有梅兰竹等大小女孩嗑瓜子的声音。

云先生倒潇洒，毕竟是“数朝元老”，见怪不怪，转着两个核桃笑道：“虱子多了不咬。咱们从哪儿下手？”

言大导伸了个懒腰：“一条一条过吧，是债躲不过，说一条少一条，当断则断，能快则快！”

林木森应声道：“那就从头来吧，咱们从车位开始？”见言大导没有接话，又道，“那谁，老肖，你把车位的情况通报一下吧，这也是大家关心的事！”

肖门神少有机会向大家正式讲话，他也学林木森干咳一声，老烟斗戏谑地鼓起掌来，惹得他直冲老烟斗瞪眼。

肖门神报告：原来广厦B座是栋老楼，门前停车位本来就不多。地下车库又早就被各单位占满。历年节目组停车都是问题，但以往有车的人不多，还算好解决，现在几乎人手一辆，连来实习的女生都开了车来——言大导知道他说的是容格格，这位小姑奶奶是从欧洲游学回来，打扮夸张，行事出格，自然家世背景秘密莫测，反正她来组里实习，是茅台亲自陪同来的。她身材娇小，开一辆兰博基尼。招摇过市或得瑟这类词就是为她这类人物发明的。刚才肖门神发平板电脑，就她一人随手扔还回去，晃着两个大耳环道：“我从不用山寨货！”因为她手上就使着一款纯白的正品

iPad。

车位不够，排练以后，天天有小道具、器材进出，打车也不现实，的士们不知为何不愿干活，叫车太费劲。经和物业商量，把后门一块草坪用板子盖了，节目组临时停车，反正“春晚”做完再拆板子也不耽误小草生长。但是即便如此，还是紧张。

“特此规定：主创及外请主要嘉宾使用A证，停楼下；其余工作人员用B证，停后门草坪，因为只有二十几个车位，早来早停，停不下，亦可停到后门街道上。蔓姐已经把交警队搞定了，没事的，就是走两步。请大家理解，哈哈。”

李后主嘀咕道：“我看正楼下不是有辆旧车，又旧又破，还占两个车位呢！”

丙老师笑道：“一听就是新来的！老人们都知道这车是怎么回事。你别看它现在脏，过两天雪停了，保管有人给它擦。”

云先生说：“都停了——跨世纪了吧？别说擦车，轮子瘪了，也有人打气，换胎。”

李后主更好奇了：“这、这车还这么大能耐？”

林木森借机训斥道：“别扯远了，该知道的知道，不该知道的就不该知道。车位的安排，老肖想得很靠谱，大家就按此执行吧。第二条，开场形态问题！”

言大导喝了口茶水，说：“开场嘛，是个老问题，能不能别搞这个大哄大嗡，乱跳一气的人海战术。有的评论家比较苛刻，说咱们是‘华彩的垃圾’，这开场确实空洞，每年花钱不少，谁还记得？都一道汤。其实在功能上也就是营造个气氛。这是我的一个追求。也已有了些想法。不过今天，舞美炎大师正在现场装台，等他来了再说吧。”

接下来就议到绿色短信段子一事。

林木森干咳一声道：“这是一个挺难办的事儿。台办会上，传达了一个文件，不是咱们系统的，可是来头还不小。有一个绿色短信委员会，简称绿信委，给茅台发了一个便函，不是正式的公函，内容呢也只是倡议，倡议咱们春晚相声、小品的段子要健康、文明，还提议咱们在节目中发布绿色短信若干条，为此他们还有一个附件，上面是他们推荐的一百条绿色短信，希望咱们能够从中挑几条进入节目。”

林木森把文件的复印件递到言大导手里。他捻着胡子，把眼一扫，就见上面有茅台的批示："言导，绿信委的倡议很有意义，你们认真研究一下，把绿信委推荐的绿色段子，和'春晚'舞台的特定的审美氛围、广大观众长期以来形成的欣赏习惯结合起来，先形成一个操作方案，报台办专题研究后再执行。"后面是茅台的签名。

言大导用力捋了一下胡子，没有吱声。他把文件递给急眼相盼的劳导，心想，这下可好，给劳大仙出难题了！便说："劳导，你别急，先念一下茅台的批示，大家议一议！"

劳导急眼巴巴领过批示，小声复又大声念了一通，又打眼扫了一下附件，作眼作色地嚷了起来："这、这可怎么办？！咱们还要不要笑点了？"

老烟斗是总撰稿，脱不了干系，一面斜着眼看附件，一面嘀咕："劳大仙的话没错，这里的东西，好是好，都太正，只有少数有点幽默感的，还都是文字段子，看着还行，说口不灵。大导，咱们干脆回了吧，要不整个夹生饭，节目里笑点不够，观众乐不起来，到时候挨骂的还是咱们！"

言大导深知此事颇为棘手，老烟斗说的是实情，哪年相声小品乐不起来，导演都要挨骂；可是要整过了头，洒了狗血，现场气氛也许不错，可是观众笑过之后，回过神来，还是要骂；而领导和文化人更会批你低俗。

在美国学习笑料构成，核心元素就是政治与性，可是政治笑话和性笑话这两条在"春晚"都行不通。因此，历来语言组的创作是重头戏，包袱不响不行，少了不行，俗了不行，太正了成了说教也不行。尽管语言类节目充其量不过十来分钟，可都是大腕云集，集中攻关，抓语言节目的导演更是绞尽脑汁、熬精费力——此种情景恰如老烟斗自嘲所说，是长工背地主婆过河，太监给娘娘搓背，耗子给猫揉奶，看上去很美，整到最后就是吃力不讨好，"洗具"变"杯具"。

一个本子，从起稿，到在舞台上立起来，耗三四个月，一审查，毙了。成了大腕的笑星哪个没有被毙过节目？相声界有几个腕儿说什么也不肯上"春晚"。"言导，您行行好，放我们一马，让我们保持晚节吧。"刚一建组，劳大仙便和言大导去拜访几位名家，他们都怕万一不通过，媒体上再一张扬，不好收场。"枪毙事小，失节事大。"

其实劳大仙也不想再干。"大导，咱们不是外人，不怕你笑话，我一个女人家，还没到年龄，头发都有白的了，也有了闭经的症状！医生嘱咐我要好好休息两年。我也想过过幸福生活呀！”

言大导知她不是矫情，劳大仙已经连着干了几年语言组，熬灯耗油的，按美式黑色笑话说，把子宫里的心血都耗干了，耗得什么时候看，都是脸色发青。同事们都笑话她可以演恐怖片。但是她是大拿，而且她是编辑出身。自己不导，也就没有掺和笑林门派的恩怨纠纷，加之为人谦和，处事低调，反而团结了一大批笑星大腕和编撰高手。本届“春晚”，虽然开局不顺，但她已经运用人脉，形成一个可靠、至少可以保底的结构。

可是现在，如果生要加上令人不乐的教育人的段子，这相声和小品怎么整？怪不得劳大仙平时没脾气，现在脸上却一派烟火。言大导捋着胡子，微笑看着她，算是“深表同情”。

林木森也看言大导一眼，见他不表态，便道：“大家不要跑题，茅台已经批示，咱们主要讨论怎么执行的问题。”

丙老师朗声笑道：“林总这还算是句——好话……”

大家都听得出来，那丙老师本想说“还算是句人话”，总算留点面子，改成好话。可云先生偏不饶他，竟把两个文玩核桃往桌上重重一磕，假意呵斥道：“丙老师瞧你说的，什么叫这还算句——好话，难道林总过去说的都是废话不成？”

丙老师却朗笑道：“你批评得对！我说错了，林总一向都说的是好话，不是废话！我道歉！”

二人你来我往，夹枪带棒，把林木森弄得猫不是狗不是。他们两个总策划，加上老烟斗总撰稿，所谓三老，做“春晚”都太长历史了，又不是台里的员工，在社会上各有身份地位，除了老烟斗有些软柿子可捏外，那两位爷都不是好惹的。大不了，他们拍屁股走人，还必得要在圈里圈外媒体微博上胡说八道。所以能忍时便也忍了。

言大导都看在眼里。他知道这是因为此番建组，是他邀请云、丙、鄢几位老搭档起头，一起竞标而成。却不料茅台不知怎么想的，在建组之后，又来商量要派一位副总导演，而且兼行监察组副组长之责。言大导一听就有想法，难道台里不信任我了吗？茅台后来私下里解释道：“这也是为你好，也更有利于开展工作。”言大导便知茅台可能另有难处。不过林木森也是台里同事，尽管他喜欢走上层路线，但业务能力也是有的，也和言大导没有正面矛盾，再说他是个开会迷，以后去台里开例会便让他顶替点卯便好，便应承下来。不料林木森上任之后，并不谦虚谨慎，多以“政要”自居，事事插手，懂的不懂的都要他通过，闹得几位老伙计很不开心。

言大导咳嗽一声，低声道：“林总说得对，咱们集中讨论怎样执行茅台的批示。”

丙老师笑道：“大导！林总！诸位神仙！茅台是高人啊！路径在哪里？他老人家已经给咱们指出光明大道了啊！”

老烟斗道：“此话怎讲？”

丙老师笑说：“还是林总有水平，他的思维是领导层的，所以他看出来了要咱们集中讨论茅台指示！——茅台怎么说，‘春晚舞台的特定的审美氛围，广大观众的欣赏习惯’，对了，似乎还有一个长期形成的，什么什么结合起来。诸位！琢磨琢磨，特定、广大、长期、审美氛围、欣赏习惯，还有最重要的——结合起来，这意思还不明确吗？在下以为——”

“打住！打住！”云先生挥手道，“丙兄，你一浪漫诗人，什么时候读懂官方文件了？你这番高论，我颇不以为然！还是要请教林总，他是从台办会下来的，这精神只有他领会得最深，解释得最清楚！林总，您说呢？”

言大导没想到这云先生随手就能把一业务讨论做成一个人事小局。若是林木森当场驳丙老师，显得太小家子气；若是他附和了，便掉进云先生的局里。这帮老家伙，幸亏正式关系都不是在台里，也幸亏他们都各有追求，不玩人事，要不然自己身边清净不了。

那林木森显然只想到第一层，或许，他只是以为云先生是为了挑拨他和丙老师的关系，竟大声说道：“云先生，我看这回丙老师说得没错！茅台的批示，一般有‘已阅’‘同意’‘照办’或请某某照办、执行之类，这是表示他内心是同意的，或没什么反对意见。当然公文格式也很要紧——”他悠悠啜了一口茶，卖个小关子，“要是只写个茅，意思是照办，但是公事公办，按程序走；要是写上名字又不写姓，那是要坚决照办，不得有误，办不成也不惜突破公事程序，办不好必要挨训，吃不了兜着走；要是写上全名，那学问就更大了——”

林木森又做饮茶状，老烟斗发起，大家一致鼓掌。肖门神也听得入神，亲自给他添了水。

“咱们回顾一下：只签姓，公事公办；只签名，公私兼顾办；那么签了全名呢——意思是看着办！”

“这‘看着办’又是什么意思？”劳导此刻最心急，不禁脱口问道。

“看着办，就是可办可不办！当然，这又要分是横签还是竖签！全名横签，不管批示如何，意见都是知道了，再商量吧，或者说白一些，先搁置一下，冷静思考后再说；全名竖签，又有批示，意见就是‘商量商量吧，能办也可办，不能办则须商量出个妥善办法回应’——你们看，茅台批示的句式：先如何，报哪里，又研究，再执行。这意思还不明白吗？茅台是台里老人了，文艺口他以前也抓过，还不知道这事的难处？所以他才暗示什么审美氛围，什么欣赏习惯，这文件有来头，他不能不批，批过头了，又怕下面执行起来使劲太猛，坏了正事，因此上，给咱们一个执行的回旋余地。这也是茅台体谅一线同志们的辛苦。所以这事，一方面咱们必须办，至少要配合一下；另一方面，也不能完全配合，把笑点配合没了，把‘春晚’整成一个开会，谁也担当不起！”

众人又都鼓起掌来。

言大导则微笑点头没有鼓掌。他知道这个掌不能轻易鼓。同时，又在心里说，看不出来林木森研究官场还真有心得。自己看文件，多半看看字面拉倒，哪里有林木森力透纸背的功力！看来以后得认真学习领会领导的真实意图，看文件批示也得先看签名格式。另外，自己在组里说话、批示也得长个后眼，林木森这家伙不是个吃素的。

“敬佩！敬佩！”云先生挥挥手，众人静下来，“林总一番高论，真是醍醐灌顶，在下这才开了窍了！诸位，由此看来，咱们也不必唉声叹气，咱们就按茅台的指示办！就按林总解释的领导意图办！”

林木森一听这话，刚想说点什么，云先生却又挥挥手连珠急炮地说：“为此，我有些具体想法供大家参考：第一，坚定不移地走‘开门办春晚’的路线！赶紧和绿委会一起，共同发起‘我为春晚写段子’的大型短信征集活动，征集专供‘春晚’的笑话——然后网友投票，选出十大笑话——”

劳导举手道：“这、这，恐怕不行吧！笑话都刨底了还怎么笑得出来？”

云先生手里转着两个核桃，笑道：“请息怒！劳大仙，这事我还不明白吗——我的意思是把他们也拉下水，别让他们只做裁判员不做运动员。至于绿段子又要好笑的问题，咱们另辟蹊径——老烟斗，你别犯愁不用你想，咱们请郭主任向台里申请一笔特殊经费，在社会上拘几个写手过来。我看有的网络写手也很厉害的，拘在一起好吃好喝，头脑风暴——至少咱们报告上须有这一条‘得力措施’！”

丙老师说：“现在还来得及。重赏之下必有勇夫！成一条，给一万！”

云先生又道：“亿万观众笑一下，又健康，又幸福，又欢乐，一万真不贵！当然，这两条都是为了打报告用的，网上搞活动是为了对付绿委会；建立一个小分队是为了对付领导：茅台您看，最厉害的枪手都在这儿了，结果好是咱们的成绩，不好，也不是咱们办事不力对不对？不过这些虚招也不能把咱们自己给骗了，还得有一狠招！诸位！咱什么时候都别忘了大台制片人的办事原则：把方便留给自己，把困难留给别人，是不是？所以不能便宜了已经火了的那些大腕儿！他们也须得承担绿色责任！咱们有必要把指标分解一下，‘包产到户’，凡上节目每三分钟内必要有一个绿色文明段子，他们为了自己节目的效果，必得挖空心思，争奇斗艳。咱们只学诸葛亮摇起鹅毛扇坐收渔利，笑纳成果就是了！”

这回老烟斗带头鼓起掌来。

言大导捋着须尖也笑了，看不出云先生一副闲云野鹤的做派，要是布起局来倒也很有心机。有此一说，对上对外对内，皆有应付；更重要的是把劳大仙解了套，让她全身心地按“审美氛围”“欣赏习惯”去抓节目。便道：

“大家都议得很透。有些建议很值得我学习思考。我想老烟斗得执笔写个方案，给林总批改一下，再报上去。常言道，千金难买劳一笑，现在劳大仙眉开眼笑，事儿已经OK了！很好！Just do it！现在不早了，先休息一会儿再议，老肖，夜宵好了吗？”

“早好了！怕又凉了！”肖门神在门口朗声应道。

“那就赶紧吃了吧！”

肖门神和蔓姐就张罗着把言大导、林木森的馄饨盛好，其他人便乱哄哄自助起来。言大导吃馄饨自有一套讲究，因为有汤水，须得用几个专用的小夹子把须须们夹住——说起来这夹子还是喜欢到处“探索与发现”的瑞恩在摩门教徒那里淘来又转送给他的。见打字的小姑娘好奇地瞪着自己，便自嘲地说：“你看，时尚也是要付出代价的。”

那小姑娘就甜味十足地偷着乐了，一时便觉得那小姑娘脸模子很眼熟，却又想不起在哪里见过。莫不是瑞恩这家伙常念叨的“东方味道”？又隐约觉得她竟和小濛有几分相似。对了，小濛这孩子还说等散了会有话要说，也不知这孩子现在在哪儿猫着？开了一天会，脑子乱麻一般，也没个头绪。只听那几位半仙、大仙的吃得高兴又在飙话——先是老烟斗把馄饨汤兜底喝了，又要了一碗，又加胡椒、辣子，吃得稀里嗞啦，竟拿腔唱出一段小调——

“春晚就是一个台，
有才无才都要来——”

丙老师但凡有此机会，绝不甘落后，立马就接了一句：

“春晚就是一个梦，
天上人间都要碰——”

云先生也嬉笑着哼唱道：

“春晚就是一个筐，
什么东西都往（里）装——”

丙老师又歪头接唱道：

“春晚就是一个口，
千军万马往里走——”

老烟斗兴奋起来，小眼一转，低声唱道：

“春晚就是一个洞，
阿猫阿狗都想弄——”

丙老师和云先生都坏笑起来。云先生用汤勺指点着老烟斗笑道：

“不雅不雅，不如改为——才子佳人大互动。”

众人都乐了。

蔓姐故作严肃表情瞪老烟斗一眼，道：“这帮老不正经的！馄饨也堵不住你们嘴！”

老烟斗故作委屈状，道：“就许他弘扬天上人间，不许咱们唱唱阿猫阿狗？——艺术面前，人人平等。”

云先生道：“话是这么说，可是烟斗兄，艺术面前，人人平等，可是有些人更平等。这理儿不是人先弄明白的，是动物庄园里的几只猪先弄明白的。”

众人先都乐着，忽听云先生转了话锋，也不知道他锋言锋语要骂什么人。都不好接茬，只埋头吃馄饨。会议里一片稀里唏噜喝汤声。

言大导原是知道云先生所说掌故的，心里叹道，也不怪这几位大仙发牢骚，这几年他们连着整“春晚”，又累又耗，补贴一个月几千块还不够买云先生手里的文玩核桃，况且在这幕后大拿中已累死一个樊大师，不是自己的面子，他们必不肯来受这夹板气，便道：

“诸位！现在是12点50分，咱们再振作一下，伟大领袖说过的：这最后的胜利，往往就在于坚持最后一刻的努力之中——好了，我们抓紧时间，把剩下的问题再议一下，各专业组除负责导演外，年轻同志可以先撤。我们争取3点钟结束！”

老烟斗应声道：“前几年，樊大师在世的时候，咱们为节目吵架，吵着吵着就总结出‘春晚’议节目的规律，还是副对联——时间在扯皮中流逝，节目在混乱中诞生——今晚直播！”

众人都苦笑了。言大导就说：“闲言少叙，直奔主题吧。现在到卫生间放水，5分钟后各就各位！”

▼ 阿杜—基地文件.txt

就在言大导气闷心堵听任齐濛濛糟践之时，远在跨越几个时区的卡都拉雪山上，阿杜冷静地蹲在雪洞口仔细聆听雪山的声音——他是在等待联络人的到来。

天色晴好，落日的余晖将远处的卡都拉主峰抹上一片罕见的金色。

阿杜冷静地嚼着压缩饼干。雪洞四周一切既冷又静——冷，冷得手指捏不拢饼干，静，静得只有自己牙齿咬碎饼干的声音，听起来像是怪兽在雪地上踏行。

阿杜知道，又一场暴风雪即将来临。这种美丽而古怪的平静其实更加可怕，它会诱惑人们放纵野外，而忘记接踵而至的危险。

电台联络暗语套用的歌词中似乎唱过：

平静的湖水不要相信，湖水的深处你永远探不到底；
姑娘的微笑不要相信，美丽的风暴谁知何时降临。

但是现在麻烦的是，阿杜什么有用的信息都听不到了——雪地太冷，电池比预计的用得快。没有短波收音机，无法知道暴风雪的具体行踪——本来可以收到附近三四个国家的天气预报，形成一个比较靠谱的参照系。更糟糕的是，他也无法听到大法宗父亲的指令。除了等待，他目前做不了别的。

实际上，阿杜心中的姑娘也不知道人在何处，心系何方——这都怨一年前组织的指令来得太突然，根本没有时间和她去告别。而后，又不敢明目张胆地和她通电话。以他和她的关系，电话肯定被监控。一年前正是因为卡都拉小组的头头私自给父亲打电话祝寿才暴露了目标被一举摧毁。更可恼的是，选择在卡都拉建立据点，本是因为它处于三四个国家的交界之地，各方都不容易管到，但是反过来，据点被摧毁了，却也不知是哪国干的。

阿杜接手后，曾经想把新据点改到别的地方，但是综合交通、通信、人员、物资等诸多因素，新据点还是设在卡都拉山区，因为靠近任何一国边界反而更加麻烦，也更加危险。不说别的，护照问题就难以解决。当然阿杜是个有头脑的实干家，他把据点一下就抬高到雪线以上。虽然常年寒冷，但是安全可靠。再说组织的能量也今非昔比，他们可以提供一大堆在雪山探险、生存的用品。物资中有新有旧，有的是高级名牌，也有募集而来的杂货。比如他揣在手上的望远镜就是加拿大的旧货。

但不管怎么样，总算有吃有喝，不冷了。作为数国通缉的要犯，有这样的生存条件已经不错了。

望远镜在雪地上搜索，只有它才辨别得出一条隐隐约约的小路。那是夏季来临时，黄羊们出没开拓的隐秘小道。偶有采药的上山或是牧羊人赶着山羊，扩展了这条小路。但是大雪在9月底就封山了。除了鹰和雪狐，基本没有活物在眼前活动。阿杜有些小小的担心，按常例，联络人早应该到了。山沟里，太阳落山特别快，一会儿大山的阴影就会无声无息地把路覆盖了。不过，阿杜内心很满意，照眼前这个架势，熬到来年开春是没有问题的。心字头上一把刀，隐且忍着，本身就是大法宗提倡的心修之道。

今天正是山下联络人上山送给养的日子，这也是雪季前最后的联络日。山上一共有五六个兄弟，这都是阿杜在一年间发展起来的。除了在火车站发过几次传单，在警察局门口扔过两个没起火的自制燃烧瓶之外，一年里基本上没有干成什么大事，但是阿杜有信心。有了团队，有了兄弟，来年开春了，下山活动。通过阿杜的宣讲一定能够打动更多的朋友，发展更多的兄弟。这个计划已经让山下的联络人通过互联网发给地区总部了。他曾隐隐约约地听他的孪生兄弟阿甫说过，地区总部的基地似乎在伊拉克。不久前，美军大部队撤走了，地区总部的活动应该更方便了。要是这次联络人能够带来海事卫星电话，以后就可以直接听到总部的指令了。

“嗷呜——”

远处传来了雪狐的叫声。聆听，倾听，认真听，是阿杜的生存策略，也是他的基本功。雪狐声音很有磁性，尾音拖得较长，听起来是一只雌狐在召唤情人。但是现在，远不是雪狐发情的时候，应该是山下来人了。

阿杜用望远镜扫了一下500米之外的一方雪岩——那里又有一个岩洞，阿杜把第二道防线的三个兄弟布局在那里。而在更远处的山口，第一道防线有两个兄弟把住山口。很快，看见了一顶白帽子下是一个大口罩——那是山下来的联络人，为了安全他不能和其他兄弟认识。紧接着是另一顶白皮伪装帽和黑糊糊的AK—74。那是从第一道防线押送联络人的兄弟。

不一会儿，随着咕叽咕叽的脚步声，那个白口罩来到洞前。阿杜谨慎地咳嗽了两下，却听到对方用力咳了四下——这是一种按日历编排的暗号。阿杜挥挥手，放哨的兄弟转身退去。

联络人摘下口罩，阿杜彻底放下心来。来人打开了一个大背包——阿杜先剥了块巧克力放在嘴里——巧克力冻硬了赛过石头，生生硌了一下阿杜的牙。他咧嘴傻笑了一下，赶紧找到电池塞到收音机里，还随口问了句海事电话还没到货？

后来，他反思就是在这里他过于急切，疏忽了一个重要环节。他无论如何应该插上耳机，这样组织里的声音或指令只有他一个人能得到。可是他直接就打开了收音机，那个频率是调好的，一首风俗民歌传了出来，正是他前不久还在心里哼唱的那首：

平静的湖水不要相信，湖水的深处你永远探不到底；
姑娘的微笑不要相信，美丽的风暴谁知何时降临。

阿杜笑着扭头看看联络人，他有点发呆，半拉口罩悬在耳朵上，脸上半明半暗，见阿杜笑着看他，他也咧开嘴僵硬地回笑了一下。阿杜就觉得哪里有点不对劲。这时又听见广播里传来柔和亲切的女声：

“……现在继续父亲的召唤……罗非鱼兄弟辛苦了，你们的旅行路线改为从哈布斯堡古城出发，去取果酱，注意去取果酱……雪狐兄弟请注意，风暴即将来临，你心中的姑娘很想念你，她有一个春天晚上的约会，约会地点在茶马古道，要你本人亲自赴约。再说一遍地点茶马古道，你本人亲自赴约……海盗船兄弟们请注意——”

阿杜在心里急速换算了一下，又瞟了一眼挂在罐头箱上的地图，茶马古道？还要本人亲自赴约，难道说这里的兄弟都不要了？

阿杜心里猛一惊，有人出了问题！

他猛一回头发现联络人也盯着地图，神情诡异——他在听广播了！他在听广播而且好像听懂了什么！

就是他出了问题！

对了，看来他上山送电池的时间是掐好时间的——正好在联络时间之前！而这本不应该这么“准确”这么“碰巧”！

阿杜恶狠狠地看着他，他一动也不敢动。阿杜注意到他的手套伸开指套，姿态别扭。阿杜一把夺过手套——指套里硬邦邦的藏着什么——拔出一看，正是亮着小红灯的录音发射笔。

联络人一下脸青了，“扑通”一声跪了下来：“雪狐兄弟，没办法，实在是没办法，我还有老婆孩子……”

阿杜一听他开口说话，知道信息已经传出去了——果然，山口那边突然传来密集的枪声，紧接着是手雷爆炸声——集群手雷是第二道防线兄弟们扔的。说明他们接上火了。毫无疑问，第一道防线仅剩的那个兄弟已经光荣殉道了。

阿杜拔出枪来，毫不犹豫地向联络人开了三枪。枪声比预料的要响，居然震落了几小块雪团——红的血从他的白得发黄的皮帽子里汩汩涌出来，冒着热气淌在雪白的口罩上。

阿杜有点慌乱，但还又有点镇静，毕竟二道防线设在山口，易守难攻。而且雪线以上的高度，直升机一时飞不过来。盘旋在他脑子里的既有姑娘的忧伤歌声，又有轻柔而坚定的实际上来自大法宗父亲的指令：茶马古道——本人、亲自。

遗憾！来不及和兄弟们告别了！阿杜急忙背上一个古怪的白色大背包，里面是应急弹射器。这玩意儿太重，阿杜踉踉跄跄走到门口，以一种坐井观天的姿势蹲坐在洞口，正要按下按钮——恰在这时，两架飞机从山后呼啸而至。阿杜心里又一惊：

战斗机!

他们又提高了打击的力度!

阿杜僵在洞口，一动也不敢动。他庆幸自己一身白，在高速飞行的飞机上，不仔细观察很难发现。可是，战斗机！他们不能没有远红外。

黄灰绿三色杂驳的战斗机呼啸着掠过头顶，看不出是哪国的飞机，很快它们转了弯，向第二道防线的洞口扫射，显然是洞口的硝烟吸引了他们。阿杜被激烈而沉闷的连发机枪声怔住了。远处岩洞里有一个兄弟往外挪，他似乎是想冲，又可能是受了伤，后来居然举起手枪——难道他要向战斗机开枪吗？阿杜一面觉得他勇气可嘉，一面又觉得他有些愚蠢。也许是他被打蒙了。可是飞机的回答迅速而凌厉——两道火光分别从两架飞机喷射而出，直奔岩洞，紧接着就是沉雷般一炸，浓烟直蹿山顶，却又被更为迅猛的大面积雪块所扑灭——爆炸引发了山上的雪崩。

安息吧，兄弟们!

阿杜念叨了一句，按下了按钮。现在正是时机，地面部队还没有上来，而战斗机也刚刚飞走。但是他们很快会转头飞来，按教官所说，飞机执行任务的最后一道程序总是盘旋回来摄影取证、总结战果。

砰！

随着一声闷响，阿杜立刻升了天。那种弹射器正是仿照战斗机飞行员座椅设计的，教官曾经卖弄地说是美国CIA的专利。那响声虽然不如空对地飞弹，毕竟也是爆炸引发。阿杜胸口发紧，耳鸣难忍，却又体验着寒风掠面，自由飞翔。忽然，地面放出颗照明弹，他一眼瞥见地面有十几个人在雪地里蠕动，极远处似乎还有雪地爬山车。

升力很快到达顶峰，然后是自由落体式的飞速下降。阿杜连连按动了第二颗和第三颗按钮。一个白色滑翔伞迅速张开，而与此同时，按比例缩小的另一个花哨伪装伞拉着一个充气小人飞升起来。真伞重而伪伞轻，又一阵山谷斜风刮来，伪伞像充满动力似的飘空而去。

就在阿杜重重落在山峰另一面的时候，他听见了战斗机在远处开火。是大法宗在为我祈祷吧。阿杜瘫坐在雪地上揉脚。要不是雪地，摔也得摔残了。他割断伞绳，仔细把伞埋了，跌跌撞撞向夜幕深处扑去。那首姑娘的歌儿和地区总部的指令在耳边响起：

> 姑娘的微笑不要相信，美丽的风景谁知道何时降临鋈蔟悥婐濄濄敤涔黿。

突然他悟到什么：茶马古道、本人、亲自。在这之前，还有一句："春天晚上的约会。"他想起来在三个月前，阿甫作为地区总部的代表秘密巡视卡都拉地区，阿甫裹着黑色长风衣，含糊其辞地说起过他正在研究的一项战术行动："春晚"。

▼ 小濛一言大导文件.txt

就在莞儿洗了冷水脸，连夜整理会议纪要的时候，言大导麻木地开了门准备倒头睡觉。他感觉到有几个小人在脑袋里忙活着灌铅，以至于会议是怎么结束的都有点迷糊。

现在已经是凌晨3点多了，再熬一会儿，隔壁营房就要吹起床号了。

接下来就是整齐的跑步声，威严的口令声，以及高亢雄壮的口号声和斗志昂扬的军旅合唱。言大导的睡意便如树上的惊鸟飞逝而去。一到此时，他会睁眼躺着，脑里有几个小人“看见”另外几个小人更加起劲地往脑袋里灌铅。然后是数羊，用中国话数，用英语数，数着数着就和窗外的早操口令混在一起。这种又困又清醒的难受劲儿最终还是由安眠药摆平。

曾经有商旅客人向广厦提意见，但是酒店是大台后勤部门开的，而操练的士兵又是守卫大台的，矛盾上交到茅台那里。据说茅台开了协调会，动静小过一阵。不久，军民共建深入学校，隔壁小学请了士兵去训练早操，上千小学生唧唧喳喳一起操练，动静更大。商旅过客更有投诉，但投诉不是上访，况且矛盾已经转向教育部门，茅台便不再开会（另据“包打听”蔓姐打听到茅台的小孙子就在这所重点小学）。

怀着对灌铅小人们的敬畏与恐惧，言大导决计不再清洗，实际上他连灯都没有开，进了套房，就往床上一仰——却碰着一个躺着的人，回头看时，却见一个女孩子披头散发蜷在床上睡着了，黑紧身衣、黑紧身裙裤，像一只优雅的黑猫。

可恶的是，她连靴子都没有脱！

进门就发现有个女孩子在床上睡觉（有的是真睡，有的是假寐，有的是演员，有的又不是演员，有的是女的，有的甚至不是女的），这样的人宛如广厦时常出没的蟑螂，无法预料，却总会发生。而且那些优雅蟑螂是怎么进来的，永远是个谜。

门卡有好几张。一张在自己口袋里；另一张在肖门神手里，他是内勤总管，理所当然要有门卡，打扫卫生时他总会在场“督办”，以防泄露什么机密，其实主要还是“防记者”；还有一张是艺委会行政助理贾斯汀拿着——每天早晨他替大导参加台里例会，凡有关艺委会事务的文件都由他来送达。大部分情况下大导还在床上睡觉，半夜散会，早晨听操，没有回笼觉神仙也顶不住。茅台体恤艺术家，特许大导在执导“春晚”时可以派代表参会。所以贾斯汀手里必须有张卡。这个海龟帅哥思路清晰、办事利索，跟了大导半年，已经成功地将MBA的洋套路与国情特色结合起来，也会模仿大导语气行文，起个草，批个注，在行政公事那里担了不少事。

结果排除老肖和贾斯汀，那么疑点就聚焦于挂在春晚办公室的备用卡。春晚办人来人往，问谁也没个应答。照理是蔓姐负责，可是她最可疑，但凡“人情世故”一通融，论谁她都敢往房间送。当然，这老油条笑纳些顺水人情也是可想而知的。

也许她以为往房里偷送个女孩子是在为领导“谋福利”。难道她不知道国际货币基金的那个倒霉蛋是怎么挂了的吗？

三番五次之后，大导只好收回办公室的门卡。于是，肖门神和贾斯汀，两个男的，拿着门卡，说到哪儿，也光明磊落。大导不是不喜欢女孩子。但是，名导，单身，聚光灯下，只能如此。可是即便如此，还是偶有一两个大胆的“入侵者”。

大导赶走她们之后问肖问贾都一问三不知，比那影视的人物还坚贞不屈。

现在倒好，连鞋都不脱了！

真放肆啊！80后啊！90后啊！

大导暗叹一口气，正要拍醒那姑娘，却闻到一丝熟悉的酒味——爱尔兰Baileys甜酒的味道。浓郁巧克力和醇厚的威士忌调和出一种刺激而暧昧的夜场气氛。

这是瑞恩告诉他的“泡妞利器”——入口很绵羊，后劲很虎狼。大导并不特别贪杯，因了Baileys的纯、甘、厚、劲，自己倒喜欢上了，所以回国后和齐濛濛分享了。只是这玩意儿在国内消费因了税率居然比美国还贵，渐渐就淡忘了。

这淡忘了许久的味道突然就提醒他——这是小濛！

莫不是齐濛濛把瑞恩的“非物质文化遗产”传承给小濛了！

言大导一激灵，一把就推醒了床上那人——果然是小濛！

“嘻——，老爸，几点啦？真困啊！你们都是铁打的是不是？要你们这帮人管联合国，非洲人民早脱贫了！”

小濛一面伸懒腰、梳理头发，一面发嗲耍贫，大导觉得一下子回到带她看马戏的“远古时代”。小濛在幼儿园就显出她是个“小话痨”，逮着个什么事不掰扯清楚绝不饶人。这点倒是很像她妈。

“又喝高了？Baileys这东西最容易乱性。越甜蜜越亲和越危险。先是西线无战事，然后罗马不设防，最后的结局就是赶不上巴黎最后一班地铁。”

言大导话出了口，却有点后悔。怎么听起来像是说女人啊。

小濛却先诡谲地挤眼笑了一下。

“老爸，您是在说我是不是？您放心好啦，我不会沦陷也不会投降，顶多也就是敦刻尔克大撤退。您知道为什么？嘿嘿，父辈的旗帜高高飘扬。我就是来看看您，又好久没见了是不是，我来慰问慰问，嗨，就当劳军吧。就许你们日夜打铁还不兴大后方劳军一下。你们这辈人不是爱说个‘身体是革命的本钱’是吧！”

小濛慵懒地起身又利索地打开一只大提包，捧出几个盒子来，有全位维生素片，有西洋参，甚至还有“屁股贴”。

言大导在美国时就听说过这玩意儿。据说是前苏联老人政治时代举国家科技之力开发的高科技机密玩意儿。老人们要开会，会又长，长时间长时期地坐着，那可怜的前列腺就宛如那些隐秘的不稳定因素一样，一直承受着高压势态，使得要紧的血液微循环不能畅通，百病丛生，影响国运甚至影响世界格局。“屁股贴”能针对微小格局辐射热能，改善循环，生津养命。在彼时，莫斯科市长送人这么一个“暗器”意味着好大的面子。但这玩意儿开发出来不久，就遭遇苏联崩盘。研发组的科学家中有趁势入美者，向华盛顿献上此方。但美国政治大佬路数不同，站着演讲居多。《纽约时报》还发表相关的评论：《站着的政治与坐着的政治》。这玩意儿虽然没有在政治圈流行开来，却被美国军方列入采购名单，用于战略轰炸机的远程飞行。后来又被商家侦知，改良为司机专用，一时风靡。开大货的黑汉尤其爱用。因其生津蓄能，开一天车，到站就能泡妞打炮，不必“等待戈多”。只是那时年轻未曾想过有朝一日用得上这等外来器物。

“嘿嘿，这不是‘屁股贴’吗！”大导感慨道。

“这些都是美国原装的！我亲自为您网购的——我买的可是最贵的，是‘金屁股贴’。海关认定是电子产品，还缴了一半的税。您这不是常年坐着吗，这个好，用得上。美国IT大佬、游戏玩家都用的。值！您也不年少啦，该注意身体啦！”

言大导不禁暗叹一口气，近几年来，长坐不动，确有尿池边滴漏、娇艳前疲软的迹象。自打和齐濛濛分手后，单身已久，身边虽是美人如云，亦不乏投怀送抱者，却常常提不起劲头。有时固然是害怕情色背后有陷阱，可大部分时候却是心如止水，前列无意。云先生养生有道，曰：坐久了！坐得太久了！你知道和尚为何要打坐吗？从生理上讲就是控制微循环压迫前列腺呢！制欲嘛！关键之穴都死水无澜了，不就心如枯井了吗？那孙猴子为何要被压迫在五指山下，以静制动也，以石压心也，以无情压制有欲也。原型啊，象征啊，伟大，伟大。言大导小小一惊：原来我的生命力竟是被无穷会议、大班座椅压制没了。

“吓，你一个小孩家，怎么乱买这种东西！”

“不小啦！”小濛挤挤眼，笑道，“实话告诉您吧，老爸，这是我在美国的女朋友的前男友介绍给我的前男友，后来又被我的后男友证明过的。实践出真知呀——这不是你们那一代人常说的嘛！”

小濛原本想说“这是我后爸常说的”——后老爸是国资高管，虽说是常常西装革履地国际场合开会，但是一开口还是干部腔。“父辈的旗帜”下，当面顶撞是常有的事。可是话到嘴边，怕刺激言老爸，又改了口。等下还有更刺激的东西要“秀”给言老爸呢！别把场面整拧巴了。

“咳——小濛到底是长大了！”

言大导感叹了一声。作为有经验的导演，他能处理太多的复杂情景，但是对于小濛他却不知道怎么相处才恰当。

当然，小濛还小的时候，“一切正常”。正常的爸爸、妈妈、宝宝。正常的讲故事、过生日、看马戏、逛公园，也包括正常的半夜急诊的焦虑和不听话、瞎调皮的烦恼。当然，还包括普通人家比较少有的电视台台前幕后的体悟与兴奋。但是在那个验血日之后，爸爸女儿的前提都改变了。

事实上，言大导也曾想过不摊牌，自己骗自己过下去得了。

然而他发现和齐濛濛或许可以互有所隐地过一辈子——这世上不是那么多的夫妻都这么过来的吗？可怎么面对小濛？戴上MASK？画上父亲的表情？在台里常常训导主持人或艺员：相由心生。眼神是伪装不了的。大了怎么办？拖久了最后还是穿帮怎么办？越大越不好办。还不如早点还她一个寻找真正父辈的机会。故而才狠下决心，还小濛一个残酷的真实。真实的力量或许能摧毁伪饰的父女关系，但是真正的父女关系或许能为小濛找到更真实也更有力量的情感。

但是生活并不总是如导演规划的那样发展（言大导后来有些自我安慰

地想，中外大导演把自己生活导糟的，甚至越导越糟的，不计其数呢），小濛哭也哭过，闹也闹过，总是拗不过大人们的决定，然后，忽然有一天，在一个夏日的雨天，浑身湿漉漉地抱着节拍器来到言大导的新家，然后在言大导的新钢琴前坐下（言大导把老房和钢琴都留她们，自己从头开始“新生活”），故作正经地“正常地”开始弹奏巴赫。

她语态平静地告诉他：她的生父已经找到，姓马，现在国外上班，每月回国探亲一次。妈妈这些天要去外地开会。姥爷又生病了，因此征得姥爷同意，要和言老爸过暑假。

已有两三年不见，一个幼儿园的鼻涕宝宝，忽然就变成规规矩矩的小学生了。她编说的这一套，言大导并不怎么相信。以她练弹琴的层级而言，她已经过了需要节拍器的时段。

那个精致的德国造的节拍器，滴滴笃笃的，不知疲倦地还原了他和小濛在钢琴前的欢乐时光。

特别是在她弹完一首稍有难度的曲子，流畅而优雅，然后有些兴奋、有些自得地回眸一笑。

这是印刻在言大导心里的美好记忆。和齐濛濛陪练不同，他不会又打又骂，更不会拿小筷子敲指骨节。他会用一些美妙的故事开场，将那些叮叮咚咚的音符编织进锦缎也似的音乐传奇。纯粹、干净而又富于变化，宛如汩汩流淌的彩色河流，音乐的精粹便自然而然地流淌进她的洁净心田。

言大导用四手联弹回应了小濛的请求。

“乐感还行，只是手有些生了。趁暑假好好练练吧。以后功课紧了，也没有那么多时间练了——你妈不是不让你上音乐附小附中吗？”

“是。她说我吃不了那个苦——她说让我上国际学校，就是要培养什么领导力。”

“哦？哈，领导力！”小孩子家玩就玩了，学就学了，培养什么领导力！如果在以前，言大导一定要讥讽她妈，但是毕竟是两个家了，就没有说。与此同时，言大导突然发现了他和小濛之间的那条隐秘鸿沟。

“等下我给你姥姥打个电话。这事你妈也得知道才好。”

姥姥是有些着急。小濛是留了个条子，她也已经知道了小濛的去向，只是担心她一个人打的走丢了。现在在言大导家里，她就放心了。不仅放心了，甚至还鼓励小濛多住些日子。姥姥其实对于大导和齐濛濛分手颇为惋惜。

补习音乐。

这是一个很好的理由。毕竟大导是美国留学归来的，见过大世面。

巴赫、莫扎特，甚至还有海顿、马勒。音乐故事、阳光早餐，规规矩矩地做功课。在凉席上蜷着，睡得小鼻头上都是细汗。空调稍稍开大一些。风要斜着吹。肚子还要搭一条毛巾才好。西瓜先切开，要蒙上保鲜膜再放冰箱；又不要冰得太久，吃了肚子痛。晚上喝“状元坊”的粥吧，说是对学生用脑好。多放了几颗核桃仁就补脑了？真是瞎扯淡。早知如此还不如在家熬粥了，核桃仁还可以多放些。另外，起司芦荟这道美国菜别人也不会弄。然后是儿童剧院的猪八戒传奇，笑闹一片。小濛乐得红头涨脸。牵着她的小手，在河边林阴道上散步。不歇气的知了叫声和偶然的蛙鸣，伴奏着猪八戒、孙猴子的扯淡故事。就是忘了喷防蚊液。看来，父爱既需要形而上的道，也需要形而下的器。

好的暑假应当这样过。正常的暑假就应当这样过。

言大导甚至向台里请了几天假。

然而，一切都被齐濛濛的呵斥打断。

风尘仆仆的，一身行装，直接从机场打的过来，就是为了把小濛带走。不由分说，不容辩解。

“妈！再让我待两天吧，我正好开始练七级的曲子，言爸爸他教得比钢琴老师好——”

“啪！”

一巴掌撸过来，正中小濛后脑勺，虽不重却很响。

“你大了是不是？有主见了是不是？能和我顶嘴了是不是？”

小濛咬着小嘴，眼泪噗噜噗噜往下落。

“小孩子家，你有话好好说嘛！”言大导想搂过小濛。

齐濛濛却一把将他推到一边，根本不同他讲话。“你有能耐了是不是？你会离家出走了是不是？你叫我怎么和你爸说？啊？！”

言大导这才突然省悟过来，他其实没有用爸的资格讲话。

小濛一手搂着节拍器，一手被她妈牵着，趔趔趄趄的，在被塞进的士之前，小濛向楼上回望了一下。

大导在窗前无助地挥手。她的无助的哀怨、有力的坚忍令他大吃一惊，这是一个小学一年级的小女孩的眼神吗？

以后，小濛还偷着跑过来几次，练琴不练琴，大导都想法哄着。

直到最后一次，小濛哭着跑过来，把那个摔碎了的节拍器搁在大导放奖杯奖状的老柜子里，然后扭头就跑。大导一把扯住，却只扯住了她的小书包，没有扯住人。

大导很慌张了一阵，顾不得许多，急忙通报了齐濛濛。谁知齐濛濛已开车追到楼下。言大导急急忙忙下了楼，打开车门，却发现后座坐着一个大干部模样的人，那人正如一般大干部那样松弛而又威严地瘫坐在后座上。

齐濛濛倒极其镇静，只说了句："这是言导，这是老马。"随即就抛出一句，"小濛她和你说到哪里去没有？"

言大导一面嘀咕她要有这个抛话题的素质倒真是可以做主持人的，可惜很多主持人人前桌上都会勾兑话题，一上正式台面就晕镜晕灯；一面又暗自庆幸自己没有开后座的门，要不然和这个马大干部并排坐一起，两人都不自在；还有一面嘀咕真背气，这一开前门，前老爸就变成后老爸的助理了。

"言导，您好！幸会！幸会！"

不等言大导坐稳，马大干部倒客气地先伸过手来。言大导不轻不重握了握，稳软之中，感到一种训练有素的热情洋溢和按捺不下的焦急。"我和小齐已经去过她姥姥家，没有。钢琴老师家，也没有。甚至学校那边也打了电话，校方领导很重视，正在清查，但是到目前为止，还没有发现她的行踪。——您看，她会去哪里？"

言大导立马感到事态比想象的严重，却又不方便问事情缘起，同时又佩服马大干部思路清晰，话题集中，不用浪费时间瞎打转转。便一面沉吟，一面道："小濛，她总会有几个要好的同学吧……"

齐濛濛抢言道："她的手机通讯录我都有备份。老马已经布置他的人一个一个地核查。甚至已经通过关系，查到她今天的通话记录，没有发现什么有用的线索！这孩子！真气人！老马，该上手段就得上手段，我们正式报警吧！"

马大干部正色道："不到万不得已，不要随便动用警力。毕竟咱们是私事，还是私下解决为好。再说魏主任他已经通报了有关方面，如果发现年龄相仿的孩子失踪、绑架等案情，有关方面会马上通气的。不过以我的了解，小濛这孩子也就是一时赌气，不会做出什么太出格的举动。我理解她不过是想独自出来散散心罢了——我们先请教一下言导，您觉得她要是独自散心，会去什么地方呢？她身上可有不少零用钱呢！”

言大导脱口而出：“儿童剧院！——她很有文艺天分，既喜欢写写画画，又喜欢舞台表演，我还老说她将来可以做编剧导演呢！”

马大干部弛然一笑：“好！就去儿童剧院！”

马大干部果然有组织能力，车行途中，即打电话要什么魏主任和有关渠道沟通，让儿童剧院早点调出这一小时的监控录像，到达剧院，院长已经候着，也不多言，马上看监控录像——不一会儿就发现镜头前出现了小濛。她自已打的过来，在售票处买了张新版《西游记》的票，又买了一个大冰激凌，对着剧情广告发呆，一面吃得津津有味。然后，铃声响起，她随大流进了一号大剧场。

大人们都松了气。

院长经理们陪着，言大导和马大干部、齐濛濛悄悄进了剧场。有个女票务早已候在里面，用激光笔一指，那一个绿点正落在小濛乱蓬蓬的后脑勺上。她已经完全沉浸在猪八戒的搞笑剧情中，乐得前仰后合。

三个大人都笑了。

言大导就觉得齐濛濛暗中捏了捏他的手，又听她自言道：“咳，做个爹妈真不容易！”

言大导听了，五味杂陈。

“你妈刚才来过了……”

言大导干咳了两下。

每次和小濛谈到“正事”，他都找不到导演们常呵斥演员的“角色定位”。是老爸？是导演？是长辈？都是，又都不尽然。

而自从“儿童剧院”事件之后，小濛似乎倒找到了和他说话的出发点。她可以撒娇，可以耍赖，也可以告诉他连她妈都不知道的学校秘密，不高兴了，也可以发个脾气，摔个电话。按导演的术语说，他们的关系与语境，总是小濛主动，他被动，渐渐就形成一个格局。花开花落，花开花落，花落之后又是远远的春天。小濛渐渐长大，而这个格局却总是不能打破。不是大导不想对小濛生发更多父爱，可是如果反过来，他主动，那么小濛她妈，以及关联的马大干部，都不免扯出更多事情出来。

“怎么说呢，她说她要我安排你上‘春晚’，而且，而且还说这是你的意愿。小濛，你怎么没有和我说起过？你真的想上‘春晚’？唱歌？”

“嘿嘿，我原来没说，不等于不想；现在说了，也不等于逼您表态，叫您为难。”

言大导看她嬉皮笑脸的，拿不准是该讥讽她称称斤两，还是该“大义凛然，严词拒斥”。

小濛倒像是看透了他的心思，直言道：“老爸，您一定心里骂我是不是？还什么‘低碳大使’，还什么‘坤·仑·濛’组合，瞎掰！瞎捣乱！赶紧回家洗洗睡吧！呵呵，我看出来了，您就是这么骂我！老爸！您是大导！著名大导！我怎么能给您添乱呢！”

“你不给我添乱，你能上‘春晚’唱歌，还是演杂技？”

“尊敬的老爸！尊敬的大导！艺术面前，人人平等，是吧？我——聪明伶俐活泼可爱正义光明高举旗帜爱国海龟文艺女青年，我怎么就不能上‘春晚’唱歌啦？你们不是说要开门办‘春晚’吗？别人能上，我偏不能上？俗话说，举贤不避亲。”

言大导突然觉得齐濛濛的某种基因一定也遗传给小濛了。

“你别胡搅蛮缠了——我困得很，你也不看看几点钟了！”

“老爸，就一分钟！好莱坞一分钟面试！”小濛突然神秘地一笑，“您好久没有听我唱歌了，您听一听就知道了！”

“你那个破嗓子，我还不知道。一开口就是乱颤，还带点悲腔，那还不把观众给唱哭了！”

“您先别下结论，我这就唱给您听——”

“嘿！嘿！深更半夜，你闹鬼哪——”

小濛却不再理会他，转身拿起一支话筒，背身唱起来。

虽然是清唱，虽然压着一点气，但她的声音却真的不再业余，不再惨不忍听，居然有一种石破天惊的穿透力，宛如山涧中清泉激流，瀑布下石钟鸣荡，既有水色圆润的气息，又有跌宕起伏的力道。

嘿！奇了怪了！这家伙难道真是传承了齐濛濛的好嗓音？还是发育到位，变声成功？还是美国什么高科技药润了声带？大导突然悟到：她的声音是从音箱里传出来的。哈！话筒—CD—音箱！放带子、对口型哪！

可是，小濛好像读懂了他的眼神，突然停了下来。音箱也随之哑然。

“老爸，别瞎猜！这不是还音！您不是历来倡导‘春晚’舞台要真唱吗？小女在下，岂敢违背父亲大人的意愿呢？”

还父亲大人的意愿！大导心里突然蹦出“绑架”这个词。这娘儿俩，一前一后，今天整个实施了绑架。

“这首歌怎么样？瑞恩不愧是大师吧！又有东方味，又是现代风，还有世界性，我唱唱后面，高潮在后面，就是不知道吵不吵别人？”

“唱吧。这里常有夜半歌声的。”

言大导其实很想知道，后面的高潮部分小濛能不能把握。

瑞恩的套路他很熟，曲子大气，一流，没有问题，问题是不少演员拿不住高潮中的细微波澜。瑞恩从大处着眼，却又一定从小处着手，所有的动机，都会有一个坚实的文化理由，且兼顾古今、跨界东西，如果对其旋律背后的文化背景不了解，就是音高唱上去了，也发飘。没有信仰的艺术，只能叫技术。歌者无心，艺色无魂。况且瑞恩这家伙又是一个玩技术的高手，音程变化大，十二平均律，五度相生率，越基本的东西他越能玩出花来，因此唱他的东西，音准就是一个大槛。奇怪的是小濛一上来就在音程、音准这些基本专业素质上出手不凡。他倒要看看小濛怎么翻越喜马拉雅山。

“我还没练得太好，我要放个伴奏，带一带，确实太难了。”

小濛不卑不亢，插上了U盘。有伴奏果然不一样，瑞恩用印度牛铃把言大导带入了东方家园的意境。晚霞、归途。江河曲折，远来，又远去，波光粼粼；菩提落叶，飘零，又飘扬，风影交汇。又一声牧笛，唤醒沉睡已久的诗意，小濛的歌声便如轻盈的飞鸟，穿越着，从都市出发，穿越喧腾的街市，穿越刚直的城郭，穿越舒缓的峰峦，穿越江湖，穿越大洋，穿越冰天，穿越雪地，穿越经纬，穿越云，穿越风，穿越光，穿越心灵，穿越梦想。

歌声如雪泥鸿爪，渐渐消融于无迹。

最后一声，是悠然而至的黄钟大吕，似远鸣的警钟，蕴涵着阴郁的悲悯；又似报晓的晨钟，点燃了拂晓的希望。

言大导沉默了。

太棒了！

说真的，就圈内圈外细数过来，能唱到这范儿的，还真少见。

不过，她怎么这么一下出息了？以她痞里痞气从不正经的调皮劲儿，怎么能诠释瑞恩的人文地理金刚经？哇！士别三日当刮目相看，名师指点成大道。看来瑞恩、濛濛为这首歌没少花心血。

“小女不才，请大导指教！”

小濛见大导沉吟无语，故意卖乖发嗲。却不料，她一开口，却招来门外一片掌声。

有人莽撞地开了门，只见门外立着一伙人，李后主、魏小虎等年轻仔自不必说，那大策三老，米哥、梅兰竹等人也都围在门外。都睡衣拖鞋的，都呱唧呱唧鼓着掌。那肖门神站在人圈旁似挡非挡，眼看着大导，似乎在说你看他们人多我确实挡不住。

小濛见此阵仗，倒羞红了脸，赶紧伸伸舌头，自责道：“不好意思！把你们都吵醒了！”

李后主眯着胖眼大声道：“真棒！”

魏小虎应声虫似的跟着：“胡（好）胡（好）！胡（好）胡（好）听啦！”

老烟斗不失时机、又察言观色地垫了一句话：“大导！这首曲子！啊，有功底！又时尚！唱得也——够范儿！丙兄、云兄，你们二位意下如何？”

云先生、丙老师齐声道：“够范儿！大导，够范儿啊！”

梅兰竹眼色溜着小濛，低声和气地问：“这位艺术家真是天籁啊，业师是哪一位啊？”

言大导赶紧起身，向众人介绍道：“小濛，从美国回来发展。我女儿——哦，干女儿！”

云先生等三老都知道言大导家事枝蔓颇多，不便细说，便起哄道：“大导啊，我们看小濛天资聪颖，前程不可估量。你可要好生培育啊！走，走，大家休息吧，大导也早点歇着，来日方长啊！”

众人经三老一起哄，也都散了。梅兰竹把眼神化作一个问号，钩在大导脸上，也转身而去。肖门神不失时机地把门带上。

小濛却不再说话，手脚麻利地收了话筒U盘，悄声道：“老爸，您累了，早点歇着吧，有话明天再说吧。”

便轻手轻脚开了门。

言大导急忙把住门，说：“太晚了，我让肖门神开间房你歇着，天亮了再走。”

小濛一笑，说：“不怕，我泡吧比这还晚呢！我开车溜乎！您太累了，该有个人照顾照顾您才好。晚安！”又嘻嘻一笑，按美式礼仪在大导脸上轻轻啄了一下，扭身快步而去。

言大导望着她的背影，总觉得哪里有些不对劲，脑子又有小人在灌铅了，突然就一惊，是的，她不再是小孩子了！这一晚，她不仅绑架了他，还绑架了整个主创团队！

恰在此时，窗外响起了起床号声。

▼ **附件文件夹**

　▼ 马勒文件夹

　　▼ 演出文件2011-07-07.txt

《新京报》2011年7月7日　C02文化新闻·专题

《国家大剧院纪念马勒逝世百年系列音乐会》

《100年后，马勒在中国“复活”》

纪念马勒逝世百年，国家大剧院将上演马勒十大交响曲，西蒙·拉特、艾森巴赫等加盟。

从本周末到12月2日，国家大剧院将在5个月时间里，上演马勒的全部交响曲，合作者包括艾森巴赫、大卫·辛曼、夏巴多等世界一流指挥家和苏黎世管弦乐团、亚洲爱乐乐团等一流乐团，作为对马勒逝世百年的纪念。特别值得注意的是，中国国家交响乐团和国家大剧院音乐厅管弦乐团也将成为系列演出的主力乐团之一，除陈佐湟指挥·#￥%戮洪趌迚弥冇宖罘酢脨麄唬薝麀薝悥婐濄濄戮洪趌迚罘冊廁齉擴紘屽醲宖？嚄跶悳嶳蔟悥婐濄濄戮洪趌迚罘%……

马勒在普通听众中略显陌生，不过这位处于古典音乐激烈变革时代的音乐巨匠在音乐史上影响巨大。而在西方古典音乐家中，马勒与中国关系殊深，他的交响套曲《大地之歌》，便是采用7首中国唐诗的德文版作为歌词，在西方音乐史上绝无仅有。在马勒逝世100年后，中国终于迚弥冇弦罘酢脨龣�蘆麃蘆悥媃。濄濄斀洓踕迚罘冊廁龘撊紘屽醲弦？嘆跶悳�详蔟悥媃濄濄斀洓踕迚罘酢脨龣唨，蘆麃；蘆悥媃濄濄斀洓踕迚罘弥冇弦？蘆悥媃濄嘆跶悳嶜蔟悥媃濄濄斀洓踕迚罘酢脨，龣唨蘆，悥媃。

古斯塔夫·马勒（1860—1911），奥地利作曲家、指挥家，浪漫主义晚期代表作曲家之一。他的音乐创作多采用动机发展手法，承袭了瓦格纳的传统。他的音乐是通向20世纪无调性音乐的桥梁，在音乐风格上是浪漫主义的延续，他善于把哲理与通俗、个性与民族性、浪漫与现代的音乐糅合在一起。

马勒曲目单

时间　　乐团　　指挥　　曲目

7月9日　中国国家交响乐团与国家大剧院管弦乐团　陈佐湟 马勒第二交响曲

7月16日　中国国家交响乐团与国家大剧院管弦乐团　里尔·夏巴多　马勒第三交响曲

8月4日　亚洲爱乐乐团　郑明勋　马勒第四交响曲

8月12日　国家大剧院音乐厅管弦乐团　艾森巴赫　马勒第一交响曲

9月28日　中央芭蕾舞团交响乐团　张艺　马勒第七交响曲

10月29日　中国国家交响乐团与国家大剧院管弦乐团 伊欧·辛曼 马勒第五交响曲

11月4日　苏黎世市政厅管弦乐团　大卫·辛曼　马勒第五交响曲

11月6日　国家大剧院音乐厅管弦乐团　马尔科　马勒第十交响曲

11月11日　柏林爱乐乐团　西蒙·拉特　马勒第九交响曲

12月2日　捷克爱乐乐团　克劳斯·弗洛尔　马勒第六交响曲

▼ **春晚文件夹**

▼ 春晚倒计时第38天文件夹：10：03

▼ 莞儿一言大导文件.txt

莞儿提着电脑夹着子宫，气喘吁吁跑出地铁口的时候，肖门神正赔着笑脸在广厦B座前为吴大波竖立“专用车位”标志。

迎面扑来都是阳光。

莞儿抽了抽小鼻头不禁打了个喷嚏。空气干冷，北风刚劲。她把小粉花素色围巾又裹了一圈。那颗她自己也没有抚摸过的柔软而新鲜的子宫小小、软软蠕动了一下，往温暖的盆腔深处躲了躲。莞儿不觉揉了揉肚子。她有点高兴穿了双旧靴子。靴子白翻毛边茸乎乎的，看着就觉着好可爱，更好的是旧靴子不怕踩。说地铁拥挤的笑话是，人进去，照片出来。可是今天一出站人行道上还是站满了人，踩两脚是少不得的。

莞儿站着不动，后面的人却拥了出来。温润而污浊的地铁气味漫过人们的头顶。不少人也和她一样望着人墙发愣。有人细声嘀咕一句：“靠！这么多人！干啥咧！”人们的身后传来车厢抽搐开关门的“哧哧”声。莞儿的耳后刮来再熟悉不过的广播：

“……各位乘客请注意，现在正是乘坐高峰期，请您配合我们维护通行秩序，迅速上下……列车门即将关闭，请注意安全……”

莞儿歪头看地，想找个地方下脚，一面又觉得地铁这套话儿要是配个乐什么的是不是就更好听些，这当儿，后面有人大声嚷嚷：“走啊！走啊！怎么着要当钉子户啊！”就着一股煎饼的酸酱味，有人搡了一把，莞儿一脚钻进人缝里。

冬日的阳光无精打采。天光透亮，寒气依旧。有帽的缩脖，无帽的缩头。无论缩脖的，还是缩头的，又都尽力抬眼远望。又有几辆警车无言地踏在白茫茫的阳光地里，红蓝警灯不知疲倦地使劲闪烁。莞儿顺着红蓝闪光打眼一瞟，却瞧见还有几个便衣大妈似聊非聊地闲站着，都清一色戴一个大红袖套，上面印着几个鸡脚黄的印记，仔细看时，却是“治安巡逻志愿者”几个字。莞儿没来由地有些牙酸。

又要过大佬了？

莞儿回望了一下，果然主道有半边清空。更多的交警挥舞着指挥棒，红蓝光影闪烁着，比冬日的阳光更有力道。

忽然，伴随着一首好听的歌曲，三辆警用摩托稳稳引领着一辆花车驶来。花车上有一队舞女，有的戴黄色假发，有的涂黑脸黑胳膊，扮作五大洲世界各国人民，又都一色穿得清凉，她们的光胳膊（有的还光腿）在冬阳中泛着微光。莞儿看着都觉得胳膊要起鸡皮疙瘩。

不觉间，那地球像花朵盛开也似的开放了、裂成几瓣，就有一个俏丽女孩手持话筒冉冉升起，笑面可人，一发声就把众人震住了。喧闹的街头顿时安静下来。她的歌声不仅起调高，还有很多莞儿说不清的变化，第一声就入耳，再一声入心，再听起来，胸肺间便鼓荡起来，或许这就是小蔡老师说的共鸣？

其实莞儿也会唱几句的。莞儿小时候有一阵子老妈很忙，她被老妈送回川西让老汉带着。老汉是理县刷马口小有名头的马锅头。小莞儿跟着老汉走过马帮。马背上半醒半睡中听到的山歌小调是她的音乐启蒙。上小学要溜索过河，有时溜子卡在河中间，就要喊对岸的人家来拉索救人。那得拼命喊，这是她原生态练嗓。上四五年级的时候，来了个志愿者小蔡老师，人是清清爽爽的，老是笑嘻嘻的，同学们一点也不怕他。更重要的是，小蔡老师和他的女朋友经常教同学们唱歌，莞儿跟着唱，就识了谱，还代表学校到县上比过赛拿过奖。所以莞儿晓得那地球里冒出来的俏丽女孩来路了得。那歌可不是随便什么人唱得了的。

可惜后来回东莞念初中，老妈不叫她学唱歌，只埋头做功课，再后来怕街边仔搞事，又回川西念高中，奔着高考去，功课紧得很，结果高考又没考上，把个小蔡老师传授的音乐爱好丢个干净。

莞儿正发呆时，忽听耳边有人议论："嘿，赶巧了，正好到咱们这儿地球开花了！"又有人说："什么呀！这走到电视台门口了，还不得开一次花？！"莞儿这才想起自己的工作单来。忙抽出手机给公司调度小刘姐打电话："小刘姐，我已经快到台门口了！可是街上都是看热闹的，好难挤过去，也不晓得今天街上搞什么活动！是不是圣诞节花车巡游？"

小刘姐咯咯笑了，莞儿听着就想得出她的肉下巴在颤动："嘿！我说莞儿，你为台里干活也不是一天两天了，你不知道咱们正式场合都不过圣诞节呀！那是西方节日，咱们怎么跟人家过呀！——今天是‘迎新年低碳长走’——对，对，是国际低碳长走，不是长跑，那几万人，乌乌泱泱的，且走呢，你赶紧想法挤过去吧——还是广厦‘春晚’组，嘿，莞儿，你干得不错，人家向公司提出来还要长包你呢！老板为你都提价码了。嘻嘻！有奖金！快去吧，别耽误事！”

“好咧！”

莞儿虽然走南闯北见多识广，这样人山人海的阵仗却不多见。她一面往人群里钻，一面还惦记着车上的女孩。回头望时，果然就看见了车上有什么“迎新春国际低碳长走”“低碳生活、健康长走”等宣传标语。还注意到那女孩身上其实斜挎着漂亮的宝蓝绶带，上面隐隐约约有什么“低碳大使”银字，不时反射着阳光。

那女孩梳一个欧式高髻，上面戴着镶钻的银色小王冠。这么多钻石，闪闪亮亮的，不能是真钻。再细看时，那女孩竟有几分面熟，却想不起来在哪里见过。突然间花丛中有黑衣人猫腰活动，再细看时，却是摄像师。花车后面，又跟着两辆摩托，摩托后座都有摄像，扛着机器，一个朝前拍，一个向后拍。车后，跟着的是一眼望不到边的人群，都运动服、运动鞋，休休闲闲长走着。又听得有人喊几个耳熟的演员名字，前排几个人物便挥手致意。就有人带头鼓起掌来，许是粉丝。这掌声似乎也能传染，由此及彼，由散而聚，竟形成一阵声浪，又夹杂着欢呼声、加油声，气氛一时热烈起来，那两个摩托上的摄像都换了机位，一个拍前排的明星，另一个甩过镜头，对准街边的路人。莞儿晓得，这组镜头一定不错，便一扭头向大台方向挤过去。

大台的大门还是那样朴素。门口的铭牌，敦实厚重。一整块老辣子红的大理石沐浴着阳光，更显得红得老辣。“北电集团”那几个内敛又苍劲的金字，折射阳光，无言地披露着高端的贵气。仿佛是佐证这几个金字的分量，门卫正装肃立，不苟言笑。在大门两侧，依然闲站着几个便衣。只是今天的格局并不大，看来，今天不是什么要紧的日子。

莞儿夹着腚仓仓皇皇溜着便衣的边儿往广厦方向走去，一抬头，前边人行道聚拢几个人，或者是有几个人在围观一个人。被围观的，是个中年男人，面目寡淡，眼神亢奋。西装革履的一身行头。胸前却挂着一个艳红的纸牌，那上面贴着手工做的粉红心状图案，还伴着宝蓝的月亮、奶黄的星星。上面又有用蓝黑墨水认真涂写而成的一句话：

小石头！可爱的小石头！等你一千年！

那字儿写得匆忙，一些蓝黑墨水印顺纸流下，把“年”的一竖挂得老长。小石头是大台的新闻出镜记者，粉丝无数，间或也有男人在门口打标语示好求爱。莞儿也见过一两个，总觉得他们像是有病，而且穿着打扮透着一股外县味道，一看就觉得不在一个层次上。但这位大哥，看上去倒也清秀，还戴着一副优雅的眼镜。裤缝笔直，皮鞋锃亮，倒像是知书达理有身份的人咧。哪个搞的，也瞎举牌牌。

虽说是非诚勿扰，可是这番动静，就算是前世有缘后世有心，那不也搅黄了吗？唉，这人怕是读书读多了，钻牛角尖咧！

突然间，有个歪脖围观的老汉逆风打了个大喷嚏，把众人都逗乐了。老汉紧紧围脖咕噜了一句什么粗话，走了。众人也都散了。新一拨的过路人又围拢来。那位大哥倒不在意人聚人散的，依然肃立。

莞儿心里嘀咕，这位大哥，这么执著，倒不多见，可是他这么瞎整，有啥子用嘛！小石头是台柱子，是正当红的新闻一姐，怎么会看上这么不靠谱的人。要是换了我，也不答应。正乱想着，迎头听到一声大车喇叭，倒把莞儿吓了一跳：原来乱走走下了人行道，差点撞到大巴上。

两辆大巴熟门熟路停下。门开处，先一个小旗晃了出来——接着一条裹着黑紧身裤的美腿。女导游便施施然下了车，却又操着手提喇叭喊着：“大家抓紧时间，照完相就去吃火锅！”

那女导游引导着游客直奔大台，却有一伙人吆五喝六地发现了挂牌求爱的“新景观”，一小伙人便分流，向那挂牌大哥围拢过去。莞儿心想，他们都有相机，要是给拍了照，发到网上，那位大哥亲朋好友的，看了不晓得怎么想。

广厦三座大厦巍然在前。B座高悬的“春”字在寒风中鼓荡。有一两个灰不灰白不白的塑料袋，像个活物，在风中轻盈飞舞，忽而就斜上去了，忽而就滑下来了，倒比鸟儿更有生命力。一股兴奋的暖意不知不觉从小肚子那儿扩散开来。莞儿不禁快走几步。昨天小刘姐派单的时候就说，她今天有好事呢！

“抓住！”

“快抓住！”

一串声嘶力竭的喊声突然爆发开来！

莞儿循声抬头一望，只见她老爸在群楼的阳台上晃悠！“咦！我家老汉啥子时候来了！为啥子要跳楼嘛！”

正发呆时楼下传来一阵乱喊：

“有话好说！咋想不开！”

“千万冷静！我们已经通知有关方面，你们老板正在来的路上——”

“你要相信我们！我们一定会帮你解决问题——”

莞儿只觉得一颗心乱蹦，小肚子连同老妈常唠叨的胎胞不听使唤地乱抽抽。那楼上的老汉却慢慢而又坚定地回过头，那道目光温柔、无奈又胆胆怯怯地移了过来，叫莞儿想起她离开川西刷马口的时候，她家老汉在车站送她的眼神——楼上要跳楼的那个老汉是张农民工的脸，却又不是她家老汉。侧面看还有几分像咧！不料，那老汉无意扫到莞儿的脸上，竟定住了！又像是辨认什么，就好像他认识莞儿似的。

莞儿骇得倒退两步，一下读懂了老汉的眼神，想必他家也有一个女娃儿的，念书要钱哪，不是差钱差太多了，谁不想过年过节回家团聚哩！

莞儿心惊肉跳，又有点心酸。老汉在家也不晓得咋个样了？上了年纪的老汉啰，还跑什么马帮！今天马尔康，明天若尔盖，都是些鸟儿不拉屎的地方，风霜雨雪的，一路上他几个老相好，只晓得搜他的荷包，败他的老火。他皮焦骨老的，抽抽巴巴的瘦得像只老马猴。

“快！快！准备气垫！”

“二班长，快抓住！”

那老汉正在群楼间游移，他身后突然冒出一个戴钢盔的消防队员。老汉本能地一闪，却歪了身子，消防队员猛然出手，也不晓得他怎么一钩，老汉便扑倒在他的怀里。那老汉顿时大放悲声，像小娃儿一样号啕大哭，鼻涕眼泪喷薄而出。那消防队员也不擦，也不动，任由老汉鼻涕眼泪糊满一身。

楼下一圈人——消防队的，围观的，围观“围观的”，都鼓起掌来。莞儿也情不自禁拍起手来。拍完手，赶紧拿出手机给她家老汉打电话。

她爸迷迷糊糊地应了一声，像往常那样咳嗽起来。

莞儿刚喊了一声“爸”就说不出话来，心里一堵，那眼泪像断了线的珠珠样撒了一地。莞儿赶紧背过身，呜呜咽咽地说：

“爸，你还好？又抽！又咳！感冒了？天寒地冻的，莫出去跑了！”

“没得事，没得事，我歇着哩，今年雪大，我歇得早。就是没得事，才抽嘛，抽多了，又咳，不大紧的。你冷不冷？我前些天发狠跑了趟远的，到了青海哩！整了点好货，攒了点钱，正要给你寄，你回不回来过年？还是到你妈那里去？”

“不要寄不要寄。我自己能够挣，还不少哩，够花的，还攒了点钱。今年忙得很——嘿，我告诉你，爸，我在‘春晚’节目组帮忙呢，肯定回不了家过年的。妈那里我也去不了了。钱你自己留着，你那条老羊皮裤都磨穿了，该换换啰！”

老汉早年间为救公社一匹马驹，从坝子上滚落下去摔了腿。一到天寒就喊腿冷。可是他攒了钱不置好皮裤，都乱花在说不清道不白的老相好身上。莞儿记得小小年纪跟她爸走马帮的时候，总有些年轻女人从树丛里冒出来和她爸对歌子呢！她爸现在老了没个看相，年轻的时候可是远近闻名又帅又会唱山歌的马锅头哩！还有一次女人身后，又冒出男人，和马帮理论，差点动了刀子，吓得莞儿一双小手捂着小脸不敢看，最后只记得把一泡尿留在马背上，也不记得那一场架究竟哪个摆平起。

和她妈不一样，莞儿对老汉的活法看得比较开。

她妈为老相好和她爸治气，一怒到广东打工，也不怎么回川西。莞儿毕竟跟她爸过过马背上的日子，晓得马锅头的辛苦和寂寞。蚊虫蠓子一路乱叮，汗流浃背马臊粪臭的，没个女人到站迎接，洗个衣服，熬个汤，这日子真不好熬咧。再说老汉年纪大了，她妈又不愿把他接到广东，他又不想把那几匹跟了他十几年的老马卖去肉铺，他一个人在川西咋个活法哩，也没得人照顾哇。这样一想，莞儿就觉得她爸比刚才要跳楼的农民工大叔幸福多了。想不定老汉他现在还在焐被窝，身边还有个温香骚白的小娘儿们呢！

莞儿就心气平和了许多，收了电话，往广厦B座走去。

B座的门前，有一个穿警用大衣的敦实汉子在抽烟，两眼却盯着来往车辆，莞儿连忙上前打招呼：“肖老师早！”

肖门神向她点点头，一张口却喷出一口青色的烟臭："快上去吧，都等着你呢！"

莞儿应了一声，正要说"您也上楼吗，外面够冷的"，却见肖门神撇下她直冲后面一辆宝蓝小车摆手："格格，对不起，车位满了！您停后面吧！"

宝蓝车窗摇下一条缝，一股清雅的香气直袭过来，一个冷面美人晃着大耳环偏过头——莞儿晓得她叫容格格，是来实习的，却是个人人都有点嫌、无事离她三尺远的主儿："嘿！门神！这是怎么说的！自打进组我就停这儿，怎么一转眼就成了'专用车位'啦！发科！"

肖门神趋前赔笑道："我的小姑奶奶！真没办法，您看——专用车位两个，刚竖的牌子，是台里和节目组商量好决定的，节目组也没办法，是不是……"

"发科！谁TMD这么横？！"

肖门神故作神秘地小声道："我给您透个底——这是专给吴大波士留的，她的车加长，得留两个位。"

"买告！真TMD是个位霸！这位主是谁？"

"是谁我也不大清楚，只知道多少年了，到时候这车位就得留给她，是惯例。她是广告大客户，好几年的标王，好几年'春晚'前排就座的那个女胖子，就是她。"

"买告！发科！"

容格格恨恨嘀咕两声，掉转车头而去。肖门神也恨恨地朝她车屁股虚虚啐了一口："发科！草泥马！神马玩意儿！没大没小的，就一股横劲儿！叫你碰上土匪海盗城管造反派——发科油！"

莞儿"扑哧"暗笑了一下，肖门神一回头，见她还在门口，没好气地说："你发什么呆！快上去吧！大导他们都在等你哪！"

B座大厅，进门还是那只大鼎，青铜浇铸，缠绕九龙。莞儿每次经过大鼎都会不由自主瞟一眼鼎足，每次都会看到那半块砖头沉默地垫着缺了一截的鼎足。莞儿便想起老烟斗说过的一个词"扛鼎之作"。要是真扛鼎，那可怪累的。莞儿小小笑了一下，正迟疑间，耳边忽然飘来一个男孩子的声音：

“你是找春晚组的吗？”

莞儿看去，正是头次进广厦领她进了“网络春晚”组的眼镜男生。他还是那么瘦，一个塑料牌牌在他干瘪的胸前晃荡。头油与青春痘还是那么若隐若现。

莞儿朝他瞪一眼，没好气地说：“我不是来找你的！”

眼镜男生有点不好意思讪笑了一下。好像上次接她到“网络春晚”组都是他的错。莞儿一时觉得他其实挺单纯，不禁好意地送他一个“莞尔一笑”。

“莞儿，你不要误会，今天是‘春晚’组——不是那个‘网络春晚’组，派我来迎你的。”

莞儿有些奇怪：“你不是在那个山寨‘春晚’嘛，怎么，跳槽了？”

男生更不好意思地笑了：“嘿嘿，也不是我想跳，是领导跳了，我也只好跟着跳。”

莞儿已经知道“春晚”组里外请人员特别多，乌乌泱泱两千号人呢，跳来跳去也不奇怪。“这么说你是要把我迎到18楼？不是8楼？”

“就是就是，他们说今天外面人多，又搞活动又有什么人要跳楼，要我迎迎你。”

莞儿本想说“18楼我又不是不知道”，却什么也没有说，跟着他进了电梯。

不一会儿，到了18楼电梯门开了。眼镜男生刚说了半句“梁导”，门外抢出一光头。一股莞儿熟悉的杂和味儿直扑面前。

“哟哟哟！真是莞儿！咱们可是见过的，老朋友了！”

那光头正是梁子。莞儿正怀疑是不是走错了，梁子却动作迅猛，从门外一把拉出莞儿，那眼镜男生在她身后也似有似无地推扶一把。莞儿猛地明白那男生要下楼迎她的真实意图。

莞儿正疑惑地恼怒、恼怒地疑惑着，梁子却极热情地伸出手引领她前行，莞儿站定正要发问，却见迎面正是那占满整面墙的巨幅大红喷绘，上书“春节联欢晚会”几个古体大字。那倒计时牌正写着“38天”。莞儿就觉得真的是正宗地方，可是那光头梁导和眼镜男生哪个也混到“春晚”组来了？

莞儿无言，抱包夹腚，怀着新鲜胎胞慌慌张张跟着梁子往里走。楼道里，有的房间开着，有的关着，不管是开着关着，都弥散出一股方便面且杂和着烟、酒、小吃、果皮、口香糖以及臭袜子的丰富味道——莞儿诧异，不是天天打扫吗，怎么这味儿倒更浓重了。

走到尽头，正是那个大会议室，门开着，门口闲站着几个人，抽烟说话，一见到莞儿，又都不说话了，都直勾勾地看着她，好似在辨认什么——莞儿心里话，奇了怪了，几天没过来，难道他们不认识我了？

“好！”

众人突然都同时蹦出一个字来。从人后冒出一个干巴老头，皮贴肉长，戴一副极深的老式圆圈眼镜，声音却是出人意料地响亮——正是老烟斗鄢老师！

“嘿！踏破铁鞋无觅处，得来全不费工夫！”

“俗了！老烟斗！蓦然回首，那人却在灯火阑珊处。”丙老师接口道。

“丙爷！灯火阑珊，意境虽好，可是意象不妙——阑珊者，衰尽之象，大过年的，不吉祥，改为‘灯火辉煌’最好！俗是俗，宏大叙事，给力！”云先生不紧不慢评起来。

老烟斗和丙老师却一起笑起来。

“哈！蓦然回首，那人却在灯火辉煌处——嘿，大师，不通啊！都灯火辉煌了，还看不见？还众里寻他千百度？大近视眼？”

众人都哄笑起来。

云先生一收扇子——莞儿注意到他老人家今天不玩核桃改玩扇子了，笑闹着正要还击，蔓姐却故作严肃状瞪他们：“这帮老不正经的！别吓着咱们小宝贝！大导正等着呢！”

老烟斗收了坏笑，正色悄声道：

“来，莞儿，跟我来。”

老烟斗把莞儿带进会议室。莞儿环视会议室，但见布置依旧，只横梁上那条“开门办春晚”的标语因了暖气熏烘的缘故，松了半幅，虚虚软软垂下一角。电视大屏前，有一个人端坐，蓬头浓须，正是言大导。

电视上直播的正是莞儿见过的花车游行——“国际低碳长走”活动。

眼下那花车已经过了电视台，但又到了下一个热闹路口，花车上那位漂亮的女孩又站起来，面向镜头，放声歌唱。许是外面风大，那女孩咳嗽两声，却又镇静下来，继续放歌。莞儿注意到，言大导一门心思都在电视上，似乎没有听见老烟斗带莞儿进来。但老烟斗和后面一帮“春晚”主创也都没再吱声，散开一个扇面，列在言大导后面，陪他看电视。莞儿好生奇怪，今天不用打字了吗？

那女孩镇定自若，迎风放歌，歌声如穿云破雾的雨燕，又飘逸又自由又有力道，入耳穿心，胸肺间便鼓荡起来。莞儿晓得迎风喊嗓子，不是一天两天的功力。小时候溜索，遇到迎风，溜不过去，就得拼命喊，毛焦火辣地喊，对岸的人家才会晓得。又一束银光闪亮，那是女孩宝蓝绶带上的银字反射阳光。真的是“低碳大使”。她梳的欧式发髻，高高的，又利索又高贵，电视是高清的，还看得见她脖子上散散的几根软毛，好可爱哋。高髻上，一个精致小巧的小王冠，真是镶满钻石。莞儿的疑问又升腾起来，这么多钻石，闪闪亮亮的，能全是真的吗？莞儿为自己这种想法感到十分俗气。人家是艺术家咧！再仔细看时，那女孩竟有几分面熟，却又想不起来在哪里见过。莫不是在图片、电视上见过的空姐？不过，她可比图片上的空姐高贵得多。也有一份公主的气度。莞儿不敢吱声，乱想着，又忽然觉得这些想法、这些语句，又似乎在哪里见过，莫不是在U盘上见过的？那个U盘一会儿乱码，一会儿又是现实的描述，仿佛莞儿所做的一切，都是按U盘里早就设计好的某个剧本在演进，真是匪夷所思。但似乎也带来一些好处呢！老烟斗撰稿的文本，还有丙老师、云先生、林副总，甚至言大导的一些话，都好像有什么底本，用心找找，找到正确路径，就能找到底本，打字不用费劲。

只要找到底本，干起活儿来，多快好省。

所以莞儿整理纪要、记录口述、编辑文案，速度惊人。老烟斗夸奖她是“机器人”，莞儿心里说，我这个机器人的软件是因为你们说的“机器话”写的“机器文”咧。可是今天不像是要炮制什么机器文呢。

这当儿，那花车驶过热闹街区，歌手旋进花丛中不见了，却又旋出几个花仙子姑娘跳起舞来。镜头一闪，花丛中有穿黑衣的摄像师。花车后面，又跟着两辆摩托，再后面是一眼望不到头的长走人群。前排人物挥手致意，夹道围观的人群中也有人起哄鼓掌，掌声由此及彼、由散而聚，竟形成一阵声浪，气氛一时热烈起来——那言大导便转过头来。肖门神不知何时已候在旁边，适时地把电视按了个静音。

“你——叫什么来着？莞儿？”

言大导笑嘻嘻地盯了莞儿一眼，又虚虚地扫了一下她身后的人群：“大家坐吧。”

“我叫莞儿。”莞儿按公司培训的要点，慌慌张张又恭恭敬敬递上公司名片。

言大导慢慢瞟了一眼名片：“哦，是莞儿。你是在东莞出生的吧？”

“是。”莞儿有点奇怪。为什么他们看名片就看出我的出生地。大概是他们知道不是“莞尔一笑”的莞，就往东莞方向去想了。

“我看你不像广东人啊——广东姑娘很少你这么白的，再说口音也不像——你不是四川就是贵州的！”

“我家是川西的……”

“那你母亲在广东也打工十好几年了吧？”

莞儿越发奇怪了——难道我真的是进入U盘上的剧本了？言大导哪个跟鄢老师和我讲的一模一样的呢？要不，他真的是认识我老妈的？莞儿不由得想起那张皱巴巴的名片。

“这么说，你的确是农民工的第二代，对不对？”

莞儿点点头。老烟斗在她身后补上一句：“90后、农二代，货真价实啊。”

梁子伸出头抢上一句：“大导！这可更好了！我说的没错吧，她就是YaKaNa第二！不不不！她比YaKaNa更有潜质，更纯、更Q、更有民族气质——”

丙老师黑脸一沉，咳嗽一声，梁子转头望望，自己拍了下光头，把话咽了回去。

云先生摇摇扇子，道：“大导，要不先让造型组收拾一下？”

言大导点点头，吩咐道：“蔓姐——”

“在！”蔓姐一头乱鬈发从人群后冒了出来。

“你先领莞儿下去，把尺寸量好，先备着，时间不等人哪！”

莞儿见蔓姐招手，便跟着她退出会议室。

莞儿悄悄地问：“蔓姐，今天不打字啊？”

蔓姐笑道："他们没跟你说？今天不打字。"

莞儿有些不安："可是不打字，我回去怎么跟公司交代呢？"

蔓姐朗笑道："傻孩子！你为这个急啊！一会儿我帮你签单就是了——别担心，是好事，天上掉馅饼的好事呢！"

说话间，莞儿跟着蔓姐来到化妆造型工作间，那间房子看来也是会议室改的，头顶上日光灯白惨惨的，满屋子挂的都是衣裳，只听蔓姐吩咐道："各位！还是按前儿的路数拾掇一下。"

有一个不男不女的声音应了一下。屋子的灯便忽地大亮起来，主灯、镜前灯，一片光明，那些挂在衣架上的衣服原是垂头丧气、残皮败影的，也顿时活了过来，抖擞精神、英姿勃发、红绿相竞，仿佛就要长袖弄舞，飘逸着飞上前台一展身段。

果然，几处衣裳竟真的活动起来，就有好几个人从各个角落里冒了出来，一边趿拉着鞋，一边收起手机，一边嘀咕："净耗着，也不正经给个活儿。"莞儿只闻得一股说不清的重味儿，有香水、有清洁剂、有雪茄，还有皮靴臭味。

有个人，像是领头的，用不男不女的声音笑骂着说："蔓姐，不是咱们不使力，前儿来的那一批，成色好是好，就是太洋气了，眼神也是虚虚空空的，没一点内容。买告！还假笑，真恶心！"

"都是些副线品牌的残渣！"另一个头发蓬松的胖子咬牙切齿地应和道。

莞儿辨认出那胖子声音粗壮，但其实是个女人。肥袍之下，波涛汹涌，面皮松软和润，叫人看了就觉亲和。只是那领头的，梳一个半边长发，左耳一排耳钉，钉上还镶钻，面色清冷，眼角且含一片媚色，似嗔非嗔、似喜非喜，唇上无须，却又胸前平坦，脖子又松松围一条粉巾，实在看不出是男是女。

蔓姐捞起一条仿豹皮围脖缠到脖子上，甩着大花鬈发对镜头左顾右盼，还做鬼脸"嗷呜"叫了一声，又随口应道："大师们，好好拾掇！这是主创们特别看中的一块料！"

那不男不女的人物，先叫莞儿脱了外套，用一把尺子抬起莞儿的下巴颏，打量一番，又挑起莞儿的发根，歪头看看，接下来便伸手来解莞儿的衬衣扣子。莞儿心一紧便揪着衣服不放，立时觉得他或她的奇异香水味由鼻入身，不可抵挡。

“蔓姐！”莞儿失声叫道。蔓姐却回过头笑道：“莞儿，放松点，杨总监要给你量尺寸、做造型、试衣服哪！你得配合一下！”

“可是，打字要做什么衣服？换制服啦？”莞儿还是不解。

蔓姐大笑起来：“傻丫头！不是告诉你了吗？天上掉馅饼啦！这么简单跟你说吧，‘春晚’节目组要做一套宣传片，就是提前一个月在频道里反复播的那种。大导说要突破以往都是明星滚动、拉洋片的格局，要从最普通的观众、最普通的愿望来做这套片子，开门办春晚嘛！最后定了调子——‘我要上春晚——心有多大，舞台有多大’，还确定片子从农民工、农二代的角度来表现，还要又时代、又纯朴、又入眼、又本土，嗨，把各模特公司、各艺术院校翻了个底朝天，也找不出这么个人来。我那天就去找梁子，他说有，谁料想他说的竟是你，也对！咱们原来一开始是从打字业务认识，没多想。毕竟梁子是搞艺术的，眼光就是不一样！这么，今天把你约了来，就是试镜呢！你没看这么多大小主创都等着你呢！”

莞儿听了，手松了，心里又是另外一紧，脸一红，喃喃道：“要我做模特咧！可我又没做过……”

蔓姐走过来，亲切地搂着她的肩膀，细语道：“别紧张，说是模特，其实没什么动作要做。我的小妹妹，什么事都有个第一次，搁谁谁都紧张——你只管放松些，好好配合就是了，他们都是给大明星做造型的大师级服装师、发型师，保管帮你做一个漂漂亮亮你都没见过的造型！还要上镜！还要反复播！你要红了！莞儿，这是天大的好事！这是你的造化呀！再说，蔓姐告诉你一个小秘密，这个模特不白当，有劳务费！比打字什么的多多了！就是蔓姐我给你造表签单，马上过年的，你手头宽裕些，也好孝敬老人是不是？”

莞儿便不再吱声。蔓姐说话间，已然不知不觉替莞儿除了外裤。莞儿只觉得一屋子的目光都罩在自己身上，一时间只觉得自己是网中之鱼，蹦跶也是白费劲。

那穿肥袍的女人却唤过一个戴粉框眼镜的女助理。女助理腰间别子弹袋也似的挂着一个黑皮匣，皮匣里装有各种说不上名堂的工具。只见她拔出一个类似手枪的酷玩意儿，一股绿色镭射光便射到莞儿身上。上、下、左、右、前、后、侧、正，都扫描了几番。墙边立着一个立式大Pad，镭射扫描过后，大Pad里便出现了一个人身的绿色成像。绿色线条细密而柔软，举手投足，也自成动作，与此同时线条侧面，便弹出一串串小界面，都是些细密数字。这是我吗？一个大活人，这么一扫，却原来也不过是一堆看不懂的数据而已。

那杨总监却双手抱臂，远远站在一边，一会儿看看莞儿，一会儿看看电脑上的成像。虽远，那股香水味却源源不绝，直奔面前。不一会儿杨总监和那胖子交谈起来——莞儿却听不懂，既不是方言，也不是英语，许是法语，要不是意大利语？他们学造型的好像都在那里泡过。说话间，那胖子点点头，拎着一条发卷过来，快手快脚给莞儿梳起头来。别看她人胖手肥，指头却十分灵巧，莞儿还没怎么感觉，脑后已然出现了一条粗大疏松的大辫子。杨总监远远地在暗处笑了。

胖子又朝粉框眼镜妹吩咐了什么，眼镜妹快手快脚取来一条米色大格线毯——那毯子上却有一个洞，她们把线毯斜套在莞儿身上，又把辫子捞出来甩在身后。胖子示意让莞儿张开双臂，转了一圈。莞儿便看见电脑出现了一个风姿绰约的潮流妹，发辫潇洒，韵味十足。嘿！他们真的有一套！

胖子得意扬扬朝杨总监抛了个眼色。那杨总监却眉头紧锁，连连摆手。

两人很快爆发了一场口水仗，说什么莞儿听不懂，但两人看上去都很上火。杨总监激动得走来走去，甚至一把揪下粉色围脖摔到地上。那眼镜妹慌忙捡起来，却捧在手上不知是送上去好，还是不送的好。胖子却撸起宽袍，一屁股或说一大屁股压在沙发上，气呼呼地点起雪茄。

莞儿不知如何是好，回头望望蔓姐，蔓姐也略显尴尬，向她使个眼色，天晓得她是什么意思。

杨总监一看胖子真的生气了，突然嘘出一口气，将沙发上一只大草筐包包挎到莞儿肩头。莞儿在镜子里和屏幕上看到了一个“城市潮女”。胖子突然嘎声大笑起来，很自嘲，很抱歉，连忙起身将大包和线毯除了去，又向杨总监大吼一句。这下莞儿听懂了：

“你他妈说咋整？”

杨总监诡然一笑，在衣服堆翻出一团枣红色的东西，一展开，却是一条宽边老旧大红棉裤。胖子又大笑起来，夸张、剧烈，有那几声好似喘不过气来：

“你脑子进水呀！买告！你是把张艺谋的电影看多了还是怎的？现如今张艺谋都不玩这一套了！”

杨总监却不说话，拿了大棉裤过来，让莞儿扶着他或她的肩，亲自给她套上了。还蹲下身，提腰、扎带，把大棉裤收拾妥当。莞儿记忆中除了小时候，老妈、老汉，没人这么给自己穿衣套裤的，又离这么近，有一股隐秘的香水味道，很羞很惑又很受用，胸前不觉有些鼓胀、小肚子有东西护着又融融的有些暖意。那杨总监倒很执著，又唤过助理取了双李子红灯芯绒老棉布鞋给莞儿套上，又亲自选了个暗红瓢虫小发卡斜斜别在莞儿头上。屏幕上活脱脱现出了一个闹着要过年的甩着长辫的乡村小姑娘，脸蛋红红的，大棉裤卡着柔嫩腰肢，挺着小胸脯。女助理怯生生地说：老师，我理解上身棉白棉白、柔柔软软又有活力，下身结结实实、宽宽大大孕着一种稳妥的生育力量是不是？却无人答理她。莞儿自己看得有些呆。嘿，这是我吗？

杨总监歪头看看胖子，胖子不再乱笑，只盯着莞儿看，眼神又狠又毒。突然间，她把雪茄掐了，起身一把把窗帘扯了下来——那是一段深绯通透暗洒金丝的纱幔。那助理心领神会从腰间拔出一把剪子。“哧”一声，胖子把纱幔裁开，扯成了老长老长一条红纱巾，又松松地围在莞儿脖子上。

胖子和杨总监便互对一个眼神，同时脱口而出：“OK！”

蔓姐引领着，一行人拥着莞儿从造型间走向会议室——路过视频工作室时，李后主正托着纸碗呼噜呼噜吃泡面，便突然停了，又呜噜呜噜大叫一声，也不晓得他说什么，却惊动了一屋子后期人员，魏小虎、赖子、大巴等年轻仔都趿拉着鞋拥到门口，把莞儿看得满面绯红。那伙年轻人便自发地跟在后面。这下动静闹大了，把好静的梅兰竹梅导也从屋子里忽悠出来。这一群人便呼啦啦一下拥进会议室。

▼ **附件文件夹**

▼ 歌手文件夹

▼ 《新京报》2011-09-14文件.txt

《新京报》2011年9月14日星期三

北京新闻　社区A19

《烤串杂工改编〈加州旅馆〉唱红网络》

为音乐来京寻梦，曾在地下通道唱歌近两年，网友称其唱出外来奋斗者心声。

社区人物——“吉他小厨”：“走在空荡的街上，枯叶随风飘荡。仍是无眠的夜晚，走得没有方向……”近日，一首名为《饭店小厨师改编加州旅馆》的歌曲在网络热传，6天内已有270多万条点击。视频中的演唱者是在通州区一家餐厅打工的90后烤串杂工沙健微。此歌激起众多70后、80后的共鸣。网友则称其“唱出了多少正在外地奋斗者的心声”。

他1990年出生，老家云南，是布朗族。他身高约1.65米，皮肤略黑，比实际年龄“老成”不少，店里的员工们说“他长得有点像刘欢”。

小沙说，他父母都是云南农民，以种甘蔗为生，“父亲希望我上制糖中专，早点工作。”但他没有顺从父母的意愿，18岁那年，中·#￥魃�蚆軷鲌皶�院爟篸嚓雔磜夨筞筴叓蘆悥媟濄蓛弦？嚄跶悳蕐蔟悥媟濄濄毄浂趚迚弥有弦罘酢腖龕啳蘆麀%……

两年地下通道感悟改编《加州旅馆》

歌词：

走在空荡的街上，

枯叶随风飘荡。

仍是无眠的夜晚，

走得没有方向。
来到这城市两年，
却没有归属感。
已回不去我来的故乡，
只为了梦想。
那就像远处的灯火，
仍然缥缈遥远，
但始终有微微的光亮，
让我继续向前。
转身走向地下道，
拿起红木吉他，
魃茇蚆軷鲌皵，
颰纙逡，嚓雗礤夨筞。
筴畟蘆意，婐濄蕔，
弦？嚄跶悳嵍蒺意婐，
濄濄斀渋跇迚，
弥冇弦，罘酢腂鼀
啝蘆麁，轻轻弹起那旋律，
放声自由唱，
这就是我最好表演的地方，
充满了力量，
充满了希望。
也许你曾经听过，
这首哀伤的歌，
走出这地下漆黑的路，
为生活奔忙。
我们都曾经怀揣，
年少时的梦，
也许你已经成长，
已世故老成，
但请你偶尔驻足，

听听我的歌声，
审视你现在走过的路，
是否一切洪荒，
请停下你的脚步，
静静欣赏。
这首献给青春的歌，
和我一起唱。
——小沙改编自《加州旅馆》

2009年2月，小沙背着吉他，揣着600元来到北京。由于天气寒冷，无法长时间在地下通道停留，他只好在昌平区沙河镇花350元租了间只能容纳一张床的房子。小沙说，想在城区找一处地下通道唱歌赚钱，但每次刚进通道，就被保安赶走，“600元已经用光。”

在中国农业大学附近，一家仅有4张桌的小餐馆，小沙当起了送餐员。每月工资1100元。餐馆老板喜欢音乐，支持小沙利用空闲时间练歌。“每天从10点干活到晚上9点多，但下午可以练练吉他。”

2009年7月，小沙辞掉外卖员的工作来到地下通道，当起流浪歌手。在这20个月里，他发现，在地下通道歌手中间，也存在诸多潜规则。比如，有时需要排队，有时需要计算时间，不是想唱多久就唱多久，“一般一天只能在一个地方唱一小时。”他说，运气好时，一天能赚60元，有时只有十多元，有时一天只能吃一顿饭。“开始体会到梦想渐远”，说到这里，他低下头。他说，正是在这样的心境下，他改编了老鹰乐队的《加州旅馆》。

2011年4月，小沙经朋友介绍，来到通州一家餐馆。餐馆每周五、六、日在室外摆个小舞台，之前是唱二人转，“但我更喜欢歌手唱歌。”餐馆老板老丁说。

第一次登台，小沙唱起《飞得更高》。“把全场震住了，下面的人都上台敬酒，说实话，我不想留他，搞音乐的人心高气傲。”老丁说，“小沙说自己做过送餐员，什么苦都能吃。我最终决定让他留下，1700元工资，外加唱歌，月收入接近3000元。不唱歌时，小沙做穿串工，现在负责烤串。”魃芨虳軷鲌皵颸獵逡嚓嚁磜矣筙筴嫑蘆惪婐濄蕔宖？嚄跶悳鎣蔟惪婐濄濄敤湠韰迚弥冇宖罛酢腂龎唨蘆麁……

言大导一莞儿文件.txt

就在莞儿被拥着回到会议室的时候，言大导依然独对大屏幕，面无表情。

屏幕上切到另一组画面，是大台的直播间，眼下正是大石头和小石头联袂主持“低碳长走”的访谈。

大石头是新闻主播、访谈一哥，小石头是出镜记者、麻辣小妹，此二人搭档，说明了主管新闻的老石头的良苦用心，真是要下工夫推介“低碳长走”呢。从这个格局看，一定是茅台批过的。看来齐濛濛的工作做得很到位。

几年前，茅台就说过，圣诞节一定要搞个中式活动，压过西方礼节。可前几年，搞过街头演出、搞过火炬游行，甚至搞过街舞大赛，但是奈何传统不得。一到年末，像是有人组织似的，街市流行不讲道理——搞圣诞活动、套餐商演、折扣、礼品、酒吧、狂欢、通宵电影、教堂唱诗，甚至还有圣诞慈善晚宴，圣诞氛围自然而然、居然而然成了一年一度大气候。街面上到处戴红帽子、粘白胡子的圣诞老人。真人、假人、中国人、外国人。倒退几十年完全不可想象。“文革”起，破四旧，国家行为、政府号令、组织动员、全民动手，一时间似乎把“四旧”打扫得干干净净。才几十年，所有的旧东西又都风行，甚至还增值。真是野火烧不尽，春风吹又生。但言大导毕竟在美国待过，心里也很同意茅台搞个中式活动压压圣诞高潮的主张，但是几年搞下来，筋疲力尽、形不成气候，更别说形成新传统了。

传播力有三维，根基是传播与目标，这是语义关系；进而是传播与手段，这是句法关系；再高级是传播与传播者，这是语用关系。把这三个维度玩好了，必定是大师。这是鲍亨斯基教授说的。

可是言大导通过圣诞节目的失败与圣诞节日的延续，意识到比大师更厉害的是传统。从传播者使用传播手段，再到传播目标，三维之外，已然形成一个巨大的场阈，年复一年、由点及面，场阈由自成一统累积而成经年不衰的传统。传统自非一朝得以实现，也非一日可以革除。所以今年台里已经不打算再折腾。一则折腾不过商界乱拳，二则大导也想一阴一阳、一抑一扬，强化“春晚”的传统地位，巩固“春晚”的地位传统，由此固化其巨大的场阈、进化其悠久的传统。

虽然说“春晚”也有悠久的传统，但是不比圣诞。不过以语义分析来考量，圣诞不是很虚吗。圣诞老人在哪里？谁见过？当然从历史演进、文明传承，乃至族群民系的集体无意识来看，自然也有说道。但是“春晚”的语义对象不是更实吗？当年人、当年事、当年业绩、当年心情，不都是实而又实，且又打通族群民系集体无意识的吗？至于句法分析，上手段更不在话下。既不差钱又不差高科技，还不差刚性时段大覆盖大传播；至于语用关系，言大导自信以海归博士的眼界怎可和街市商家的俗套子相比。

不料齐濛濛竟抢先一步，占了一个语用关系的好山头！

是的，圣诞之日，号召迎新低碳长走，时间点位准，概念大、高、新，又接地气，且手段上也强悍，既造势，又迎合受众心态。更进一步，把语义关系悄悄篡改了，由低碳，而长走，由全民长走而明星阵容，由明星阵容而导引花车，由导引花车而一群美丽性感花仙子，最后聚焦到齐小濛。

厉害厉害。

齐濛濛想来是没有听过鲍亨斯基课的，但论起圣诞作业，她一出手居然比自己的瞎折腾高明不少。

更要命的是，明明白白的，低碳长走是起点，齐濛濛是为小濛包装造势，由此，走向“春晚”、走向传统、走向传统地位，进而走向地位传统。

看来她在商海沉浮了几年，已经修成道、炼成精了！不可小觑！不可小觑！

现在，屏幕上是大石头和小石头与一帮低碳人士侃侃而谈，嘉宾阵容排场不小，既有联合国环境署的特派员，还有不少名流明星，自然也配以长走老汉、健美老太之类。

镜头一闪，在观众边侧，不显眼的有一个戴深色大眼镜的黑衣女士，正是齐濛濛。看来她在督场呢！

忽然的，想起了前几天茅台请他共进午餐。

茅台是个工作狂，他的著名午餐是大台的一道风景，有事谈事，无事闲聊。但是茅台的午餐并不好吃，他的邀请自有一套路数，既不按职位层级顺序，也不按事务急缓排队。有时依事务大小，有时又按他的心情喜好。有事的巴不得去，无事的巴不得不去。但是去不去由不得被邀之人，而是由秘书处发通告。大石头说茅台的午餐是免费的，但天下又没有免费的午餐，这是美国总统的套路呢。大导不知他这样说是称赞还是讥讽。

茅台吃得很素，但鱼是他的最爱。食有鱼是他的口头禅。

"请你来是为了吃鱼！好鱼要分享是不是！"

大食堂的台长包间有个小窗口，厨子可以直接把菜送到窗口，由服务生递上桌。吃的就是这股热乎劲。茅台自嘲这是当台长的小小特权。

鱼端上来了，扁平、对眼、无鳞、先糟后煎，一股异香沁入肺腑。夹一口，软而糯、香而鲜，入口即化。

"好鱼！深海鱼！"大导由衷赞道。

"识货！多吃点！"

"哈，叫什么我说不上来——不过，应该不便宜！"

"叫什么，我也说不上来。你说得对，不便宜，从香港空运过来的！"

"哦。"大导不知该接什么话。

"不要——哦。不是吃公家的——哈，我要是让人买条鱼从香港空运过来，早就有人告到上面了，鱼也吃不成了。你只管吃，别人送的，不吃白不吃。"

茅台起身从身后小酒柜里取出一个蓝晶晶的玻璃瓶。"食好鱼，须配好酒。这是白葡萄酒，配深海鱼最好——是上次接待谁剩的。要加冰不？下午不开会，喝一口。"

茅台亲自给大导斟了小半杯，自己先闻了闻，做小小陶醉状："干这一行压力太大，就怕出事！可是天天干的事，总有个常在河边走哪能不湿鞋对不对？可是一出事，一切归零。一辈子白干！有时候真想早点退下来，钓钓鱼，喝点小酒，自娱自乐是真境界呀！”说罢，也不让，竟先干了。

茅台和大导关系非同一般。几十年的上下级了。大导进台正好在茅台手下干活。茅台胆子大，敢冒，做片子、搞节目喜欢出个新，也喜欢谈点新潮理论。先是部主任，而后道长、副台、台长，再集团领导。大导出国是他力挺，回国也是他力邀。大导心里，茅台对自己是有知遇之恩的。

见茅台放松，大导也松了眼神，给茅台切了块大鱼肉。

“茅台，别干喝，干喝伤胃。这鱼确实不错，您一定多吃点。”

“嘿，我是得多吃点，不是借你的光我还吃不上哩！”见大导有些疑惑，茅台把话挑明，“其实这鱼是送给你的，又怕你拿架子，只好送到我名下，让我做熟了，来招待你。一日夫妻百日恩，用心良苦啊！”

言大导明白这是齐濛濛的圈套，想通过茅台来给自己施压，便笑道：“她呀！真是费尽心机！”

茅台醺醺然眯起眼：“不要把人往坏里想嘛。”

言大导脱口道：“她这是母驴撒娇，另有目的哩！”

茅台笑道：“别说粗话！俗话说，鱼有鱼路，虾有虾道，开门办春晚，鱼路虾道都不能堵对不对？推荐、自荐、明荐、暗荐，谁荐都可以嘛。节目原则自在你心中，我也不干预你。这么多年来，我什么时候干预过你？”

大导无言。事实上，茅台对他还是十分放手的。除了审节目把关，茅台很少干预大导做节目、搭构架。

“哈，你太紧张，吃吧。这鱼说起来，其实还不是齐濛濛送来的，是永哥以她的名义，帮她送的。”

大导知道永哥，虽然见面不多，但是很多艺员背后都有永哥支撑。他的艺员经纪公司是国际化的。

“哦，对了，茅台，那帮环球网姐什么的，就是国际模特，我看了资料，成色还是很不错的。我其实一直就想破一破传统的大歌舞大开场——都玩了多少年了，太套路太程式化。国际模特给我一个启发。我想，一开场，百名国际模特全是中式时装，有旗袍、有唐装，又都是华夏风采；胸前各有各国的名头，粉缎绶带；每一个小巧的宫灯，宫灯上面转着，印着中国情景的古画儿，就像颐和园的长廊一样——对了，我和舞美也商量过了，可以把长廊艺术化地搬到舞台两边，沿观众席延伸——您看，到时百名西洋美人、旗袍唐装、花样年华，又一幅幅古典水墨画，象征我们过年是国际节日，四海贺年、八方联欢，有意境，有动感，从两边包上去，聚焦于舞台——然后一群主持人用中英文开场，呼应四海贺年的美人嘉宾，凸显我们在国际上的崛起地位，也彰显我们大台胸怀、气度和格局——”

“妙呀！”茅台击桌叫道，“好，好！花样年华！花团锦簇！花枝招展！大庆年华！说得太好了！你知道吗，我又申请了些专业费用，此次播出，还要租用几个卫星转发器，预订了网络大流量通道，真正做到全面覆盖，共时联欢，做他一个花好月圆！”

言大导见茅台叫好，一块石头落了地。原以为洋妹上台，会引发非议呢。看来台领导思想够解放的。“具体方案我们正在做，有初稿就请您先看。”

“好，好！这才是开门办春晚嘛！你这个好！这一下开门开大发了，都用到国际资源了！”

言大导本想说不是自己主意好，实在是永哥送来的洋妞好，又觉得多余，便笑着和茅台干了杯。

这一餐饭，吃了一条鱼，说了一件事。齐濛濛的事提都没有提。但言大导心里有数，齐濛濛的布局已经展开。

果不其然，第二天贾斯汀开完例会回来传达，说起圣诞那天常规节目调整，让位给老石头他们搞的“低碳长走”直播节目。据贾斯汀说，这一次赞助商手笔很大，钱送得多，还不要求多插广告，连直播现场都可以不出LOGO、不出老板人头。老石头他们高兴坏了，要认认真真做一期为地球呼唤的负责任的好节目、真节目，还煞有介事地搞了个“石头搭档”。

言大导心里却觉得有个什么地方不自在。

隐隐地，他觉得齐濛濛必然会对第二个战略高地发起进攻——她是军营大院长大的，耳濡目染的，对于攻城拔寨之类的游戏，早就烂熟于心。

以她目前的势态，第二座山头就是“春晚”前的造势，如果是上上老石头控制的新闻口的访谈，倒不怕什么，就是打上《春晚达人秀》的擂台，也不足为虑。毕竟那也是一风吹来又一风吹过的小case，但是如果挟“低碳长走”之余威，乘胜扩大战果，极有可能占领“春晚”预热宣介片——毕竟她也是圈内人出身，对于传播手段并不陌生。如果让她得逞，“春晚”宣介片夹杂小濛的因素，日复一日、天长日久地渲染，很可能把她的狗屁“低碳组合”变为现实。

当然“低碳组合”也许不是狗屁，有瑞恩保底，有大腕保障，有小濛听上去还行的唱功，到时候再加上自己班底的声、光、电，导播、大切的大包装，成色一定过得去。不仅不是狗屁，而且还可能是一个大节目，一个获得媒体“广泛称誉”的“创新节目”（以“低碳长走”的报道规模，这几乎是肯定的）、一个最终获得什么大奖的好节目（以齐濛濛的能量，这也几乎是可以肯定的）。

如果不较劲，也就过去了。大石头有次喝多了笑论男女之道说：从了，也就从了。既然从了，就要想开点，配合好，把过程当成享受。

大导回说，事儿虽说是这么回事，但你当个规律、当个策略大肆宣扬，令人心里很不舒服。

大石头不愧是名嘴，揪住他一个“服”笑说道：大哥，您用这个“服”字差矣！服者适也，穿衣要服帖，水土要服适，都是本义；进而，服务、服役、服侍，乃至服气、服药、服罪、服法，都讲的是顺而从之、服而适之。不服？不服不行。可以说服、收服，也可以压服、降服。最后的结果，还是服从，服而从之、从而依之、依而顺之、顺而畅之。因此上，服也有境界，有口服，有顺服，有臣服，有心服，最高境界是信服。肝脑涂地、鞠躬尽瘁。我们常说要服从命运的安排，就是这个道理。命运的力量很强大，草芥之躯，尽可以挣扎一下，但是又能怎么样？服而不从谓之呆，从而不服谓之傻。大导口道：谬论谬论。心里道：TMD这话是糙话，这理叽叽歪歪的倒也有几分歪理。

更糟心的，眼下正是一个女人，或者说加另一个小女人，对自己的围堵。从不从的，挣扎一下也不行吗？

就想到挣扎一下。

挣扎要有支撑点："春晚"宣介片就是伸手可及，又稍纵即逝的支撑点。

“我是这样想的，”在照例问计于三老的时候，大导不觉吭哧了几声，“是这样，春晚宣介片总是老套，过往的精彩镜头、你来我往的大腕形象。我想改改。”

“是得改改！”

老烟斗站在门口喷一口又辣又香又冲又有点臭的烟圈——因了大导不抽烟，又默认这班伙计可以抽，两下谦让一下，最终总是老烟斗等老枪烟民站在门口，疑似避让、意思避让实际又不避让地吞云吐雾——大声说：“不说别的，每年总是贴那几个大人头，都多少年了，不说审美疲劳，也总是没有悬念了，对不对？”

“老烟斗说得对，”丙老师应和道：“根儿上讲就不对，宣介片本质上是广告，是广告，就得有创意，每年有不同的创意，哪能每年都一样，把明星大人头一贴了事。”

云先生把文玩核桃转得像风车，点头道：“这是个体制问题，栏目、频道都有专人负责包装，可咱们是个临时班子，做视频的又只对节目负责，一说包装、广告，他们就对付事，把各大明星往上一贴，严重套路化。没有创意！”

大导就等他们这句话，接口道：

“没有创意，你们这几位总策划没有责任？”

“这个，大导——”老烟斗不觉吭哧起来：“这个，这个，不是我们不努力，正如云先生说的，是个体制问题——我们说了得有人接盘执行啊！”

大导见云先生、丙老师正在向老烟斗使眼色，知道他们已然猜出他下面要向他们派活了，便把话挑明了，说：“都别站着说话不腰疼。改革要从自己做起——这事儿从此刻起，规齐了由你们三老领衔，导演组由梅导执行，后期由李后主团队支持——都是一流的高手吧，就看你们创意如何。”

云先生大笑道：“见过会下套的，没见过这么快下套的！”

丙老师也笑道：“你还说什么体制问题，你看，鼓吹革命，最后革命革到自己头上了吧！”

老烟斗在程序上最务实，收了烟斗正色道：“什么时候交作业？”

大导笑道：“不是我逼你们，元旦前一定要推出，留下制作时间，一倒推，给你们一天，拿出思路，后面小梅、李后主跟进。”

云先生叹道：“大导你是不想让我们睡觉啊！”

大导起身和他们一一握手："拜托拜托！弄好了我请你们去四楼泡脚！"

虽然是急救章，但是几位大家还是弄出了七八个版本，有故事版、有低碳版、有国际版、有观众版、有卡通版，还有农家妹版等等。

最后大家一商量，确定做农家妹版。一是体现开门办春晚、百姓大舞台；二是农民工、农二代作为主体形象，政治正确；三是农家妹与大舞台，反差大，新鲜，有悬念，看点新；四是宣介有炒作点，可扩大片外宣介效应。

梅兰竹、李后主等人也都叫好，纷纷摩拳擦掌，进入状态。没想到的是在模特上卡了壳。

专业模特大都偏长偏瘦，按老烟斗的糙话说，奶小腚扁的，哪能体现大地女儿的原始伟力！

转头找舞蹈学院，舞蹈团的，就发现更离谱，跳芭蕾的，都太洋；跳民族舞、集体舞的，都只会假笑、傻笑，表情夸张、矫情，推不上近镜头。

负责找人的蔓姐急了，把跳水队的、水上舞蹈、艺术体操的找了来，人是接近了一步，首先看上去人都比较纯朴，没有舞蹈团的江湖味，身体也矫健，很有力量感、生命感，惜乎者，搞体育的，不是表情生硬，就是眼神空洞，或者表情既生硬，眼神更空洞。丙老师叹道，这才是个体制问题，从小练，只练一门技术，成才不成才还不知道，但读书太少、文化底子薄，将来怎么理解社会、掌握社会？

人虽没找到，倒无心插柳地整出一个新节目：艺术体操——《春之萌》。

蔓姐上火了，嘴上燎出一个大泡，忽一天把一个光头找了来。光头见了大导，点头哈腰媚笑。大导心里有点烦，忽听他自称是大导的学生——大导时不时在传媒学院讲座。估计光头在那里蹭课，想来倒也是个爱学习的孩子，心便软了。蔓姐又火上加油地报告说："梁子最能找人，手上资源多。"

梁子倒谦虚："谈不上谈不上，大导，我就是脸皮厚，爱帮忙，见人有点文艺范儿，就往前凑，生怕把人才埋没啰！"

“好你个光头伯乐！你就爱发现千里小母马！”蔓姐一针见血。

光头梁子倒不恼，笑道：“您别PK我，您这不就是要一匹嫩母马吗！还得有乡下土马的纯朴味，又得有千里神驹、飒爽英姿的范儿，要架子有架子，要牙口有牙口，又不要大洋马趾高气昂，傲慢，不待见，是不是您哪？”

大导没想到这么个糙人还有些细密心思，笑道：“常言道，是骡子是马拉出来遛遛，是不是，梁导？”“不敢不敢！您别叫我梁导，这不是折我寿吗！您就叫我梁子——一定叫我梁子！这么着您叫起来顺口，我听起来顺耳！大导，您放心，这活我心里有数，一定把她给拉出来遛遛，一定不比YaKaNa成色差！”见大导对YaKaNa有点膈，又点头眯眼欲作解释，蔓姐却一把拦住，“我们都明白了，你手上有人，快去办吧！”

大导心里有数，最关键的问题解决了。

大屏幕上大石头说了句永远正确的废话，小石头递了个永远贴心的微笑，大导知道：广告开始了。

这当儿，听得身后有些动静，大导缓缓转过身来，一面嚷嚷：“都饿了吧，是到饭点了吧——”突然便愣住了：

在他身后只一个女孩儿家。

枣红大棉裤，小腰身扎得紧紧的，下盘肥沃丰润，正衬托出挺拔的腰肢和腰肢上更挺拔的青春峰韵；胭脂红的纱巾与李子红的灯芯绒老棉鞋相映成趣；发韵斜披，藏一只暗红瓢虫发卡趴在额上，透出些调皮劲儿；又一条大粗辫子，结结实实甩在胸前；小脸蛋红扑扑、圆润润的，娥眉飞扬，明眸流光。大导突然明白那“神采奕奕”其实正是用来形容女孩儿的，怎的被移了去形容老朽之身呢。对了，那谁，著名画家似乎就有这么一幅杰作，还获了个什么大奖。

很好！

从机位设计看，还要略偏一些，更有雕塑感。有韵自带三分斜。不可太正。将来顶光要柔，侧逆光要硬，补光要柔、散，方显出轮廓之美。不过，是移动拍摄，几个光区都要协调好。看来得用电影光，不能简单用舞台光。动感、造型、氛围、意境，全靠光了。幸亏有蓝大师助阵。台里那帮混江湖的，做不出这种复杂光效来。

见大导发怔，女孩儿腼腆笑了，红口白牙，乐得自然，又余韵莞然——对了，这不就是那个莞儿吗！他们真有办法，居然把她还原成一个清纯可人的农家小妹。

是的，比洋的俗，比俗的雅，比雅的闹，比闹的正，比正的喜庆，比喜庆的大气，比大气的又生动活泼，正透着一股大导习惯的传统春晚的年味儿。

“要的就是这股味儿！”

大导脱口而出。

却激起一片掌声，把他吓了一跳——这才看见几乎所有主创都悄悄列在门口、一起鼓掌。

大导笑道：“这么说，诸位大仙，通过了？”

云先生摇扇笑道：“鼓掌通过。联合国通过秘书长也是这么个程序！”

大导笑眼对着杨总监和胖子，大声说：“杨总监！你们造型组劳苦功高！谁给他们记上一笔，将来发年货给他们发双份！”

蔓姐道：“我记着哪，万一有奖金发，我准备用日元给他们发，显得多！”

众人都笑了。

杨总监细声细气道：“大导，您别忽悠咱们了，给您干活是咱们福气——咱们也长了不少见识不是？您别骂我们，我们就好开心好开心了耶！”

众人又都被杨总监不男不女、夸张矫情的言语逗乐了。

大导却收起笑容道：“杨总监，从艺术大道上讲，魔鬼就在细节之中，你还有个细节给忘了！”

众人又都一愣。

杨总监却坦然上前一步，变魔术般变出个红头绳来：“您是说——这个？”

大导开怀大笑：“真有大家之风啊，什么都瞒不过你！”

杨总监低沉道：“备是早备好了，可我心里没底。怕整上这个，太像那谁了——”一边说着，一边快手快脚撸起莞儿的大辫子，编了个小花活扎在辫梢上，又一扬手甩到莞儿胸前。干净，利索，漂亮。

老烟斗忍不住叫了声好，众人又都拍起手来。

正闹着，人后传来一个声音：

“嗬！热闹什么哪！饭点过了，都不饿啦？”

众人都你看我我看你不再吱声，闪开一条道，林木森夹着文件夹匆匆进了会议室。大导向他点点头，从容道：“我们正在为宣介片选模特呢，你也参谋参谋——来，坐！”

林木森对着莞儿上上下下打量一番，淡淡道：“我当是谁呢——这不是给咱们速记的那谁吗——嘿！谁那么有眼力挖掘的——倒叫我差一点没认出来！”

梁子光头一伸，低声道：“林总，是我梁子，是梁子我给发现的，这姑娘——”

他正要扯开去，不料蔓姐不轻不重在光头上拍了一下，把他的话儿给了拍回去。蔓姐急道：“林总，梁导推荐以后，大家都回过神来，再经杨总监这么一收拾，一扮上，确是换了个人儿似的——您觉得怎么样？”

林木森向大导浅笑道：“大主意还是大导拿。大家说好自然有好的意思，我学习学习琢磨琢磨。”又回头对蔓姐说，“蔓姐你张罗一下，把出镜用的表先给她填着，备着。”

蔓姐道：“她来组时填过表的，保密协议也都签了的。”

老烟斗道：“英雄不问出身。几个镜头，至于嘛！”

林木森正色道：“鄢老师！台里有台里的规矩！一旦出镜，就代表我们组，我们频道，某种意义上也代表我们台。政审是对我们也是对她负责。现在网络很发达，人怕出名猪怕壮，万一历史上有什么被搜出来，岂不毁了前程。”

老烟斗有点不服气：“林总，言重了吧！一个小姑娘家的，能有什么？”

林木森直视他大声道：“现在的小姑娘家的，说简单也简单，说不简单也不简单。你看一个什么美美，把堂堂一个红会大组织，搞得多被动！政审自有政审的要求。别的不说，家里有没有人练邪功、信歪理邪说你总得弄清楚。不是不给政策不给出路，总要弄清楚才能给政策给出路吧！”

大导见大家僵在一起，挥手道：“手续的事，按林总说的办吧。大家都去吃饭！下午准备开工！蔓姐你把我们的小莞儿照顾好！我和林总在会议室交流例会的事，老肖麻烦你把我们的饭打上来，我们边吃边谈——林总，你看这样行吗？”

林木森语气缓和地朝肖门神开个玩笑："老肖，麻烦你跑腿，我改天请你喝酒！"

肖门神硬邦邦地回道："你说的，我都记在板油上了！"

众人便都笑着散了。

蔓姐拉着莞儿的手走出会议室。莞儿只觉得一阵轻松又一阵委屈。悄声问蔓姐道："蔓姐，这事，咱不干还不成吗？"

蔓姐紧紧攥着她的手，又勾住她的肩说："好孩子！你要当明星了！当明星就可以挣大钱了！挣大钱就可以补贴你老爸老妈了！但是成就大事，总会有小小不顺心，不自在。孩子！你得学会忍。听蔓姐的，忍。忍到头了，你就能成就大事了！"

见莞儿似懂非懂似信非信，又加句："你看言大导，多能忍。不忍，能当大导吗？像光头梁子，话都没听出什么风来，就伸出脑袋接石头！不是蔓姐拍他一下，还不知他整出什么幺蛾子来！今天这事，就全赖他，不是他说，林木森也不会想到要你填什么政审表！对了！莞儿，你可得和蔓姐直说，梁子这家伙——你和他没什么关系吧？"

莞儿又羞又恼又怒，低声道："蔓姐，您把我看成什么人了！"

蔓姐赶紧搂紧她的肩膀，软声说："小妹妹！我瞎说你别往心里去！就是赖这个梁子臭名远扬，才惹得林木森瞎折腾。等会儿姐好好教你来填表，该细的细，该省的省，别乱填。对付对付得了。来，姐领你今天去吃小灶——还有杨总监他们——就是不请梁光头！"

莞儿勉强笑了一声，心里老大不托底，又不知道究竟要干什么，要是老汉在，他一定说坏人太多，回去安逸；要是老妈在，就又会说她没得出息，只晓得窝在山沟沟里，不敢见人。见人就要不怕人。世界上总有坏人，又总是好人多嘛！怕人还不投胎变蚊虫去了。到了"春晚"，也确是没见过什么坏人。林总不相信自己，是他职责所在，也因为梁子横杠子插坏了。就是梁子人也不坏，有点小水平，也有小毛病，况且还是男人的小毛病。再说毕竟他推荐自己是真诚的，也不要什么回报的。

这样想着，莞儿又觉得自己挺幸运的，不觉又开心起来。

▼ 附件文件夹

▼ 论语文件夹

▼ 《北晚》2011-02-17文件.txt

《北京论语》《今日快报》

《金牌事小　丢脸事大》　文洋

·#￥%…蘆意媒。過濄斅洪龇迚罘冊廁龘搧紘屽醲宖？嘆跶悳鎏蔟意媒過濄斅洪龇迚罘酢腜龕啨，蘆鹿；蘆意媒過濄斅洪龇迚罘弥冇宖？蘆意媒過嘆跶悳鎏蔟意媒過濄斅洪龇迚罘酢腜，龕啨蘆，意媒。過蘆%￥#。

类似国家体育总局冬运中心和中国滑冰协会这样的“工作失误”，在美国记者眼中当然是最有新闻价值的“好材料”！蘆意媒。過濄斅洪龇，迚罘冊廁龘搧紘屽醲宖？嘆跶悳鎏蔟意媒過濄斅洪龇迚罘酢腜龕啨，蘆鹿；蘆意媒過濄。￥￥￥￥%%%…………

《新十万个为什么》《本周应答》

1.为什么安徽阜阳限利用儿童乞讨牟利者10日内自首？

缴枪不杀　　治安靠自觉　　更喜欢扫黄　　下通知

2.为什么福建一名公务员九年未上班工资照发？

稳定公务员队伍　　有隐情　　管工资的嫌麻烦

3.为什么有专家呼吁将春节改为“农历年”或“中华年”？

天下本无事　　闲得嘴疼　　欺负大伙儿不是专家

4.为什么审计署表示去年重大违法案集中在土地出让等环节？

土地不产粮食产蛀虫　　这个不易保密　　打土豪

5.为什么中央歌剧院女高音歌唱家炮轰西单女孩上春晚？

羡慕嫉妒恨　　轰的是寂寞屽醲宖？　　嘆 跶悳鎏

6.为什么杭州专卖店规定买茅台需凭身份证每人限购两瓶？

屽醲宖？嘆 摸跶悳鎏　　收集腐败证据

7.为什么香港大学学费增至10万内地生报读预计仍升一成？

贷好不嫌贵　　性价比还是高

8.为什么辽宁新民投资千万改水工程反致71村水不能喝？

图纸看反了　　污水工程

9.为什么中国论文数量居世界第一引用率排在100名开外？

大都是分母　　用处不同　　屽醲弦？嚄跶

10.为什么南京郊区农民不想种地盼拆迁？

这个来钱快　　守株待金兔

答案由··#屽醲弦？嚄跶悳峹#￥￥%%……

▼ 梁子—尹寨主—吴大波文件.txt

就在莞儿被蔓姐拥护着和杨总监等人走进包间的时候，梁子突然明白了一件事：就“推荐人才”这件事情上，他的历史任务已经完成了！

本来照常理，也照蔓姐事先虚张声势的“热情邀请”，起码中午这餐饭应该一起吃是不是？

不料就在他理直气壮、微笑着虚跟着人群一起走进大餐厅，并准备着“很自然”地跟蔓姐走进包间的时候，蔓姐却朝他使个眼色。梁子以为有什么体己话要交代，不料蔓姐却咬着他的耳朵，亲切、甜蜜地吩咐道：“梁子，我们几个说说包装女孩子的私房话，你就别瞎掺和了。你先在外面自助着，姐欠你一餐饭。回头姐帮你申请信息服务费！”

梁子期期艾艾应承了一句，眼睁睁看着莞儿——他找来的莞儿，被别人拥着走进包间，而他这么个给他们帮了大忙的大恩人，竟然连餐饭都没有。靠！这就是春晚！这就是大台！梁子想起还有好多次，不明不白地给他们帮忙，最后费了劲、出了力、卖了人情，却不明不白地没他什么事了。

梁子很受伤，后果很严重。严重的后果就是又一次拼命地吃。自助。嘿！好！他奶奶的，不吃白不吃！

不过尽管口里胡吃海塞，但是心里还是憋屈。不是我梁大爷慧眼识人，你们一帮傻×不还在瞎忙吗？莞儿又不是韩国人、日本人、外星人，还先在你们身边趴了一半个月的，怎么就瞧不出她的好来？还说什么包装女孩子的私房话！我梁大爷过手的女孩子还少吗？不是我先提到YaKaNa模式，他们能整得这么顺条顺理的吗！

突然就很想找个人倾诉倾诉。可是放眼望过去，面熟的不少，能说话的不多。梅导身边倒没人，可是她是著名的洁癖姑奶奶，又拿着活，将来不定指望她手指缝里漏点小事给自己，惹不起；她身边不远，有一个戴大耳环冷面美妞，皱起眉头用刀叉在盘子里扒拉——梁子在大楼里碰过几次了，都目不斜视、小腚撅得高高的，气焰腾腾独来独往，不定什么来路——你瞧人家吃个自助餐还使刀叉咧，想说话也够不着；李后主这家伙倒是认识的，可他身边一帮狐朋狗友，可乐大杯大杯地，说笑自成一体，犯不着；老烟斗和另外两位策划大佬，倒说得上话，当年蔓姐让自己救场，似乎老烟斗还是总撰稿呢！可是人家现在都是总策划、大主创，自己凑不上啊。酸话一大堆，要让别人发酵了，还不定有什么结果。忍着吧！

梁子就这么在角落默默咀嚼酸楚，自我发酵。又暗自庆幸先把小跟班刘生支到8楼去了。咀嚼着咀嚼着，他突然就明白了，蔓姐这是故意不让他接近莞儿，或者说故意不让莞儿接近他——这是为了保护莞儿。保护莞儿谁都没意见，人家是弱势群体，可你也别把你梁大爷当成坏蛋啊！你梁大爷要是坏蛋，这盘菜还轮得到你们吗！

突然间，就想起自己的身份来："网络春晚"总导演！

嘿！干吗这么自惭形秽！你大爷我有山头嘛。山寨不山寨的，江湖上立出旗号，也是一股力量。加上网民的力量，加上资本的力量，谁敢不当回事！铁老大牛B，全国网民一发力，铁老大也得出来道歉。

梁子突然来了劲，很谦虚、甚至卑谦地向邻座点头致意，离席而去。

既然不让你大爷分享这盘菜，大爷我先给你祸害啰！

梁子大步跨进电梯，恨恨按了8层。

8层的808是个特号，是间总统套房。尹寨主的办公室就在隔壁807。本来尹寨主想把网络春晚整个设在7层，主要是怕吵吵闹闹的群众演员惊了吴大波。不料吴大波却豪爽地拍着他的宽肩膀嘎嘎笑道："你是尹寨主，我就是压寨夫人！寨主和夫人怎他娘的分居呢！"

不由分说，吴大波让助理杰克直接划账，把整个8层都租了下来。“不要怕浪费！做春晚，你还不玩个大手笔！我既支持你，就不怕你花钱！再说，人来人往的，我喜欢！人气旺！好！”

尹寨主有点受宠若惊。

吴大波的抠门都是极有名的。作为富豪榜上的人物，牙签要掰成两截使，矿泉水一定要喝光，还要把瓶子踩扁，就差回收到她的公司了。吃饭大都快餐，什么快餐都吃，明明是地沟油炮制的那种便宜盖饭也吃得津津有味——顶多自己加一个黄瓜蘸酱，而且黄瓜还是自带的，由她另一个助理棕黑壮汉大力神提一个保鲜野餐包拎着，随时侍候着。那老外壮汉一脸凶相，包也是名牌好包——尹寨主想这两样成本都不低，但是那黄瓜却是极普通的黄瓜，不是什么有机的，似乎洗得也不大干净。尹寨主吃到口里，淡而无味——后来尹寨主很后悔吃她的黄瓜。

这和曹磊那哥们儿完全不同。

曹磊那哥们儿虽说是教师家庭出身，但发迹之后，以网络新贵自居，什么都用最贵的。年纪轻轻的却常说“人生几何”之类。尹寨主原来在他的团队里任内容总监，但后来弄明白一件：在曹磊这样以技术为先导的公司里，做内容的只是“附件”。在这样的格局里，哪怕内容做成了大象，也只是“超大容量附件”而已。

但是尹寨主是湖南人，对历史有通感。他不服气。从大历史尺度看，任何传播媒介的技术革新，总会从技术先导回归到内容先导。活字印刷是革命，但是是制版工匠重要，还是书里圣贤重要？电台兴起，工程师当然功不可没，但最后人们还是要听音乐。历来报社社长、电视台台长都是内容出身的人掌管，没听说过印刷工长、电视设备科长当头的。默多克买这买那，但他自己好歹也是编报出身的，对内容构架有战略眼光。

尹寨主毅然辞职。他看好一个“内容先导”的网络视频突破点——春晚。

网络春晚+草根上传+网民下载+微博跟帖热炒+广告。

这个模式“看上去很美”。广告不要太多好不好。只要大台春晚的十分之一，百分之一，不不，千分之一好不好。这个概念加每年折腾一次的草根狂欢，成长还不是爆炸性的？

做内容出身的尹寨主做项目计划书很有一套。但是曹磊并不看，只是极友好地请他吃了散伙饭。曹磊的饭和吴大波的饭不能比。鱼是从香港空运过来的。身上癞癞沥沥的，两只眼很搞笑地挤在一起。

曹磊用筷子拨弄着，笑道："它还不甘心呢！深海鱼都这个长相。其实它蛮卡通的，要是LOGO化，也一定会有人缘。兄弟，你要创业我支持。这些年来，我们这个圈子里技术狂人、财报老客太多，对你这个'内容先导'人物有压抑。所以你的想法我很理解。是真理解、真支持。创业多不容易。我也是过来人。其实内容重要大家都知道的。打开电脑，玩工具？那不是傻小子玩鸡巴自娱自乐嘛。还是要分享内容，就是游戏也要有内容。世界观、造型、情节、玩家心理等等等等，缺一不可，这我都门儿清。只是内容的量化比较难。资本市场最终要看量化指标。一篇文章、一部电影、一幅画好不好，见仁见智。但在我这里必须有量化指标。点击率、黏度等等。所以有时候不得不和兄弟你吵架，不得不压抑你的创造性。I' m sorry！真诚Sorry！咱们兄弟，对事不对人，过去的恩怨一风吹。你要另图大业，我不拉你！在公司的期权，法理上我没法给你留，别的兄弟也有意见对不对？不过，你知道的，我有创业基金。既然对社会，也可以对自家兄弟。我从基金拿100万，给你。类似于天使投资吧，你怎么花我不管，你只要发展了大家都好——你给我预留一下我优先融资的机会就好。"

尹寨主有些受用，但仔细一想，期权没了，换了天使投资，还要预留位置给曹磊。当然，做不好，大家都没有机会，但尹寨主本人是砸锅卖铁的损失，而曹磊把应当给的期权换成天使投资，并不吃什么亏；要是做好了，他的收益却是更大。这样一想尹寨主心里平衡起来，也就没有说太多的感谢的话。他最怕的就是背负感恩的包袱。

"看上去很美"的网络春晚折腾了两年，起色不大。

第一年不敢花钱，曹磊给的100万，加上自己攒的、忽悠筹集的80万，只花了40多万，攒了一堆烂节目，基本上没什么影响。

第二年，钱花冒了，到正月十五，一卡账，花了280万，大小广告收益150多万，贴上老底了，账上只有几万元的盈余，还欠两个月的伙食费没有结。在抽烟中反省，在反省中抽烟，认识到这视频网站确实是他妈的烧钱游戏。节目少了，不够格；来多了，占资源；更恼人的是人气，网友来少了，不够人气；来多了，流量费成了无底洞。

两年折腾下来，只虚担一个“尹寨主”这么个名头和一堆没付的账单以及被地沟油盒饭整坏了的胃。

到了今年，尹寨主已经没有多少心气再折腾了，只是不干“网络春晚”他也没什么别的项目可干，再者折腾两年人也被媒体标签化了。一过10月，媒体开始关注春晚动向，自然，配套的，就会有记者“另辟蹊径”地寻访山寨春晚的“尹寨主”。面对镜头，他有口无心地胡扯了几句，还加油添醋地说要更加主题化，把网络春晚办成农民工春节大联欢，还希望社会各界关注赞助云云。

没想到，也是时来运转，这番话竟引起了一些企业家的关注，最大手笔的是吴大波。

关于吴大波，网上对她的发家故事所言都是近乎传奇的流言，有说她是捡垃圾捡出一座金山银山；也有说她在欧美姘了一个垂死大佬，继承了一个家族的遗产。但是从照片上看，她又黑又丑又胖，两个波虽是极大，却不具有人类学美感，又不像是整形整过了。打眼一看，眼堵、心也堵。怎么可能傍上欧美大佬？除非那大佬是个盲人，没有观感，只有手感。

但是不管怎么样，她要出钱，不好意思客气。尹寨主打起精神来到吴大波的808总统套房。

“你小子不容易！折腾了两年不挣钱，还要折腾！你小子为农民工穷折腾，我敬佩你！”

吴大波开门见山。一面粗声大嗓地说话，一面用半条黄瓜搓腿。她穿一件宽大衣服，袍不袍，裙不裙的，尹寨主叫不上来。她的沙发背后是一个粗黑壮汉，身手敏捷、神色恭谦地给她递换黄瓜。

“我给你3000万！到春节有三个月，你一个月花1000万！一定要把农民工网络春晚办好，办出大彩头——你够不够？”

尹寨主当时的感受，比遇到打劫的反过来还送钱给他，更加意外，也更加困惑。差点就要脱口而出冒出句：“感谢政府！感谢××TV！”这是电视界做涉贫涉善节目必有的两句套话。尹寨主研判节目多了，各种套路也都烂熟于心。但是这粗胖女大佬显然不代表政府，也不代表××TV，于是实打实地说：

“够了。吴总，够了——”

“不要叫我吴总！他们当面叫我吴大波士，背后叫我吴大波，你随便怎么叫都可以，就是不要叫我吴总——吴总是我爹，他老人家叫垃圾堆给埋了，所以我永远不叫吴总！”

吴大波说着，愤怒之情洋溢而出，便举起手里的黄瓜，一口咬了半根，咔哧咔哧大嚼起来。尹寨主很不自在，好似那黑腿上的汁液会浸染自己的胃。但是他想曹磊说过的，网络业者，是个高级服务业，面对威权、面对资本，你得扛着。便抑制住既兴奋又恶心的复杂心情，驴倒架不倒地撑起架势，正色道：

“吴大波士，您有什么条件我们都可以商量——”

“没有条件！不要打品牌，也不要广告时间！我公司的业务主要在国外，两个上市公司，一个在美国，一个在新加坡，都不要你宣扬——我主要就是要为农民工做点什么事。《时代》周刊发个封面，说中国经济的基石是农民工，我认同！几亿人，不是小数目——小兄弟，我就是农民工出身！现在有点臭钱，就要帮他们用用。不瞒你说，我另外还有两个基金，一个各一个亿，一个帮农民工小女孩上学的——我小时候哪有正规学堂上！还有一个是帮讨饭、拾荒的。我从小就跟我爹拾荒捡垃圾，比农民工还不如！农民工好歹家里还有块地，进城还可以打个工，有点现金流。我们捡垃圾的，地没有地，房没有房。垃圾堆旁边搭个窝棚就是家。下雨两腿就泡在垃圾水里——你看，我这个腿，从小腿，到大腿，都是脏印子，洗不净，永远洗不净，总也痒。外国医生说是神经性皮炎。中医介绍我用黄瓜搓。每天搓搓，好一些。有一年过年，我爹为了给我开荤，捡了一只死鸡煮了给我吃，吃得我上吐下泻，差点没要了我的命！我命硬！现在发迹了，不能忘本，兄弟你说是不是？杰克，你等下给这尹老板拨一笔，3000万，人民币，分三个月划。”

尹寨主这才注意到角落坐着一个穿西装的华人，干巴瘦，眼镜男，极快地在Pad上速记什么。

尹寨主有些肃然起敬。没有条件、人爽、钱多，是个好开头。

“要说条件，也有一个，就是不管什么节目，你给我整个捡垃圾的节目！这个——有难处没有？”

尹寨主想，这个条件就她而言，是情有可原、理所当然，可在于节目，大过年的，要人去看捡垃圾的节目？就是农民工、就是捡垃圾的，也不情愿哪！

“你不情愿的事，我不强奸你。我从小给人强奸。垃圾堆里，晚上干什么？就是玩人。我也强奸别人。我们有个丫头帮，最喜欢在小树林抓住抄近路的中学生。干干净净的，戴眼镜的小男孩我们最喜欢。哈！在家里不听大人话不行，在学校不听老师话不行，他们最好摆布！我们总是先骗他问路，然后一拥而上，拿剪子把他的裤带剪了。一般他们不知道反抗，怕我们乱剪——亲！我们怎的舍得呢，我们还要留下来慢慢玩呢。小萝卜头，又嫩又脆又软又硬的，几好玩呦！我们总是慢慢玩。然后还剪下一些小毛毛做纪念。他们没有向大人报告的，也没有组织起来向我们报复的。他们就是给人强奸的命。他们长大了，不给领导强奸？不给老婆强奸？他们也就是背地里发发牢骚罢了。好笑的是，还有上瘾的。有一两个被我们玩了，反而还经常走小路，希望碰到我们。我说，讨嫌！把他们玩痛了，叫他们害怕，再也不敢来了——我告诉你，我谁也不怕，我更不怕坏人，我自己就是坏人！我还绝后！所以，这笔钱你不敢玩跑路！玩失踪？哈！我会找到你的，把你玩死去。你不会的，你是好人，做的是好事，你不情愿的事，我怎么会强迫你？”

尹寨主被震住了。他自认是走过江湖的，从小在湘北小镇上也是孩子王，赶鸡上房，炸猪取乐，都是玩过的。但是遇到这么个混不吝的孙二娘，也只有认栽。好在这条件不算难办。只要不怕花钱，请几个腕儿攒个捡垃圾的节目也不难。

“大波士，这个，这个，能办到—— 一定办到！”

“嘎嘎嘎……”

吴大波笑了。胸前一盆水也似的激荡。

“不要小看捡垃圾，用眼下时髦话来讲，就是再生资源分类，就是低碳，就是环保对不对？我就是捡垃圾发家的——我现在是美国好几个城市的荣誉市民呢，我们帮城市搞垃圾分类，回收处理。我从小就知道，纸和塑料要分开，铜最值钱。后来来帮人，要我们交管理费。我爹不服，他们把我爹打了，还要搞死我。我爹带我到处流浪，拾荒，那时我才十四五岁。后来偷渡。蛇头不给水喝。我和蛇头，和船长，和所有的船员睡觉，睡一次挣一瓶水，给我爹，也给其他人喝。人在没得办法的时候，就能做出英勇的事。我本是个垃圾货，能把破烂换几条人命不是积德吗！后来那偷渡上岸的一船人都听我的。我们在南加州混，圣地亚哥，还有弗拉门戈什么的，先是小城镇，然后是大城市。我爹组织我们还是干老本行。美国人浪费大，不好！他们人工又贵，东西不好使就扔。废车场、废电器场，好东西太多！值钱的是汽车里的音响、还有电路板，直接卖钱，还有电线，烧了皮都是铜。还有焊点，有的焊点是银，积少成多，都是钱。摩尔定律知道不？18个月新玩意儿翻一番。场面做大了，就用货柜发回国，让他们慢慢拆解——东莞有个电器拆解场就是我的。现在东莞产业升级，我把它移到孟加拉去了。事情就是这样，你做大了，总要挤到别人。垃圾地盘原有个墨西哥帮。他们懒，只划拉大件，哪有我们中国人勤勤恳恳一美分都当个钱！他们眼红，又有枪，逼我爹分肥，我爹对钱想不开，不松口，他们就把他埋到垃圾堆了。还用叉车去轧。把我爹轧成照片，而且是一张很恶臭的半身照片。我们那帮人心都散了，吆喝着分钱散伙。中国人就是这样。猪八戒性格。一有事就动摇，散伙。要有个孙猴子，他们才能跟着起哄。我们没有孙猴子，只有我出头。我把他们骂了个狗血淋头。然后把我爹拍成真照片，做证据。我把钱都赌上了。美国有个好处，讲法制。大面上的事，总有法律支援。我们不买枪，不和他们斗。我把钱使在请两个人，一个是私家侦探，原来是警察出身；一个是西海岸最有名的大律师。他们很快找到老墨那帮人私下里还贩卖毒品。再加上非法持枪，人命案，一下把他们掀翻了。判了好几个。他们完蛋后，我们的地盘不用说扩大好多。然后在大律师的帮助下，生意也走上正轨，完全公司化了，也不断升级。现在告诉你，我最赚钱的生意是炼油——塑料回炼。在国内，品质差些，不过开农夫车，开拖拉机没有问题。在国外，我好几个回炼厂出的油都是高级油，卖得还贵。你想，原料纯度高是不是？我说这么多，就是帮你洗洗脑，要你从心里把捡垃圾看成了不起的事业！”

尹寨主听了吴大波的故事，多少改变了对她的厌恶，真诚地张罗第三届网络春晚。

有钱能使鬼推磨，更不用说还有为天下农民工办网络大堂会的号召力。一开张来报名的就不少。节目成色虽还不整齐，但宣传到位，来的量上去了。而且吴大波大笔一挥，租了广厦的8层楼和大台春晚拼到一起，对外的影响力也大了不少。据梁子打探的情报，原来广厦并不准备把这层楼都租给这个山寨班子，架不住吴大波本来就是大台春晚的大赞助商。台里上下也都看她的面子，也就不吱声了。所以才有时不时在一楼两个“春晚”混淆接人的乱局。

尹寨主有了前两年的经验，知道要在网络上热起来，得有人、有事。

“人事”二字最是拿人。要不国家机关也有“人事部”呢。人得有人缘，事得有人气。人缘分好人缘、坏人缘、恶人缘，事得有怪事、恶事、动情事。

因此他选节目和梁子不同，不从艺术上着眼，而是看能不能吸引眼球，能不能形成热点、炒点、爆点。有钱了总归好办点，除了请梁子这些常规弄节目的人，还请古浪来造势。

古浪原是他为曹磊做内容时的宣介策划。这小子先知先觉先行一步自立门户，组织了一股网络水军，常常审时度势掀风作浪。只是这偏门生意不见阳光，也做不大。所以对尹寨主这样的老朋友、新客户，他是服务周到，每招必至。但以古浪的专业评估，本届节目的人事，规模虽然翻了几番，但缺少大卖点。尤其是没有“事情人格化”、“人格明星化”。

他建议来不及就向高铁学习，把各路神仙的优势卖点来个大集成。比如凤姑、仙妹、麻辣三姐、西单女孩之类。但是尹寨主是做内容出身的，总有原创情结。都是集成，别人怎么看？做杂烩总是剩菜一大堆，才不得不“总汇”。

所以他总是压迫梁子，让他四处挖宝发掘原创。但是梁子这些天有些神龙见尾不见首的，也不知在哪儿混球，便拨出电话喝问道：

“梁子！我说你这两天在干么子？几个重点节目你不是说有数吗？没有几天时间啰你懂没懂？你拿不出好货来不要怪哥修理你！”

“哥！尹哥！兄弟我正要向您老人家汇报呢——”

“又打诳！你都说要汇报要汇报好几天啰！”

“哥！我就在您门口呢！”

尹寨主一开门见梁子点头哈腰站在门口反有些诧异，这小子从来都是不踢不滚的球货。今天倒有些反常。“你站多久了？怎么不敲门？”

“嘿嘿，我怕惊了您的午休。”

“午休？靠！现在都火上房地急了，还午休——你快说说！”

梁子嬉皮笑脸地一屁股在大沙发上坐了，先剥了颗蜜橘塞到口里，悠着二郎腿说：“哥，我说不着急就不着急——您找我算是找着人了！您看时间还有一大截，节目可就码得差不多了！嘿！楼上嘿——您知道怎么着？言大导列了21条重点，到现在才落实了一半！您说咱们火上房，他们可是火烧屁股了！”

尹寨主脸一沉：“别学那新闻发言人，净挑好的说——你说节目都码上了，还不都是烂桃一筐！再说了，这也不都是你的功劳！不是吴大波的面子咱们能把基地设在这里？咱们有点成色的节目都是靠忽悠别人捡漏捡的。要记功也记在吴大波的板油上！”

“那是那是！要不怎么说尹哥您是战略家呢！这地儿选得最好！亏您想出这么个高招！可兄弟我也没少出力，我派了人在大堂‘站岗’，楼上也有‘潜伏’内线，有了重点兄弟我立马亲自上阵忽悠，要不别人来了也留不住是不是您哪？”

“你么子亲自！见了色，你亲自！谈不下来，就加码花钱！这谁不会！我可告诉在你手里，我节目费、劳务费可超了不少！”

“尹哥！良心话，费用是超了些，可我是一分钱都没往兜里搁——都花在节目上呢——财务手续是您一手建立的，比楼上都健全！不过话说回来，咱们可都是为农民工办事呢，也不能太寒碜是不是？几亿农民工兄弟姐妹的，平常过日子都对付着，这么一大过年的，热闹一下也不为过。再说吴大波士急公好义都真金白银地给了钱，咱不能给她老人家一番好意打折扣是不是。钱使足了，服化道、摄录美，各部门档次就上去了——尹哥，钱使不足，节目必然成色差，这体会您比我深！”

一下捅到尹寨主软肋上。

前两届确是花钱不到位，只闹了点小动静，节目本身没法看——不说和大台春晚的经典节目比，就是小台零零碎碎的节目也比山寨版要上档次。山寨版除了恶搞、自娱自乐、原创的少，经典的更是无从谈起。

这次吴大波甩了钱过来，尹寨主确是想好好整治一下节目，请一些专业人员，把节目也搞得像回事。但是正是尹寨主内心纠结之处：有了钱，办节目；办好节目，要花大钱。把大钱都花没了，自己图么子？是公益，是慈善，是为了弘扬农民工文化？

虽是生长在湘北小镇上，老爹开的是杂货铺，并没有农民工的根。以他爹对儿子前两届节目的总评价是：钱都没挣到还帮天下劳苦农民工谋福利、兴文化，那是叫花子过年穷开心。

所以，尹寨主本想趁此财缘，挣点钱。起码要把一年的事业开办费、自己小光棍的烟酒钱得挣回来对不对？

可是开张以来，广告部很不得力，公关费倒贴不少，广告费进账不多。小户玩不起，大户不愿玩——一说农民工春晚，广告商那帮势利眼就说这个群体消费意愿太弱，平常都吃企业食堂，打牙祭也是街边大排档；穿用之物，都是早市、地摊解决——这些小商户哪需要打广告？所以尽管一算账，节目理论上覆盖人群基数不小，可市场偏低端，广告很少。就是真正投农资广告的，也不愿投，说农民工以打工谋生为主，和真农户真农民还不一样，怎么关心化肥、农药、猪饲料？也有特定针对这一群体开发的时尚小电器、廉价衣饰，都是些做工粗糙、假冒伪劣的夜市地摊货，根本不打广告。

这样折腾了一个多月，尹寨主看清一个形势：要想挣点钱，只一个“留”字了得。

现在有利的关键是大佬给钱，还不问用处；钱在自己手里，不必向别人解释，说到底，留不是问题，是留多留少的问题。

因此，像光头梁子大手大脚的主儿，每花一分钱都是花自己的钱，不能不心痛，不能不发火。但是这毕竟又是个高尚文明的事由，而且这钱说到底也不是自己挣来的，而是别人送来的，就又不能太心痛，不能太发火。一时半会儿的，尹寨主觉得他爹杂货铺小老板的血液在自己身上流淌，又同时觉得毕竟读了几年书，还有一个中学语文老师、大学文史教授在自己头顶上批判自己。

“您别生气！我正有好消息报告哪！”梁子见尹寨主半天不吭声，以为自己刚才那句硬话伤着了他，忙低眉笑眼地剥了橘子捧到尹寨主面前，说：

“尹哥！咱们不是为垃圾题材犯难吗？这回全有了！楼上为了落实‘开门办春晚’设了个办公室，专门接受各地自发来稿——那人民群众嘿！也真容易发动！投稿的，什么样的人都有，什么成色都有。有电子版的，有寄稿子的，还有不少寄光盘、录像的。那快递的，每天乌泱乌泱一送一大堆。办公室有两个土豆丫头，专门处理来稿。根本忙不过来，光处理电邮就动不了窝，她们都是文秘出身，对节目半懂不懂，兄弟我就发扬英勇献身的无私精神和泡妞把妹的专业功夫，从教她们电脑健身操入手，一把把她们拿下。都管我叫师傅！有此内线，兄弟我先行一步为来稿把关哪！——大哥，这才是咱们节目源源不断的根本！”

尹寨主突然悟到，这家伙粗中有细，有些事得有个防火墙，便道：“有关系当然好，帮到实处才有用！”

“当然，是要劲使在实处——”

梁子一拍光头，眉飞色舞地说：“您猜怎么着，功夫不负有心人，这两天果然来了个垃圾稿——话说有一个县文化馆，还排了小品，反腐的，说是有个捡垃圾的，在垃圾堆捡了个手机。本想上交警察，这手机却是某局长的，一会儿有人打来，他们也不会用，也不敢乱回话，原来是局长二奶打来的，说别人送了多少钱过来问怎么办？见他们不吱声，以为局长又泡别人，吃醋撒泼。后来又有大老婆打来，又有别的女人打来，最后是局长亲自打来，先是吓唬他，后来阴差阳错的，以为是有关机关掌握了证据，吓得赶紧自首了事。这捡垃圾的最后还真把手机交警方，成了铁证——尹哥，这小品我看了，话儿是糙点，情节也简单直白，但有几个好处，一个是把垃圾堆描绘得不恶心，因为有社会意义，一个捡垃圾的，捡到一个不是垃圾的用品，最后却把官场垃圾扫进垃圾堆。所以它有个题目，叫‘我不是垃圾’，因为局长打电话过来，见捡垃圾的不肯把手机还他，以为他讹钱，骂他是垃圾。主人公在最后堂堂正正说，我不是垃圾！你才是垃圾！我这个捡垃圾的，今天就要把你这个社会垃圾扫进垃圾堆里去！掌声爆起——这小品在地方演的，还参与了省里的群众会演，得了个一等奖，所以信心满满来闯春晚。我已经跟他们的负责人通了电话，但他们还拿着架子。这捡垃圾的就是农民工，跟咱们贴呀，反腐，又有群众基础，能火！”

“你这不是白说吗！能火，也火不到咱们头上。楼上不会用了吗！”

“嘿嘿，这事难说！”梁子神秘笑笑，“楼上关口多，还不定什么结果，我这根线已经布好了——对了，我可说了，他们要是跳槽，我们奖励10万！”

“10万！你有多少个10万！”一听到钱，尹寨主忍不住跳起来。

“大哥！值！真值！一台节目，没个大动静不算事！大动静10万能拿得下来？再者说等楼上不要了，他们自落身价，必有砍价的机会！”

“你就拿这么个不靠谱不落定的事忽悠你大哥？”

“尹哥！我还有哪！”

梁子又神秘地笑起来，拔出手机，调出一张照片，“这可是能挣大钱的机会！”

听到挣大钱，尹寨主有了精神，凑上前去看——只见手机屏幕上一个套着枣红棉裤的村姑瞪着两只秀秀气气又迷迷蒙蒙的大眼看着前方——用比较文艺腔的说法，是看着未来。尹寨主突然就想起有个著名油画家也画过这样的大红棉裤乡下妹子，也是瞪着秀气的大眼看着这个不确定的世界、看着自己不确定的未来，还得过威尼斯双年展的什么奖。只不过画家笔下的妹子还穿着紧身卡腰小袄，更包裹些，更山里味些。而手机上的这妹子又穿一件素白棉麻小衬衣，更风韵，更现代，从视频上来看，蛮有味道，也有法国人说的，隐秘的东方性感。比日本流行的那个制服诱惑更文明些，也更有力道些，或许可以叫棉裤诱惑——哈，这光头家伙果然有些手段。

“这妹子好像在么子地方见过咧。你打算为她搞个什么节目？”

“大哥好眼力，她在咱们这儿过了一水，后来上了楼。”

“进了春晚组？那还有咱们的戏吗！”

“有戏！有戏！大哥，您别着急——这姑娘叫范莞儿，是速记打字的，不是什么文艺团体出身。不过，她倒是农民工的二代，她妈在广东东莞什么地方打工，她就是在东莞出生的，所以叫莞儿，户口是四川川西山沟沟里的。”

“哦，那倒是切合咱们的主题啊！”

“就是就是，太切合了！简直是量身定做的——现在楼上打算整个春晚宣介片，破破明星气场，把莞儿定做宣介片的模特。”

“哦？！宣介片！天天播的，一天播好几回的——”

“对呀！这莞儿眼见着要红了！”

“可是她红了，跟咱们有么子相干？”

“嘿！大哥，这正是你们湖南人爱吃的那道小炒——辣子炒香干，手段一辣，什么都香干（相干）！大哥，楼上的体制，你还不知道，他们只管用人，不管来路，也不管后事。说白了，你怎么炼成的，他不管，他只管用；用完了，你怎么着，是红了是烂了，他也不管，也管不着——”

“哦，花开花落自有期——”

“花不开是它傻；花开了，还不折，是我们傻。”

“有道理！我们不能傻！现在是个眼球经济，人红了，吸引眼球了，就有价值。那台湾来的魔术师，还有唱二人转的小东北，不过在春晚上亮了几分钟，那广告追的！要是频道上的宣介片天天播，广告价值可了不得！梁子兄弟，你这情报可准？”

“我的大哥！梁子啥时候忽悠过您哪！这照片就是定妆照，他们现在正在准备，晚上进蓝棚，拍抠像版的，明天再补拍点外景什么的——后期一条龙都齐备了，只等开播呢！”

“那咱们得赶紧下手，把这个莞儿给先签了！”

“就等您这句话呢！不过，这事儿有难度！不能叫大台知道了，知道了的话，万一不用莞儿了，咱们不就竹篮打水一场空了吗！咱们得拿捏着这个火候，叫他们拍，拍得差不多了，后期也开始做了，就下手。最好是莞儿配合咱们不说出去，就算走漏风声，大台也反悔不了。”

“这个不怕。只要签了，哪怕签的是兼职艺员，莞儿就是咱们公司员工，大台不干，欺负一个小姑娘、一个农二代，咱们就一锅端出来，叫社会评评理！不怕事儿炒大，就怕事儿炒不大。就怕你搞不掂这个小姑娘！”

“大哥您忘了我是把妹专家嘛——”

“别大话了，你要是当初把得住，她还能过了一水就上楼？这妹子眼神比较单，不过背后有定力，不是你平时能忽悠的那种。”

“再有定力也是个漂，对不？哥，以她的生存处境，咱们一出手，她就得趴下——咱们使钱哪！把10万现金往她面前一杵，你看她趴下不趴下！”

“我靠！我当你有什么本事，原来说到底还是使我钱！”

“大哥！10万算个什么屌！你想想看，她要是出面拍一个广告，起价也得百儿八十万的吧！一个月拍一个，红两年拉倒，不得给咱们挣个2000万？10万博两千万！天下哪有这么好的生意——您说大哥是不是？”

“你说得嘴上冒花的，真要挣那么多，我给你奖励——”尹寨主本想说股份，但梁子他们都知道公司目前还是亏的，奖个股份是个负数，怕他说是忽悠，便改口道，“梁子，真要办成了，我也给你奖个10万，真金白银的，不含税，怎么样？”

“嘿！谢尹哥！我早就说了要干得跟着尹哥干！结账爽！真金白银，从不拖欠，就是自己亏也不亏待兄弟——”

“别瞎贫了，快开工吧！”

▼ 米小义—师傅文件.txt

就在莞儿走进“蓝棚”吊上威亚的时候，远在台北新庄的小义正在踩鼓，音乐悠悠，节奏悠悠。

新庄那天正是冬雨霖霖阴湿难熬，深秋似乎转眼就滑落到冬季，但于鼓坊，这却是扯皮拉筋的大好时光。小义双手吊在竹杠上，顶灯单调而明亮，脚下是一面红漆牛肚鼓。鼓大，漆旧。皮却是新皮，用脚趾粗的麻绳穿眼绷紧，又紧紧勒在钢架机上。小义看见自己两只大脚张开五趾不紧不慢地在鼓皮上摩挲游走。

师傅交代，绷鼓扯皮这活慢不得，又急不得。慢，容易迂，牛皮的张力不够，不等干透，有紧有张，鼓形不正，圆而不满，难以成器；急，容易燥，牛皮上的受力点不均匀，干透之后，有薄有厚，鼓音不醇，重捶之下，必有塌陷；所以阴湿天气最好扯皮。

小义入行已有一年多了，这些手艺窍门也渐入心，唯工时难熬，蒙师傅恩准可戴上耳机听听音乐——小义原有音乐底子，对节奏很有天资，他原是希望装个时尚音箱听听滚石的。师傅却怒目相向。师母解释，鼓行这门手艺，唯耳为上。皮是蒙上了，鼓音调不准，岂不是叫天下笑话。所以耳朵不许听坏了。就是听耳机其实也不大好的。

小义回嘴说：我们门口这条中正路日夜都是大巴机车的，不是也吵吗，还没有音乐好听。师傅叹了一口气，师母却落下泪来，只把眼恨恨地瞧着斜对面。对面是新庄国小，旁边不远处就是卡菲乐器连锁店——老板却是从英国留学回来的。自三年前开张以来，很会营销，除了卖西洋乐器，还开了Rock Studio，四堂课两千块新台币，收益似乎比卖乐器还好。不仅国中国小的学生是常客，更有不少年轻人也把工余时间泡在Studio。老板见势扩展，居然吞并了隔壁的鱼丸店，装修一新后改成了茶餐厅，晚上灯红酒绿的，人气旺旺，很有点酒吧的意思。老板已经放出话来，还要扩展地盘。

师傅不知道其实并不是卡菲洋鼓抢了庆和鼓坊的生意，实在是鼓这玩意儿离日常生活太远。除了节庆、庙会，什么时候用中式鼓？开派对、办舞会，全上西洋鼓。也是，霓虹灯闪闪烁烁的，男男女女聚成一堆联欢，怎么用庆和出的中式大鼓伴舞？小义想想都好笑。

但是师傅说这门手艺从康熙年间就传下来了，师傅不想做一个“终结者”。他不仅把前店后厂的格局打破，直接把制鼓工艺展开在门面里——反正现在不用担心谁偷了秘方去，学徒还找不来呢，不是小义的舅舅是师傅的世交，不是小义因为贪玩丢了联考，他怎么去做一个鼓匠的徒弟——师傅还借着新庄的许市长竞选口号中有“文宣国粹”的鼓吹，托议员请许市长重题了“庆和鼓坊”的匾额。也许是新匾额的风水好，也许是有记者采写了许市长彰显老字号的故事，生意竟开始有些起色，而且都是大单。过去无非是为妈祖阁、文昌祠、大众庙的庙会游街修修旧鼓，现在来的却是台北或是新近合并而成的新北市的单。

先是台北戏剧节为“台北戏棚”开张贺演京剧《金山寺》，就有一个新派导演要求法海和尚弃杖而击鼓，率虾兵蟹将进攻金山寺，于是乎大鼓小鼓要了十几面，把他们整整累了半年。

刚刚歇了夏，又有台北的优鼓乐团慕名前来考察。那次一下来了两个总监，一个姓刘，一个姓黄，一男一女，但是小义不晓得哪个姓刘，哪个姓黄，只晓得他们好像是两口子，都是艺术家的派头，又低调又与众不同，还有台北的报馆记者跟着，噼里啪啦拍照，弄得师母一边掖头发，一边傻笑。

而师傅却泡上好茶，不失气度地和他们讲鼓。又是康熙皇帝，又是施琅大将军。师傅强调，这庆和鼓坊的祖上，便是施大将军门下的司鼓。击鼓出战，鸣金收兵。晓得不？总监们低调地点点头。一鼓作气，再而衰，三而竭。晓得不？总监们还是低调地点点头，记者们也低调点点头。师傅就满意地高调点点头。就是说哦，我们庆和鼓坊的鼓艺，原来是军鼓坊传下来的。海上潮湿，牛皮湿了，敲不响，岂不误了军机大事？

师傅特地强调军机二字，晓不晓得哦，没有两把真手艺，传不下来的。

有个长相板正的女记者，推了推眼镜，冒冒失失地问：老师傅！可是我看影视上海船开战，白天升旗，夜里吹号，好像不是打鼓哦。师傅极不满意地横了她一眼。这个我不晓得！反正是我师傅告诉我的！我师傅也是我师傅的师傅告诉他的！有道是，瞒得过军爷，瞒不过皇上；瞒得过皇上，瞒不过妈祖！我这把年纪哄你们做什么！

师傅两手粗粗搓了一下，小义赶紧把烟递过去。女记者羞得满脸通红，却两眼发呆地定睛看他。女总监也是和蔼可亲的样子，问小义哪里来，为什么要学制鼓手艺。小义支支吾吾说不出什么，女记者倒不失时机地拍了一通照。

小义正在尴尬的时候，一伙人吵吵嚷嚷进了店铺。原来竟是许市长和文化局长来了。自然也带着本地记者。

——新庄号称是市，原是台北县县治所在，毕竟是个小地方。去年卫生局主办婆婆妈妈堵漏班——就是骨盆保健班，学习做操，保证“紧要关头，三点不漏”，结果西关药局的清凉油西施和一伙槟榔西施混编在一个班，叫人改称为“漏尿婆”，在街面上传了半年，害得漂亮的清凉油西施不管是骑机车还是上班都不敢摘下大口罩。

许市长朗声大笑，有失远迎之类的客套话在店铺上空回荡。从气色看，许市长比街头的竞选照又憔悴了一些。不知是上任后劳累的，还是本来就焦黄，只是照片小小润了色。许市长就请客。小义推辞看店没有去。人一多他就不自在。有时他想，工作起来一个人，勒绳、踩皮、再勒绳、再踩皮，这些别人看来很寂寞枯燥的手艺，其实是蛮适合自己的。光光的大脚在油润的鼓皮上摩挲，弹跃，敲击，自会有一种天然的节奏在心里舒张成长。鼓面下面就好像有什么活的东西在发酵哩——别人怎会晓得这些乐趣！

师傅饭后回来，油光满面的，日式圆领汗衫上还滴了几点汤汁。大单！师母也高兴地把一盒烧鹅放到小义饭盒旁边。特意强调一句，许市长专门给你点的，不是吃剩的。

究竟是美国学回来的！识货！师傅捧起拐把茶壶，大口喝着茶，没头没脑冒了一句。小心点！呛死你！师母也冒了一句。又补充道：李安，大导演，也跟他们学过鼓。马市长——就是马英九当市长那会儿，也向他们学过鼓。不是啦，你听混了啦。是他们鼓乐团开馆，马市长去剪彩，好不好。剪彩，当然要敲敲鼓啦。听话要听重点，好不好。师傅斜了师母一眼。小义，大单！十面鼓，从大到小，十个音阶！套鼓！过年的时候用，去大陆演出耶！他们那里有一种晚会，叫春节联欢晚会，电视直播耶！我在想，好不好在鼓桶上印个庆和坊的字，全世界都看得到！

小义想，就算是鼓身上印字，恐怕人家也要印优鼓乐团的字吧。再说大陆的电视晚会多了去了，叫春晚的也有十几家，也不晓得优鼓上的是哪一家。不过庆和一时倒不了倒是肯定的。

小义双手架在竹杠上，悠悠地踩皮，音乐也不晓得唱到什么地方了，倒是身上热起来。便拿个功夫架势站稳了，举手剥了厚球衫。忽听得有人哧哧乱笑。回头望去，门灯照亮店铺外三四个小女孩依着一排鼓桶乱站着，一边吃关东煮，一边往里张望。想来是对面国小高年级的女生。原来她们总爱在卡菲Studio门前结群。但自从优鼓乐团的总监来访之后，就常有大小女生在门口发呆。隔壁机车铺的阿泗神神秘秘地告诉他，说有个记者爆料说庆和鼓坊的传人是“沉默而青涩的小帅哥”，很像《艋舺》里的某个角色。“沉默而青涩的小帅哥！”阿泗挤眉弄眼，“你要交桃花运嘞！”

小义却觉得真是乱扯。《艋舺》他也看了，除了那个半边黑面的黑脸妹，其他的人他都不喜欢。成天打打杀杀的，有什么意思。他从小就是在庙街——不过是新庄的庙街长大的。窄街、暗巷、机车、烂仔。他不明白这有什么叫人怀念的，而且，也像那个电影一样，他也有一个不明不白的爸。师傅有次喝多了，告诉他他爸其实姓米，是电视圈里的人物，或者说在电视圈里是个人物，但是其实是软不软硬不硬的不是个人物。不过听说到了大陆倒混成一个人物了。

像。不像。像！不像！就是像！就是不像！

几个小女孩吵闹起来。小义瞪了她们一眼：

“去！赶紧回家啦！天都黑了！你们爸妈都在找你们呢！”

小女孩们却嬉笑起来，还和他挥手，拜拜。

制鼓是一门艺术。这是那个戴黑框眼镜的女记者说的。是的，总归是个艺术，小义冷笑一下。爸在大陆，不晓得他晓不晓得我也是个玩艺术的！

▼ 梅兰竹—齐濛濛—莞儿文件.txt

就在梁子和尹寨主密谋“收购”莞儿的时候，梅兰竹被云先生引领上了广厦A座的顶层。

梅兰竹常来广厦开会、办公，正如“春晚”在B座建组有个基地，平日里台里有个大节目也常在广厦A座建组。编导们通常说是建立窝点。虽是常来常往，却从没上过顶层。听大导说那里连他都不是会员，也没上去过。

只有拐角旁的8号电梯才能到达顶层。

电梯门口有一个铂金质感的小牌子，上书：会所专用。

电梯边立一个旗袍女子，画中人一般，对他们点头，想来是认识云先生。

8号电梯有胡桃木挡板装饰。光线幽隐。当云先生领她进了电梯之后，又有个男人的声音从电梯间的上空播撒下来：“您好！请问您的会员号码？”

云先生仰脸向着监控电视镜头，朗声笑道：“VV083。”

那声音却并不松懈下来，又追问：“请问旁边的女士是您的客人吗？”

云先生向梅兰竹稍稍点个头，以示小小的抱歉，却道：“是梅小姐。已经在客人名单上了！”

那声音略停了一会儿，公事公办地客气道：“云先生，梅小姐，抱歉，现在电梯要关门了。”

电梯在梅兰竹身后悄无声息地合拢了。看来这电梯不是由乘客控制的。梅兰竹有些小小的紧张。一年四季，她总爱穿宝黛蓝的紧身衣、紧身裤，外边却好像无意似的套一件波希米亚风的暗花亚麻本色长外套。坐立时贴身，行走时飘逸。但在电梯这么个半明不暗的封闭空间，她突然感到紧身衣更紧身，而亚麻外套更空洞。要不是身边有云先生引领做伴，这样的地方，宁可不去。

“云老师——”梅兰竹强笑着低声问道，“到底什么事？该不是领我去见什么阿拉伯王子吧？”

云先生笑道：“你别说，我还真想把你介绍给哪位阿拉伯王子。可你知道吗，他们那里有娶四个老婆的风俗，就不知道你干不干——哈，你放心，都是熟人，都是好事，也都是讨论节目上的事。”

一听说节目上的事，梅兰竹不由得想起大导的大胡子，念念道：“那，大导也在？”

云先生含糊其辞地说：“大导，他要等咱们——这个先议清楚了再听汇报。”

梅兰竹想起大导闲聊时说起自己也不是会员的神情，有点小小郁闷。在她心目中，言大导已是这行这圈的顶级大腕，怎么他不是会员，反而站着说话不腰疼的云先生，闲捏着两个核桃，倒是会员了？

电梯又悄然停了。电梯上又撒下了中、英、法、日四种语言的欢迎词：GLORY 会所欢迎您。

电梯开处，藏香深沉。

就有二男二女微笑着迎上前来，亦用中、英、法、日四种语言悄声问候。一时软语温香，沁人脾肺。梅兰竹注意到，那英、法、日的二男一女，都是正宗老外。

然后穿半透正装旗袍的中国小姐客气地伸手引路，道：“梅小姐好！云先生好！您二位的聚会在国色天香厅，已经有人在等候您二位了。”

云先生却道：“不忙，我们先请梅小姐在‘天达云桥’上转一圈，看看景色。”引位小姐便点点头：“好，请跟我来。”

梅兰竹便跟着云先生和引位小姐，跨过一个晶莹剔透的琉璃小桥。桥下流水，波光粼粼。七八尾锦鲤，闲游其间。光影柔曼，修竹疏朗，正是绿桥共碧波一色，锦鳞与竹影齐辉。

又一声浑厚男音远雷般从天际传来。以梅兰竹“点多面广皆不深”的小资趣味，她想该是据传在某些神秘圈子流行的藏密唱经。果然那男声远雷起于孤峰，群声鼓荡，宛如海波呼应山风；又女子和声群涌漫开，似吟似唱，似泣似颂，似弹似赞，柳浪闻莺，且悲且喜。忽然间，密咒大起，男女合声吟诵，排山倒海，风起云涌，霖雨酣畅，大开大合间，一派大喜欢、大光明意象。便把来者的七思八绪涤荡而去。

梅兰竹沉浸在这特殊的迎宾曲中，很有些震撼，忽听到云先生悄声道："这曲子还不错吧？是我到青海藏区采风时采到的。领唱，或者说领诵的还是位活佛呢——不过他们重录之后，现代味太足，我想配器的那小子一定是听多了英格玛。内心动机太时尚了。原唱是很纯净的。我去海拔3000米以上的地方，跟着当地人现挖虫草，原生态的，可还是有高原反应，头痛得厉害，他们就把我领到寺庙听活佛唱经，一听就好了。神也！对了，你要是喜欢，回头我让人把光盘给你送去。只是——"云先生故意顿了顿，"这曲子能唤起生命力，你孤零零一个人听，可得把控得住。"

作为资深大龄剩女，梅兰竹明白云先生的好意。她很想说，其实你老人家并不了解我。以她的性情，收自然能收，放时亦能坦然豪放。只是云先生虽然是老熟人、也可称得上是老朋友，却毕竟是业缘中人。便客气地浅笑一下，说："好，谢谢您。让您费心了。"

过了小桥流水，玉阶角亭，回廊尽头是一列列明式红木椅、罗汉床，引位小姐说声"二位小心脚下"便把他们引到一对太师椅上坐下。

那太师椅中间是一小几，有玲珑小盘，上有几种小吃，梅兰竹却不认识。云先生告诉她是国内的虫草杏干、马来西亚的血燕龙眼糕、日本的鲸油薯条、澳洲的鸵鸟舌干。引位小姐给他们沏了茶，便悄身退到他们身后。不一会儿，梅兰竹便觉得那小姐渐行渐远——原来那太师椅正是设在观景环行带上。犹如回转寿司之设计，不同格局的座椅设立在缓缓绕行的自动传输带上，谈笑间不知不觉便把环城景色看了。

"小梅，你这下知道这里非得摆太师椅、罗汉床的道理了吧——沙发太软太矮，坐下去头往上仰，看不到景色。来，喝茶。当年的大红袍，冬天饮，又消食，又清火。"

正是大雪初晴，斜阳无力，平楼顶是大方暖白，尖楼顶是小黑冒尖。曾几何时，楼与楼挨得这么密，连路都陷在楼体之间了。远近间，一群鸽子自在盘旋，听不见鸽哨，却可以想见它们翻飞羽翅的欢快。更远处，更高的楼宇有玻璃反射夕阳，一道金光远穿而来。将来这个意象倒是可以做到哪个片子里面去。

梅兰竹便忽然想起网上小愤青的诗句“看广厦万千，何处是俺家？”又暗自庆幸，且不管嫁不嫁得出去，总算是置了一小套房子。月供是月供，毕竟是名副其实的温馨小窝。这样想起来，那个打字的莞儿小妹，漂来漂去，连个自己的窝都没有呢。又忽然想起，要是莞儿穿上大棉裤在太师椅上端坐着，静静地在云间，环绕着，看着这个城市，她又该想什么呢……便从大棉裤跳到自己和肖克。

肖克有一幅拿去参展的油画，名曰《春晚》，正是自己穿的大红老布棉裤（对了，还在胸前挂了个绣花小肚兜，两乳若隐若现，肌肤雪白润泽——现在，唉——）。那幅《春晚》获了大奖，给那个蓄胡子的笔名逍客的画家带来声誉、行誉，自然还有更多的美貌少女来做模特。想到这里她便想到那肖大胡子上的恶心虱虫，不由得皱了皱眉。

“小梅，你好生奇怪。自打坐下来，你的眼神就不断变化。怎么临了，又不高兴了呢？”

“没什么，我，我是突然想起要是莞儿穿上大棉裤，在这样的高端，也环视一圈，好像有点意思——要是能用在片子里，倒是一个不错的角度。至少机位不一样。”

“好主意！”

云先生毕竟是创意出身，说到片子顿时来了精神。

虽然言大导确定了大棉裤宣介片方案，但执行层面却各有见地。先是李后主那帮后期高手，提出一个快而便捷的方案，说是让莞儿在蓝幕前奔跑，做些动作，鼓风机吹出纱巾飘逸动感，至于背景，让他们后期合成，形成奥运、世博、大运流行的，以视频变幻为特色的“流媒体”风格。至于背景视频，完全可以天马行空，既可以做实到农民工题材常见的工厂劳作、车站等票、回家团聚，又可以穿越到天上地下，飞天于青藏高原、游弋于南海波光。此谓视频派。

云先生、丙老师、老烟斗联合反对。摆上桌面的理由很多，比如矫情，比如大棉裤的实和背景变幻的虚很难统一等等。但三老的心里都清楚，核心理由是大导不愿学别人的套路。特别是春晚的宣介片，一起头就是熟套子、俗套子，就算豪华也没有多大意思。

于是老烟斗连同台湾的米哥等又一起起哄，提出一个传统思路：不是为春晚做宣介吗？说到底还是过年嘛！要说炮制年味儿，老传统少不了：贴春联、放爆竹、包饺子，当然还要加上看春晚。年俗加上大棉裤少女的喜悦欢乐，不是很年味的表现吗！

丙老师黑面赤唇，又不怕得罪人，直言道："你们这个套路，自打有狗那年就有了。你们看看，全国两千个县级台，一到过年，哪个台不是这样整！米哥，你是台湾同胞，台湾有没有县级电视台我不知道，但我敢打赌，一到过年，这些老年俗一样跑不了，看多了你不吐！"

米哥受了抢白，本想多说几句，又自觉无理便道："是，是，这什么东西看多了都吐。丰胸广告好看，看多了，上吐下泻。"

众人都乐了。劳大仙有些看不过，反问道："这位丙大仙人，你先灭这视频派不成，又灭这传统派，你别站着说话不腰疼，倒是说个主意听听！"

丙老师吭哧一声，驴倒架不倒地扛着说了个主意："媒体的本质是什么？是填满信息差对不对？咱们思路的原点在哪里？不是为了突破明星、大腕胡乱串联的模式吗？这才找到一个最大的反差，从观众角度，从最大观众面——农民工的角度来表现对春晚的期待吗？对不对？好，从一个穿大棉裤的乡村少女的角度，对春晚的期待是什么？是看大明星吗？当然有！可是最大的期待，难道不是我要上春晚、自己上春晚去一展才艺吗！唱当然好，但在宣介片，又不如跳。我的主意——你们可以叫动感派——就是偌大一个舞台，就她一个人，一盏孤灯，一首舞曲。慢慢地，她动起来，有点走路，有点跑跳，不那么专业，不那么刻意、矫情，很自然，表达一种期盼、一种机会、一种尝试。然后突然起舞，一个大跳——还是不那么专业，但是很有爆发力，诸位！大棉裤，原生态的生命力，厚重积淀，瞬间爆发——当然还有更加宏阔的社会隐喻——劳作一年了，压抑一年了，一年爆发一次，不行吗？随着大跳，红纱巾轻舞飞扬，飞向上空——灯光照耀红纱巾，光圈光影！粉红一片！梦境！意境！这时，场外的观众掌声四起！镜头拉开—— 一个大舞台，一个小红人，然后是大导的声音，真实的声音，很男人、很磁性、很有大台风范——'心有多大，舞台有多大——走进春晚……！'"

那造型组的杨总监和胖袍加身的肥肥带头鼓起掌来。杨总监以那特有的不男不女的声音夸张赞道："买告！真棒！丙老师，真想嫁给你！"

丙老师急道："你可别把这句好话发到微博上去！坏了我一世英名！"

众人都大笑。

杨总监也不恼，却故作愤然状，瞪他一眼。

丙老师道："我还没说完呢——补充一句：技术层面的事，吊个威亚什么的，我看这莞儿小姑娘吃过苦，能经得起折腾！"

云先生注意到除自己之外，最重要的角色——梅兰竹也没有拍手。梅兰竹是舞蹈学院的底子，又念了英国的硕士，进台做实习生就跟大导做节目、剪片子，是既懂舞台又懂电视的双料电视行家。除了这个临时冒出来的宣介片，大导单子上的21条疑难杂症，大都要她去领衔执行。实际上以她的重要性，实在是可以叫副总导演的。只是她一没有行政职级，二又有林木森占了这个坑，才退而求其次封她一个歌舞总监。

果然，梅兰竹面色平静地说："丙老师的主意好是好，只是我担心，很难实现——咱们的舞台，按现在的进度，正在装台，现场很乱，根本进不了演员——按制度，现在进演员是违反施工规定的。再说，最重要的，背景模块、大屏幕、灯光都没办法弄。对不起，丙老师，我不是故意扫您的兴，但是——"

梅兰竹没有说下去。丙老师也没有接茬。大家都知道，梅兰竹说的是事实。现在舞台施工正是要紧处，舞美总监炎大师日夜守在现场，都不过来开例会了。

事情就这么僵在那里。

杨总监说有无可能借个台子做。蔓姐说以现在的演出季，冬台都有春晚这类大型节目，不可能有空台。现在大批舞蹈演员已经集结，都是借用部队的礼堂、食堂，甚至租体育馆排练。总不能把"心中的舞台"整寒碜了吧。

现在，坐在广厦的顶层，又慢慢旋转了一圈，关于"心有多大、舞台有多大"的命题一下有了新解。云先生道：

"高端环视，一览众楼小，这样的情景不能仅仅是属于所谓高端商务人士，所谓精英老板之类的！本质上，我们的农民工不是更可以也更应该有这样的人生境界吗！那《时代》周刊都用了中国农民工做了封面人物。

我们表现农民工也可以更大胆、更豪迈！先是大棉裤农二代少女端坐椅上—— 一年了，喧嚣动荡的，总有个年末的瞬间，静思。是静思，又是期许、企盼——眼神先是很淡定，有点忍、有点无可奈何，又有点韧，不失希望，外静而内动，心绪渐起，风过耳，纱巾萌动意。一跃而起，面向未来，起舞，大跳。楼面就是舞台！”

“云老师，您说得很好，就怕别人误解成跳楼！又是年关，又是农民工的。”梅兰竹气息平静地说。

“说得是！我们不能夸张她的向下的动势。起舞。大跳。云端之间，霓裳羽衣，光彩照人！大楼面！大舞台！大社会！白雪一片，红巾红裤。多美！”

“红的，白的，很纯，美是美。可是别人会不会联想到红白喜事？”

“梅小姐！梅大导！你在台里干得太久了！你的思维层面，都是边界，都是规则，都是樊篱——当然做执行要想得很实际。可是现在是概念阶段，意象现行，太实了，怎么有想象力？你提的问题都对，可在技术层面都有办法解决。技术先画圈，意象怎么突破？不过，今天这一坐，总是有成果——至少舞台问题有了解决方案。”

梅兰竹有些气闷。但云先生说得对，在台里做久了，越做越实，大创意很容易被技术规程、审查尺度等现实元素给压没了。

“谢谢云老师指教——您今天领我上来就是为了说这‘大舞台’的创意？”

“哈哈，不不不，这纯粹是割草打着了兔子——意外收获。今天来，是有个咱们的老朋友想见你——”

“是男的，是女的？”梅兰竹最怕被别人拉去介绍男朋友。她理想的爱情是一见钟情，就像电影里的某些场面，或者说以自己曾沧海过的，是第一次见到肖大胡子，或是见到言大导（也蓄着胡子）时的情景。

“是女的，你放心，不过她确实是一位VIP。能在这里做庄请客的，一定是VIP。她很关心你的生活。”云先生见梅兰竹脸面有些静，更有些冷，忙加上一句道，“是圈子里的前辈！”

这一句把梅兰竹拿下。她不觉顿了一下，不动声色地问：“谁呢？这么关心我！”

“说起来，也是你的老师——走吧，我们这就过去，别让老师等久了。”

转了一圈之后，梅兰竹才弄明白这GLORY会所的结构，原来在广厦顶层还有三层，底顶外围是旋转景观茶座，里圈是大餐厅、大会议室和工作间；引位小姐引领他们经由一个铺地毯的古典大理石半旋楼梯上来，便是二楼，回廊幽静；尽头有两位黑衣墨镜人物站着。云先生悄声说那是三楼的所在。三楼是顶级VIP的活动区，如何陈设，他也没有见过。

梅兰竹忍不住笑说：“云老师您这么低调的人看不出到底是高级会所的VIP呢！”

云先生低声自嘲说：“我人生理想是闲云野鹤、竹林七贤。只是未能隐于野。唉，楼宇如山头，林立有空间。所以我有很多事是英语怎么说来着——Happen to be。碰巧了，我指点了一位大佬不买矿，办了文化产业园。后来矿在别人手里Happen to be塌了，园子在他手里成了现金牛，还Happen to be成了政府示范园区，便送我一个会籍。人生就是一连串的巧合组成的必然之路。今天，现在，我们又会Happen to be会会你的老师——你的前师母：齐濛濛！”

齐濛濛！

梅兰竹有点发蒙。

齐濛濛的确是她的师母。在台里实习时，她就跟了言大导。那时大导那一把胡子很有魅力。不过齐濛濛和小濛正是那时他的生活重心。

在工作之余，大导有时会和她讨论如何琢磨一个辉煌不再的女明星的心理。但是梅兰竹出生于关中小城，父母都是教师，成长背景完全和齐濛濛不同，所以她作为实习生，对于师母心态的种种猜测基本不靠谱。

后来大导和齐濛濛越走越远，而她也不得不和大导越走越远。她感到齐濛濛的师母架势越摆越足，而审视她的目光也越来越狐疑。后来，正如云先生所说的，Happen to be，齐濛濛介绍了以前单位的舞美肖克给她认识。

肖克的大胡子，冷、峻、酷以及不同于电视界夸夸其谈的沉默，一下子将她拿住。然后是肖克为她作画，逍客笔名开始在油画界的走火和他叛逆而行的性格导致他的辞职。齐濛濛倒是挺关照的，时常问候。“独立艺术家”听起来浪漫，干起来原来很闹心。

胡子长短确是没人管了。但是钱是问题，市场是问题，风格和题材更是问题。到后来，因为风格和题材成了问题，怎么画和画什么成了根本问题。胡子长短解决不了吃饭问题。有那么半年时光，梅兰竹的工资全填了爱情与贫困。一部分闺密劝她和胡子分手，因爱致贫，傻到家傻到床傻到内裤了；另一部分闺密却力劝她咬紧不放，因贫致爱，乃是人道正道，岂不闻有钱难买男人心，何况还是潇洒胡子心。

在最困难的时候，齐濛濛代表大导来看过他们的蜗居，还扔下两万块钱垫付房租。梅兰竹抓起一幅肖像油画追出门口，塞到齐濛濛车里。令她没有想到的是肖大胡子躺在床上，捋着油渍麻花的头发和胡子朝着老式电风扇扇乎，幽幽地说：“这幅小样将来能卖到50万呢！”梅兰竹气得眼冒金星。你什么意思！人家来做买卖？！这还只是小样不是正稿！一句感谢的话也不知道说，玩酷要玩成这么不近人情不懂人事吗？！

但是她什么也没有说。她甚至没有申明作为那画的模特，她似乎也有些权益。突然，她明白艺术家是最自私的动物。人情、爱情，甚至性、情在他心里都没有一平方厘米的空间。他的心里，只有以艺术的神圣名义所铺张的自我，宛如一幅大画，他是在努力勤奋地画，认真敬业地画，无穷无尽地画，但是每一笔颜色都是他自己的，没有一笔颜色是别人的或者说是愿意和别人分享的。

后来，他们分手的理由，是他的不爱卫生，比如他总是“忘记”立起马桶盖撒尿，以致马桶盖上时不时留下可恶的污点；又比如他总是和一帮不成大器也不成气候的穷画家们喝酒骂人、宿醉不归，然后带回满头满胡子的跳蚤阴虱，令从小洁癖的梅兰竹不得不像农妇一样挽起袖子，泡洗床单，打扫房间——但她心里清楚，正是那天齐濛濛的“后援”结束了她亲手纠结的“艺缘”。

这一晃已经好多年了。她和肖克早已分手。而师傅言大导和师母齐濛濛也各奔东西，连他们的或疑似他们的小孩齐小濛也出落得小荷玉立要崭露头角了。那幅以自己为模特的肖像大画《春晚》以逍客现在的行情，已经超过几百万，而其小样也恐怕会超了50万吧。

国色天香厅迎面是一幅玉石画屏，黑漆底色，玛瑙开片而成牡丹花瓣，富贵大气稳重。

云先生高声笑道："濛濛！你还端什么师母架子！小梅到了！"

就见画屏后闪出一位妇人，体态丰腴，步态灵动，神态却活络；褐缎大花裙装，肩上披一件绛丝素叶纹大披肩；女人到了一定年纪，不大敢用老款东西，怕旧上加旧，她却偏偏架上一副20世纪20年代老款的GUCCI经典米灰淡墨镜——正是多年不见的师母齐濛濛。

齐濛濛漆眉红唇，像政客般自然而大方地朗笑，又像姐妹般热情拥抱，却在梅兰竹耳边喃喃细语："我的小美人，还是那么优雅——真是个气质美女！姐知道你是洁癖，就不和你握手了！"一句话把几年的疏远拉到零距离。

"齐老师，您还是这么漂亮！这么有风度！"梅兰竹客气地寒暄。

云先生打趣道："你们师徒接上头，我就不当电灯泡了——还有几个策划方案在我桌上，我得赶紧过一下。"

齐濛濛拍着他的肩说："那就谢谢您了，老伙计，改日再聚！"又一面对引位小妹说，"帮我送送云大师！"等云先生走出画屏，又回头对梅兰竹说，"不是别的，我怕贸然请你，你不来，所以请老云搭个桥。"

梅兰竹言不由衷地浅笑着："怎么会呢，齐老师您一召唤，我还能不来吗！"

"哈哈！好！到底还认我这个齐老师！坐——先别喝茶，我们先来碗三雪羹吧——就是雪蛤、雪莲、雪银耳，尤其是雪蛤，是俄罗斯的，很正，什么东西，经过一冻，养分就高了。暖气烤的，燥火干巴的，润润肺有好处——哎呀，我们女人，到了一定时候，不补不行啊，穿在外面是给别人看的，吃到肚子才是自己的……"一挥手，角落里不为人注意的侍应生便退了下去。

梅兰竹想，真是江山易改，本性难移，齐濛濛还是这么大气急火的，一上来就劈头盖脸把你包围住、把你包融掉。自己的冷、静、闲、雅，真是太过了，要是有一半她的社交能力，也不至于这么多年来还是孤家寡人。

"小梅，怎么样，你在想齐老师话多是不是，的确的确，齐老师人是老了，话多就是标志。对了，请你过来，一方面是叙旧，另一方面是有件东西，要还给你——"

梅兰竹有些警觉。以她在节目组的工作，确实有人想方设法送礼给她。前几天，组里的实习生容格格说个熟人，是个外地歌手说有些新作品出来，快递了一些光盘过来。容格格把一个大包扔到她的桌上。她被惊呆了，包里光盘是有些光盘，但装盘的包包不是一般的文件夹、公文包，是爱马仕，还是鳄鱼皮的，雾面，还标着Niloticus的等级符号。赶紧上网查一下，发现是比最高级的Porosus级稍低一个等级，但因其是雾面，价格好生了得，简直相当于她的年薪。

她想起前些时容格格约她晚上逛街。一辆好跑车，两个大美女，确实招摇。闲聊中，她向梅兰竹鼓吹本来喜欢LV。没想到火过头了，是雅是俗都背个LV，连停车场老太都背个假LV收钱。因此开始注意爱马仕。说这是巴黎正宗老牌子，1837，想想多少年了。原是马具品质，贵族，又大气，特别是这个牌子是手工传统，做得慢，精工细作，要等，最夸张的要等五六年。就是说有钱也不一定买得到。容格格便得意扬扬拔出iPhone，调出一张照片，说是女款的Birkin Bag。梅兰竹注意到这包袋身宽深，又有三片盖袋，看上去有架势又亲和，潇洒利落，既有职业范儿，又不死板僵硬，包身大，放个节目文案、公文什么的倒很实用。

“好眼力！这是以法国最大牌Birkin命名的时尚跨界包，品质好，装的多，原是马鞍袋演变过来的。什么场合都能用，也不丢面子，是咱们这些职业小女生的热选——只是在国内很难买得到。国内专卖店连香港算上才三家，看得上，买不起；买得起，等不了。我比较幸运，我干爹在欧盟有项目，和他们一些大佬打了个招呼，插了个队，在巴黎总店拿了货。买告！买个包包比买车还费劲！梅老师，你要喜欢哪一款，给我打个招呼，我干爹说话间就给你办了。”

“不不，这个我用不了。”

梅兰竹知道这包不便宜。起步价都是五六万一个。虽是爱潮之人，但这么贵重的包包背在身上，还是不自在，不如外贸店里那些低碳大布包更贴身，也更有理念。梅兰竹便不置可否应付过去，其实更怕她“随手”把这包包送了自己。心里却想，职业小女生？真是买告！这么起步的职业小女生，哪个老板敢伺候。怪不得容格格来实习，是茅台亲自陪到组里来打招呼。据说林木森还特别关照要肖门神给她留个车位呢！

没想到的是，容格格竟然理解为她喜欢更贵的款式！居然把爱马仕这么昂贵的包包为她的熟人作品做了包装！

梅兰竹只得把她请来，留下作品，退还包包，又正色道："格格，你是实习生，有些规矩你不懂，我也不怪你。春晚上作品，有自己的一套程序。以质量为标准。不是谁有钱谁上。你现在不是一般人，是节目组成员，你得学会守规矩。"

容格格倒爽快，道："梅老师，您别误会，这包也不是我要的，我的包还没寄到呢！这是我干爹另一个干女儿的，她想拉拉关系。买告！干爹开口了，我怎么办？也不能不给他办是不是。您喜欢，就把包留下；不喜欢，我就把包卖个二手——反正也不能退回去，要不我干爹还以为我耍心眼没给他办事呢。至于作品，您按咱们组的正式规矩来，成就成，不成就拉倒。其实以我的拙劣的艺术眼光，这歌儿确实他妈的差点劲。总之，您是我老师，我打心眼里尊敬您，怎么给您为难呢！"

梅兰竹哭笑不得、无言以对，只把那包杵到她的怀里。

"小梅，你别想多了，我可不是送你东西，是还你！"

齐濛濛让侍应生呈上三雪羹，低声嘱咐几句。那侍应生便从内房搬出一幅画来。上面还蒙一块紫红金丝绒。

齐濛濛微笑着把金丝绒的一角递给梅兰竹，梅兰竹顺势拉开，正是当年她追出门送到齐濛濛车上的那幅画。

那幅画实际上是后来获奖的大画《春晚》的一幅小样。尺幅要小得多，人的角度也和正式作品不大一样。但都是大棉裤、小肚兜。大棉裤还是大棉裤，不过却加了条腰带，松松一个结，似乎"一拉得"。小肚兜还是小肚兜，是水绿绸底，上绣一只柳枝肥鸟的。那鸟肥咕隆咚，缩头假寐，眼睛半睁半闭，神态半梦半醒，且嘴角微微上翘，略带些半真半假、含笑且嗔的讥诮。

梅兰竹很喜欢这幅小样。自己虽是画中模特，但却更喜欢这只有点慵懒、有点力道，又有点特立独行的肥鸟。事实上原本那绿绸小肚兜上并无这只鸟。以肖克原先的想法，是人虚衣实，模特比较写意，而衣裳走的是写实路线。

画完之后丢在一边，怎么看怎么不满意。梅兰竹靠在他的肩上（那时她还很喜欢在他的脏胡子边上蹭痒痒）悄声问，怎么啦？肖克说：没有精神，少了点魂。梅兰竹道：是，画好是好，就是像习作，不像正式作品，更谈不上大作、杰作。肖克无语，三天后，添了那只绿鸟——画得真如同那绿肚兜上就有这只鸟，还是绣上去的。丝线若隐若现，绣光似有似无。鸟来之后，整个画面，为之一振，活而不泼，气象生动。梅兰竹说起妈妈从小教她的诗句：“两只黄鹂鸣翠柳。”肖克道：“错！那是只鹧鸪。比黄鹂更乡间、更野趣，也更有生命力。草蜢入肚肥，雄姿待勃发。”“这么说这只鸟——是只公鸟？”“当然，难道你还想大棉裤村姑胸怀母鸟不成？”“嘻嘻，公鸟！为啥缩头缩脖发呆？”“引而不发跃如也——它要昂首而立硬挺个脖梗你不害怕吗？”“讨厌！”

“是真的。这只鸟取材于中国传统扇面画。古代公子哥泡妞文雅。柳永作词。唐伯虎作画。花鸟鱼虫。信手拈来，都是彰显生命力的。古代小姐不出大门，在客堂上见过扇面——都是活物，都很自由。如果有只鸟，半眯着眼也就尽在不言中了，用不着那么生猛——然后就是隔墙花影动，人约黄昏后。后花园里鸟儿在歌唱——你没有看过《西厢记》？”

“胡扯！张生才没有画鸟呢！”

“他是没有画，可是崔莺莺心里有。你说这莺莺，不就是只鸟吗！当然比我画的鹧鸪文雅。贵族小姐嘛！我加上这只鹧鸪，在内涵上增添了喻意的语义结构，在技法上西学为体、中学为用！在风格上以虚托实，以实写虚，真他妈相映成趣、相得益彰！谁说红配绿，赛狗屁，靠！我偏要出绿！我是逍客我怕谁！”

肖克话虽诳，但画作确有灵机之处。本来那画中人神色模糊，只一派虚静。因为有了那只鸟，那女子的神情也被呼应着灵动起来，曰矜持、曰向往、曰压抑、曰静思、曰颓唐、曰谋策、曰隐忍、曰麻木，乃至曰无聊、曰闷骚，都可有一识。见仁见智，皆有所得。总之不再矫情空洞、故作玄虚。

梅兰竹给这幅画起名曰《春晚》。肖克不服，说为何不叫《春早》。梅兰竹解释道：上身小肚兜、下身大棉裤，正是阳气上升、地气未消、春光乍泄、春寒料峭；又关中女子怀春，非诚勿扰、非礼勿视，蹉跎于前、瞻顾于后，莫道春来早，春去花开迟，因此上，虽早犹晚矣！

没想到的是，后来肖大胡子正式开画《春晚》，但是上了大样的，却不是这幅梅兰竹极喜欢的肥鸟春怀图，而是另一幅小样。虽也是大棉裤系列，却是绣红肚兜。虽也有神采，却是别样意境。以梅兰竹的见解，其实叫不上《春晚》了。问肖克为啥。肖克便拿出那股画家的沉默牛劲只装模作样地抽烟。这是梅兰竹最烦的样子。

忍不住，打电话问他的狐朋狗友，才知道实情。原来这几个哥们儿私下凑了一局，请来老评委指点。那老评委不喜欢那有绿肚兜的。说是红配绿、赛狗屁。说是早年江青才喜欢出绿。说是出绿是剑走偏锋、旁门左道。说是还是红的正。说是既然叫什么春晚，自然要正红，要喜庆，要年味，而他那幅红的，比洋的俗，比俗的雅，比雅的闹，比闹的正，比正的喜庆，比喜庆的大气，比大气的又生动活泼，正是代表中国传统特色的艺术探索方向。因此上，肖大师去了绿，取了红，灭了腰带，还添了两幅窗花、一把红绸包把儿的绣剪，以示迎春气息。

梅兰竹那个气呀。

她倒不是气把房租钱折腾出去侍候了这个老评委。要谈花钱，她心里有个榜样，就是她妈，为了她爸发表个评职称的论文，把奶奶给的镯子都当了。要是肖克只是折腾钱，她不仅不会生气，反而会尽力支持。事实上，自打和肖克相处以后，她一直是倒贴。闺密们都或讥讽或敬佩地册封她为“月光圣女”，月光月月光不为自己而是为男友的艺术理想。可是他这叫什么狗屁理想，为拿个破奖，不惜伺候评委，这倒也罢了，还不惜把作品拧巴了。你不是口口声声说自己的人生不要别人的剧本，不是为了独立都从体制内的文工团辞了吗？从那一刻起，肖大胡子原来高大神圣的雕像在她心中崩塌了。

所以后来，齐濛濛以师母之谊帮衬点房租，她却把这幅至爱之作追出去送给她。有时细想起来，怀疑自己也许在潜意识里觉得肖大胡子不配拥有吧！

而现在，这幅至爱之作就静静摆在面前。红还是那样红，绿还是那样绿，肥鸟还是那只肥鸟，女子还是那个女子。只是自己已经不再是那个女子，而那只胡子鸟也不知飞到何处。

不觉间，潸然地，泪珠儿扑簌簌串联而下。

齐濛濛递过温馨可人的面巾，悄声说：“我知道，小梅，我知道会有物归原主这一天。我一直很小心地保存着。这幅画行情看涨了，肖克那家伙大火了，有人出50万，我都没舍得出手。我是给你留着呢。你别不信，我告诉你一个小秘密，这幅画我都没有给言大导看过，我是怕他一看就喜欢了不撒手，后来我们分手我也一直把它留在身边。”

梅兰竹先是信了，后来听她说到没给大导看，就知道这话说过了。

她当是怕大导看了这幅画，来和自己探讨艺术，走得更近而已。现在物是人非，倒是可以把这幅画给大导看看。

自从大导和齐濛濛分手后，自己也有意无意接近过他。一想起假如能和他的大胡子耳鬓厮磨，假如那胡须稍稍能蹭到自己耳边、自己的脖子，乃至自己的光洁无瑕的胸脯，她就会情不自禁，甚至有时会激活生理反应。

大导对她的成长是很关心，对她的艺术追求是经常坦率而诚恳地指点，但就像当年她进台实习时那样，很师生，很友谊，却不私密、不男女。难道他还是把我当黄毛丫头看？梅兰竹很不自信，尤其是在大导面前。因为在工作上，艺术上，他几乎永远是对的。偶尔也鼓励她提出独立见解、不同看法，但大部分时候，这种机会更像长辈鼓励儿童“勇敢发言”，有时还以“欣然接受”的姿态，夸张地表示“注意到”她的“可喜的进步”。

在这种关系中，梅兰竹不仅没有了业务上的自信，连女性的自信也被“解构”。“解构”这个词也是从大导学来的。他说好的建构很不容易，往往要花很长时间。以个人成就而言，往往要穷毕生精力；以民族传统而言，更是需要几代人，甚至几十代人的传承、发展；但是解构，尤其是无厘头、无理由的解构，只需一个词语炸药、一次不计后果的文化宣泄，就能把好东西毁于一旦。当然最可怕是强权加暴力的解构，就像“文革”。经过这一场“文化强拆”，中国文化之根已经被刨断，精神流脉一正一反，又一反一正地折腾着，所以现在的很多文化建设，乃至其他的建设，弊端丛现，都是“文革后遗症”。这也就是大导从美国回来之后，这么用心倾力打造“春晚”的用意。现代传播、传统文化、大众情怀、艺术创新，用这四梁八柱建构的“春晚”，有用无用的，总是在为打通民族文化的任督二脉、整出点经典形态做功。

大导神色认真，一副天降大任于斯人也的神情。但梅兰竹却以小女子的情怀在想，男女之间，也是建构难解构易，和那肖大胡子说掰就掰了，连个想念都没有。可是和大导想建构一下，这么多年了却是无花无果。他是花丛包围，难辨芳菲？还是胸怀仕途，洁身自好？还是自己竟已落英缤纷一枝旧，人老珠黄已过气——竟暗合了“春晚”这个彩头？

正思绪万千，耳边又响起齐师母的温切言语：“小梅，我知道，你这些年来，很不容易。一个女人，工作又忙，担子又重……唉，我也是过来人哪。其实，咱们姐妹之间没什么说不开的。我知道，你心里一直有大导。他确实是个让女人心动的好男人啊！现在我已没必要——或者说，也没有条件来谈他了。但是我毕竟关心他。在我看来，再没有谁比你更适合他的了。要模样有模样，要学历有学历，艺术上又相通，工作上又能扶持，人又相知，气味又相投。可是以我的身份，实在不便出面帮你们挑破。年关将近，我收拾地下室，发现了这幅保藏得好好的大作，我顿时来了主意。古有花为媒，咱现在不妨也来个‘画为媒’——”

“齐老师，我自己的事情——”

“你不要太矜持！”

齐濛濛不容分说地打断她，“毕竟我是你师母——你说是前师母也可以，这种事只有我来处理才大家都好！本来，我想得比较简单，把画送给老言——不正好是圣诞、新年吗，让他由画及人，产生兴趣，可是细想又不妥。你知道的，我和他沟通还是有问题。突然送一幅，还挺值钱的，不知道他怎么想，还不如完璧归赵，还你本人。然后，你自己找个时间和他私下交流。你知道的，艺术是相通的，艺术家也是相似的。言大导也大胡子，他的喜好，哈哈，我也是知道的。跟你说实话，为什么给你介绍个肖大胡子，为什么不把这幅画给言大导看——我当时是师母对不对，我能把握住男人的小心思。你这幅画，特别特别性感，不用你说话，这画中人就像子弹，会穿透大导的胸靶，打中他的心。我有把握！只是我实在搞不懂，为什么他也端着、你也端着，抬头不见低头见倒跨不过一条战壕。小梅！你现在还年轻，但也就在年轻的边缘了！只争朝夕啊！对男人该下手时就得下手！女人和男人，就是他妈一场战争！一开始你就要掌握战役的主动权！”

梅兰竹无语。齐濛濛有一点是对的，战争，女人和男人真的就是战争关系。

也许，是和肖大胡子搞疲了，才害怕新一轮“战斗”？或者大导也因为和齐濛濛的“战争”而不愿再进入“战火纷飞的年代”而只想独享清静。

“不要怕上手段！小梅！师母是过来人，毕竟看你成长的，怎么会害你呢！”

齐濛濛很有乘胜追击的意思，吩咐侍应生呈上八宝茶，又道：“要像北约轰炸利比亚一样，要出手就要稳准狠。在军事上叫第一时间主动权——你要是不好意思，师母豁出去，帮你转送给大导，叫他主动来找你？”

“不不不……”梅兰竹赶紧表态，“这不合适，弄僵了，连个回旋余地也没有。”

梅兰竹心里更怕万一齐濛濛擦枪走火，他俩吵起来，把自己的好梦彻底毁了。

“那就对了。时代不同了，女人也可以主动，而且应当更主动。我们家小濛回来说，在美国，女孩子都比男孩子主动，毕竟优秀男孩子总是少数派，是稀缺资源。资源配比，竞争社会嘛，你不主动，等天上掉馅饼？我都鼓励她主动撒网钓大鱼，可气她发了E-mail说是喜欢个黑男孩，说他歌唱得好。叫我臭训一顿把他们拆了。虽说是人家总统也是黑人，可一想有个小黑蛋跑来抱我的腿，叫我姥姥，这，这，我再时尚，再开放也很难接受。你能想象整出个小黑人叫你姥姥吗？”

梅兰竹笑了。真是哪家都有难念的经。

“好，我喜欢干脆，你这就把画收了吧！至于你去不去和大导私聊我这个前师母就管不了那么多啦！这些啰嗦话，权当参考。不听也行，权当废话——人老了不是？”

梅兰竹突然觉得过去对齐大师母有误解，她对属于自己的看得很紧，这也是人之常情；可是她对别人也很大气，毕竟是军营成长的。便道：“齐老师！不管怎么样，先谢谢您的关爱！这年头还这么惦念我的，实在不多。然后，这画我可以收。只是这幅已然升值太多，我又不能收——”

“说哪儿去了你！把齐老师当外人哪！齐老师现在不差钱——小梅，你也是识货的，你看我这款表，百达翡丽的，20世纪40年代款的，掐丝珐琅，铂金加钻，机芯镀铊，据说是嘉宝戴过的——三年前在比利时我拍到的时候还算便宜，便宜也要20万欧元起价。这该值几幅这样的画？小梅，你不要和师母谈钱——要不，这样，你还是把我当初给的两万块还给我，利息就算了。这样也合理，毕竟当初我又没说买画，只不过代存一下而已，现在钱还了，画也该还对不对？”

梅兰竹想这样最好，免得无端受个人情。不过，要说那两万块房租，那事一年以后在台外帮银行做了个年会，有了稿酬早就还给大导了。也不知大导给齐濛濛说了没有！怕是这两口子打仗乱了套了。不过，再出两万也行，毕竟是自己的心爱之物。

“好，那就谢谢齐老师。回头我把钱让云老师转交您。”

“别转交啊，你来找我啊！你不至于不想和齐老师来往了吧！”

“不，不，我只是不知道去哪里找您，瞎找您，又怕给您添乱……”

“哈哈，见外了不是！”齐濛濛说话间拔出一张卡来，“来，接着，这是我在这会所的副卡，会所通用刷卡，直接来这国色天香找我——小梅，春晚期间我有时就住这里，这厅后面就是套房，很方便的。你常来玩，我还可以介绍其他的VIP和你认识。这里的人都不错，都是有身份的。只是他们的心都太深，不好对付。交朋友可以，做太太太累。所以我才没有贸然介绍你和他们认识。说起来，还是老言可爱，不懂钱，还是艺术家本色。对了——”

齐濛濛像突然想起来似的，起身走到贵妃榻后，径自打开内房门，高声叫道：“小濛！别上网了！当心眼睛！快过来见过梅老师！”

内房又有人应了一声，就慌慌张张闪出一个女孩来。虽素面朝天，但模样可人。睡衣之上披一袭华丽的土耳其大花家常袍。披头散发的，像是洗了头还没干。

齐濛濛喝道：“没规矩！穿件睡衣就出来见客！”

女孩顽皮一笑：“咱现在不是在国内吗！怕啥！我还加了件dressing gown呢！……梅老师好！我是小濛、齐小濛！哇，梅老师，您太有气质了，比我妈有品位多了！您看您浑身上下一样值钱的没有，可就是看起来比我妈还高雅、还高贵！”

梅兰竹就觉得这齐小濛既有当年齐濛濛的风采，又更大方。虽笑，却不腼腆，顾盼中，有潇洒也有自然。

以梅兰竹的工作，见到的艺术圈小姑娘小美眉多了。有的勤奋而谦卑，腼腆后悬挂着两千年的奴意；有的不知天高地厚，或夸张或无耻或既无耻又夸张；还有的如早逝的张枣（他的诗和词语是梅兰竹静夜中消灭孤独的孤独玩具）所说，有一种香槟酒似的，貌似开放的体面封闭，晃荡着泡沫的自我精英感；当然更多的是略有姿色、眼神空洞、脑袋愚蠢又愚昧、肢体随性又随意的大路货。至于这个姐姐、那个美眉，把恶心当激动、把呕吐当快意、把玩弄当表彰、把收购当奖赏，也不在少数。便突然想起那老大评委的讲评套话——那老大评委并不限于评画，有一年梅兰竹因电视节目获奖，也和他在颁奖礼上有一面缘，在把奖杯杵到梅兰竹胸前的时候还和她长时间握手，并有意无意拍了拍她的无肩晚礼服上的肩膀，后来在后台她实在拗不过自己的洁癖，用湿纸巾好一通擦——这齐小濛比俗的洋，比洋的纯，比纯的熟，比熟的萌，比萌的邪，比邪的狠，比狠的正经，比正经的前卫，比前卫的又温和可人，比温和可人的又洒脱幽默，正是她心仪的小妹形象。要是自己再年轻10岁，要是没有入骨入髓的卫生防卫心态（他们真可笑，还说是病态洁癖），或许也会走这样的路线吧。

至少不像自己这么累。

“小梅，你也知道的，我就这么个小孩。从小又国际学校，从小就不听话，大了更没法管了。她胡说八道你别往心里去！”齐濛濛又回头嗔斥道，“说话也没个三八线！什么值不值钱的，梅老师本身就是无价之宝！”

齐小濛伸伸舌头，顺势说了声“Sorry”，往贵妃榻上一盘腿，在她妈身边依偎而坐。

这值钱的话头叫梅兰竹想起自己依偎在妈妈怀里的情景。那总是在少年宫上完舞蹈班之后。妈妈接上她，让她坐在自行车后座上。妈妈在前面蹬，她在后面围搂着妈妈的粗腰。关中夜色浓，寒气由地升，朔风飞冷面，头巾如幡动。这是妈作为语文老师的戏作。专门白纸黑字写了贴在门后给老爸“发嗲”。回得家中，母女上床依偎在被子中，一个跳得累，一个蹬得累，互相捏脚、捶腿、笑闹，尽等着老爸端一盆热气腾腾的面疙瘩上来（当然，油泼扯面，辣子加料更好！）。

老爸。昏灯。辣面。小屋。热气。嘻哈。

正是这样的“人家”，这样热腾腾的记忆，是梅兰竹在外打拼，熬赢孤独的精神大本营。正是从这样的“家”景出发，她过早地放弃从舞蹈学院跃入法国舞校的学习机会，而是转入舞美电视系改学编导（这样的话，跟着老师帮电视台做节目、挣赴英学费的机会更多）；也正是一直念着这样的“家”景，她一直对男友过于挑剔，因为她设想要买个大一点的房子把即将退休的老爸老妈接过来。如果男友各色，又怎能和也有洁癖的老妈住在一起（妈妈就是她的洁癖之源；另外，更甚的，她还是语文老师，特别喜欢纠正别人的错别字）……

“小梅，”齐濛濛的冷静话语打断了梅兰竹的思绪，“说实在的，我其实也不愿管她的屁事。可是孩子大了，干什么总要有个方向。她这孩子，从小有主意，我也管不住。问她，她说喜欢的东西多了，唱歌跳舞的，怕是我的一些基因；还喜欢，写点剧本，组织个派对俱乐部，学校里的大活动也有参与；还喜欢做点好事，比如慈善啦、公益啦什么的。我说你的爱好要整出点社会意义最好。她说那就举办慈善晚会，把唱歌跳舞和社会意义结合起来。我说，这想法挺好，只是，小梅，你也知道的，慈善本来是大好事，可是叫那几个美眉闹的，又有一帮闲不死的在网上闹腾，愣是把这汪好水给搅浑了。她说那就歌唱祖国吧。喜欢歌唱祖国总没有错。理是这么个理儿，可是事不是这么个事儿。咱们祖国这么大，喜欢歌唱祖国的大腕多着呢，也轮不到你这么个小屁孩。要想上春晚，咱还得另外想辙……”

梅兰竹突然心里一紧，今天从自己的画开始绕，绕来绕去，还是绕到了“春晚”！

“小濛唱歌还有些本钱——”

“梅老师，我的歌您听过吗？”小濛拦过话头，直视梅兰竹。

梅兰竹平静地点点头，不动声色。

突然间她明白了刚才对小濛的印象还少了点什么——比洒脱幽默又霸气主动！这正是自己性格中没有的元素。自己的老妈老爸是打造不出这样的儿女的。就是倒退10年，回到小濛那个年龄，自己也锻冶不出她这副架势。

“很好，小梅，既然你听过小濛的歌，我也就有话直说了！”齐濛濛把小濛一推，两人都端坐起来。

齐濛濛正色道："我也不拿你当外人，今天正是想当面请教——我和大导的关系、小濛和大导的关系，你也知道的，我当然会先征求他的意见。可是他，也许是要避嫌吧——也不给我个正面答复！真讨厌！一个男人，有事躲躲闪闪，真叫人瞧不上。行就行，不行就不行，我还有别的辙是不是。当然，以他现有的地位，不能轻易表态。尤其是涉及我和小濛。这我都理解。当然，也是我们思考不到位，坤·仑·濛组合，还涉及别的人。都是大腕，这个工作也很难做。小梅，我听说这坤、仑都表态不想和这无名小妹组合。好，好，很好！无名，哈，我把她先整出名来行不行？整出个大名来行不行？这在打法上叫做战略迂回，我先大迂回，大纵深，占领制高点，然后，我就有了战略主动权。想打你的头就打你的头，想斩你的尾就斩你的尾。我干脆，歌唱地球行不行？我歌唱低碳，歌唱绿色，歌唱环保，行不行？这些概念很国际化，又高端，然后发力大，猛，又师出有名。咱把这低碳长走，先走了，走大发了。小梅，我告诉你，除你们台茅台、老石头给了面子，还有其他15家做了新闻，或是小专题。报纸打版面的，整版广告，我发了30家，基本上是全覆盖！网络重点报道的有6家，做专题的有40多家。咱不是外人，网络水军我也雇了。明天——不，现在，网络上正在热炒小濛，铺天盖地！铺天盖地！而且，绝对没有质疑，没有负面的，乱七八糟的！也没和什么美美联系起来！不允许！咱删哪！实话说，删的费用比上个正面专题还他妈的多！"

"妈！"齐小濛适时地点了她妈一下。现在梅兰竹觉得在她的描述句式还可以加上——比霸气主动的又更世故成熟，更薛宝钗或没准儿更王熙凤呢！

"梅老师，我妈说的词儿有些夸张，但事实倒是那么回事。我刚才一直在网上查，连英文网站、国外网站都报道了！"

"小梅，是吧！不是咱有钱、乱花钱——实话说，做这大活动，覆盖越大，越能挣钱，点位多，概念高，广告能不大？这个我琢磨得很透彻，我手下广告公司就有两个，一个做电视、报纸、广播，一个做网络、手机、新媒体。我正请人把它们打个包，准备在创业板上市呢！回头我让他们请你做个艺术总监什么的，也整个原始股改善改善生活——我是说做这个活动，我不过先垫了点钱而已，有4A公司，500强跟着哪！凭啥？它们最喜欢国际概念、地球概念！就这么说吧，小濛，作为低碳使者，眼下正在知名，明天各大版面一亮相，就是横空出世的大明星，一线的！我的PR公司刚才已经打电话报告了，说联合国环境署什么的，已经邀请她考察南极，我们还准备发起全球亿万民众低碳长走，从亚洲走到欧洲，再走到美国，占领美国，把那帮不签温室效应合同的西方政客们震一震。美国已经有两个绿色组织、三个教会组织和我们的PR在联系呢——这小濛的身价已经国际化了，追着签的经纪约、广告约，排着队呢。我的法务部都忙不过来——可以想见到的，就在春晚开张前，小濛已经是大名人了，绝不会给春晚添堵您说是不是？”

梅兰竹觉得从被云先生带进电梯那一刻，她一直处在某个角色的调动地位。这令她想起第一次在少年宫舞台上排练，自己一下站在台上被照得雪亮透明，而那个女魔头老师则在台下某个地方，大声吼来吼去，把她们那帮小天鹅吆喝得团团转。

趁齐濛濛喘个气，梅兰竹觉得要适当地“回击”一下：

“齐老师，您说的我都信。可是，如果小濛马上要红，这么红，这么国际化，又何必非上春晚？比起大地球，春晚毕竟是个螺蛳壳里的道场啊！”

“哈，小梅，你还有快人快语的一面！我喜欢！不瞒你说，这人啊，总有些顽固的想法。这春晚也是我的一个情结。就像你，天下男人这么多，可是只对有毛的男人动情对不对……”

齐小濛又适时地咳嗽一下。梅兰竹想，这母女二人，也难说，谁操控谁呢。

“抱歉抱歉，我胡扯太远了——说正根儿的吧，一来我们有这个情结；二来，刚才说了，从低碳到春晚，有不少广告代言的约已经签了。咱不是缺这个钱，咱得证明咱这个能力！那美国虎妈算得了什么，你看中国龙妈做的局，这才叫本事！所以，说实在的，我现在有个节目，想请教请教你，能不能把小濛包裹进去。”

也不等梅兰竹表个态，小濛已经把几张打印的稿纸递了过来。梅兰竹打眼一看，正是《春晚策划案　零点报时方案》，右上角还写着“节目机密，切勿外传”。梅兰竹想，这不是大导想解决的21个疑难杂症的零点问题之一吗？自己还没有看到这个方案，她们倒快！想来是云先生的手笔。

“小梅，我和云先生是老朋友，这个案子是我们小濛的创意，云老师执笔弄的。所以对我们来说也没什么密不密的。今天晚上例会，云老师就想报给大导呢！可这是你抓的那摊子事，所以想先听听你的意见！”

梅兰竹一向对云先生很敬畏。有学问，有见地，有才情，还有钱，人也不坏。只是神龙见首不见尾，不知他在什么圈子混。文韬商略？上下其手？现在看来这云先生不那么简单。

“齐老师，这事，既然云老师都定了大方向，我是个执行层面的，只要组里通过，我当然会全力推进——”

“小梅，你太谦虚了！小梅，咱自家人不说外话——你多帮帮你齐老师。你的才情大导是十分看重的！你在组里的发言权也是很有分量的。到时候，云先生挑个头，讨论这个零点方案——开会嘛，说什么的都有，我只希望你到时候说几句公道话就可以了。”

梅兰竹突然想起老烟斗有次喝了点酒，脸红红的开始扯段子，说咱们这营生，实际上以咱们的业态，都叫会虫，开会虫。开会有开会的规则。国际上通用的是罗伯特议事规则，什么少数服从多数啦，什么一事议定表决不再复议，除非决议者半数以上有复议表决等等。一本大书，太复杂，不符合咱这儿的国情。咱这儿的会议，规矩更简单，更核心，更好把握。曰：小事开大会；大事开小会；关键事宜不开会。梅兰竹听了哈哈大笑，以为他说的是官场笑话。没想到，今天、眼下，自己竟已进入这个会议程序。

“小梅，你也不必有什么思想负担，方案好不好，先听听小濛怎么说吧——毕竟咱们是开门办春晚是不是。来，小濛，你就简明扼要地汇报一下吧！”

“那，梅老师，我就说啦——您随时有问题可以打断我。”

齐小濛便挑那核心创意宣讲起来。毕竟是国际学校打底子，又在美国大学混过的，小濛即兴演讲倒是很拿人。她说：

“春晚”节目，大定位第一个属性是时间节点。

首先是全年才有一次。其次是跨中国年度。

因此实际上零点钟声是全局最大的时间节点，其余节目和事项是根据这个大节点倒退或顺延而来。这样就造就了在收视心理上，当以零点钟声为最大的高潮。一年复一年，一冬又一春，辞旧迎新，没有人不高兴、不欢呼。人同此心，不分地域。就是在国外，年度迎新大派对，总是激动人心的。纽约时代广场，没有春晚，但一定会有庆祝，大家拥抱接吻，热烈欢呼。都是自发的，不用费劲加情绪酵母。就是在监狱，也有新年派对。有一年学校社团搞社会调查，小濛他们几十号学生就是在监狱里和犯人一起过年守岁，有吃有喝，放音乐，看电影，还跳舞。可见迎接新年的第一天、第一分、第一秒有普遍的认同。这是最大的节目基础。

可惜，“春晚”节目，不管大台小台历来都是重节目不重仪式。因为导演们大都舞台出身，往往把晚会高潮押在节目上。节目有高潮，晚会就High，节目高潮上不去，晚会就让人觉得差口气，不爽。现在电视竞争惨烈，节目天天有，晚会周周看，把过去传播手段不发达时期憋一年才释放出来的那股劲儿都稀释了。按美国传播心理学说的，前戏太过频繁，高潮极化难以形成。

梅兰竹想，这些话倒不像是小濛这样的小女生说得出来的，看来云先生“前戏”已经介入不浅。不过，到目前为止，她说得还有道理。尤其是把节目押宝确实风险极大。节目好编排，大腕难伺候。演员是肉身，做不到金刚不坏。有档期，没档期。真病了，装病了。大拿了，小拿了。才尽了，才又汩汩冒出了。真的都很难拿捏。

更大的风险是观众口味，一年偏红一年偏绿，一年又黄了。正如云先生常说的，比众口难调的是见风使舵。所谓众人都是墙头草，哪边风大往哪边倒。神仙也把握不住集体无意识的发展方向。谁也没把握哪个节目一定火。既有一把火就走红的，也有多少次露脸也造就不出明星相的。所以大部分情况，只能是测试+押宝。

那么，由于节目导向型的导演居多——小濛有意停顿下来，看来她对于能够把梅兰竹迅速带入情况很满意——所以，零点钟点那个环节，便被边缘化了。大部分时候沦为广告预热。观众段子曰：

“主持一看时间已到，慌慌张张领喊口号，油盐无味虚话一套，演员上台咧嘴假笑，集体欢呼伪装高潮，钟声敲响植入广告。”

就这样，不真诚、不隆重、不热烈、不神圣地开始了亿万观众的新的一年。这不是节目，更谈不上仪式，只是到点开始的应景环节。

梅兰竹参加“春晚”也不是一两次了。有时言大导主导，有时是别人做总导演，但大家遇到的问题都是一样的：

不是不想在零点做文章——实际上茅台多次关注要在此突破——但是观众大多有放炮的习俗，不到零点，很多人都跑到外面点炮放烟火了，劲头更大的跑到寺庙撞钟抢头香。因此才不得不把最重要的节目掐秒计算放在零点前某一个时段，以便既营造高潮又不耽误放炮。梅兰竹想起来，实际上云先生自己就引经据典说过：习俗是不可战胜的！“文革”时期把什么都破，过春节也是过“革命化的春节”，不吃不喝（也没啥可吃喝的）还要加班。可是“文革”一推倒，一切习俗旧礼死灰复燃。不用说春节，就连烧香拜佛这些“迷信活动”也大面复活，就连大批特批的克己复礼也有不少社会名流大声疾呼。因此在零点设计上，导演组一向认为最大的阻碍恰恰是年俗——全民放鞭炮。

小濛又高声说：现在终于到了思考这个问题、解决这个问题的时候了！言大导根据台办会提出的21条突破难题，第17个就是零点问题（梅兰竹终于确认，这一次云先生可是真的“里通外国”了。连小会内容也拿出来分享，真是关键问题不开会呀）。

我们突破的思路首先在于定位：

首先是传播定位：不是晚会的句号，而是晚会的高潮；不是附属，而是主打；

其次是形态定位：不是过场节目，而是压轴大戏；不是鸡肋，而是大菜；

再次是风格定位：不是台口对口词，而是全场，乃至场外全民大互动；不是小口彩，而是大动静；不是虚头巴脑的舞台秀，而是既庄严又热烈的大仪式；

最后是内容定位：不是虚情假意、年年雷同，没有内容的同一道汤，而是真诚表达、年年出新，引发大竞猜的主题设计；不是高度同质化的空洞报时，而是切合年度心境的专题聚焦；小濛又特别加上一句：就像《时代》周刊年度人物上封面那样，表达大家在年度跨界时间节点上的共同愿景。

有那么一瞬间，梅兰竹想，什么大动静？难道是时代广场大拥抱、大接吻？可是很快地，她自省自己是不是心态不对，为什么总要站在质疑的立场来听别人的提议？这不是站在观众的对立面了吗？不管是谁，不管出于什么动机，在开门办春晚的框架下，提点建议总是值得认真对待的。就是沙里淘金，有什么有价值的好主意都值得关注。也许是金点子呢!

再说这份文案中，什么大动静，年年创新的主题设计，年度心境什么的，听起来出发点还是很有启发的。受台里教育多年，虚心接受观众意见的训导总是不绝于耳。尽管眼前这对“观众”有点特殊或是“特殊化”，但是人家总是来补台，不是来拆台的。有这样的态度就该支持。

又突然想起，茅台曾为了提不提她当行政上的副总监，语重心长地告诫她，要提升境界，就要学会从多种角度，有时是从反对意见的角度来考虑问题，不能由着艺术家的个人立场使性子，甩脸子。管理大局的第一要素就是顾全大局。

顾全一下吧。这样想着梅兰竹心情放松许多。有什么好主意，听听也不坏。

齐濛濛把梅兰竹的松弛、和缓都看在眼里，及时地拍拍齐小濛的肩膀：“小濛，梅老师是专家，你不用这么啰嗦，直奔主题，就说说今年打算怎么干！”

小濛点点头，又翻过几页纸，说：

今年的主题设计，形态是“零点大祝愿”；

主题是“祝愿地球母亲”。

理由：

一、中国人过年不是中国人自己的事，已经成为全球大事。

二、新年祝愿有“集体无意识”的动因，不会强加于人。

三、祝愿在家庭，在亲友，是个人表达，个人语境，媒体操作，当有大格局，最大集成共同愿景。

四、今年地球故事层出不穷，在自然界有大地震，有大海啸，有大干旱，有大水灾，有泥石流，有龙卷风，有暴风雪，有大漏油，有火山大喷发，有飓风大扫荡，有物种大灭绝，有瘟疫大流行；在人类社会，有大战争，有大饥荒，有大火灾，有大爆炸，有大事故，有大歉收，有金融大危机，有全球大股灾，有政局大动荡，有跨国大罢工，有天上大空难，有地上大撞车，有地下大矿难，有江河大污染，有海底大漏油，有疯狂大追杀，有恐怖大炸弹，有工厂大冒毒，有校园大枪战……仔细数来，哪一天都有一灾一祸，哪一天都不消停。在这样七上八下、忐忑不安过了一年之后，新年来临的最大愿景难道不是祈福来年风调雨顺、天下太平吗？这是我国古人、乃至世界上所有民族辞旧迎新之际最大的愿景啊！

五、以每一个收视个体而言，尽管地球妈妈不堪重负，可是我们又有多少人真正低碳了一天？低碳了一把？我们有没有想过：点了吃不完的饭菜，其实就是暴殄天物？一个人开车占了四个轮子的位置，其实是挤占了公共空间？下班扬长而去不关电脑，其实是无端浪费能源？矿泉水喝了一半就扔，其实是糟蹋地球妈妈的乳汁？佩戴了根本不需要的珠宝，其实是鼓励在地球妈妈身上挖坑打洞？……

梅兰竹听到这里，都还觉得有可取之处。

确实，保护地球这个概念，既是人人有关、人人有责，又如此迫切、如此紧要，而且还是所有人都能认同的“最大公约数概念”。只是关于珠宝，梅兰竹联想起自己胸前暗悬了一个满翠的平安扣，买得早，才两三千元，是给她妈的生日礼物，她妈不舍得戴，又返赠给了她。可是说佩戴珠宝，就是鼓励“挖坑打洞”似有些牵强。齐师母倒是不佩戴珠玉，可她一只百达翡丽的表，顶多少百姓家常的小小平安扣？

又听小濛正色道：“梅老师，只是这节目呈现，还想得不太成熟，请您多提宝贵意见。”

梅兰竹点点头，微笑道：“前面这些铺排，虽然皮儿厚了些，倒也是有道理的。就看你们打算怎么具体操作了。”

齐小濛受了鼓励，扔了稿子，比画着演示起来：

“梅老师！这个节目——我们把它定位叫做节目《零点大祝愿》，从地球全景开始——大屏幕从太空遥望地球妈妈——先是标准的蓝色地球，然后，渐变，卡通化，变成地球妈妈的形状——然后进入地球妈妈的怀抱，绿色怀抱！——进入了大森林，卡通风格！现在咱们的观众，不只是儿童，就连很多成人也都接受了卡通。卡通片，3D，奥运、世博、亚运、世园、世锦、冬奥哪个没个卡通吉祥物？——地球妈妈的年度吉祥物，在我们中国是现成的——十二生肖！而且每年有一个轮值主席！多好！——进入了大森林，十二生肖，猪、羊、牛、马、老虎、老鼠、大龙、小龙什么的，正在开办迎春晚会——这下就进入了舞台，台上都是卡通动物，以十二生肖为主，也有别的，比如斑马、野驴什么的，地球大概念嘛！歌舞以人偶为主，也穿插真动物的滑稽表演，比如大笨熊骑车转圈，大猩猩、小猴子荡个秋千什么的——把动物马戏植入其中。咱们国内大型马戏已经不少，但是俄罗斯的马戏更厉害，我妈已经和俄罗斯的朋友打了招呼，他们让演出公司已经发了节目单过来，节目随咱们挑，使两三个都不用花钱——”

齐濛濛适时点了一下：“正好来年是中俄文化交流年，她有个俄罗斯干爹可以安排一下。再说，俄国人不吃亏，他们送两三个节目，其实也是为了来年给大马戏巡演做个预热。”

梅兰竹已经料想到小濛人小干爹多，只是没想到她在俄罗斯也有“干爹”——也许叫“教父”更合适？

“好，这一台节目够热闹吧？又唱又跳，还有驴子打滚，猩猩跳高，老少皆宜。合家欢！这才三分之一！然后——引到森林里迎来了第一缕曙光——那是地球妈妈的微笑。动物们都屏心静气，准备着，当然那些情绪不够稳定的动物都控制住——按我妈的话来说，都得给它上手段——然后，是百位少女组成一个百花仙子的大阵容，有一番简单、华丽又隆重的舞蹈，然后迎来地球妈妈派来的报春使者——她头戴花冠——没有珠宝，低碳，全都是用真正的鲜花编成——身穿古希腊克里特样式的古典长裙——当然经过服装师的改造，又简约明快，又庄重性感，美丽的报春使者从天而降——威亚，咱们用威亚，技术上完全没问题——对了，梅老师，我回来看前几年的春晚资料，有一个唱歌的台湾女歌星，那谁——就是您设计了个半月形的蓝色梦想小船，用威亚吊起来，让她在星空上摇呀荡地唱，棒极了！真叫人嫉妒！哪个女孩子不想乘着这个一弯梦月飞天吟唱呢！——然后，报春天使开始吟唱报春曲，起初轻轻的，柔柔的，像摇篮曲，梦境一般，然后，旭日渐升，东风给力，春暖花开，所有人都沐浴在温暖的春光中——那些百花仙子们也都卸除了笨重的冬装，舒展肢体，花开娇艳；那些动物们也都挥舞了春天的遮阳帽、遮阳伞向大家致敬——”

齐濛濛又咳了一下，插言道：“关于报春曲，我们已经请小濛在美国的教父，著名的瑞恩大师做了，小样早已送到大导那里，估计你也听过了。和低碳长走的曲子是姐妹篇，长走曲，比较偏进行曲，毕竟是广场艺术，人多势众的，要热闹要动员，要有力量；这首《迎春曲》从小夜曲起头，走着走着，渐入佳境，比舞曲文，比室内乐的路子大气，有场面，比交响的格局又更聚焦、突现、透明，更纯，亏得是瑞恩这黑大胡子出手！”

梅兰竹是第一次听说那个神秘的瑞恩原来也是大胡子，心里不觉一硌。心想看来和这齐濛濛真是有些说不清、道不白的“胡子缘”呢。便道：“齐老师，看来你们真是准备得挺充分的！”

齐濛濛道：“就是。军事上叫不打无准备之仗嘛！小濛你再说说后面的三分之一。”

“好。梅老师，刚才说的百花仙子、报春天使一段，又是三分之一。在迎春曲最后，最妙的是瑞恩设计了用乐符，而不是干巴巴地数数来报倒计时——在音乐高潮声中，突然万籁俱寂。报春使者引领大家用哆——咪——咪——的乐音，在音阶的最高处，响起零点钟声——钟声当然是黄钟大吕，但也有迎春曲的主旋律衬底，使这不再单调，像寺庙的钟声，咱们的概念是天上人间，万物迎春，体现地球妈妈的召唤嘛！咱们不必拘泥于庙堂风格，是不？然后迎来后面三分之一：新春祝愿大互动，这是我妈的主意，她做晚会有历史经验呢。妈，你说？”

齐濛濛笑道：“也好。我那经验不能和梅老师比，全是乱想。只是以往的节目，零点刚过，观众的心思都在打电话、发短信，场外心是散的，台上是凑合一气的乱蹦乱唱，什么民族舞啦，什么迎春大联唱啦。我和云先生商量为什么不从观众角度来把零点刚过亲友大祝愿干脆搬到台上去呢！我设想，邀请一百位社会各界代表人物，有明星有草根，有精英有百姓，工农商学兵，各行各业人物，但他们自发地向一个具体的人物表达祝愿。当然是从地球的、低碳的、环保的角度，表达一种生活方式的新希望。比如说：几个少女向水稻高产专家袁隆平爷爷送一瓶防晒霜，祝愿他老人家多培育无须农药的新品种；又比如，舟山渔场的船老大为日本核电站坚守岗位的某个退休老人祈福；还有海军老干部为在航空母舰上执勤的小战士祝福；那被冤枉的大客车好司机向先冤枉他后来又道歉的老太太恭贺长寿健康，并祝她多在家和儿女相聚，别在马路上练车；还有被万人欢送的县长向家乡的民众问个好；还有工厂大佬和运动健将祝福某个著名网友，少上网，多运动，等等等等。一年下来，这些个案数不胜数。咱只要组织得好，一定可以搞得有声有色，甚至千奇百怪，比如城管祝小贩发财、老板祝税务近视、司机祝收费站放假，有点幽默感嘛，大国了嘛。总之，可以正一点，也可以漫画版一点。核心是这样点状的祝福，构成了大家可以分享的一种祝福文化，可以跟风、仿照，群起而效之，也可以会心一笑，和来友分享，也可以一笑之了，见怪不怪。这才是场内场外的大互动！总要比那些千篇一律、不痛不痒的程式化歌舞吸引眼球，小梅，你说呢？”

梅兰竹没想到这齐濛濛跨出这个圈子多年，在视野上开阔许多，目前这个构想，格局上确实不是文艺小圈子的舞台经验能“臆想”的。

平心而论，这三段论能不能在节目上一气呵成、关联递进暂且不论，但在社会内容植入、主题概念提炼，乃至马戏人偶大杂烩的热闹劲儿，还是有不少启思之处、可取之处。

但是现在的问题是，不是去如何丰富、完美这个构思，而是要表态：在她们这娘俩面前表态，而且在即将开场的组内会上表态。如果是一个自己喜欢的人，提议做一件自己不喜欢的事，这可以马上拒绝。这个经验，梅兰竹也有过。可是一个自己不喜欢的人，提议做一件自己喜欢的事，是拒斥，还是认可，这是一个问题。有一句话冒了出来：刀架在脖子上被逼着做“好事”，做，还是不做？不做，不对；做，气懑、委屈。

突然想起妈妈的一句老话：

善人之心，从今而始。

是的是的，莫以善小而不为。不管怎样，只要是对节目有利，都应当推。有那么多私心杂念，对不起大台。

梅兰竹的脸色便缓和开了，平静地笑言：“你们真是下了大工夫，我真佩服——当然现在不够完善，尤其在操作层面还有很多漏洞。不过，不管怎样，以我的身份，应当向节目组推荐的。”

“太好了！”齐小濛跳起来给了她一个美式大熊抱。

齐濛濛也真诚笑起来：“有你这句话垫底，我心里就踏实了——其实，这个案子也不劳烦你亲自提议，云先生他们策划组会正式提交的。我只希望梅老师发挥智慧，进一步完善，把节目搞得有声有色！”

这一瞬间，梅兰竹觉得自己还是少年宫舞台上的小演员。

▼ 📁 **附件文件夹**

▼ 📄 水井·北京台AD文件.txt

《众星闪耀环球迎新》（AD）

中国北京电视台《环球春晚》“星闻”追踪

牵手世界　欢动五洲

随着春节的日益临近，由水井坊携手中国北京电视台联合举办的《环球春晚》大型联欢庆典晚会正在紧锣密鼓的筹办之中。本届《环球春晚》大型晚会不仅在艺术表现上涵盖中西文化，而且在举办形式上进行了创新，将与传统春晚、动画春晚形成“三台唱”的局面。水井坊·北京电视台《环球春晚》希望通过不同国籍和文化背景的演员联手，打造一场极具视觉冲击力和感染力的春晚“大餐”，因此也必将是国际巨星云集的盛会。

据悉，本届《环球春晚》的首批嘉宾名单已出炉，吴大维将担任晚会主持人，俄罗斯高音王子维塔斯、美国著名魔术师大卫·威廉姆森以及国内“海豚音”天后张靓颖、费翔等观众们耳熟能详的演艺明星将登台献艺。除了这些享誉中外的优秀演艺巨星之外，水井坊·北京电视台《环球春晚》还凝聚了国内顶尖的幕后创作团队的心血。著名导演张继钢受聘成为《环球春晚》的艺术顾问；著名音乐人小柯将为晚会创作主题歌。

为了筹备本次晚会庆典，水井坊·北京电视台《环球春晚》做了大量的造势活动……

凡在指定终端购买水井坊系列产品，您即可分享水井坊2010年新春苏格兰美酒之旅精美好礼，填写活动卡还有机会参加（以下为乱码）跶悳嫠蔟悥婐濄之旅——濄敤渋詛迚，罛酢腖龕啾蘆，龍蘆悥婐濄濄敤渋詛。迚罛悥悳悳庛鋼唛豝岜發魆芨虴輆鮊皻颮糶逡嚓噰磜夨筞筴翇蘆悥婐濄蕔弦？

▼ 莞儿—莞儿妈—梁子文件.txt

莞儿握着手机夹着胎胞，气喘吁吁跑出地铁口的时候，老烟斗正故意咳嗽一声，做出有重大创意向节目组发布的样子。

迎面扑来都是人。

莞儿抽了抽小鼻头，不禁怀疑自己是不是走错了地方。人声鼎沸，光影刚劲。她把小粉花素色围巾松开，两边的花穗像绶带般飘荡。那颗敏锐的怕见人的小小胎胞软软抽动一下，往腹腔深处又藏了藏。莞儿不觉揉了揉肚子。她有点高兴穿了那双白翻毛边茸乎乎的靴子，虽是旧了些，看着就觉得好可爱，在机场里也不觉得掉价。只是，照她的想象，机场该是疏疏朗朗的雅致所在，哪个搞的，像个春运的火车站啰？

莞儿有些发蒙，站着不动，后面的人却拥了出来。温润而污浊的地铁常有、车站常有的气味漫过人们的头顶——莞儿现在知道了，原来机场也有这种人味。倒也是的，春运也不只是火车站的事，机场不也春运吗？不少人和她一样，望着闪烁不定的电子屏幕发愣。有人细声嘀咕一句：“靠，这么多航班都晚点！外地又没有下雨下雪，干啥咧！”人们的头顶上传来悦耳的“叮咚”门铃声。莞儿就听见了好亲切的广播声：

“……各位尊敬的旅客请注意，现在正是春运高峰期，客流量较大，请大家迅速通行，请勿停留。请您配合，遵守通行秩序。由于航路管控的原因，我们十分抱歉地通知：下列航班延迟起飞。航班包括：CA1816、CA4968、CZ5962、MU382、FM163、BP8849、GH5914，请以上航班的旅客携带登机牌到总服务台领取晚餐。以上航班何时起飞，请注意我们的通知……Ladies and Gentlemen...”

莞儿歪头听了一会儿，觉得这套话儿叫这么个女播音员一说，真是怪好听的，那些想走又走不了的人，有什么火也发不出来了。就听得有人大声嚷嚷：“嘿！这下好！派晚餐了！要当钉子户了！”莞儿忽然就悟到，自己进错了地方——这是出发大厅，接机的不是该在出口吗？借着人流的动势，莞儿一脚踏上通向大厅的下行电梯。

大厅的灯光无精打采。荧光发蓝，一色刷青。黄脸发白，白脸发惨。无论发白发惨的脸们，又都尽力抬眼远望。又有辆小小的电瓶警车无言地在人群外巡行，红蓝警灯不知疲倦使劲闪烁，与到达大厅的电子屏幕交相辉映。莞儿顺着红蓝闪光打眼一瞟，却瞧见两个特警牵一只穿深蓝小袄的警犬在人群中巡走。那警犬不像常见的警犬那样高大威猛，却是方头垂耳，长鼻短嘴，腿儿短，尾巴长，很卡通，很机灵，也很敬业地东闻西闻。莞儿想起电视节目上有说那闻爆炸物的警犬又是另一品种，凶倒不凶，鼻子好使。莞儿记得还给这个节目扒过词呢！莞儿就没来由地朝那小狗微笑一下，好似碰到一个老熟人。

又仔细核对了一下航班号，老妈坐的那班飞机，晚是有些晚点，但也不算太晚点。因为一下午都在台里拍摄，一直折腾到晚上。莞儿连盒饭都来不及吃，抓了两个馒头就往机场赶。要不是晚点，老妈早就到了。

这一半天的事，快得叫人想不过来。就像小时候，在刷马口，有一次帮爹在河岸上遛马。那还是一匹驹儿，大眼长睫的，乖乖地跟在莞儿身后啃草。忽然间马帮的大马们遛过来了，那驹儿就叫了一声，挣脱了缰绳，冲着大马队最后的一匹青花小母马跑了过去。莞儿大喝几声，那驹儿都当耳边风，只可着劲儿狂奔。莞儿小脸吓得煞白，也可着劲儿狂奔。要是丢了一匹马，老汉还不把自己小屁股打烂去。脚下一绊，摔了个满嘴草泥，“扑哧”啐一口，竟啐出一口血水来。莞儿大哭。要是把牙磕掉了，叫同学笑话不说，老妈一定朝老汉发飙，还不定又吵又打闹出什么事来。一想又哭，哭了又想，老汉辛辛苦苦攀山走水的，也挣不了几个钱。马队里大母马生了崽，才是一笔幸运财。自己真是狗屎没用的，连匹小驹儿都看不住，将来长大了干什么才好。

又哭又想的，也不知在地上趴了多久。忽然间有只粗糙而温暖的大手，摸在后脑勺上。那是老汉的手。只有做爹的才这么又慢又亲地摸她的头。泪眼迷蒙地，果然看见老汉蹲在身边，他身后正是那匹撒腿就跑的小马驹儿。它倒是没事人似的，又安静又乖巧地低头啃草，好像刚才惹祸的倒不是它。莞儿抓起一块土疙瘩扔过去，嘴口骂道：“你这个小浑球！叫你乱跑！”

骂完又哭。老汉一把搂住莞儿的瘦肩，又摸着她的头笑道：“莫要怪它了！这童子驹到了年纪了，见了母马哪有不跑的！倒是爹没有和你讲清楚，要怪就怪爹好了。爹看着它还小，哪晓得它悄声没息的，倒先长了阳气！”

这事儿一快，就跟马儿一快，一个道理。抓又抓不住缰绳，事儿又由不得自己，心里发慌，又怕一个跟头摔得满地找牙。就想起还是有个爹、有个妈好，凡事还有个依托。

爹和妈都远了点，说实在的，眼前的事，他们也帮不了什么忙，不过有个商量，总不至于那么孤单。

有一回，公司的小刘垮拉着个肥脸在默默流泪，一时看上去倒也挺可怜的。莞儿就忘了她平日里眼高一人头，嘴边不留情的讨嫌之处，勾了她的肥脖劝她，还掰了块干脆面哄她。原来她总以准老板娘自居，没想到老板虽是坐轮椅倒也有些手段叫姑娘痴心。

速记公司又招了一批员工，其中有个胖姑娘很对老板胃口（莞儿忽然明白原来老板是喜欢五花肉类型，怪不得他也不对别的更有相貌的员工起意）。老板对胖姑娘是招招惹惹，她对老板也是眉来眼去。莞儿以为她是为这个生气，便劝她想开点，劝到最后，才弄明白，其实小刘是为自己伤心。原来她妈早早就抛下她跟了别人。她爸虽领着她，却又赌气找个后妈，后妈又生了弟弟，她在家里就更没有地位。加上又没有什么姿色，一路走过来也没人真正关爱过她。自打发现速记公司老板好一口肥的，她倒就并不嫌弃人家是坐轮椅的，心里心外，都以公司为家。只是没想到还有外地的肥姑娘，也不嫌弃轮椅老板，且因为外地，且因为肥，那姑娘起意迅速，运作生猛，大有取而代之之意。可是对小刘而言，这不是男友没了的问题，而是一个“家”没了的问题。所以伤心之时，不觉涕泪横抹，胭红唇紫的花了一肥脸。

今天这么多的“快事”，细想起从地铁一出站就已经起头了。

先一帮大腕等着她；接着是男不男女不女的造型总监为她搞起个“大棉裤”造型；然后是半懂不懂地忽然成了《春晚》宣介片的女主角！满屋子的人，满屋子的话，人都比她大，话都极高深。这么多人和事，比那童子驹发情更大势、更汹涌、更叫人把握不住。小马驹跑了，追得上、追不上总是一目了然的事，不像今天，这么多人、事气势汹涌、澎湃而来，倒像是万马奔腾而来，哪里抓得住！

莞儿就一直心慌慌、脸红红地跟着事由乱走。叫她想起有一年跟着老妈回川西过年，在广州火车站赶上“春运”大潮（据说是全亚洲、乃至全世界都很知名的呢），先是白天黑夜地买票；接着是人挤人、包挤包、包挤人地抢上车，有那么一段，基本不用她走，前胸后背全是人拥着，脚不沾地就“自动”运行了；再是上得车来，所有的地方，连行李架、座位底下全是人，男女不分地站着睡觉，烟臭屁、臭脚臭，还有娃儿的奶臭、屎臭（自小在宾馆、洗浴中心跟妈瞎混，倒混出个讲卫生、爱干净的臭毛病），恶心得恨不得把一年的荤腥都吐出来。

一路过来，中途下的少，上的多，越来越挤，站到最后，两脚又麻又肿，敲打、掐捏都没了感觉，好像课本上那个什么什么“就木”词里说的，那腿已然“先行就木”了。

但是今天的事越整越快，也越大，越邪乎。

排定拍摄时间表之后是中午饭。意料之外，是小厅小灶，蔓姐陪吃。

一方面晕乎乎地不知拍出个大棉裤别人笑不笑话，另一方面又不断听着蔓姐诉说一炮走红之后广告模特的种种好处。

有一点是弄明白了，蔓姐是怕她不懂江湖规矩，要当她的经纪人。但这还不是最叫莞儿纠结的。最叫人摸不着脑壳的，是刚刚吃完莞儿记忆中“史上最高级的大餐”，正准备跟着蔓姐去台里“蓝棚”拍摄，却在门口又见到了光头梁导。也不知梁导和蔓姐嘀咕了几句什么，蔓姐竟改了主意，让她跟着梁导去拿什么“新年礼品”，然后又对莞儿说：“办事办快点，一刻钟后在大堂等我的车！”

莞儿便糊里糊涂地跟着光头梁导去了8楼。

这一回，不是去梁导的工作室，而是进了一个更高级的办公室，门口的牌子写着“网络春晚”总监制。那总监制先前见过一面，是个宽腮厚嘴的家伙，一口铁锈大牙嚼着槟榔，一看就晓得是个狠角色。狠角色却笑眼眯眯，和颜悦色地说什么春节来临，对“网络春晚”有贡献的艺员，公司要重奖。

莞儿更加糊涂，心想我又没有对他们这个山寨春晚有什么贡献，凭啥子要给我奖；同时又断定这个总监制是个湖南人。跟老妈在洗浴中心瞎混得久了，总会遇到一些操湖南腔的妹子找老妈要辣酱下饭。那些妹子总是成帮结队的，有的还是亲戚，不像别的地方来的，怕被老乡认出，总是报个假名，虚构一个什么籍贯。老妈总是很大方地把自已腌的鲜辣子和她们分享，又常常告诫她们广东地方太阳毒，吃多了辣子长包。长到脸上难看，长到别的地方，那麻烦就不只是难看了。那些妹子就会“哧哧”乱笑。小莞儿很喜欢老妈腌的鲜辣子，生怕别人多吃了。老妈却常告诫她“同是天下‘轮渡’人”，大家都是外出打工，要互相照应。其实那些辣子并没有被那些妹子吃多少。因为老妈的腌辣子，要放很多花椒的，又按川西刷马口的规矩还要放姜、甘草、当归的，照说还要放三七的，只是因为三七贵，不舍得放。总之老妈的腌辣子是又辣又麻还带药材苦香。莫说别的地方的妹子，就是川东的妹子也不一定吃得惯。

因此实际上那些又麻又辣又香又鲜的腌辣子都叫莞儿吃了。老妈很高兴。照老妈说这些菜都是为莞儿做的。鲜辣子维生素多，姜是去潮的，甘草润喉养肺的，当归是补女人身子的。尽管莞儿还小，但终归要做女人的，所以从小补，底子打得好，是老妈给她的最好的礼物，比传一个什么玉啊、翠的，更有用。

莞儿脑子正乱着，就听见那总监说了句“10万”，那光头梁导便拎出一个电脑包，打开包，一叠、一叠，又一叠，往茶几上摆钱，一共摆了10叠。摞着，像个小金字塔。真是“10万”呢！莞儿从小没有见过这么多钱，生怕光头摆得不靠谱，说话间就倒了。

“怎么样？莞儿，不假吧！”光头梁导说的话倒听得明白，“都是你的！”

莞儿好生疑惑，有点兴奋，又有点害怕。

“我的？怎么都是我的呢？”

听起来好像说的不是给她的钱，而是什么过错。

“是的，就是你的！”

那总监狠狠重复了一句。槟榔沫沫在嘴边泛滥。

“可是我又没有对你们春晚作什么贡献……”

那总监不等她说完，斩钉截铁地说：“贡献大了！我们的春晚，还有我们的公司将来很大程度上都靠你——不，是和你一起共同发展呢！”

光头梁导适时地补了一句：“其实现在不要你什么，只要签个字，认可你是我们公司的签约艺员就可以了！”

莞儿更摸不着头脑：“就这么简单？”

总监又斩钉截铁地说："就这么简单！"

光头梁导又急补了几句："其实你只要签了字，就是我们公司的艺员，剩下的事都是我们来做的。比如说，推广啦，拍片啦，等等。你呢，事儿很简单，就是拍拍广告，去展会站站台，挥挥手，说几句不着边际的话就行了。比你干什么速记、打字又累又不挣钱的，轻松多了。用句网络时尚话说，就是笑着把钱挣了！你还记得我说过的日本嫩模——"刚听他说半句，就见总监狠狠瞪他，他就急忙打岔笑道，"不是那个路数，比她们还轻松、还体面，广告大明星呢！将来你一定挣得比我多！"

莞儿见他说得天花乱坠，又见那一堆钱沉默不语，忽想起老妈曾经告诉她打扫卫生的时候常会有客人落下什么东西，小的有领带别针、手表、钱包、名片夹，大的有提包、电脑、旅行箱，最离谱的还有压在枕头下忘了拿的手枪。但房务的规矩，客人的东西，一针一线都碰不得，凡有遗忘之物，不管贵重与否，统统上交到前台。乱捡有主之物，和偷偷喝房间的洋酒是两码事咧。做人要有规矩，做穷人就要有大规矩，要不然一没背景二没资源三没才艺的，别人怎么带你玩？想出人头地也没机会。所以老妈能凭着口碑，从最底层一直做到楼层领班。

莞儿便低低地说："谢谢你们抬举我。可是你们也晓得的，'无功不受禄'，我怎能平白无故地收人家钱。不要说10万，就是10块，也不成的！"

那总监一拍大腿，急道："我的个娭毑！莞儿你莫要害怕啰！我不要你做什么不体面的事！做广告模特嘛！就像梁导刚才说的，就是站站台，拍个广告嘛！再说了，这钱不是白送，是工作定金好不好？！你不要有心理负担嘛！坦白地说，小姑娘！我们公司是搭个平台，把你的潜质、才艺放大，向社会证明我们的莞儿确确实实是个大人才、大明星。你和公司一起发展，你挣大钱！公司也挣钱，对不对？这样解释，你是不是能够接受？"

莞儿总算弄明白他们是想预定她的未来。

看起来，这公司也还有些实力，春晚节目是山寨了些，但也做了两三年，说明公司不是一拍屁股走人的蒙人公司。速记公司虽也叫公司，但那坐轮椅的老板常为10块钱的打的费和小刘姐计较呢！再说这事，听起来也不是什么坏事。只是起头猛了些，叫人招架不住。但是这一半天的，自从出了地铁口，这天上地下的，奇怪事儿碰得还少吗？放在这一堆怪事中，这事倒也有些前因后果的。再说还有比什么捡了那个破U盘、什么事都叫U盘先说中这样的事儿更奇怪、更叫人摸不着头脑的吗？

莞儿正低头不语，就听那总监低声吩咐道："快把合同拿过来。就在桌上！"那光头梁导便取了合同，还顺带把签字笔拔了笔帽，候在旁边。

莞儿却微笑一下，客气地说："谢谢总监，谢谢梁导，这事太大了，我还得和我妈商量一下。"

总监一咧嘴，很宽厚很大度地笑了："好！好！最好请你妈过来一下，我们一起商量嘛！"

莞儿其实是想老妈商量一下。老汉只晓得他的马，外面的世界都不懂，和他说也白说。这样的事，还得和老妈说。

到了"蓝棚"，才晓得那摄影棚的四周都是蓝的，听蔓姐说，这是为了先把人的动作拍下来，后期时可以很方便地增加各种背景，上天入地乃至进入血管、进入心脏，都随便得很。莞儿的活儿并不多，只是听人摆布，需要吊起威亚，在空中做出大步跨越、飞来飞去的动作。在刷马口念书的时候，常溜铁索过江，还没有保险绳，看起来这活倒不怎么难。

趁着工作人员调试机器，莞儿给老妈打了个电话。本来想，要是先能看看那U盘上写的什么，也好做个想事的依据。可惜蔓姐因为陪她无聊，占了她的电脑在玩游戏。

把来龙去脉和老妈一说，老妈便直截了当地问了几个核心问题。

"10万块是真的？"

"是真的。都摆出来啰。"

"合同上写了没有？"

"我瞟了一下的，有的。"

"那合同签了没有？"

"还没得。不是想先告诉你嘛！"

"那就好。还有，他们，他们，要你做的，就这么简单？"

"就这么简单。"

“那，娃儿你告诉妈真心话，这10万块钱你想不想要？”

“想的。妈，你做得好辛苦，老汉他也老了，马帮也跑不动了。有了这笔钱，你们拿去做个小生意，也有本钱了嘛……”

“莫扯这么远！娃儿你的孝心妈领了。但这事儿恐怕没得这么简单！妈这就来！马上就来！”

“妈，你真的要来呀？”

“那个什么公司的领导不是说了嘛！他们邀请了的嘛！再说这么大的事，妈不来怎么放心呢！我现在就去打车票！”

原想老妈还得隔天才到，没想到春运期间车票根本买不着，老妈一跺脚，要客服部帮忙弄了张机票，说飞就飞过来了。

要说飞机，莞儿也没有坐过，实际上，要不是为了接老妈，连飞机场她也没见过。她想老妈都要为这事飞过来，看来真的不那么简单。

不一会儿，就看见老妈从一堆人里冒了出来——这是今天又没想到的，是老妈的打扮：

也不知什么时候烫的紫光鸡窝发，头上还扣一只青黑底碎米花的盆式小呢帽——看上去，真像个粘满鸡食的喂食盒子；又披一件萝卜红的仿皮缀花大氅，因走得热了，边走边脱，便露出镶满亮晶晶碎片的黑底暗蛇纹毛衣，衣摆还晃荡着一排细碎流苏。又戴一个香港人常戴的素底黑格口罩，老远看见莞儿了，便热烈地挥着手。

总体看上去，老妈比洋的土，比土的潮，比潮的乱，比乱的酷，比酷的怪，比怪的前卫，比前卫的不搭调。但是机场这地方真是怪，穿什么的都有，穿什么不搭调的也没人看。

有下边大花短裤，上边披一件羽绒衣的；有穿皮短裤露大腿的；有头上扎无数小辫的黑人姑娘；也有人长得极高脑袋却像个小倭瓜的黄须老外；还有把小屁孩搁在拉杆箱拉着好玩的；还有一伙人都是壮汉，穿一色的衣服，又不是制服，又不是运动服，看上去又像军人、又像运动员，都沉默寡言，背着古怪行囊，面无表情，步履一致。

莞儿忽想起在U盘上胡乱看到的半句话：来也冲冲，去也冲冲，各就各位，来空去空。原以为是总结厕所人生的，现在一看，机场不也是这样吗。又不只是机场，地铁、舞台什么，不都是这样吗？便想起那几句有几句乱码，乱码中又似乎认得几小句，说是交而不集，集而不交，也不知是不是说这段情景，或是暗示什么男女之事，莞儿便就此打住，也热烈地招手，一边大喊：“妈！妈！我在这里——”

老妈冲过来，一把抱住她，急忙摘了口罩，叽叽喳喳说个不停：“我的娃儿！你人变了！变白啰！变得好好看啰！我捏一下肉——还紧的，身子骨倒硬得很！……还是坐飞机好！上去的时候，我还有些怕，后来一瞌睡，都到了！饭都忘起吃他的，还好我带了食堂的包子，还是温的，你饿了没得？你快吃！我们食堂你晓得的，包子还是广式的，叉烧馅，你快吃嘛！……狗日的，有钱还是坐飞机好啊，莫坐那个硬邦子火车啰！”

莞儿让老妈好生说了一通，消停一会儿才取个包子啃起来。包子还是那种有点甜又有点咸的叉烧味。

莞儿想起老妈在广东工作的辛苦，埋怨道：“妈，你好舍得，哪个就坐飞机来了！把一个月的工钱坐没得了！”老妈倒爽快：“过往都是你坐火车吭哧吭哧来看老妈，还不兴老妈哧一下来看你？工钱算什么！为我娃儿，妈啥子都舍得哟！再说老妈当了楼层长，还有些小费咧！”莞儿紧紧挽着老妈的胳膊发嗲地说：“妈，你那机票算我的嘛，我给你报销嘛！”老妈笑道：“10万块还没有到手你拿啥子报销嘛！快跟我讲讲这事哪个突然搞起的？一点准备都没有！”

莞儿便把自打走出地铁口，来到“春晚”节目组速记工作开始，这些天来发生的各种事情。边说边往大巴那边引，老妈却说：“打的！大钱花了还怕多花碎银子！”

两人上了的士，又小声嘀咕。老妈听了一会儿，一拍莞儿的大腿，低声道：“妈都听清楚了！傻丫头！谁告诉你是天上掉馅饼？没这么简单！”

莞儿听了，心里不觉另外一紧：“妈，你老说不简单、不简单，哪个不简单嘛，把我都说怕了——他们还能把我卖了不成？”

老妈小声道：“那倒不至于。签约、当模特、拍广告、分账，这些我都听说过的。不瞒你说，看你越长越好看，妈也想过让你走这条道哩。我也托人打听过的。所以晓得些的。正是晓得些的，又怕你错过机会，又怕你瞎吃亏，妈才火烧房地赶了来的。”

莞儿哧哧笑道："你们都说我好看我好看，我哪个自己都不晓得咧！"

老妈用力搂着她的肩，细语道："我的个傻娃儿！你说你老妈是自己抹粉自己香，人家春晚的大导演该不会是看走了眼的吧！再说还不止一家春晚哩！你好看，这个没得话说。有话说的是，哪个用你的好看咧！照你说的样子，倒也是个门子。10万块，签约，以后有片子拍，还分账，合同我是看不懂，要是合同没得大问题，就该签，抓紧签！"

莞儿笑道："签就签，怎么你还一直说不简单！"

老妈意味深长地握着莞儿的手："有些事，不经过不晓得关节。签约，当模特，当明星，还分账，这样的好事是表面上的——凡事总有个道理，有的是表面上的道理，有的是背后的道理。妈是生怕你小娃儿家的，总是只看个表面的道理，看不到背后的道理，才来的嘛！"

莞儿脸一红，喃喃道："那还能有啥子背后的道理！"

老妈更轻声又更坚定地说："你一个女娃儿家的，有的事要想开些。你也不是没有看到老妈工作的地方，客人都是男的，按摩服务的，又都是女娃儿嘛！那样贱皮事儿，老妈当然不叫你上岗咧——这事儿又不同，事儿本身又体面又挣钱又不累不伤身，要得。只是这管事儿的，又都是男的。其实不只是这事儿是男的管，男的管事儿多咧。老妈自小在刷马口长大，从川西到外面，老妈见的世面也不少咧。这个背后的道理，老妈也见得不少。一个女娃儿家的，又没得家世背景，又没得什么特长，有了好事儿，又不舍得，那还有啥子机会！"

莞儿低头无语，心里乱得很。看来老妈讲的，恐怕是道理的背后，还有道理。

老妈又悄声道："所以说，这事儿不是表面看上去那么简单的。我的傻娃儿，妈还是那句话，做一个女娃儿家的，有些事，就是要想开的。舍得，舍得，你不舍，凭啥子得？再说了，10万块，还有分账，也不是小数。我那层楼上，还号称啥子十二钗的，也到不了这个数。所以说，不管从哪个角度说，总还值，算是公道，不欺负人。我的个好娃儿，啥子事都有个第一次嘛，放到哪个头上，哪个都有些紧张——你只要放松些，好好配合就是了，他们都是有身份的人，也不至于把事儿弄得太贱皮。越不配合，越搞起紧张，反而搞起后遗症的。也不是老妈多话，你要是有了个第一次，老妈也就用不着费劲巴拉地赶了来和你讲清楚啰。”

莞儿这才明白老妈其实不是为了合同签约什么的赶过来的。她来是为了讲透背后的道理。生怕自己不懂道理，丢了机会，或是折腾了自己。

可是老妈怎么就舍得这么跟自己讲咧？也不怕丢了老妈的身份？莞儿有些想不通。

侧脸看窗外，窗外都是汽车。好汽车不少，莞儿也叫不出名堂。的士、大巴也不少，各自奔前程。突然间，看到隔壁一辆银灰高级SUV往前一冲，有个年轻女孩的脸面映在镜面车窗上，看到倒觉得好生面熟。那银灰又往前一冲，赶到的士前面。那女孩便不见了。但又觉得那女孩好像自己。莫不是自己映在隔壁车窗的“镜像”？便又想起U盘乱码中“交而不集，集而不交”的话来。

老妈又悄声道：“莞儿，你这个娃儿确实要想开点的。你要拍电视了！还要上镜！还要反复播！你要红了！莞儿，这是天大的好事！这是你的造化呀！我的个娃儿，老妈不是想不开的死脑壳。老妈告诉你一个小秘密——上次老妈给你的防身小东西还没有用起吧？”

莞儿点点头。

老妈把莞儿的手包打开，掏出先前给莞儿的那个满是外文的小盒，麻利地一掐，开了个口，拔出一个口红样子的小瓶，里头却是喷雾剂小瓶，极诡秘地笑了笑，说：“老外好聪明好实用，一物三用，喷脸，迷眼睛防身；防不了身就喷下面，冲干净，润滑，防扯破、防艾滋；完事不放心，竖起又一喷，防怀孕。是个好东西。”

莞儿便不再吱声。没想到老妈想得这么开！

细想起来，老妈也有老妈的道理。但是不管是什么道理，莞儿总是想不太通。可是既然不太通，却又无法想得再通。更重要的，恐怕不管想得太通、想得不太通，都没有大碍。这事儿到了这一步，都身不由己不由得不做。再从小辈道理讲，老妈、老汉这一辈子多不容易。要是有了10万块，立马可以叫妈辞了那个不干不净的工作，就待在自己身边，租个小店面，凭老妈的灵醒，不愁没有发展，再把老汉接过来，把他身上的茶马旧臭洗洗干净，老妈、老汉说不定还能重修旧好。

老妈说话间，那车已经开到广厦B座。莞儿脑子一半乱着一半清醒着，机械地回答着老妈的问题，“到几层”、“什么房间”、“找谁”等等，就这么跟着老妈来到光头梁导的房间，又听得老妈和梁导说什么，梁导又从衣柜里搬出一个大包，又一叠、一叠地往茶几上摆钱。还听得他说“尹总开会去了”，他可以做主之类，便取出些“网络春晚”的画册，和那张合同。

老妈装模作样看了又看，还问了几个问题。梁导都客客气气一一回答。老妈便点点头，把一管签字笔递到莞儿手里。莞儿一时觉得自己是网罗之鱼，蹦跶也是白费劲。便握着笔潦而不草地画上自己的名字。

还呆坐着，低着头。感觉到老妈从梁导手里接过房卡和那包钱轻手轻脚地退了出去，还轻轻地关上门。

就觉得光头梁导在点烟，一股青烟在眼前翻腾。又觉得那梁导的目光，透过烟雾射在自己身上。上、下、左、右、前、后、侧、正，都瞄了几番。莞儿不觉心一紧，揪起自己的衣服，立时觉得光头上的头油臭和浓烈的香水味由鼻入身，不可抵挡。

“梁导！”莞儿失声叫道。光头梁导却偏过光头笑起来，莞儿这才发觉其实他只是在身边的沙发上坐下，又觉得一股食堂大锅菜的酸味从他的笑口牙缝中泄露出来。

梁导却偏头笑道：“莞儿，放松点。尹总等下回来，我们一起商量一下，看看下一步怎么办？尹总他有个广告招商计划，到时少不得站台、见记者什么的。我知道你在春晚组忙，但也得抽时间配合一下。咱们现在是同一战壕的战友了是不？”

“可是，要我怎么配合？”莞儿还是不解。

梁导大笑起来：

“傻丫头！你以为梁导、尹总是坏人？要把你怎么样？哈哈！你妈也是的，当我们非要搞潜规则。她好像倒很通这一套。莞儿，我梁某人才学不济，大小也是艺术家对不对？我也有艺术家的范儿。你别瞧我光头皮靴的，我净给别人帮忙，回报大小不是我的重要条件！梁大爷我能吃人，但我不吃人，你还真不知道，其实我骨子里有英雄情结——莞儿，不是我瞎吹牛，有时我真的觉得梁大爷我挺高尚、挺伟大的。我可不是老狼啃萝卜装兔子，我可是只真兔子，只不过嫌洗头麻烦把头发铲了成了个光头兔子！”

莞儿给逗得笑起来，一时觉得老妈什么道理的背后还有道理真是没道理。

梁导又道："莞儿你别觉得我是在和你演戏——跟你说白了吧，帮你也就是帮我自己，帮我们自己！尹总，你也是见过的，这几年来他一直在鼓噪网络春晚，农民工春晚、草根春晚，一方面是出于公益心，要为社会做点事；另一方面也是为公司建立一个资源体系，创一个品牌。所以你不要担心什么，到时候只要配合公司出席各种活动就是了。"

莞儿放下一半心来，又问："那尹总还有什么具体……要求没有？"

梁导笑道："莞儿莞儿你怕被你妈吓得太久了！我们这个公司也是正儿八经合法注册照章纳税的。尹总忙得很——对了，也是为你的事。他已经开动他在网络界的关系，正在为你策划一个包装方案，预签广告约，只等大台春晚宣介片一放，马上就启动——我告诉你一个好消息，你的片子李后主他们已经剪得差不多了，听说梅导有个创意，说是在咱们A座顶楼的会所旋转一圈，通过大棉裤女孩的眼睛看到城市，看到世界，然后飞跃起舞。这创意好是好，可是冬天色温变化快，也来不及拍，李后主他们就抓狂想办法，把城市景观弄了360度大旋转，用数码合成做成了。真棒！他们发了片段给我，让我提意见——毕竟是我推荐你的嘛！我提了点小意见，他们都是高手，不用我废话——"

莞儿听到这里，不觉心痒，软声道："梁导，能给我看一眼吗？"

梁导却又拿腔道："那可不行！这是个半成品，他们又没有授权！"

莞儿不觉噘嘴道："梁导你刚才把你说得那么好，可是我自己的图像，我自己看一眼就不行吗？"

梁导拍拍光头道："莞儿你就说到核心了，你身子是你的，可是别人拍成了图像，就又不全是你的了！再者说了，艺术圈里，最忌讳把半成品给外行看。到时候弄好了，配上音乐，动效，还有解说，那才是个完整的作品。我保证到时候一看你都认不出自己。这呀，也就跟新娘子出嫁一样，总要收拾好了才能上轿是不是？哪能灰头土脸，描个半拉熊猫眼，那还不把人吓个半死！"

莞儿扑哧一声笑了，一时觉得梁导的光头也不那么讨厌。

梁导又看看表和善笑道："莞儿，早点回你妈的房间休息去吧，我看今晚是没事了。尹总喜欢熬夜开会，回来得不会早。拜拜！"

莞儿起了身，说声“谢谢梁导”便退出房间。

出得房来，又长长舒了一口气，刚到转弯角，却冒出一个人来，把莞儿吓了一跳，定眼一看，原来是老妈。

莞儿朝妈瞪一眼：“你搞啥子名堂！把我吓一跳！”

老妈讪笑道：“我等你一下，怕你找不着房间咧。”

又干咳一下，“刚才……”

莞儿却没好气色地甩过一句：“找不着房间我不会问起？”说罢扭头就走。

老妈慌慌张张蹿到前面引路，走到转角处开了房间门。莞儿一进门，把鞋一甩，把包一扔，扑到床上蒙在被子里大哭起来。老妈一下慌了神，赶紧坐到她旁边，又拍背又摸头，好声劝慰道：“娃儿咧，你莫哭，哭了妈好伤心咧。你觉得受委屈，我们这等人就这个命咧。你这还有值当，老妈受的委屈，吃的苦，照哪个说起嘛——”

说着老妈也鼻涕乱甩眼泪叭嚓地抽泣起来。

莞儿急忙翻身坐起，咧嘴大笑。——原来是吓唬她妈的。老妈左手横抹鼻涕，右手拍打过来：“死丫头，逗你妈！”又道，“快说，到底啷个搞起的嘛！妈给你那个喷喷药水用起没有？”莞儿笑嘻嘻地抽纸巾给老妈擦了眼泪，就是不说话。

老妈又推她一把：“快说嘛！把老妈都急死了！”

莞儿平静地笑道：“没得啥子。啥子也没得。人家都是正儿八经的公司，又不是黑社会！”

老妈这才舒出一口气来：“好！好！菩萨保佑我的娃儿！叫我一个人把两代人的苦都吃尽了，保佑我的娃儿顺风顺水、前途无限！”

莞儿什么也没说，一把抱住老妈，把头埋在老妈胸前，一时间，两眼都湿盈盈地，含满了泪水。

附件文件夹

《江海报》文件夹

深度版2011-10-08文件.txt

《为开演唱会卖掉江景房》——一个业余歌手的“疯狂”个唱之路

文：砚青

一个武汉籍的业余歌手突发奇想，要在中国顶尖级的琴台大剧院开个人演唱会，过一把明星瘾。

为了实现梦想，他竟然卖掉了房子，耗资近70万元在舞台上炫了一把。他的“疯狂”之举引来武汉市民的一片唏嘘……

1. 为了唱歌差点搭上妻儿性命

今年41岁的汪应耀是湖北省武汉市新洲区人，他从小就梦想着成为一名歌唱家，站在舞台上，接受观众的掌声。

2. 难舍音乐梦再驻夜场当歌手

汪应耀把大部分精力都用在教学上，多次被市、区两级教育部门评为优秀教师，还被提升为学校政教处主任。但是，心底的音乐梦想还是（以下为乱码）……

3. 赴港决赛张镐哲邀他加盟

跶惪蘆鹿蘆悥婐濄濄敤涚跧迚罘悥惪惪庍銄啵䆁岜發魃茇蚆軷鮊鼥颷爥遪嚓雠礤夨筞篯叕蘆悥婐濄蘞弦？嚄跶惪蕠蒾悥婐濄濄跧迚罘酢脿龎唨蘆鹿蘆悥婐濄濄敤涚跧迚罘弥冇弦？蘆悥婐濄嚄跶惪蕠蒾悥婐濄敤涚跧……

4. 兑现承诺？开个唱就要卖房子

经过近4年的准备，汪应耀拥有了9首原创歌曲。其中有8首歌曲的歌词出自著名词作家佟文西之手。佟文西是《山路十八弯》《摆手舞》等著名歌曲的词作者，名震大江南北。能得到佟老的歌词，汪应耀喜不自禁，萌发了要开个唱的念头。

佟老告诉他这9首歌目前还只在纸上，要变成能在音响里唱的歌，至少得70万元，这可不是个小数目。

琴台大剧院的管理方告诉他，2011年的档期几乎排满，只有5月28日暂时空着，可以安排给他，但场租费要10万元。

汪应耀与妻子这些年来的积蓄除了在汉口买了套房子外，就只余下10万元，可就是这10万元，也已经在拜师学艺和购买词曲版权的过程中花掉了，他哪来的钱交场租啊，更别说昂贵的音乐制作费了。

他在大剧院门外徘徊了很久，最后萌发了一个念头——卖房子，哪怕倾家荡产也要开个唱。

他回到家，对妻子说："你曾经说卖房子也要支持我唱歌的，这句话还算不算数？"

程平安一惊："卖房子干什么？"

"开个唱！"

程平安更加诧异了："你怎么会有这种想法？你要当好歌手，然后才能谈开个唱的事。"

"我已经40岁了，我有9首原创歌曲，我想开一次个唱，我此生就无憾了。"

程平安能理解丈夫的心情，可卖房子毕竟是大事，一家人大半生的积蓄都在这套房子上，卖了房，他们住哪儿？程平安一时没有了主意，急得哭了起来。

5. 卖房开个唱　妻儿担任节目主持人

汪应耀正在为钱的事急得焦头烂额时，张校长给他带来了好消息：有朋友愿意赞助他10万元的场租费。有了这笔钱，汪应耀就与琴台大剧院的管理方签订了2011年5月28日演出的合同。

接下来就是筹集音乐制作费了。七八十万元，对他来说是个天文数字啊！

汪应耀愁坏了，程平安也很焦虑，她想了好多天，说："我同意卖房子，你去奋力拼搏一次吧。"汪应耀很感动："我一定再为你买一套房子。"

2011年春节过后，他们就到房产中介去挂牌，但此时房地产新政出台不久，房屋买卖市场极不景气，为了尽快拿到现金，他们把130平米的江景房以90万元出售，而在平时，这套房子的售价应该在150万元左右。

4月8日，中介带着买卖双方办理过户手续。程平安怕自己哭出来，坐在一个偏僻的角落，中介催她签字。程拿起笔，眼泪大滴大滴流出来。汪应耀的心不禁一痛："我们不卖了，我不能让你痛苦。""不，连外人都帮助我们，我们不能打退堂鼓。"

随后，买主把钱划到他们账上，扣除银行的30万元贷款，他们还剩下60万元。离开演唱会只有一个多月了，汪应耀拿着钱就飞到北京，制作音乐。

6. 学普通话　妻子担当个唱主持

……跶惪爰蒺怠婐濄濄瓑渋跿迚罤酢脨龕唬蘁麁蘁怠婐濄濄瓑渋跿迚罤怠惪惪屍鉚啵豝岜潑魆芨蚆軷鮊皵�院䆑逡嚓雕磙夨筞篊叒蘁怠婐濄藯弦？嚄跶惪爰蒺怠跿迚罤冊廁虋擶紘屽醲弦？

60万元对于开个唱来说，仍是杯水车薪。三个月后，汪应耀拿到了制作好的音乐光碟，60万元也就所剩无几了，可后面还有很多要花钱的地方，要请主持人，要请伴舞，要请艺术总监，要租赁特殊的灯光设施。

年已六旬的佟文西老师主动请缨，为他担任艺术总监，并兼任培训主持人的工作，他确定的主持人是汪应耀的老婆、儿子和学校的老师，他觉得这个演唱会要办出特色，不必请专业的主持人。张校长也大力支持，总管后勤工作，要人给人、要物给物。武汉市歌舞剧院也大力支持，派专业舞蹈演员来伴舞。一个演出班底就这样形成了。

7. 众人捧场　演唱会不逊大明星

2011年5月28日晚，琴台大剧院座无虚席，前来捧场的同学、同事、学生和学生家长一个个都喜笑颜开。很多人拿着自制的灯牌和大照片，在大厅里晃荡，口中还喊着“应耀，应邀，今晚你最闪耀”，火爆的场面不逊于任何一个大明星的演出。

程平安和儿子走上舞台，声情并茂地说：“……我想等于放弃了他的生命，我便抛开了爱恨情仇的纠葛，含着泪默默地支持他……”

台下的观众听了她对爱的诠释，无不为之动容，纷纷给予雷鸣般的掌声。

接着，汪应耀打扮新潮出场。在绚丽的舞台上，他先后演绎了专门献给妻子的《想你我就打电话》、为了纪念辛亥革命100周年的《红楼红》、歌唱教师奉献精神的《红烛》、歌唱荆楚文化的《西楚霸王》等一首首原创歌曲，他时而深情时而俏皮的演唱风格，赢得台下观众的阵阵喝彩。

汪应耀的故事传开后，有说他傻，有说他值得，他在接受笔者采访时说：“我的行为在很多人眼里可能是疯狂的，但是，人生不应该有遗憾，我虽然失去了房子，但我收获了亲情、友情，更收获了自信！因为我作为一个语文老师和班主任，开完了自己的个唱我没有耽误我学生的（以下为乱码）……跶悳鍫蒺怠婐濄濄敤渋趇迚罙酢脨簏唬蘆麄�跶悳鍫蒺怠婐濄濄敤渋趇迚弥冇弦罙酢脨簏唬蘆麄蘆怠婐濄濄敤渋趇迚罙冊廁纛擶紘屽醲弦？嚄跶悳鍫蒺怠婐濄濄敤渋趇迚罙酢脨簏唬蘆麄蘆怠婐濄濄敤渋趇迚罙……

▼ 云先生—林木森—春晚主创文件.txt

就在莞儿一言不发跟着老妈走进光头梁子的房间的时候，老烟斗刚刚把“零点大祝愿”的方案说完。

老烟斗歇了歇，呷了一口茶。云先生坐在他的旁边，也呷了一口茶，不动声色环视一圈。

先看圆桌的首座，是言大导。言大导盯着眼前的Pad，不知在乱查什么，从表情上看不出来。实际上，云先生原计划在晚饭后、开会前插个小空，先给大导吹吹风，听听他的反应。但是大导似乎听到什么风声，只问了句："是齐濛濛在背后张罗吧？"倒把云先生问了个张口结舌。他没料到大导的消息倒挺快，不知是齐濛濛先和他打了招呼，还是梅兰竹给他发了短信。但是从问话的语气中又看不出大导的意图，只得含糊其辞地应了声"是参考过她的建议"。

大导便道："那就上会吧。毕竟是个大事，达成共识才推得动。"

从大导的话来看，还是摸不清他的真实想法。单从这句话来听，从肯定理解从否定理解似乎都可以。不过有一点很明确，他都不想、不会以总导的身份个人决定。不过，他是已经在会上布了局？还是想听听大家的意见之后再形成思路？现在还看不出来。

云先生当机立断，决定在大会上不由自己出头推荐这个方案。尽管齐濛濛信誓旦旦地说茅台已经表态支持之类，但以这么多年服务大台、服务"春晚"的经验看，事情不会那么简单。便拍了拍老烟斗的肩膀，邀他去行政楼层居酒屋小坐。那里的好处是可以随便抽烟。

云先生先给老烟斗点了上好的古巴礼盒雪茄，叫服务员送到房间，又给他点包秘鲁太阳牌黄金大烟丝。这种散装烟丝才是老烟枪们的最爱。老烟斗迫不及待地拆了包装把黄澄澄、香喷喷的烟丝填到烟斗里，眯起眼吧了一口，一股又香又辣又雅的青烟便升腾而起。老烟斗很享受地又深吧了一口，叹道："我靠！真地道！劲儿大！给力！"云先生把一份文案放在圆桌上，轻声道："零点方案，你先看看。大导说要上会。这事儿还是你炒头道菜，我勾二道汤好弄。"说罢便起身而去。

到了晚上例会，说了一圈例行事务之后，大导眼瞅着云先生，道："我们那个21个重点问题，已解决不少，还剩几个鬼剃头的老大难——策划组这边有没有什么新想法？"

云先生接声道："正好有些新想法，还不太成熟，说出来大家一起参考、攻关吧。"便目示老烟斗。老烟斗故意咳嗽一声，做出有重大创意向节目组发布的样子，一气就说了十几分钟。

现在从大导看，还是看不出他的态度。他旁边是林木森，刚才他用笔飞快地记着什么。从表情上看，他还面带微笑。只要他不跳出来反对，这事儿通过的概率就比较大。

其他几位说话有分量的，老丙他是总策划之一，一般情况他不会跳起来反对同一战壕的战友；梅兰竹想来是最掌握底细的，也不会反对；劳大仙为语言组的节目正烦心——据她刚才报告，最有分量的两个大腕都病了，一个发烧在打吊针，一个喉咙肿了说不出话来。“要是没这两个台柱子，晚会塌了半边，这可咋整？”劳大仙嘴上都起了大泡，一说话一咧嘴，样子很滑稽，“不瞒你们说，我天天在家给菩萨烧香、祈求保佑他们呢！我小孩病了，我都没这么虔诚拜过菩萨！”

一屋子人都笑了。

老烟斗笑道：“过两天要大导带领我们都去大庙烧香，把那歪风邪气、孤魂野鬼、天罡地煞都给镇了。”

所以劳大仙无暇他顾。

倒是米哥的工作现在越来越重要，他说话的分量也越来越重。

从流程上讲，策划组和导播间的工作是两端，起头的时候，策划从创意出发，无中生有、统筹规划、说话较多，等到项目过半，大小事项都进入直播临战状态，导播间的工作越来越重要，到了直播那天，实际上的工作重心都在导播和舞台的关系，策划反而都可以当甩手掌柜了。

这些天，几乎所有的节目都有一个现场呈现、机位调度、导播处理的问题，所以米哥的状态几乎是逢节目必问、每问必细、每细必出问题——他的直播经验异常丰富，态度又极严谨认真，一到细节就容易被他逼出问题，打回去重作修改或推倒重来的方案已经不少。

言大导很赞赏他的“职业化作业”，但不少节目口的大将都有些烦他，节目组开始流行他的外号，明面上叫“米老问”，暗地里叫他“米老鼠”——李后主那帮坏小子还编了歇后语说是“老鼠打洞，专抠细节”。梅兰竹不解，说：“老鼠打洞就打洞，怎么就抠细节了呢？”蔓姐哈哈大笑，晃着蓬松的狮发大鬈花道：“这个你不懂的，他们是说男老鼠打洞呢！”把梅兰竹臊个大红脸。

可是他听完零点方案之后也不吱声。云先生心想是不是最近为政审的事弄得他心里不痛快。如果他不“打洞”，“细节”问题也就不会暴露太多，方案也就“听起来更完美”。

至于其他几位导演，也都不像要发言的样子——这样也好，大会一闷，在会议纪要上至少没有反对意见。莞儿被推出拍宣介片要忙些时，速记公司又派了个别的速记员来顶她的班，但是新来的女孩显然不如莞儿灵巧，等会儿出会议纪要后，最后还要把把关。

这样想着，云先生有些放松，以为自己这“二道汤”用不着勾兑了，便抓起一个橘子剥将起来。

没想到是李后主先点炮。他和几个助理嘀咕了几句，都哧哧暗笑起来。林木森瞪他们一眼，低声道：“开会哪！有什么意见别私下嘀咕！”

李后主把胖身子往椅背上一靠，大大咧咧地说：“也没什么，就觉得土。什么牛啊马啊，连猪狗都有。”

魏小虎抽了抽尖嘴猴鼻附和道：“是啦，看起来很农家大院，很不现代的啦。其实要搞就搞炫一点啦！”

老烟斗笑眯眯地问：“你说说怎么个炫法？”

魏小虎受了鼓励大声说：“其实要炫就要是国际化啦，比如说可以搞星座啦。美丽天使从天而降，背景可以出星座图啦，现场也可以由很多演员扮演星座啦。双鱼座、天狮座、天蝎座、大熊座不也都是动物吗？也可以热热闹闹，很有场面感啦！”

老烟斗继续笑眯眯地，却转头向李后主说：“想法倒是有创意。不过，小魏——是香港同胞，咱就不和他矫情了。李后主，我能请教你几个问题吗？”

李后主依然大大咧咧地：“问啥？您只管问！”

老烟斗道：“你属相是什么？星座是什么？”

李后主道：“我属猪的。星座是摩羯座——所以您看我还是有点创意吧！”

老烟斗道：“那倒是，你们的创意很国际化。你知道你父母的属相吗？”

李后主有些不解又有些不愤：“干吗？查户口啊！”

老烟斗从容道：“咱们不是在讨论方案吗？咱们就以你最熟悉的一个家庭——你的家为样本，看看咱们观众的文化背景——你应该知道你父母的属相吧？”

李后主不太自在，但也只好点点头。

老烟斗依然从容不迫，却又跟进一步：“那你知道，你父母的星座吗？”

有人“哧哧”暗笑起来。

老烟斗并不等待李后主的回答，不紧不慢地说：“恐怕你不知道你父母大人的星座吧？进一步说，你父母大人恐怕也不知道他们自己的星座吧！不仅如此，你大爷、大妈、二大爷、二大妈、大舅、二舅、老舅包括大姨妈他们（又有人‘哧哧’暗笑起来），也都不知道自己的星座吧——”

一屋子的人都明白了他的意思，也都不笑了。

丙老师斜盯了老烟斗一眼，又咳嗽一声，意思是“穷寇莫追”。

老烟斗说到兴头上，却刹不住车，又道：“雅有雅的道理，俗有俗的道理。土不土、洋不洋的，就看传播对象，这是大众传播的根本对不对？说起来，确实令人泄气——咱们电视的主流观众是‘两低一高’，学历低、收入低、年龄高。这谁都知道的。收视最高的节目一分析，初中以下观众占一半以上。这就是现实。电视说白了，就是一‘穷人乐’，除了有线年费看电视不花钱，是千家万户草根家庭的免费的娱乐工具，因此咱们得尊重观众、尊重传统——”

云先生知道他言多必失，赶紧拉住话头道：“扯远了，老烟斗，咱们还是就事论事。”

但为时晚矣。林木森已然把他的大钢筒茶杯往桌上一磕。云先生早就察觉到，林木森除了言大导，不喜欢别人说话太多，似乎说话本身就是一种资源，别人说多了，就“动了他的奶酪”。

果然，林木森笑着大声说：“老烟斗，谢谢您的讲学——您的课上完了吗？上完了，我们这些旁听生可不可以也发表一些不同见解？”

老烟斗自觉有些意外，却不畏缩，直截了当地说：“客气！愿闻其详！”

林木森却并不看他，低头看看记录，大声道：“我就按你的结构说吧，这样算是尊重原创、尊重传统了吧！”

云先生心里道：坏了，看来林木森是有备而来，都做了记录了！便顺眼瞧了言大导一眼，但他面不改色，依然在查阅什么资料。

林木森呷了口茶，也做从容状道：“老烟斗，首先我很敬佩您的敢想敢说的原创精神，把完全不靠谱的事情忽悠得自成体系、自圆其说，这一点，我倒是要向您老人家学习哩！您说这零点大祝愿，主题是‘祝愿地球母亲’，理由有五，是吧？这五条理由都很牵强！

“其一，说中国人过年是全球大事。我说，全球大事多了！不错，确实国力增强，国际地位空前提高，很多国家元首都致电致函祝贺中国新年，都说些很给面子的场面话。可是就凭这些就断定中国人过年，全世界欢庆，太牵强了吧！你查查，年度大事，不管哪国的年度大事记，甚至包括咱们国家的，咱们大台的，年度大事里都没有过年这条大事，对不对？数据是刚性指标，对不对？

“其二，说新年搞祝愿，有‘集体无意识’的动因，不会强加于人。且不说‘集体无意识’之类的心理狗皮膏药是不是科学，就说不会强加于人，也很难成立——人上一百，种种色色，虽是过年，大家的心情、愿望、背景、精神气儿也各有不同。且不说家里有生老病死、考试求职等各种人生大事，就说李后主这样的年轻人，辛勤工作了一年，过年了，只想放松发个呆，难道不合理吗？非要整个祝愿地球才能过年？这不是搞形式主义吗？还‘地球妈妈’，这完全是小孩口气！咱们成年观众一大半，大哥大嫂，老头老太的，还喊‘地球’啊‘妈妈’，肉麻不肉麻！”

有人大笑，李后主他们原来和林木森不对付，没想到现在突然跳出来和他们成了“同一条战壕的战友”，又意外又兴奋，魏小虎还吹了声口哨。

老烟斗冷笑一下，趁林木森低头喝水，插言反击道：“‘地球母亲、地球妈妈’是人类语境，联合国开会都这么呼吁，难道咱们就说不得？不说‘地球妈妈’难道说‘地球奶奶’？要不叫‘地球姑娘’，‘地球小姐’？”

又有人大笑。

林木森却不接他的话茬，顾自说道：“存疑，可以。其三，你说祝愿，要是媒体操作，当有大格局——这个未必吧！你老人家常说大众媒体，作为大众媒体电视，最显著的属性就是家庭属性——电视机是摆在家里的媒介，当然可以有个人表达，个人语境。非要集成什么共同愿景，千家万户的共同祝愿，一个小小的仪式能统一起来吗？

“这就说到其四，说什么大灾难、大战争什么的，这个，那个，地球上这么多的灾祸，怎么可能集成到‘风调雨顺，天下太平’这八个字？不说别的，就说这正在打仗的国家，有的阵营希望胜利，有的阵营希望谈判，怎么可能统合到中国新年的祝福中？要是统合不全地球人民的愿望，那么还叫什么‘祝愿地球母亲’，有什么意义？如果不打地球牌、全人类牌，你打算缩小到什么范围？聚焦到什么主题？从政治上讲，这八个字，既不是文件用语，也不是宣传口径，没有一点来由。这要是报上去，恐怕很难通过。

“其五，说要求每个人有低碳反思。还说一个人开车占四个轮子的位置，佩戴珠宝是鼓励打洞——这太牵强了吧！什么是低碳生活方式，科学界也还没有争清楚呢。以前英国科学家认为地球臭氧空洞是人类肉食习俗引发的，因为为了吃肉，就要多养牛羊，牛羊吃了草料就打屁，屁里的成分是甲烷，甲烷比空气轻，上百亿头牛羊每天打屁，放出多少多少甲烷飘到天上，在地球两极汇集成了臭气洞——真是屁大的事，惊天动地！”

大家都大笑起来。连老烟斗也咧嘴笑了笑。

言大导则放下Pad，饶有兴趣地看着林木森，似乎是在看一场有趣的表演。

云先生想，林木森已经要过了。他说别人是牵强附会，可他自己却是强词夺理。言大导不会让他这么张狂下去吧？

言大导却只是笑了笑，依然未作表态。

林木森顺眼一瞧，似乎受了鼓励，更加张狂地说：“这屁话没说多久，又有科学家，还是英国的海底找油气的，发现深海底一大片油气田天天在冒气，也是甲烷，当然纯度比牛羊的屁要高得多，说这才是臭氧洞的元凶——可是这结论也有人反对。你说说，这科学界还没有达成共识的事情，我们就慌慌张张拿来广泛宣传，还要做成生活方式的行为指南，是不是太轻率了！

“这还是理念层面的，经不起推敲的就比较多，再说这执行层面的，就更多。什么十二生肖，人兽共舞，想着就乱，动物上台能听话吗？还有俄罗斯的马戏，到底是咱们过年还是给他们打广告？然后是百花仙子迎报春天使，为什么只有一个天使？不能有天使团？咱们中国文化中八仙、福禄寿三星不都是天界仙人，也可以来人间报春报喜，为什么非要整一个西洋天使来报咱们本地的春天？还有那大型互动——咱们也都是老人了，不是不知道大台的规矩，历来大型互动都要监控才能保证播出安全。你现在是直播，又卡在零点，怎么卡点、怎么监控？卡多了显得假，卡少了没法监控？你又要玩真的，要是冒出点敏感词汇，这、这、算谁的责任？！”

一说“责任”，林木森便把杯盖往杯筒上一磕，表示这一轮排炮已经结束。

云先生又观察四周，众人都收了“屁话”引发的嘻哈表情，面有正色而无人应对。言大导又收了目光，继续摆弄Pad。看来他不是真想查什么，只是不想说话罢了。

场面一时冷住。云先生并不慌张，他自有对策——他计划等一会儿便伸个懒腰，引发一场“舒筋活骨、休闲放水”的休息运动。几个烟友们自然要举手。这一招叫“避实就虚，以虚化实”，先把会场上的人气整散了，再听大家的反应，最重要的是摸摸言大导的底牌，到时候，那“二道汤”便水到渠成，不怕找不出话来盖住林木森。

云先生把两个文玩核桃往桌上一搁，正要舒张双臂，出乎意料地，米哥却举起手来：“言导、林导，我可不可以发表一些个人意见？”

言大导笑道：“米哥，你是大家庭一分子，当然可以发表意见！”

林木森也做大度状道：“米哥，您尽管说我们洗耳恭听！”

米哥把牛仔衣的领子梳理一下，恭谦地笑道：“首先，米某表达对言导、林导领导的团队的敬意！米某从宝岛来到大陆，也是北漂，但进入贵台团队后，经过这么长的工作时间，米某学到了很多东西，大到框架设计，小到言辞表达……”

言大导笑了：“米哥，这可不是你说话的风格呀！酸文假醋的，还绕！咱们不是一家人嘛，你有什么话就直说吧！”

米哥大笑：“了解！那米某就有话直说，有屁就放吧！”

米哥把手中闲玩的一支笔往桌上一撂，坦然：“刚才鄢老师和小李、林副总都先后对‘零点活动’方案发表了建设性的见解，我也发表一点建设性见解，供大家考量。首先，我十分赞同鄢老师提出‘零点大祝愿’的总体方案——当然某些技术层面的设计还可以细化、加强；至于小李和林副总都发表了不同的意见，有些意见也有一定的合理性，但总体上米某不敢苟同。下面请允许我也分五项解释：

“其一，林副总说各项年度大事记录都没有中国人过年这一说，在数据上看也许是这样的。但这并不妨碍中国人过年是全球大事，全球五分之一人口同时过节，还有什么事比这个大？至于上没上年度大事榜——请大家不要忘了，大部分情况下，年度大事榜都是年度新闻事件榜。新闻这一套，我们都是吃这碗的，还不知道？飞机掉下来了，是新闻，也是大事；可是全球一年有上亿架次航班在飞，没有新闻性，但你不能说这不是大事！如果秦始皇穿越来到现代，抬头一看，满是飞机，他一定吓得穿越回去，对不对？”

这个冷笑话却不怎么成功。也许大家被米哥的气势震住。

云先生记得，米哥进组后一直比较低调。酒后听他说他也是穷苦出身，从台北郊县的新庄，一个小地方奋斗到台北，然后在台北电视圈发展。阿扁上台后，去国语化的势头很强，弄得米哥这些国语电视人市场大大萎缩，他曾经一度失业，然后去香港，然后来大陆发展。也许是人生的波折较多，一向恭谦，见人，未曾开口面带三分笑。很服务，很职业的样子，又专业，深得大导器重，在“春晚”建组之前，就跟大导干过不少活。所以大导任命他为导播组组长，实际是希望他能从切换台的角度，设计与众不同的机位调度，使今年的节目呈现，形成具有国际化的大跨度、远距机位大格局。

为此，经米哥建议推荐了曾在很多国际演唱会使用过的飞梭机团队——欧·亨利团队来布局。那是一种利用大跨度远程钢丝快速移动的数码摄像机，受遥控后可快速纵、横、平移，速度比大摇臂更高，因此镜头更具张力，移动后，又能迅速成焦，聚焦于靶点对象。大家看了试验效果，大呼过瘾，李后主一语道破：“视觉过山车。”茅台也很兴奋，说虽然花了钱，但是值。

没想到一帮老技术部的人觉得受了冷落——因为在新的机位布局中，飞梭机+大摇臂形成常态动势镜头轨迹，而老一套的常规机器包括原来最重要的统领全局的中间机位退居次要地位。这些人便暗中鼓噪，挑动林木森去“政审”这些外人。

云先生知道这些线索后，还受大导委托，私下劝过他们“安定团结”、“大局为重”。但林木森却不愿放弃“政审”的权力。云先生后来想，也许拿捏人而不是拿捏节目是他心中的真正所愿。

林木森的“政审”没把欧·亨利那帮老外审出去——因为大部分内查外调的资料都是英文，有的还是法文，而节目背景大部分都是商演，没有什么政治内容，但这一棍子倒扫到了米哥——林木森收集的一个证据说是阿扁出席的什么庆典上，米哥曾作为摄像工作过，而在这个庆典上，阿扁还发表了“台独”演讲。问题上交到茅台，茅台派了台纪检组下来调查，三头六面的，“请”米哥说清楚。米哥苦着脸，一副有苦说不出的样子，牛仔衣领耷拉着，全无潇洒模样。

“我是吃技术饭的，又失业，正好有活干，我不要养家活口呀！”“你平常不是说阿扁的政策弄得你没饭吃，怎么他一上台你就去捧场？”“林副总，你老人家站着说话不腰疼。他是大佬耶！得罪了他，你还怎么在圈子里混饭吃？要说政治，我确实不懂。但是确实是烦阿扁那一套，要不然我怎么来大陆投奔您呢！”

言大导和云先生都从节目组的功能出发，力保米哥。最后茅台一语定音：“我看老米这一段工作很敬业嘛。人非圣贤，孰能无过？再说一个摄像师傅也不可能对一个大活动的政治导向负责任。我爸是四野的，他们打东北，还解放了一批日本人帮咱们打老蒋呢；打败老蒋，咱们也都用了多少旧政府的官僚、职员帮咱们建设新中国呢！这次政治上的梳理核查也是必要的，这不就更能证明老米这个师傅很不错嘛。我看可以成立一个导播组，请老米担任组长。用人不疑，疑人不用。奥运节目都上了，还怕什么。我们要充分相信老米在工作中发挥出色、再创新高！”

米哥很受感动，一心投入到新机器的调试中。但云先生知道茅台的用意。

老米任组长，自然要任命副组长。果然经林木森推荐，原来的导播成了二切。这样一来，米哥名义上是组长，是大切，但他实际上在导播台上只能调度飞梭机，切换不了常规镜头；二切是副组长，是辅切，却主管所有原来常规机位，推拉摇移，中近远特，都在他的掌握之中。

后来为了直播安全，又增加三切和四切，三切主管观众镜头和游机，四切主管视窗特效、字幕飞播、logo滚动等杂项。这样一来，开会是米哥主持，谈布局谈设计是他发言，但一动机器，他反而成了可有可无的“顾问式”领导。

但米哥毕竟闯荡江湖已久，他什么牢骚也没有发，反而通过几次推盏把酒、称兄道弟，和二切、三切、四切搞成了一个“团结小组”，受到大导多次表扬。

没有料想，米哥会在此时此刻，就一个与他不太相干的问题向林木森发飙：

“……实际上，很多大国的节日庆典在国际上都很有影响。美国离我们很远，可是他们搞独立日庆典，贵台——Sorry，我们台的新闻也报过呀！中国已经是个大国，中国人过年当然有国际影响！我看从国际化的视野看中国人过年没什么不好！不是说什么都made in China 吗！我们可以理直气壮地告诉全世界，以后，Holiday in China！

“其二，关于祝愿，祝愿地球妈妈。林副总说得对，狗皮膏药我们不能信。要说狗皮膏药，政客的名堂最多，把他们的竞选口号拿出来，哪一条都是绝对真理，都叫我们感激涕零，可最后都叫我们失望、愤怒。心理学家的名堂更多，更专业，也更叫人摸不着头脑。可是你也不能因此就推论我们没有了共同的心愿。我想这个事实不用费脑筋推论，将心比心就可以feeling。热爱生命，就是，对吧？说俗一点吧，老人要长寿，小孩要快长大，生病的快快好，有灾的消灾，无祸的避祸，人之常情也，不也就是大家的共同心愿？至于过年时节，说个吉祥话，讨个口彩，是我们中华民族的古老传统，按我们现代词汇表达也就是表达祝愿嘛！当然年轻人常常有另类表达，但是再另类在过年时节也都是按美好祝愿、善良祝愿来祝愿。我不相信林副总家里过年见了亲友会说‘祝你完蛋’‘祝你一病不起、一命呜呼’对不对……”

大导适时地咳嗽一声：“开会，请用会议用语！”

米哥笑了笑，却未减气势：“Sorry！我刚才用语过激，现场收回！其实我想表达的意思是过年时节，其实人人都有善良、美好的愿望！我们的工作就是要把这些愿望集成起来，通过平台，加以宣化，使之形成我们观众的整体愿望。因此从个人角度说，从中国是个大国的现实角度考量，说升官发财，俗了；说美好明天，空了；说长命百岁、夫妻恩爱，太个人化；说GDP增长、幸福指数提高，太行政化；说国泰民安，太老套；

说世界和平，是洋八股；所以提出祝愿地球，比较新颖，却也不怪；比较大气，却不空泛；比较政治正确，却还有亲和力和感召力。祝愿地球更美好，地球的春天更美丽，难道不是一种最大公约数的祝愿吗？至于叫不叫地球妈妈可以讨论。在卡通文化普及的语境下，地球妈妈的形象早已深入人心，不用解释，有形象，有内涵，瞬间传达，立即唤起，符合大众传播的要义。而且，中老年人就不能喊妈妈吗？如果是成年人呼唤保护地球妈妈，难道不是更感人吗？更何况孝道是中国国粹精神之一，长幼尊卑，人伦之大德也！喊一声妈妈可笑吗？岳飞拜别老母、穆桂英拜行佘太君，都是大众传播的例证，中国人怎么不能接受呢？！”

云先生注意到林木森脸色铁青，不断地在纸上记着什么。其余人也看出米哥的势头已经越过了会议“人伦”，而且直接向林木森挑战。

但因为林木森的人缘不和谐，也就没有什么人打断米哥。云先生和老烟斗、丙老师过了一个会心的眼色，心里暗道：没想到这“二道汤”居然是“刀锋战士”的“麻辣烫”。

米哥受了沉默的大多数的鼓励，居然也按林木森的五点一一批过来：

“其三，大众媒体转播大仪式，而且进入家庭，不是我们首创吧！从千禧年全球祝愿，到‘9·11’悲情祈祷，还有米某参与过的奥运大开幕，都是大仪式、大愿景，通过小电视进入小家庭吧！没人说不妥吧！春晚的共同祝愿，通过仪式，强烈地进入每一个观众家庭，不是更能唤起对我们古老文化的共同感知吗？况且，鄢老师他们还设计了，点对点，有个人祝愿的第二层次的内容。点面结合，有共同语言，又有个性亮点。这个想法更周到。当然操作层面还有具体问题要解决。

“其四，共同祝愿的表达，确实如林副总所说，‘风调雨顺，天下太平’有点陈旧，但这不正是我们要努力解决的问题吗！我同意这条再琢磨琢磨，不如意的话，可以考量奥运模式，来个全民大征集，最后零点揭晓不也是一种解决问题的路径吗！

“其五，关于低碳。林副总的‘屁话’我不晓得，我只晓得中国对外宣称是一个对地球对环境负责任的大国，很多关于低碳、温室效应、环境保护，国家层面都是明确表了态的。我不晓得按既定国策概括一个板块主题算不算太轻率！另外，我们都晓得的，不管是地球，还是亚洲，还是中国的海峡两岸，很多环保还都没有做到位。不管是公司、企业，还是官员、百姓，奢华之风依然很有市场，低碳生活也还没有形成行为准则。所以，不说屁话，呼吁低碳，作为新年伊始的共同愿望，既高尚，又良善，也实际，难道不是一个很好主题吗？

“至少，这个案子，在理念层面，大部分经得起推敲。至于执行层面，我作为一个经历过无数大场面、大格局的从业人员，对这份策划案的细节也基本认同。当然不是没有需要讨论的细节。创意多，视觉冲击力，舞台调度繁复，当然也对我们的执行能力提出挑战。尽最大智慧提出创意，尽最大努力呈现创意，这正是我们念兹在兹最大的责任！”

一说“责任”，米哥便把杯子端起来，一口气“咕咚”喝一大口茶水，表示这一轮排炮已经结束。

云先生又观察四周，众人都收了“屁话”引发的暗笑表情，有正色而无人应对。只魏小虎孤零零地鼓了几下掌，一看众人眼色都挪到他这里，便赶紧收了手闷头坐好。

言大导收了目光，也不继续摆弄Pad。看来他真是不想说什么。

场面一时冷住。云先生想，现在该是发动“放水休息”运动的时候了。这“二道汤”已然勾兑而成，林木森脑子没那么快，前面他的“五点反意见”是因为他事先知道老烟斗的文案，精心做了准备，所以可以逐条批驳。没想到“螳螂在前，黄雀在后”，半路上杀出个程咬金，米哥也来个逐条反批的“五点反反意见”。虽然是即兴而起，但人家功底在那里，虽强词却不夺理，虽附会却不牵强，总体上比林木森学养高，那林木森要找到强大理由系统“反反反意见”也不那么容易。但困兽犹斗，不定他一急，又整出什么幺蛾子。还不如“釜底抽薪”、“撤火走人”，让这二道汤就此凝固住。

因此上，得先把会场上的气场整散了，然后摸清大导的真实意图，再作理会。

云先生把两个文玩核桃从桌上拾起，咳嗽一声，笑道：“都说得很好。不过信息量太大，大导，是不是冷静一下，改日再议？时间上紧是紧一点，但还赶趟。”

言大导面无表情，向林木森小声道：“云先生的提议有道理，是不是先这样，这个命题太大，大家都冷静思考一下？”

林木森似乎没有整理出头绪来，就坡下驴地强笑了一下：“好，我们都再思考思考！”

云先生正要带头起身，出乎意料地，梅兰竹却举起手：“言导、林导，我还有一个小问题！”

云先生生怕她节外生枝，笑道：“梅姑娘，大家都坐麻木了，你发发慈悲心让大家活动活动吧！”

梅兰竹笑着急道：“这五点来五点去的，我听得头都大了，我就一个执行层面的问题：这么多动物混在一起，又是老虎，又是猴子的，要是咬人、打架怎么办？特别是拉便便怎么办？以前我排过一个节目，是儿童和宠物的，那猫啊狗的，还有小猪满场跑，根本不听话！最烦人的是到处是狗便便、猪便便，臭不可闻的，一踩那个恶心！我鞋都扔了两双！要是整个牛啊、马啊，一拉一大堆，那还不把人熏死！”

众人都乐了。云先生想，这倒好，一堆“便便”，把“屁话”引发的嘻哈情绪又点燃了，大家不会再认真想什么五点、反五点、反反五点了。

老烟斗憋了半天，笑道：“我的梅姑奶奶！你提的问题很有水准，也很有操作意义，我只告诉你，咱们邀请的俄罗斯大马戏团，安全问题都不是问题，‘便便’问题，更不是问题！”

云先生也接口道：“梅姑奶奶说得对，进口出口，也是人伦大德，咱们是要再仔细考虑。等你休息好了，我告诉你美国马戏团是怎么用高科技对付进口出口的问题的！”

说罢便站起身来。众人也都趁势站起来，掏烟的掏烟，解裤的解裤，急往门口散去。

▼ **春晚文件夹**

▼ T将军文件夹

▼ 兽历453209年018天文件夹：10：05

▼ T将军— 十二生肖艺术团—任班主文件.txt

T将军低着脑袋夹着尾巴，气喘吁吁钻出铁笼口的时候，肖门神正在广厦B座前为永哥公司的加长林肯挪腾一个临时车位，肖门神有点纳闷：那加长林肯不是在A座前有一个专用车位吗，怎么偏要石头往山里挤？

迎面扑来都是阳光。

T将军抽了抽大鼻头不禁打了个喷嚏。空气干冷，北风刚劲。他把白黄相间的条纹虎皮往身上紧紧裹了裹。那颗他经常舔舐的柔软而新鲜的残存睾丸，小小、软软蠕动了一下，往温暖的盆腔方向躲了躲。T将军不觉伸了伸前爪，试探土地。他有点高兴脚爪上的老皮已经长好了。

虎爪伸出来，白毛翻动，茸乎乎的，看着就觉得好精神。更好的是爪底那块皮硬起来后不怕踩到土疙瘩上。上个月（或者是更久或更近的日子？T将军自打进了艺术团，老被任班主的电棒电着，很多事情在大脑皮层上纠结成为一个宏远的记忆）在某个建设土地上慰问演出，撤离时那猴爵蹦来蹦去踢翻了半罐什么化学液汁，正好一爪踏上去，把老皮腐蚀了半层。还是公园好，公园的场子，看上去都是水泥围墙，然而土松，沙细，比湿的干，比干的润，比润的厚实，比厚实的筋道，比筋道的利落，比利落的有弹性，比有弹性的跟脚，比跟脚的又不拖泥带水，比在东北老家那些土疙瘩、小石子儿掺和小细树枝、松果壳的坡地舒服多了。

T将军站着不动，后面的动物却拥了出来。温润而污浊的闷罐头铁厢车的气味漫过他们的头顶。不少动物也和他一样望着观众座席发愣。有人——似乎是爱发牢骚的老猴爵的声音：“靠！站着干啥咧！要当钉子户啊！猪葛亮的屁股被卡住啦！”就有人——按排序是兔儿爷搡了一把，T将军一脚踏进场子里。身后传来了车厢抽搐关门的“咣当”声。T将军的耳边刮来再熟悉不过的广播，那是任班主的开场词：

“……各位观众朋友请注意，十二生肖动物艺术团的演出马上开始，请您配合我们维护观赏秩序，迅速坐下……灯光马上就要调暗了——请大家注意安全，动物凶猛，请带小朋友的家长照看好小朋友……”

冬日的阳光无精打采。天光透亮，寒气依旧。十二生肖艺术团按十二生肖的顺序一字排开：

子——金仓鼠，角色是小鼠标，因为任班主让他在一个旧电脑上爬来爬去“百度信息”，外号知识混子，任班主是湖北汉川人，说“分子”就会说成是“混子”。

丑——牛脾气很大的牛郎。

寅——虎将军，东北虎与白虎的后代，毛色黄色相间，黑纹隐隐，不怒而威，知识混子小鼠标叫他Tiger，大家合称为T将军。

卯——兔儿爷，是个老好人，通常情况下，任班主安排这位笑眯眯的老邻居直接蹦在T将军的虎背上亮相，而T将军也不觉其扰。

辰——龙套队，是由“人”这种和任班主同类的动物客串，但似乎他们这些沉默寡言的“群众演员”和任班主又完全不同，难道他们是另一种叫“群众演员”，或“群众”的动物？T将军和小鼠标讨论过，小鼠标旁征博引说了一通理论，但是被狗头军师喝止住了，所以讨论没有结果，但是有一点很清楚，龙套队的龙也分龙头、二龙、三龙……龙尾。

巳——蛇头，是一条从不讲话的大林蟒，她唯一感兴趣的是一口吞掉小鼠标或兔儿爷，这也是小鼠标和兔儿爷没事总在T将军身边周旋的原因之一。蛇头很懒，总是高踞在一个穿着蛇纹比基尼的肥妹肩上。

午——马屁精，马是好马，据任班主吹嘘，他是阿拉伯王子骑过的汗血宝马的后代，或者有时候另一种说法是大唐开国皇帝李世民先生骑过的唐八骏的后代，他的祖先的石像现在还在什么大坟头前站岗，但他本人似乎看不出什么王室气象，倒是很有宦官太监的风范，按猴爵的说法，他以及他家祖都是被人骑得太久了。凡班主说啥，他都“噢噢”应答，嗓门又大，传播又远，任班主很喜欢他。没事也总单独骑他去放风，遛弯，夏天还带他下河洗澡，最高潮的事是带上肥妹俩人骑着一前一后地“非诚勿扰”，马屁精就会“嗷！爷死！嗷！爷死！”地伴唱。

未——羊痫风，虽是只极普通的老山羊，却是个极不老实的暴民、刁民，很多小事，比如草料有农药味，水里不干净，忍了算了，但他偏是要闹的，而且闹得又不得法，不但不解决问题，最后总是被班主拴起来饱吃一顿臭揍，“以疯装邪！老子还整不住你！羊痫风！这是自来水！这么干净的水你不喝！老子小时候还没有自来水！你还嫌有味！老子就给再加点营养！看你喝不喝！”任班主便会掏出他平常总隐藏的那个乌木小棍，突噜噜洒点臊味烘烘的黄水加在水盆里。这样一来，所有的动物都不得不共享这富含添加剂的营养水。牛啊马的，也都忍了，狗头军师和猪葛亮是忍不得的，他们就撺掇T将军血口大张表演《羊落虎口》的节目，T将军庄重地沉默着，他们就亲自动手，一左一右用力乱拱乱咬羊痫风的羊肚子。

申——猴爵，是个饶舌的老家伙。照他自己的说法，祖上也荣耀过，似乎是给玉皇大帝养过马的大官。所以他出场总戴一个晃着两翅的小官帽，并对比他得势的马屁精很不愤，常常和小鼠标一起人肉搜索，考据其唐八骏的来历正不正。

酉——酉是鸡，但又不是一只，是一群。

领衔的是“四大美人”：

第一是贵妃珍珠鸟，那是一只黑羽珍珠纹的大肥母鸡，脖子上还挂着一串高仿珍珠项链，体态丰腴，雍容华贵；

第二是“虞鸡”——是一只蓝羽金翅的长尾锦鸡，高傲地昂着秃顶，披一袭锦袍，很有当年虞姬别霸王的气概，一般她出场，总会赢得掌声，但她从来不为之所动，目不斜视，步履从容；

第三是只洋鸡——火鸡，唤作“苏鸡玛索”，鸡冠上扎一只法式浪漫花结，肉囊泛红，灰羽泛绿，红绿混搭，一派洋风，最是她行为乖张，一见观众尤其是穿红戴绿的观众，便兴奋得脸色发紫，一屁炸开，尾羽开屏，毛色倒不怎么好看，但鲜红肉感的鸡屁股倒很扎眼，其鸡不以为耻，反以为荣，会对着红绿观众优雅地转圈，跳舞，热情地开屏亮相，惹来哄笑一片，还夹杂着口哨跺脚；

第四是一只乌骨鸡——却唤作“昭君出塞叫花鸡”，说当年昭君出塞，风餐露宿，衣不蔽体，花颜失色，疑似丐帮，因此以“叫花鸡”纪念之。那乌骨鸡本是雪白一身，蓝面乌睛，竟被班主东一剪，西一揪，无毛的地方是鸡皮，有毛的地方是疙瘩，生生整成一个“风吹毛低见肉皮”的叫花装，又蓝惨惨青面带悲色，乌眼含泪意，叫人看了生起鸡皮疙瘩。

那任班主原是乡下小学的班主任，据他吹嘘，他能同一个教室按大中小孩上不同的课程，所以也能同一个场子，把握上中下不同的观众心绪，因此，不等观众过于感慨，紧接着一大群“野鸡”便欢快上场，她们都浓妆艳抹，围绕着一只大公鸡雀跃起舞。那大公鸡身着条纹西装，脚上戴一只仿劳力士的金表——经小鼠标考证，老猴爵发布说其实是压重的，怕它乱飞——昂首阔步、一派成功人士的豪迈景象。每到此时，观众便欢声雷动，不断叫好。

戌——是一只半边脸白、半边脸黑的哈巴狗，班主封他为狗头军师，但是却又让他戴一顶汉奸帽，有时还在半边白脸贴一个小小“狗皮膏药”。除了蛇头（因为她不说话），所有的动物都在背地里叫他狗腿子。这个雅号连龙套队的龙套们和任班主本人也认同，不时地“狗腿子，来！”“狗腿子，去！”地召唤他。真正称他为“狗头军师”的场合并不多。但狗腿子却以为这是宣介他的特长。反而时不时伸长后腿，一面留下他的标记，一面大声喧哗：看！我的无敌金刚腿！T将军冷笑起来，什么花拳绣腿还乱咋呼，只要老子一出腿，看不把你送到天上去。但是这样的一踢却只是T将军的幻想而已。虽然大家都烦他，但有一点不得不怵他三分：狗腿子嗅觉太灵敏。据说以前曾经正儿八经是在机场闻爆炸物的，一旦他发现什么不对劲，他就会狂吠，引发任班主的一场什么“清洁修理”运动。过后，任班主往往会把饭桌上吃剩的倒在狗腿子的专用食盆里。他就会稀里呼噜，也不管好吃不好吃，摆出吃得很香的样子，同时摇头晃尾的，以示他（或者说只有他）对班主的无限忠诚。

亥——猪葛亮。往往狗腿子在以忠诚换来小小特权的时候，猪葛亮就会哼哼着凑上去，以图分享一些残羹剩饭。但狗腿子却有三六九等的团队概念，就会向他大声咆哮，让他滚一边去。猪葛亮就会翻老账，说哪天哪件事，还是他指点迷津，狗腿子才有所作为的。但狗腿子时过境迁，哪能认账，便回头就是一口，把那个“狗咬狗，一嘴毛”的成语翻新为“狗咬猪，一嘴血”。那猪葛亮便怀着三分委屈、二分忌恨、一分自尊哼哼唧唧地躺回猪窝，胡编一些饶舌言论来发泄不满。

十二生肖按次序排开后等着任班主下指令。长风远啸，霜色近寒。有帽的缩脖，无帽的缩头。无论缩脖的，还是缩头的，都尽力抬眼远望。观众席上稀稀拉拉，人气不旺。人气不旺的后果是票务不振。票务不振的后果是伙食下降。因此大家都希望观众席上满登登的热闹非凡。但今天又奇怪，居然有一辆警车无言地踏在门外，红蓝警灯不知疲倦地使劲闪烁。

T将军顺着红蓝闪光打眼一瞟，却瞧见还有几个便衣大妈似聊非聊地闲站着，都清一色戴一个大红袖箍，上面印着几个鸡脚黄的大字，仔细看时，却是“治安巡逻志愿者”几个字。T将军没来由地有些牙酸。

难道来大佬了？

T将军回望了一下，果然主席台上后面清空。前排就座的是一些面目清朗的人物。正疑惑时，就听得任班主说：

“首先，请允许我以万分激动的心情，代表十二生肖艺术团的所有团员，热烈欢迎《春晚》节目组主创莅临指导！”

任班主便顾自鼓起掌来。观众响应得不够。T将军想也许是因为他们是买票进来看十二生肖动物表演的，对别的动物不感兴趣，哪怕这些有头有脸的动物组合叫什么“碗”的“主疮”。

但是这一番话毕竟引起了观众席上的骚动，有人摆头摆脑，有人对着“主疮”们照相。

这个马戏场是公园里的露天剧场凑合改装的，据说是因为冬季公园生意清淡，所以这场子一把租给任班主了事。小鼠标考据说，这个演出还列入了地区文化庙会，是贺岁重头戏呢！但老猴爵却说在此扎根是因为任班主会打点有关人物，不仅把蛇头肥妹送去打点了一番，还送了虎骨八珍酒。那酒就和T将军有关。虎骨是T将军前任的物质文化遗产。

这位前任T将军没有见过，但听年纪大的老牛郎说，倒也是一位相貌堂堂的精英才俊，且又勤奋工作，多次受到过任班主的表扬，是劳动典范，艺术团的宣介册上以他为领衔明星（一直到现在，宣传单上还是他的图片。T将军虽有些不快，但不能不承认这位前任确实比自己英俊豪迈，更有明星范儿。为了艺术团的生意着想，那些出人头地的私心杂念也就忍了没有说出口）。但是忽一日，是一个夏日，在表演《虎落平阳被犬欺》这个节目时，那狗腿子刚跳到他的背上，他便大汗淋漓气绝而亡。老牛郎说他是“过劳死”；猴爵大人说他是“伤不起”，气死了；狗腿子却一口咬定是“自绝于观众，自绝于艺术”。

据说任班主和前任的粉丝以及动物保护协会猫科分会会长（猴爵捡到他的名片，上面用括号注明副处，大约是怕别人误会猫科是个科级）一起为前任开过追思会，还设立了网站供外地、外国的粉丝缅怀。小鼠标自然上过这个网站，发现在介绍前任各种事迹的版面中总会巧妙地植人艺术团节目的广告和打折信息。也由此可见任班主确是当过民办教师的文化人并与时俱进着。

追思会后，前任还在继续贡献。任班主有个“虎骨八珍酒”的秘方，前任身上的某个八件便成就了任班主的科学实践，那酒泡出来之后，任班主尝了一口就失声叫道：“好东西！不能叫别人喝了！”又道，“老子还要报非物质文化遗产！”但是很快地，在与肥妹继续做了几次“马背上的爱”之后，任班主觉得药力不够，那乌木小棍并未成就为雄风虎鞭，便得出结论：活性因子不够。接下来便是T将军的英勇担当。

那时T将军刚从东北虎园转会接任，有点烦，有点躁，鸡不食，狗不理，睡不安，醒不定，正好给任班主有了整治的理由。便被麻药放倒，舒舒服服半梦半醒地看见自己的一个虎蛋被拿了去，放到一个专供任班主一人享用的玻璃酒罐中。那酒的颜色立马鲜红起来。任班主三天后与肥妹共享了。他的乌木棍棍好像没有如意壮大，倒是把肥妹激活得在马背上乱颠。任班主倒地后，她还夹着马颈狂颠了一番，直把马屁精累得口吐白沫。

彼时，T将军伤口刚好，还离不了白药，动一动却还牵一蛋痛全身。心有余愤而内力不足，胆存剩怒而自凝结石。又想，这还是好的，在老东家那里，有一年园子因财经危机打了饥荒，比他年长的几条壮汉（因为壮年，吃得太多），都一起“打发”了。那疙瘩的人做活粗拉。皮刮得不净，酒泡得长了霉，发了酸，成了虎骨醋。最后胡乱处理了。

正乱想着，忽听任班主发令：“十二生肖贺岁演出现在开场！”一时音乐大作，龙套们先耍了一个“正月里来舞龙灯”。十二生肖们也都打起精神，准备上场。

出场介绍是按十二生肖的次序，到了表演，却是按悲欢喜乐的节奏重新组合。任班主有次喝酒唱起了“文革”老歌，又吹，他的文艺底子几十年前在公社宣传队就已经打下了。据说他是什么回乡知青（T将军那时还没有出生，不知这类动物应当归到哪类），在公社宣传队写词写歌写剧本，一时好不快活；还和好几个囡仔“打皮绊”（这些话T将军完全不懂，小鼠标考据说是汉川土话，意思是成人词汇、少儿不宜）。后来当民办教师，既教语文又教数学还教自然、教地理、教美术、教音乐，是个全才。后来转不了正，一怒之下去深圳打工。打工没赚钱，却把身子搞亏了（猴爵大人却嗤之以鼻地说他“交友不慎”）。然后炒过股、传过销、上过访，也买过彩票，东撮撮西搞搞，最后靠一条老牛、一只羊、一只仓鼠、几只鸡在公园里表演“农家乐”起家，拉起一支队伍，打起“十二生肖”旗号，四方巡游。

第一个节目是任班主的看家菜。他喜欢用他的“时尚仿古梨花体”亲自报幕：“春风化雨晚来急，两眼发黑一脚泥；躲进小楼读古书，四大美人原是鸡。”

“有请‘四大美人’群鸡亮相！”于是贵妃珍珠鸡施施然上场，一下就赢得个“蹦头彩”；接着，虞鸡“披一袭锦袍”，“挥一挥衣袖，不带走一片云彩”，立马招来一片相机的闪光灯，那些酸词，几经历练，深受欢迎；而那贵妃鸡、虞鸡也果然有姿有色，各站T台，从容起步，很有名模风度；等到那洋鸡“苏鸡玛索”模仿孔雀，东施效屏，把一个屁儿颠颠肉儿嘟嘟的鸡屁股“自信、优雅而热情”地亮相时，观众便麻雀炸了窝一般，哄笑一片；叫花鸡便趁势“昭君出塞”惹一片唏嘘。野鸡们一哄而上开办“鸡尾酒会”，围着“成功鸡士”、“明星鸡”乱飞，激发又一拨叫好。

T将军躺在铁笼旁边的木板上，冷眼旁观。他不知道这些小把戏为什么总能激起人这种动物的兴奋。据说他们都住在水泥盒子里，也许是因为水泥盒子太无趣才对活物感兴趣。小鼠标金仓鼠和兔儿爷都蹲在T将军毛乎乎的背上，也都一言不发。老猴爵其实也很想跳到T将军背上取暖，但T将军对他有点烦，也嫌重，猴爵便躲在老牛郎肚子下躲风。狗腿子其实没他什么事，但他总是自觉维护任班主的威信，在动物们旁边巡来走去的，有时也瞎叫两声，催个场什么的，好像他是二班主似的。动物们也都不当回事。

鸡们的小节目不少：先是集体表演：《鸡本功》，又有不分贵贱大家瞎抢玉米粒的“鸡不择食”，以及大公鸡捡漏的“机会主义”；有吆喝着金翅锦尾的虞鸡登上高台，单腿收回的“金鸡独立”；还有昭君叫花鸡在一堆大蒜皮上打滚的节目，等到她满身抖落碎屑的时候报出节目名“鸡毛蒜皮”。其间肥妹插播一个“鸡精”广告牌，倒也不显突兀。

最受观众欢迎的节目是：《鸡铃狗睡》、《鸡犬不宁》和《鸡鸣狗盗》，先是让狗腿子睡觉，然后挂着铃铛的大公鸡将他吵醒，接下来，狗腿子大怒，翻身返过来撵鸡追鸡，一时“鸡飞狗跳”、“鸡犬不宁”，最后是狗腿子找到鸡窝，偷走鸡蛋大吃一通，而鸡们集体哀鸣围攻狗腿子，狗腿子加演一个《狗急跳墙》结束。

顺理成章的，是狗腿子的节目。班主诗曰：“狗是友，友是狗，经年历练是狗友。到底是狗还是友？看你有无肉骨头。”《狗急跳墙》之后，狗腿子冲破围攻，落荒而逃。接着是满地打滚的《苟延残喘》、《苟且偷生》，最后任班主抬手间一声枪响，那狗倒地而毙。肥妹从他肚子上揭出一个贴纸，上面画了一颗心，一双肺，上书《狼心狗肺》。观众都哄笑起来。但故事没完，任班主报告说还有一个节目《狗尾续貂》，不过那貂有点大，拖出一个大节目来——《虎落平阳遭犬欺》。

班主又报幕吟诵道：“盖世英雄盖世功，独竖旗号小林冲。一遭虎威随风去，大王难逃枪炮轰！呔！大王命运，令人唏嘘！正是世人都说大王好，不知大王睡不了！有钱不说你的好，没钱更要找你讨！有请大王——”

T将军便蹒跚出场。任班主调侃几句，然后先演《狗仗人势》，那狗腿子摇头摆尾，又嚣张，又怯懦，向着T将军吼叫。任班主又道：“列队！”狗腿子便奉旨而行，下起命令。

“汪汪！起立！”

T将军哆嗦后腿，用力撑起前爪。

“汪汪！立正！”

T将军一时觉得早晨那顿稀糊早已随尿而去，又觉得正面起立，袒胸露肚的，十分不雅。虽然少了一个蛋，毕竟是个人隐私，并不想张扬，双腿便哆哆嗦嗦游移不定。

那狗腿子上来就踹了一脚，正中孤蛋，又大声呵斥：

“汪汪！立正！——敬礼！”

T将军忍住隐痛抖抖索索将前爪举到额头上。不少观众喝起彩来。T将军却注意到“主疮”坐席中有个清秀女子却皱了皱眉，低声和邻座嘀咕。

要是平时，这节目还得多演一会儿，那任班主端的好眼色，注意到“主疮”们的反应，见好就收，打了个呼哨。那狗腿子似乎意犹未尽，还要继续作威作福，任班主冲上去一脚把狗腿子卷出丈外，一面喝道：“叫你狗东西欺人太甚！”众人又鼓起掌来。狗腿子又委屈又惶恐，其凄凄然哀鸣了两声。

任班主一挥手，玩蛇的肥妹和龙套队上了场。先摆一个《虎踞龙蟠》的大造型，又耍一个《虎头蛇尾》的小case；然后是《虎视眈眈》模特秀，T将军环睁圆睛，虎威凛凛，引众多男女折腰照相。其实这些节目T将军上手很快，只要不是有辱虎格，他总会敬业为之。接着是《羊落虎口》。那羊痫风不癫不疯的时候也是尽职的。据他吹嘘以前还是什么大马戏团的一级功勋演员，攀峭壁走钢丝是他的拿手好戏，只是工伤后，原单位不给治疗，反而将他转卖到草台班子，从此流落江湖，饱受欺凌。因此，他时不时闹一闹一是为解决工伤善后，二是为了宣泄不满。但不管怎样，T将军和他还算是和睦相处，表演起来，叼是假叼，咬是假咬。都是天涯沦落人，暗助何须吹黑哨。所以那羊倒是轻松自在地在虎口里打滚撒欢。只是他的山羊长角划蹭了好几次。T将军也没吱声，暗中放他一马。表演了《虎口脱险》，观众倒为羊痫风的“英勇行为”鼓起掌来。

接着肥妹把大林蟒一搁，上来表演《虎口拔牙》。这节目原是任班主亲自操刀的。可是自打他强拆了卵囊取走虎蛋之后，他便留了个心眼，叫肥妹替换他扮演牙医。小鼠标报告说，历来民间传说湖北人是九头鸟，可是在九头鸟里，又有传说：奸黄陂，狡孝感，又奸又狡是汉川。那肥妹胡乱套一件白大褂，扮作大夫。弯腰叉腿间，那蛇纹比基尼包不住的五花白肉四下绽放。引不少观众屏心息气等待戈多。T将军自忖与这小肥妹无冤无仇的，人家也是打工一族，何必为难人家？很是配合。那肥妹掏一个硕大无比的放大镜，叫T将军张开血盆大口，不一会儿从他牙缝里用筷子夹出两条小活虫来。这自然是她夹带的。但小朋友却欢欣鼓舞。那肥妹便趁势笑道：“小朋友们！不刷牙就长牙虫！刷牙就用——”便从白衣大兜里掏出一支可笑的大牙膏，和小朋友一起大声说：“刷而康！刷而康——洗洗更健康！”

那众人先都集体沉默了，不经一逗又集体开怀大笑。

T将军不知他们为何可乐，自己张开大口，也怪累的，又一想到了“洗洗更健康”，也就快完事了，便努力撑住。

肥妹又换手摸出一个铺地敲转的橡皮大锤在T将军的虎牙上敲敲打打，震得他神经跳痛。却见她又做花容失色状，大声宣告虎牙已烂根，需要拔除，便又摸出一个造型夸张的长柄虎钳，一头夹在牙上，用力一拔，却“噗”地摔倒，白褂翻飞，半露肥臀，T将军听得有人胡吹口哨。

“倒地秀”后，肥妹现场招募“志愿者”，就有几个好事的跳将上来，“老鹰捉小鸡”般一个抱住另一个的腰。有一粗夯大汉上来就把肥妹捉住，拦腰一抱，肥妹娇声乱叫，又安排次序，那个排在粗汉后面的小男生老大不愿意。正乱间，音乐大作，肥妹喊起口令，众人拔河般发力，“一二三四五，上山打老虎！老虎坏了牙，大家用力拔！”台上台下笑闹成一片，肥妹一撒手，众拔牙好汉都摔倒在地。

肥妹就高举一个白色物件大声喧哗：“虎牙！虎牙！”

那个小男生叽叽歪歪地拍打着屁股凑上前去：“姐！这是虎牙吗？”

肥妹高声道：“信不信由你！反正我信！”

众人皆大笑。

肥妹又道：“狼牙辟邪，虎牙辟灾，小靓仔，这颗虎牙就送你了！这可是姐的定情物哟！”

那小男生脸一红，接了虎牙飞奔台下。肥妹又送过一个飞吻，大声道：“小兄弟！你从此可要替姐守身如玉，决不许三心二意、拈花惹草！你要晓得这句古话——老虎可不是吃素的——”T将军配合地小小啸叫了一声。

全场大乐。T将军这才合上大嘴，一时觉得牙骨酸疼，口水四溢。

这个节目的尾声也是个典故，唤作《伏虎女郎》。肥妹一把甩掉白衣，跳一段扭腰摇胯的所谓艳舞，然后一屁股坐到虎背上。众人都惊呼起来，然后鼓掌。这肥妹据说少年时也练过杂技，后来一不留神身子发了，发了的一身白肉就收不回去，平日又贪吃懒睡，驮在背上，死沉。T将军心想好歹要结束，整个“完美”才好，要不然又要挨罚，便咬牙Hold住。

T将军从虎园跳槽之前，并不知道江湖规矩，来了一看节目单要如此折腾，就拒不上舞台，不承想招来更气闷的“上手段”。那自然是任班主的创意。马戏大帐外，设五个铁索套环，四小一大，小的套脚，大的套头。不想演节目？很好，不管是自选还是天选（比如天阴下雨，票务不满），便一把将T将军套在铁环里，任由零散游客骑在背上上演《武松打虎》。

为了招徕客人，还借一个树景，立几方假石，插一杆酒旗，上书“三碗不过冈”；又备一些武松的行者帽（他们找不到这帽子原型，却是就着猴爵祖先孙行者的帽子仿制的）。总有些动物或男或女或老或少的，抽烟的，不抽烟的。交5元钱骑他背上，奋臂挥拳，或真打或假斗，让别人照相。不知这5块钱能干什么。但是T将军却听任班主数钱时说什么“薄利多销，不无小补”。

T将军不解其意，但知道只要有人来，他就得上岗。头脚都卡着，动又动不得，咬又咬不了。心烦意乱，伤筋痛骨，人格受损。这份操劳，还不如鸡犬。听说前任就是为这个“上手段”磨出病来的。后来又有人在微博上炫耀打虎照片，被“动物保护”志愿者举报。那猫科分会会长（就是名片上加注副处的）亲自来调查取证。最后任班主接受指导，在铁环上包了碎布，进行了“无害化处理”；猫科分会会长收了一对虎牙作为驻会纪念品，便也颁发了一个铜制的鉴定牌照，上面铭刻着“经科学检测，动物保护措施已经达到欧Ⅲ标准”云云。从此，T将军服从安排，不再任性。

趁着龙套队和牛马们表演《龙马精神》《风马牛不相及》，T将军回到幕后那块木板上躺下。刚才一通折腾，累得够呛，能在木板上小小休息一下，真的很有幸福感。那木板原是没有的，只因任班主取了虎蛋，怕伤口沾土发炎，才法外开恩把一个龙套的床板撤了给他用。本来说是只借个把星期，后来T将军躺久了，那脓啊血的，又掺和呛人的虎尿，那龙套坚持不要，任班主又给买了新床板，这才把这块木板留给T将军。

长风过耳，远处有悦耳的声音在天上盘旋。T将军眯眼瞅着天空。天色遥远，流云蔓移，那声音端的奇怪，比鸟鸣更清脆，比清脆的自然，比自然的有旋律，比有旋律的又更像鸟鸣。再细看时，便发现那飞的不是一只，而是一群，都张开翅膀，做自由飞翔的样子；一会儿往上，上边的打头；一会儿斜飞，边路的领军，这就看不出哪个是头领，哪个是跟屁。T

将军不由得想起少年时光，跟着妈妈学着扑鸡时曾做了一个插翅高飞的春梦。这群鸟飞出视野，又盘旋回来——这回看清了，原来是一群鸽子，想来那声音便是鸽哨。

小鼠标在耳边说起："看啥！不值得咱们这些地上爬走的羡慕。别看她们虽号称是和平天使、自由灵魂，但为了那一把玉米糙子，还得飞回地上。"老猴爵便哀叹："岂不闻，天网恢恢，疏而不漏。天上人间，都有人管的。"兔儿爷道："生来不是人，做鬼也无坟。我等贱种，空背一个臭皮囊，怪只怪咱们投错了胎，走了畜道，阎王爷命簿早批了八字，休得怨天尤人！我是早已参悟透了的，有道是：因其不伦不类，所以不上不下；因其不上不下，所以不争不闹；因其不争不闹，所以不骄不躁；因其不骄不躁，所以不卑不亢；因其不卑不亢，所以不温不火；因其不温不火，所以不等不靠；因其不等不靠，所以最后咱们都是不三不四啥也不是。"

T将军咧了咧嘴，兔儿爷平日里都沉默寡言的，不想一开口就带火气，看不出他老人家还是个老愤青。

正无聊有聊之间，一干人影灰突突往这边移来。任班主那酒中八珍之味穿越而来。T将军和身边几个伙伴都抬起头来，强打精神，准备迎客。

因着前台还在演出，来客都低声说话。只见领衔的是一个大胡子人物，面色沉毅，不怒自威。T将军想起自己的猫科远亲非洲雄狮。听小鼠标说那疙瘩旱得嘎嘎的，热得热死，还动不动有"人民"这种说不清道不白的大动物群体胡闹造反，不知那位远方大哥混得咋样？

但眼前这个胡子人物倒很沉着，见了T将军也不慌张。他背后一清秀女子，面露胆怯，却手捂口鼻。她身边一干巴老头（似乎与老猴爵有某些远祖上的关系）一把捉住那女子的手向T将军伸过来，还笑道："摸一下！"那女子吓得抽回手，还打他一下，众人都低声笑了。

任班主却笑说："没事！梅导，真的没事！你看，常言道，老虎屁股摸不得，我现在就摸给你看！"任班主便拍拍T将军的脖子，低声喝道，"趴下！给我老实点！"T将军条件反射地屈腿塌腰贴着木板趴好。

任班主又道："大个子！让不让老板摸屁股？"T将军无言点点头——眼睛余光却瞅着班主另一只手，那手看似随意地插在口袋里，其实却捏着一根小棒棒，小棒棒有电能发威，一旦射过来，腿脚发软，心头乱颤，比那饿慌了低血糖还难受。

任班主便伸手拍拍T将军的屁股。又道："鄢老师，梅导，你们也来试试！人生难得几回拍，迎春大拍福运来！"

那干巴老头便伸出手来，带一股烟草味道，犹犹豫豫。任班主又道："放心！绝对安全！不怕它，我有保障措施！"便把那亮闪闪的小棒棒亮了出来。干巴老头摸了，其他人物也顺势排队摸了。

那胡子人物和清秀女子摸了之后还讨论说："毛硬，扎手！""还温乎的，和皮大衣不一样！"任班主又道："怎么样？各位领导！咱这套班底，十二生肖，现成的！最猛不过虎，可咱这个老虎，很懂事理，不叫不闹的，比那俄罗斯的虎好弄，安全！"

又有一黑面人物道："可这虎，是东北虎，也叫西伯利亚虎，不是和俄罗斯的虎一个种吗？你说温顺，总有些野性子吧！发作起来怎么办？"

任班主急道："丙老师，不怕！不怕！咱这安全措施，十分严密，住的有铁笼，还分层，实行区隔化管理。出来溜达，咱就有监控，又有软电——你们看不出吧，那舞台和观众席间都布了细铁丝，只要猛兽上场，马上通上低压电，叫它不敢越雷池半步！咱还有机动力量，你们看那龙套队演员，也都发了这种小电棍，人手一个，看他们闲散，其实三步一岗，五步一哨，防范布控，早有规划。而且咱们管理也实行现代化制度管理。突发事件，定有预案；动物逃脱，立即围捕；人人有责，联防联动；一人出错，全队连坐，再加上奖惩措施，所以这支队伍很过硬很可靠，从来都没有出过安全事故！"

那干巴老头笑道："任老板，照你吹的，你可真是入错行了！"

任班主笑道："过奖过奖！安全第一，人命关天！小班子不敢不上心哪！说到安全，诸位领导，再汇报一个小秘密，这个大虫，看起来白额吊睛，血盆大口的，其实已经去了半边势。那虎蛋还泡了酒，等会儿我一定给诸位领导弄点回去尝尝——'虎骨八珍酒'，祖传秘方，活血养精，冬令大补，最适合各位领导这样天天辛劳的亚健康人群！再者，行话说：不怕虎挠，就怕虎舔，虎舌上有锉角，一舔去一层皮。咱先把虎指甲锉了光，又在饲料下工夫，咱这个饲料，不管是鸡鸭都是速成的，也不知含了多少雌激素、避孕药什么的，那大虫吃多了，舌头发软，叫声发嗲，哪能不温、良、恭、俭、让。说实话，我一点都不怕它凶什么猛，倒是担心天长日久的，突然变了性，隆了胸，变成虎类‘人妖’娘娘腔哩！”

众人都乐了。

干巴老头低声道：“人家俄罗斯大马戏团肯定也有安全措施，但像任班主这样整得这样彻底的，倒不多！”

任班主道：“咱这个也是因地制宜，土法上马。场子小，人近，密度又大，咱可是宁紧毋松，时刻绷紧安全这根弦。真要是咱有幸在‘春晚’露脸，为大家服务，咱一定保证安全措施再上一个台阶，后台、台口，再加装远红外线的警报线和无线防火墙式拉兽网，一定能把这些家伙牢牢控制在活动区内。”

又有一个满头大花烫发的胖大妇人说：“任老板，你可别跟咱们讲价钱！”任班主道：“哪能呢！蔓姐，咱倒贴钱都干哪！实话报告领导，在商言商，咱要是有了‘春晚’名头，来年生意不是更好吗！”那胖大妇人道：“不叫你吃亏！咱是大台，不欺负小本经营。你就别到时候打死狗论价，给我哩个啷儿的！”任班主暗笑道：“您放心您放心！”干巴老头又加一句：“节目太俗，还得重新整，到时候通知你吧！”

T将军注意到，那胡子人物始终未说一句话，但面有和善之意。摸屁股的时候，亲亲热热的，好像在摸一个小孩脑袋。那一行人等又和猴爵、兔儿爷、小鼠标见了面，笑闹一番远去。

忽又见那胖大妇人和任班主复又返回，二人急匆匆走着，只听任班主赔笑说：“……真是多谢您哪！蔓姐您那里我自有安排，只是这酒多了少了的，怎么个分法。”那胖大妇人伸几个指头，T将军却不认得这是什么数目，只听她说：“就整这个数就行。有的不好这一口，送也白送。还有，你得给我整个大瓶的，我老公他不给力，正需要补补！”任班主笑道：“保证给力保证给力！”二人低笑着向后台走去。

T将军又眯着眼，寻望鸽子。那小鼠标和老猴爵挤到耳边，神神秘秘地说：“将军！咱们要挪地方了！”老猴爵又追加一句：“是改用《春碗》吃饭，这碗可老大了！”

▼ 📁 **春晚文件夹**

▼ 📁 春晚倒计时第6天文件夹：17：09

▼ 📄 莞儿—大导—小濛文件.txt

卡通小莞儿背着白领小背包，蹦跶着一颗小红心，气喘吁吁跑出地铁口的时候，莞儿自己正和老妈相拥着坐在的士后座上看着这段视频卡通，而言大导正在“春晚”彩排现场验收最后一个视频模块，与此同时，小濛正在郊外的温泉花墅里构思小说《春晚》的高潮段落，电脑提示U盘内存即将用满，看来按分形几何学的美学原则整来的故事总是“节外生枝”得出乎意料，已经在“内存”之外用了几个“外存”，不知道还要用几个U盘才能“框”得住？

迎面扑来都是雪！

卡通雪花又白又大又好看，它们是哪个画起的？

卡通小莞儿抽了抽小鼻头，还打了冷战。

莞儿笑了，捅了捅老妈，老妈也笑了。老妈嫌车里暖风干燥，总是开一个车窗缝缝。从的士外飘来的空气寒湿而又新鲜。

莞儿把小粉花素色围巾又裹了一圈。她那颗柔软而新鲜的子宫小小地抽搐了一下，往温暖的盆腔深处躲了躲。莞儿不觉揉了揉肚子。她有点后悔穿了双旧靴子，靴子茸乎乎的白毛翻边虽然好可爱，但是去什么温泉别墅会不会太掉身价？毕竟现在也是个“小明星”了，虽然前面还有草根两个字。大小是个“腕儿”，又不是没有新鞋。只怪老妈说啥子又下雪天又黑，晓得那个别墅里头在不在装修？何必踩脏了新鞋。钱是有了点，但也不能糟践东西。老妈话是对的，但是有新鞋不穿穿旧鞋，还是去找个“爹”（有可能的话）！也不晓得她是怎么想的！

卡通小莞儿站着不动，后面的人却拥了出来。不少人也和她一样望天望地。忽然地他们都排成一排，像检阅场上似的，大步走着；又忽然地莞儿掏出一个化妆品的瓶子，高声疾呼：“美白洗而康，洗洗更健康！”众男女也一齐高举小瓶，齐声高呼：“美白洗而康，洗洗更健康！”

莞儿捂嘴偷笑。老妈也笑了：“搞啥子名堂！啥子都叫我们家莞儿去说！”

莞儿和她妈没有想到的是，现在成名是“爆炸式成名”。自打签了约以后，那尹寨主、梁导立刻兵分两路，一路狂签各类广告，代言不过来就推出卡通形象版；另一路，动员了一帮网络炒家——按梁导的说法，人家虽是炒家，却唤作水军，到处放水炒作，一时间几大门户网站，比如虎啊、狐啊、狗啊的领地内，有了莞儿的专题，有讨论春晚宣介片的，有PK大棉裤的，也有人肉她的来历的，甚至说她是莞美美，又后来发现她爹不是“李刚”而是“农二代”之后，又有好事者采访了她爹。

老汉被人撺掇着牵一匹老马，站在川西刷马口那个拴马石旁边，期期艾艾地说了一通“感谢××TV，感谢‘春晚’”之类的正话。视频上有个字幕，叫啥子“最后的马帮”，老汉像是又老了些，脸上又印了两个红巴巴，许是叫人灌了几口酒的。老妈看了，没说他老不老，倒是诧异哪个没有人来采访她。按她的道理，这事儿板上钉钉还是她最后敲的一锤头。后来还叫莞儿教她几句正经话。莞儿倒是把林副总答记者问的几句正话教了她说，但那几句好话放到她口里说总是蛮搞笑的。也许是她嘴上有伤说不清白。

莞儿听蔓姐说，主创们既为她高兴又觉得奇怪，怎么一不留神身边的那谁就暴得大名了。莞儿成了网络红人后，自然有记者探问“春晚”节目组。林木森代表节目组出来答记者。先从“三农政策好，农家文化潮”谈起，又说到“开门办春晚”的历史意义和现实意义，并代表对于“春晚”宣介片引发了如此高度的关注，深表感谢，最后祝愿宣介片的小姑娘坚强励志，一路走好。莞儿对于“一路走好”不太感冒，对老妈说“我又没英勇献身，哪个要我一路走好”。老妈就说：“要我说，家常说的一路好走才对，慢走，也对嘛。”但不管是“好走”，还是“慢走”，到现在因为无人采访，老妈还是有些郁闷。

视频上那广告又播了几遍，莞儿歪头看天看雪，总觉得这段广告词有些不对劲，可哪里不对劲，一时也想不过来。

夜幕黑得深沉。车灯如炬，飞雪如蝶。黑车见白，白车见肿。雪味儿纯净而又湿润。又有红蓝警灯不知疲倦使劲闪烁。莞儿顺着红蓝闪光打眼一瞟，却瞧见其实是什么楼盘门口保安室上的警灯。

这里偏得很，怎么会有大佬过来。

莞儿松弛下来，一时倦意顿生。搂着老妈的胳膊，头歪在老妈的怀里，这样的舒服，好久没有啰。老妈骨头还是那么硬，只是肉肉不连皮了，松的松，垮的垮，也是老啰。本来以为自己长不大、挣不多的，还要啃老，没想到时来运转的，还红了，还有钱了。真的像老妈说的，“运气来了，门板都挡不住！”也是，怪得很啰，又没有求神拜佛的，又没有“向苍天祷告”什么的，怎么馅饼就落到自己头上了？要不是老妈老汉帮自己祈祷自己不晓得？但老妈是不肯做的。小时候跟着老妈去个小庙里烧香，她总是把一块钱换了好多角子钱扔到功德箱里。有一两个角子扔到外面了，一定是要她捡起收起来“下次再供”的。老妈总说，菩萨晓得了，菩萨不差钱，菩萨给我们返点呢。

这样修功德，菩萨还能返个大功德？搞！

要不真是老汉，他是常走藏区的，马头都拴一个藏密挂件，有事总喊起“嗡嘛呢呗咪哞”。也不晓得啥子意思，好像也是管点用的。有次在铁索上卡住了，天又下雨，又要黑起，叫天天不灵叫地地不灵叫老汉又听不到，哭了半天，只好叫起老汉教的这个六字真言，说也怪得很，过一会儿转轮松起，一蓬草叫风刮起，哦，原来是风吹得草飘卡到轮子里去，草一走，轮子就松了。那一夜，一路跑，又怕把书浇了，拿身子盖起，也不晓得跌了好多跟头，头上都是包，手也破了。望到村子，老汉打把破伞在那棵老樟树等起，见到了，跑上前，一把抱起老汉，一个“爹”字还没有出声，就哭起。老汉也哭起，抹一把鼻涕，背起，回到家，柴火红红的，那一碗包谷稀饭！

老汉，你现在在哪块？天寒地冻的，那几匹老马也不晓得拴好没有，有没有草料？一时间莞儿突然觉得好想老汉！老妈有点奇怪，低声道：“莞儿，你为啥子嘛！又哭起！”莞儿没有回答，却伸了手，软软勾住老妈的脖颈，喃喃地说：“妈，我有钱了，要给你用！要给老汉用！你们一个东一个西的，好不容易！我租个房，把老汉接起，一起住，你帮整整服装，老汉负责熬包谷稀饭，再腌点鲜辣子，好开胃！妈，你同意嘛，老汉他一个人在山沟沟里，哪个叫人放心哩？从前没得条件，现在有条件啰，就要把他接出来嘛！”

老妈拍拍她的脸笑道："你一片孝心，我和你老汉都晓得。不是你妈不同意，是你老汉舍不得那几匹老马！他对那几匹老马，比对我感情深！我晚上蹬被子他都不晓得盖起，马一有动静，他立马就起床，又是喂料，又是点马灯看有没有老鼠偷豆饼。我生病他都没得这么上心啰！你要他卖了马住到一起？！那不是要他的命？再说那几匹老马，肉都老了，卖也没人要，卖了就是放血扒皮。他哪个舍得？都是十几年的老伙计了！可这匹老不死的，偏又熬得，他又精心侍弄，老也是老，还瘦，可就是不死，你有啥子办法？唉，还是怪我年轻时不懂事，看几匹马，你老汉又会吹个哨子，唱个小曲，我在村子又受气，才跟了他！"

莞儿眯起眼坏笑道："妈，你是后悔哩？"

老妈也坏笑，又意味深长地说："早就后悔起，其实妈和你老汉根本不是一路人的。我也试过，住也住不到一块去。这也是我在广东不回去的道理！"

莞儿收了笑容，低声道："妈，我想老汉呢！你也不能因为你不喜欢，就不要我和我老汉团聚嘛！"

老妈却赔笑起来："好娃儿，你莫要把老妈想成坏人嘛！你要和老汉团聚，这个心我晓得、懂得！我是要把你和你老汉——真老汉团结嘛！"

莞儿有些诧异，翻身坐起，低声问道："你说啥子嘛——妈！我哪个听不懂呢！"

老妈极力挤出些笑容，耳语道："莞儿，好娃儿，妈是为你好呢！你以为我们是去洗温泉？哈！洗温泉还用得着打的，跑这么远！你忘起你老妈在洗浴中心混这么久！洗温泉我不晓得哪个回事嘛！二十几块一大包、三块八一小包，硫磺粉一搅和，都是矿物水，查起，矿物还超标呢！批发更便宜！——老妈不是别的，是帮你寻真老汉！"

"真好汉？真爹！"莞儿有些蒙。她忽然想老妈曾经塞给她一张旧名片，那上面依稀有什么温泉别墅之类的地址。可是因为从来就没有想过要找谁，那张名片后来也是胡乱塞到箱子角角里。自己有双手，怕啥子！

老妈意味深长地说："莞儿，老妈来了这些天，你周遭的人，老妈也都过了一遍的！老妈当楼长干啥子？就是过人的。老的，少的，有钱的，有点小钱的，有点小钱又装作有大钱的，真有大钱又装作挣小钱的，老妈一两个回合就晓得了——所以你周遭的人，老妈的结论是，能够真正帮上你的，不多。你那个破速记公司，就不说了。尹总、梁导，都是不错的，帮你也是真心的，只是他们自己都是出来混的，还没有成气候。再说他们发了力，发了几次，力道也就是那个样子了——后力不足。听说尹总背后还有大佬，什么吴大波士，老妈还没有见到。再就是‘春晚’那批人，他们都有自己的事，就是几个导演、策划，还帮你。那几个搞策划的，话多，办事儿虚。梅导来实的，可她自己也不上不下的，还不晓得将来靠上个啥子人。只有大胡子言导演，是真帮你也能帮上你。莫看他话不多，为你办的事都是要紧事。大胡子，看起来也可靠。老妈年轻时就喜欢大胡子。”

莞儿心里怦然一动：妈呀！老妈可别说言大导是我爹！

老妈似乎看穿莞儿的小心思：“言大导据说年轻时是不留胡子的。反而是你老汉，倒是留胡子的——他们跑马帮的，十天半月的在外行走，也不刮脸，胡子长了拿剪子齐头一剪，胡楂楂的，又粗又硬，还带点棱角，还骑着马，还唱个歌子，还吹个呼哨，老妈能不心动吗！后来才晓得你老汉的胡子，其实又脏又乱，汤滋米粑的，他又喜欢和马贴个脸说说私房话，把个脏胡子上还粘马鬃的，咳，细看不得细看不得！不说了不说了，一说你老汉老妈就没得好话——其实，老妈的意思，就是趁这个机会，把你定个根，打个基础。莞儿，你没有想过，等到‘春晚’这事风头吹过了，又或者那个尹总的公司黄了，开春你吃啥子？还是背个机器到处打字？你几时混出间房子？混出个正经男朋友？”

莞儿一时语塞，嘀咕道：“混不出头，背个机器混饭有啥子问题……”

老妈正色道：“老家古话说得好！草帽不如打阳伞，大树底下好乘凉！”

莞儿低声道：“妈，那——我们现在去的地方是去找人？”

老妈叹口气道：“是去找人，找个能帮你的人！”

▼ 📁 **附件文件夹**

▼ 📁 TTT文件夹

▼ 📄《南周》访谈文件.txt

她期待站上主流舞台＃￥％—＊——专访“中国雅凧傠叻嚩穌卅奎垰迚意婐濄弥冇竤濄濄敤＃￥％……”

《南周》曹维斯

“推拉”之下的勇敢转型

记者：您曾是一位成功的军旅歌手，为什么要转型？

凧傠叻嚩穌卅奎垰：我觉得艺术要纯粹，需要用其本身的魅力去感染人，代表你的声音。很多艺术之外的东西让我力不从心。我想摆脱这种漩涡，这种定式。所以我渴望破茧成蝶，挣脱。再加上，我是在凧傠叻嚩穌卅奎垰。

记者：在中国传统文化中，乐即是礼，在你的表演中似乎非常强调礼仪对一个人规训的功能，是否想通过歌唱来唤醒国人对于礼的这种意识？

凧傠叻嚩穌卅奎垰：其实很多人理解礼，就是拱手、弯腰、谦让。这只是一部分，礼的更高境界还是德。是一种仁爱、伦理、和谐。所以我希望我的音乐里面可以渗透这种人类的智慧、伦理和道德。我的理想可能看起来很天真，不可能，但是我觉得就算是一滴水滴在这个盛满咖啡的杯子里面，它也会慢慢净化的。如果我们一群人一起来滴，这个水会越来越纯。就是带着这样的心，希望可以在音乐里渗透礼仪之邦的意义。

记者：发现你非常注重形式美感和各种符号的象征性：华丽的服饰，庞大的乐队，以及具有历史代表性的场地——孔庙、贝特锡安神殿等等，你是不是有意传达“美”和“善”之间的联系？

凧傠叻嚩穌卅奎垰：雅为正，新核心表达就是“正气”。虽然汉服很华美繁复，其实体现的都是当时汉代的正气。颜色并不绚丽，但是庄重大气。“雅乐”古代是皇宫里面上层的祭司祭天的，我延续的“雅”是典雅、儒雅。在“真善美”当中，最重要是“真”，这是我的人生哲学。

记者：现在你不光是歌手了，还是工作室的老板。你有感受到市场方面的一些压力吗?

鼡傠叻嚻龢卅奎垸：……从国外回来之后，也有人问为什么不去别的地方演了呢？因为按同样这个规模出去是要大量经费支撑的。经费方面确实是我的一个痛……确实需要企业来和我们合作。我们都不懂这些，而是凭着自己的热情去做。怎么说呢？NGO是不以营利为目的的，讲的是社会需求，这个可能是我们最合适的方向吧。与总统交谈迚亰媟濄弥冇，弦濄斁淡藘亰、媟濄菈、迚罘。吋亰罘，弦？嚄跶悳鳌蒺。亰媟濄濄斁。

▼ 言大导—贾斯汀—梅兰竹文件.txt

就在莞儿惊异老妈居然要帮她找爹的时候，言大导正在演播厅梳理节目流程的最后版本。

“春晚”排练已进入合成阶段，形成排一天歇一天的节奏。

要说歇，也不真歇，而是把排练出现的问题挑出来，反复整改。不折腾到人疲马乏，决不收兵。所以实际上“歇”的那天，对导演组而言反而更紧张、更劳累。

现在，各工种都集中到大演播厅。为了交叉排练还蒙茅台特许占领了周围不少演播厅。

正是吃饭时间，乌乌泱泱的，各个节目的演职员们，像动物离开巢穴一般从各演播厅钻了出来，挤满各条走廊，就连卫生间门口也有不少化了半边脸彩妆的男女演员蹲着吃饭。据蔓姐的考据，卫生间门口乃是最佳“卫生”位置，因为正好呼应“饭前便后要洗手”的精神文明准则。要是在别的位置，想讲文明就要在此排队。尤其是女伴舞，一来一大帮，衣裙复杂，排烦了哪还顾得上讲文明。“熙熙攘攘，皆为艺往”。这是云先生对“人海”的形容。但是言大导的感受是“饭局开时碗不够，人到用时方恨少”。往往事到临头，身边只有贾斯汀可以支使，就连肖门神，平常总是一叫就应的，现时也受了林木森指派，戴了个细袖套带一伙警校实习生

“检查安全死角”，一半天连个人影也见不着。

言大导正端坐在总导演的专席上看节目单，心烦意乱，面无表情。

所谓专席，不过是肖门神让一帮剧务围拢了几张简易茶几，形成一个架构。两张茶几上摆着大小不等的监视器，信号都从米哥的导播间切过来的，有的高清，有的普通；贾斯汀又摆了两部电脑连上打印、传真，搞了一个小小的信息中心。其实大部分情况是贾斯汀他自己在用，大导所熟悉的通联方法是打电话、发短信。但进入现场排练以后，杂事太多，而且千头万绪的，都立马立刻地要大导拿主意，下决断。大到节目整调、演员换角，小到批钱特购飞梭机的长效电池和“摆平”十二生肖动物的打嗝放屁拉屎撒尿。

大导旁边自然是副总导演席，但林木森又不甘于当助理，只做二传手，便以督导导播安全为由“上楼”去了——上楼是指楼上的大导播间。在那里各种显示器架一面墙，各种切换、剪辑、录像台一溜摆开。米哥和他的若干剪切师一排专席皮椅面“墙”而坐，忙碌着他们的忙碌，调度着他们的调度。而林木森的专席则设在他们的身后。

蔓姐按每年惯例，已在导播们的后面，摆上一排长桌——到了直播那天，还会铺上红丝绒桌布，上置水果、饮料、茶水。居中当然是茅台和副台长的专席，林木森便要蔓姐把他的位置安排在茅台的旁边。蔓姐曾适时地对贾斯汀说：他不是不想当“二传手”，他只想当茅台的“二传手”。贾斯汀很有城府地笑笑，看看大导。大导面不改色，似乎权当耳旁风。

其实让大导烦心的远不是林木森的专席之类，也不是他以全权代表姿态在新闻发布会上隔三差五地说些大话。令大导头疼的是那21条。

那21条从贾斯汀的管理学上说是“无源指令”，看起来是茅台批转的，或是从茅台渠道转达的，但却在操作上没有什么具体要求。没有什么具体要求并不意味着没有要求，而且更重要的，没有明确表达的要求不意味着就没有真正的具体要求。这段车轱辘话是贾斯汀领命后的高度概括，倒把大导说笑了。一进排练场，分兵若干路，导演组们按语言、歌曲、舞蹈、少儿、杂技、魔术、主持串联、特别节目、观众互动、视频音频分兵把口，连几大策划也受命督办几个重点。

实际上想和谁商量21条眼下也找不到人，现在想有所改动或从头来过在时间上已经是不可能了。正如丙老师用诗一般的语言所形容的“当种子已经长大成熟，我们只有祈祷收获”。

“贾斯汀，你吃饱了吗？”

贾斯汀是受过公司训练的，立马放下盒饭：“OK，大导，吃饱了！‘吃饱了，干活吧！’这是方便面的广告，也是我最欣赏的人生状态，我有篇小paper就拿这句话作个案分析的。——我们开始吗？从哪个科目开始？”

贾斯汀Pad一点，立刻出现了大格子套小格子的工作表单。

“贾斯汀，那我们先过常规节目吧！”

贾斯汀却神朗气清地笑道：“大导，依我看我们还是先过21条吧，21条难弄。”

言大导抽了张纸巾仔细擦了擦胡须，同时对在斜角上突然瞄准他的大摇臂摄像师做了个“NO”的手势，说：“你先说说。”

贾斯汀是整个场子里唯一西装革履的工作人员。另一个爱穿正装的是林木森，因为他“随时”准备以“发言人”的姿态出现在镜头前。而排练场上，除了有演员穿西装，工作人员都是衣冠不整疲惫不堪的样子，有的还趿拉着个鞋，冷起来棉大衣一裹，困了就地找个座趁空“小眯”一下。没日没夜地熬着，所有的人眼睛泛红，连女的也顾不上注意形象。所以每当贾斯汀出现在场上，衣冠楚楚，小分头光亮，很多舞蹈队的小女生都以为他是什么“腕”呢。大导也笑话他天天上台似的装扮自己累不累呀你。

贾斯汀却道：职业经理人永远要通过外形给客户树立自信！就是银行要倒闭，经理也必须衣饰光洁，微笑示人。大导难得笑了，但也不得不承认，确实在某些山穷水尽、走投无路的时候，贾斯汀一身经理装振奋了他的精神，有时还歪打正着触发一些文艺圈里碰不出来的小创意。所以大导有意识地让他多“掺和”些管理事务。

“那你是说常规节目不重要？”

“重要！那是卖场主打，怎么能不重要呢！不过，依我这么个外行来看，这些常规节目都有资深导演领衔，各工种配合也是熟门熟路的，都练了这么久了，不太容易出问题——要出问题，我看也是个别演员头花掉了，裙子被踩了等小问题——”

“哈哈，你小子专盯女演员看！”

“嘿嘿！那倒不是啦——您不是常常教导我们，办大事办小事，无非就是办人事，人和事，摸清楚哪些人能干大事，哪些人可能干错事，事儿这个盘子不就有底了吗？经我观察，常规节目在管理上领衔有专才，进展有流程，操作有管控，品质有监理，安全有督促，验收有程序，出不了什么大问题。顶多就是感冒发烧出勤波动，道具破损、申办外购这些小case，咱们也都有预案。要说重要，还是21条重要，都是管理上的棘手问题，但也是出效益或影响效益的大问题。管理有个二八定律，大致而言，常规项目通常占八成，但其效益往往只占两成；特殊项目、招牌项目往往只占两成，但效益往往要占八成。就像餐饮业，开个馆子，大路菜家常菜不能没有，但招牌菜虽少，影响力、传播力和效益却是主导；开发商卖楼，前面是别墅，后面是高层公寓，卖起来还是别墅打眼，净效益也实在；开商店推大卖场，工夫要下在明星商品上，配菜当然要有，货架上不空就是了。咱们几个小时的大晚会，也如同大卖场，每个时段抓住几个重点项目，总体的兴奋点、影响力也自然起来了。”

大导有些吃惊，这些“歪理邪说”不是文艺圈里人说话的套路，但是从项目分析来讲，贾斯汀讲得倒也有道理。便道：“贾斯汀，看来你真是个人才，你把刚才说的给我整理整理，把这档子事整完了，我们好好地总结总结。这帮家伙，发个Pad，只知道上网、玩游戏，连EXCEL、甘特图都不会用！”

“其实，”贾斯汀字斟句酌地说，“恐怕也不能完全怪他们。这些都是管理上的事。这么多年来，他们干的都是艺术工作。不过，说到根儿上，艺术创作是艺术创作，艺术管理是艺术管理，这是两个行当。就像大师傅会炒菜，但餐饮经营是经理干的事；又如同盖房子，建筑师、工程师当然少不了，但项目管控靠的是经理团队。在国外，不管是剧场、影视，还是画廊，艺术是艺术，管理是管理，各有分工，各有行当。咱们这儿文化体制才改起来，按您说的人事人事，现在事开始明朗，可是这既通艺术又通管理的综合人才还有大缺口。”

大导捋捋胡须，低声笑道：“你现在就知道为什么我要把你这个大外行挖过来的道理了吧？文化体制改革是早晚的事，不说未雨绸缪，也要留条后路是吧。你外行，但跨界却是优势，你不懂艺术，但从观众角度考虑，从管理角度考虑倒也是优势。我是这么想，你先历练历练，等到上面一声令下，咱们艺术这一摊整成个公司，你就是现成的管理人才！”

“谢大导栽培！”贾斯汀也悄声道，“不是我当面恭维您，我满眼望去，咱台里学贯中西，既有艺术修养又懂管理的真不多啊——”

“你小子就是当面恭维我——”虽然调侃着，大导心里还是很舒服。不过贾斯汀下面的话却又让他吃了一惊。

“大导，您的眼光、判断力都没的说，可是为什么还这么累？我看您又失眠很久了吧？也不是什么简单的心理压力‘官心病’，这么累，实在是您这个岗位必然生成的——”

“你小子是说我自找的？”

“嘿嘿！我可没那样说。可是从管理上看，资源都在您手里，创作加运作、编导加管理、艺术标准加项目统筹都在您这里，您累不累？而且，不只是您，上到茅台、审委会，下到编导、小演员，都累。资源垄断，又自己玩，既做运动员，又做裁判员，还要忽悠观众鼓掌叫好，不累才怪呢！要我办‘春晚’，把上面说的开门办春晚的开门二字，贯彻到底！干脆，我按时段招标，既面向台里也面向社会，形成竞争气氛。咱们只坐山观虎斗，好中选优，优中掐尖，还愁没有好节目？连广告都按时段打包一勺烩了。无论中外，国家级大剧院剧目牛不牛？都是顶尖级的吧！可哪有大剧院自己排剧目的？咱们要是放量搭个平台，观众投票选节目，更省事。咱们这个‘春晚’组人员可以大大精简，就像房地产一样，只成立精干的项目组，只管验收就是了。”

大导若有所思，笑道：“这倒好，总导演可以不要了，改成总验收就成了。干脆叫项目总经理得了——对了，这事儿你这家伙就可以胜任，我就可以彻底歇着了！”

贾斯汀倒没有被吓着，不卑不亢地说：

“大导，您对我这么关怀，我也不能对您不交心——您刚才说让我历练历练，我非常感谢！不过，我的职业规划在念国际商学院之前就定了，其实我对体制内的不官不商的公司并不特别感兴趣。依我浅见，做‘春晚’也罢，做电视也罢，有三种人，一种是当事业，您是代表；第二种是当仕途台阶，林副总是代表；我不会走林副总升官道，也不会走您的事业线，我是第三种人，要走就走纯商业路线。Everything is businese，不瞒您说，这里有个大背景，很多电视业者高高兴兴地忙碌着，并不知道这个行业已经过了正午，正走向黄昏。您在具体事务上陷得太深，我得提醒您：

“咱们目前的电视业体制是按传统计划经济思路设置的行业管理模式，以为电视就是电视，根本没有考虑到电子产品类背后的摩尔定律——摩尔定律过去讲产品更新要18个月，实际上国际IT在线数据表明，已经是半年了。这意味着电视机，今天是电视，明天就可能不是电视了，而是家庭多媒体信息接收终端了。您看这Pad，最大的有桌面那么大，三星公司受微软委托已然研发出来！当然是要进入家庭的，最好玩的是四个人围坐打虚拟麻将，两个人也可以对弈下棋。当然可以挂起来看电视节目或者说下载很多高清节目，虽然现在还很贵，但普及起来会非常快。液晶出来也没几年，可现在谁家买电视不买液晶？你想买那大盒子的也买不着了！

“这意味着什么？我们现在的电视台、电视频道，乃至现在的电视节目都只是将来家庭信息终端N多N多界面之一！不是现在的一个电视频道是几十个频道之一，而是上千个上万个视频界面之一！多功能、高清化、全互动的家庭信息终端就像是一个巨大的信息超市，咱们的节目，也包括‘春晚’只是这大卖场的一个产品，当然也可能是明星产品，或者说，弄得好的话，才是明星产品！”

大导一时有些蒙，虽然也留过学，但学的主要是艺术理论、节目制作，而且回国后浸淫于具体业务太久，竟不知道贾斯汀说的发展这么快的大背景。

“照你这么讲，我们现在这么折腾，其实是夕阳行业最后的晚餐？”

贾斯汀还是略带谦恭但意志坚定地笑着：“我可没这么说，大导。不过，可以肯定的是，不是早餐。”

大导苦笑了一下。合着没日没夜地瞎熬，累坏了老大也累坏了老二，都是在做“夕阳红”下的“最后的晚餐”。

贾斯汀抓把椅子贴近坐下，又顺势把几个手机都调成静音。

“大导，Sorry！我话说猛了，把您吓着了，其实也不至于那么快。总还有个过程。但我们都常说，要有历史观。在广播时代，我们电视是早餐；在电视模拟时代，数字电视是早餐；可是历史发展不会终结对吧，这是我们受教育多年都认可的，对吧？难道到了数字电视就是历史终结了？肯定不会吧。那么OK，现在已经明显的，高清电视是一种早餐，可是以Pad为代表的个人—家庭多媒体信息终端，更是刚出炉的早餐——这就像出版行业，纸制品出版系统有点‘夕阳红’了，而电子书这份早餐已经热腾腾地在市场上开卖了！

“人往高处走，水往低处流，所以，您的一番好意，我心领了，可是我自己的路得自己走。这么跟您报告吧，‘春晚’倒计时也只有6天了，这几天，我一定站好最后一班岗。过了节，我会正式提出辞职报告。实话说吧，我同学的公司已给我留好了办公室，副总的位子，80万年薪加期权，您说，我一个职飘族，一个小房奴，面对如此大的诱惑，总不好意思太客气了，嘿嘿！”

大导这下彻底蒙了，原来这小子早就身在曹营心在汉啊！

便又强笑起来：“贾斯汀，算我慧眼识人，祝贺你前程远大。不过，我也听说过，民间公司鱼龙混杂，你可要擦亮眼睛。”

贾斯汀笑道：“大导，谢谢您的提醒。不过这公司实力还行。公司背后有个集团，集团背后有几个上市公司，国内国外的都有。投资人代表是个叫永哥的收藏家。这人代表谁咱不知道，但他应当还行，连茅台都认。对了，听说咱们‘春晚’开场的全球网姐佳丽就是永哥的海外公司介绍来的。我去的这个公司已经在数字电影方面布了个局，全国大概300多块银幕吧，电影业现在上升了，回款还行。他们还打算去越南、柬埔寨投呢。”

“你是去做数字电影？”

“不不，我是去做新业务，就是刚才讲的家庭信息终端，我把它叫Home Pad，又大又清楚，又好玩。虽然现在贵，可也贵不到哪里去，美国价码8400个‘刀勒’，人民币目前大概四五万吧，可是别墅、会所、KTV、麻将馆，还有星级宾馆都可以买。还有这总比买车便宜吧！买车玩的人，冬天出不去，闷在家里，老看电视看春晚？这玩意儿又能看又能玩，还比养车便宜，玩家不能少吧。

“全国千万级净资产的有钱人，据查超过这个数！我一年卖一万台，就是三四个亿毛收入。而且我很快降价，摩尔定律嘛！降到一万，进入百万级家庭，只要卖到100万台，就是100个亿。这还是售价，对不对？另外，它只要进入家庭，也就变成家庭广告终端。再加广告费是多少？比咱们台广告费强吧？

“它还有个功能，目前电视机替代不了，它是联网的，用户间可以互动、建群。到时候，真正和您这个‘春晚’竞争的，不是别的电视台的‘春晚’，是我，我会发动全国用户全国麻将大赛，不赌，赢家只获一套别墅的居住权，也不违规，主要是热闹，麻将大守岁，到了零时，开牌，全国用户都在喊‘和了！’那多壮观。当然我也整高雅的，同时开办‘全国诗歌咏诵会’‘国乐守岁金典’‘守岁夜曲金典大放送’，和慈善协会联办‘全国慈善低碳大竞拍’，还有‘全国校花谢师恩大拜年’‘全国孝子贤孙敬老大拜年’——”

“‘孝子贤孙’过去可是在送葬扶棺材、扔纸钱时候用的！”

“对对您说得对！可以叫‘全国孝亲敬老大拜年’！您想想看，一到零点，全国少年儿童在父母带领下给爷爷奶奶、姥姥姥爷大拜年，在家的拜了上传Home Pad；不在家的，通过Home Pad问候行礼，这多壮观！多么动人，也多么国粹多么非物质文化遗产！对了，我也办‘春晚’，全国家庭‘春晚’大汇展，大导，到时候我还是请您当总导演、总评委！”

大导倒静下来，叹一口气道：“没想到你还真有些创意！真是庙小留不住大修行啊！”

贾斯汀大笑道：“您夸奖我！我哪能和您比！我那都是大撒网大捞鱼，您的功夫是刀刃上跳舞，不是一般人学得来的。这就说到，还是您累。说实话，这21条我都过了几遍，当然是尽心尽责帮您督办项目。可是反过来想，这里头很多项目是光头不痒玩虱子——自找的。要是松绑了，哪还用得着这么紧、这么累——据我所知，原来‘春晚’起头的时候不就是联个欢、唱个曲，说个笑话，都放松着呢，现在可好，越办越大，越大越紧，越紧越累，越累还越讨不到好，这肯定出了问题，而且不是21条这些具体操作层次的问题。”

大导又回到面无表情的状态：“说这么一圈，贾斯汀，你说这21条还要不要？”

贾斯汀又浮起职业微笑，迅速回到某种助理的神情：“事到临头，哪能松懈。知其不可为而为之，也是职业经理人的基本素质，更何况咱们现在都还是台里的职工，都是吃‘春晚’饭的，把事儿办好，谋事在人，成事在天，咱做人，也得把这事儿办OK了。”

贾斯汀便点开Pad，Pad上立刻飘来一张工作表单，那是21条“综合解决难题”，贾斯汀乐观地说：“不管从哪个角度看，在大导您的英明领导下，这21条都收网了！”

大导原想是抽空把21条捋一遍，重点不重点的都有个落实，心里好坦荡，不想听贾斯汀这一番“开导”，倒又忐忑起来。照他这意思，既然是夕阳之余晖、最后之晚餐，这菜谱上多一道少一道菜又能怎样？无非是留个口碑而已。

可是按他的“历史发展论”，那内容更丰富、选择更自由、互动更广泛、操作更方便的Home Pad家庭终端已然近在眼前，操盘手不仅是自己的助理，而且还理直气壮地拿80万年薪加期权！到时候，全面狂欢于Pad互动大节目，甚至也包括Pad“春晚”，Who care在历史上曾经有个留大胡子的言某人为某个历史句号画得更圆满些而殚心竭虑？就像现在谁还记得那轰轰烈烈的广播喇叭里播出来的大文章、大节目。

这样一想竟又泄气许多，不觉那因为失眠而启动的头痛神经又隐隐痛起来，但又放不下。一个负责的艺术家的架子，真是比忐忑还纠结，比纠结又镇静，比镇静又不安，比不安又自慰，比自慰又窝火，比窝火又无奈，比无奈又苦恼，比苦恼还又有点酸楚，比酸楚又还有点小小想不开，比小小想不开又还得过且过，比得过且过又还有点力挽狂澜的悲壮。便揉一揉跳痛的脑袋，饮一口浓茶，正色道：“一项一项，认真过。人谋事，天自知！”

那21条第一条便是车位问题。贾斯汀报告，实际上这已没什么问题了。自进场排练之后，演职员的工作重心已经移到排练场和演播厅，广厦B座那边，除了“轮番”回去休息、睡觉的人，也少有人光顾，所以那原来车位紧张的问题也“自然”解决了。现在的问题是进台车位和车证的问题。

由于车多，台里特批划了两块地方作为春晚演职员临时车位。其中有一块地方是新闻口那不好惹的老石头的地盘，但台里的决定也很有道理：他们有一百多号人去外地做“过年七天乐”的大直播节目，过年时节回不来哪有白空车位的道理，但是老石头真是不好惹，软硬兼施地，又从台里找回一百多张“春晚”观众票。这些破事，茅台为了不干扰大导，只交代林木森“协调”了。但是又冒出“车证”问题。原来进台的社会车辆可以办临时车证，不知怎么安保上了级别，说是什么组织放出话来要“借场子”搞点事，这就要追查什么“黑衣人”，可大冬天的，人来人往，十之七八都是黑衣。这样一紧张，临时车证的审核检验严格了许多。

腕儿们大部分有专职助理打理证件，熟脸又是最好的通行证，倒也没惹什么麻烦；反而上不上下不下的一些“艺术家”，人脸又不熟，又没有专职助理打理杂务，自己走程序还嫌烦，而且更重要的是办了证也不好好收着，丢三落四的，进门就听“解释”，形成拥堵；最麻烦的是搞乐团的，车上装有乐器，不让他进来一团人都在台上等，让他进来又差一两道手续。这种破事最后连林木森也懒得管了，直接授权给蔓姐。她倒好，拿了一百多张彩排票打通交管部门，干脆封了一条辅路，专供台外“杂人”停车。远是远一点，天寒地冻的，也不太好走，但是一下化解了车检排队大拥堵的困局。这样台内证走ETC，台外的车不是特别重要不让进，台门口一下松快起来，台里的车位因少了这些“流窜犯”（蔓姐语）的干扰也不再纠结。众人都夸蔓姐有办法，连茅台都表扬了蔓姐。

听了贾斯汀的报告，大导放下心来，每年“春晚”为车位都有争执。大腕、明星、领导层都好办，一是有专位；二是为人低调客气，遇到会车，都会礼让。可恼的是一些开好车的暴发户，身份感上刚刚开始膨胀，却又没有膨胀到“低调谦和”的层次，还有一些给大佬开车的小司机，大鸣大叫的，开得又冲，有一回三辆车撞一起，各吵各的，交警来了谁也不服，气得交警说“这是你们单位内部事务内部处理吧”，一甩手走人。着实堵了半天，把不少节目都耽误了。最后还是把三位车主的上级都请来才解决问题。茅台还管了一顿饭。

这就突然想起前一阵肖门神在广厦B座为那个加长林肯协调车位的事，便道：“贾斯汀，你还记得那天有个加长林肯来广厦B座，还说是那什么永哥要过来看望大家，怎么最后没来？”

贾斯汀道：“其实后来搞清楚，是林副总看见加长林肯，推断是永哥过来。其实那车是曹磊——就是那个帮永哥搞全球网姐大赛的曹磊开着玩的。曹磊来了也没来咱们这儿，直接去了8楼，看那网络春晚草台班子去了。”

大导沉吟一会儿，道：“这倒有些怪，他不是咱们的战略合作伙伴吗？他的网姐，咱们还安排了开场大亮相，照理该上18层才对呀。”

贾斯汀笑道：“网络大佬现在都在玩资本游戏，对他们而言，什么艺术的味道、女人的味道，甚至包括他们起家的技术的味道都不重要了，重要的是钱的味道。那8层虽是个草台班子，但掌局的尹寨主原是曹磊的小兄弟——这也不重要，他们感兴趣的也不是兄弟的味道，一定是闻到什么大钱的味道才过来的，要不然，那肯定是小兄弟去见大佬对不对？另外曹磊是爱玩，开飞机买游艇什么的，但他人并不笨，为什么要开永哥的加长林肯过来谈事，可见这事不是简单地得瑟得瑟。”

言大导突然发现自己忙叨叨的，自以为把圈里圈外乃至台内台外都看透，谁知眼皮底下竟有这么多事没弄明白，不觉问道：“他们一个草台班子，能有什么大钱的味道？每年也不过是起一阵哄，唧唧喳喳一阵，然后鸟兽散了。就像一窝没头没脑的麻雀。就算他们跟屁虫似的签了莞儿，也不是拾咱们牙慧吗？也不过是多拍了几条杂七杂八的小广告。莞儿她本人很朴实很单纯，但也就如此。她母亲有点江湖味，但还好，不过是文化低了点，社会上经历多一点，但也像是良善之辈，也不能有什么大背景。难道真是那大棉裤暗藏深意？”

贾斯汀故作神秘地耳语道：“我有另外的消息来源，听说他们是在找莞儿的身世呢！”

言大导更加不解：“她哪能有什么身世？不过就是农二代、打工妹，咱们的宣介片，前前后后也都交代了呀！”

贾斯汀嘿嘿笑了两声：“他们在帮她找爹呢！因为她妈——这个前面比较复杂，所以有可能她爹是个有身份的，当然不可能是您这样留胡子！”

大导一惊：“你这是影射我？”

贾斯汀放出更加知心的样子：“大导，您对我这么栽培，我哪能知恩不报呢！但这帮小子的思路我都清楚。他们不怕炒作，也不怕弄错了，更不怕道歉，反正‘正、反、和’都是赢，这也是中国哲学吧？您想这宣介片到了‘春晚’也就播完了，大棉裤再红也就到此结束了。可他们签个莞儿不会就这么短吧？再持续下去，靠什么保持传播热度？假设，仅仅是假设，莞儿找了个爹，而且是个有身份的爹，最好是个‘名爹’，由‘农二代’戏剧性地转化为‘富二代’‘官二代’，或者是个‘星二代’，还有什么故事比这个更能吸引眼球吗？您也知道，那什么这个美美，那个美美，真的假的，香的臭的，时间久了都成了记忆，说商业化一些，也都成了品牌。至于牙慧不牙慧的，那是艺术家比较清高的想法，商业上‘跟风’‘仿制’都是很好的策略，还有个高深的理论叫做‘商业模型的非线性分形开发’呢！”

言大导无语。他本想说“那你想想看有什么办法了解一下”，又觉得不合乎两人的角色。

突然地，他觉得和这个助理说话的语境已经“由强变弱”了。而他以及他说的各种圈子、各种背景，竟有许多自己不入港的地方。

一个艺术家，或者原来一直以艺术家定位的人生，世事纷纷的，竟眼看着走到三岔口了。

走仕途官场，比不上林木森有钻营劲头；走市场路线，又比不上贾斯汀、尹寨主这些后起之秀有资本知识。

便想起有次和策划三老喝酒，云先生喝高了发牢骚说：“咱这一行叫艺术家，其实，也就是良家妇女，总要靠个大树，不靠父家便靠夫家，不靠祖上便靠儿女。要是谁也靠不上，那就得靠自己抛头露面水火挣扎还不知能不能洁身自好、平安一生。”那老烟斗又补充道：“说雅了说雅了！我听某女大腕说的，大家闺秀贵人靠，小家碧玉窝里抱；小姐挣钱有一套，寡妇心痒自己挠——想开了都好办！”丙老师红黑着脸笑道：“粗俗粗俗！还离题！还是上班族的跨界诗说得好，路漫漫兮其修远，电梯上下而求索；求不索兮待不住，千里老家一日还；一日还兮去拜庙，日照香炉生紫烟；生紫烟兮路漫漫，吾将上下再求索！”

大导知道他们也各有烦恼，不免借酒胡说宣泄，但望眼同类，却真有电梯上下求索的怪异心相。现在贾斯汀说得越透，那种怪异感便越强，正捋着胡子，忽然间又想起云先生给他发过的短信，那是《段子诗抄·胡须吟》，诗曰：

言未出兮须先扬，
食既位兮须先尝；

发虽至高无其精，
暗毛劳苦无其畅。

颜面装点须有型，
长短相竞换花样；
一朝失意连根铲，
飘零落地叹无常。

原以为是牢骚小诗不曾在意，经贾斯汀这么掰开揉碎一摆，不知业外大势竟如此紧迫！而平时总以为是大导大导的，是设计别人的，不承想，也有可能被别人设计呢！真是最后的晚餐还没有结束，身边的犹大们已经蠢蠢欲动了。

▼ **附件文件夹**
▼ 作业文件夹
▼ 情景空间“分形”结构练习文件.txt

秘密温床

（情景剧本梗概）

作者：齐小濛

（达蒙特·夏波先生：这是我的作业，正如您所要求的，故事文本是从我妈那里听来的一个笑话，当然为了疗伤，我也有所发展。您看要是有戏，我准备写出真正的剧本，在圣诞节前排练出来。我还打算请您本人来演大V呢，因为其他同学都没有这个气质。）

时间：当代

地点：海边的秘密会所

人物：大V——玩钱的VIP

胡蝶——著名艺员

“抚莱尔”——会所里的三陪女郎，外号“小蝴蝶”（老板要求她们每人模仿一位明星）

KS——网络记者，狗仔队里的偷拍专家。

海岛。秘密高级温泉会所。正在举行蒙面舞会。大V和胡蝶相拥，亲密地舞过。

会所里面有一总统套房——“秘密温床”。绝对舒服，绝对安全，而且会所里有一批刻意打扮得像明星的女郎提供各种服务。

大V（玩钱的投资人）在此打电话，召来三陪女郎“抚莱尔”（她戴着面具，就在舞会上，KS和小蝴蝶“抚莱尔”舞过）。

二人公事公办地谈好价格，按规矩办事。

“抚莱尔”正要开始工作，大V却说他只是“谈判代表”，真正的客户是“老V”（更有势力的人物，正欲收购此公司而他要把公司卖个好价钱）。

大V要“抚莱尔”在里面休息准备，他在外等人。

等来的却是自己的女朋友——高级艺员胡蝶——她看见许诺过她的即将“结婚”的男友大V居然离开舞会，召到“三陪女”，故而跟踪而来。

大V百般好言相劝，说是探望朋友，并且打开房间让其察看。在里面的“抚莱尔”只好迅速躲到大衣柜里。

胡蝶在大V“陪伴”下离去。“抚莱尔”松了口气，走出大衣柜，试着各种艳装。扮成服务生的KS来布置房间，“抚莱尔”发现他鬼鬼祟祟，正在布置偷拍设备，而他竟是自称“记者”的男友！

KS正欲打开大衣柜检查，“抚莱尔”无意发现大衣柜里的暗道——赶紧逃走。

“抚莱尔”从外面花园里又绕道进了房间，质问KS。

KS替自己狡辩——原来他是网络狗仔队，负责偷拍。

“抚莱尔”劝他离去，他不听，他是靠职业技能生活，要对“职业声誉”负责任。

“抚莱尔”愤然离去，她欲告诉大V，已有所谓“记者”在此潜伏。

不料，这时大V过来问KS的安排是否到位——原来大V也是网络公司的大股东之一，正是KS上级的上级的上级。实际，KS的“工作任务”正是他亲自下达的。

KS 表示没有问题。但是大V却发现里面的“抚莱尔”不见了！那是大V重要的“道具”。两人只得急忙分头去找。

胡蝶，通过仔细跟踪，发现了大V在“秘密温床”进出，因此过来探查，发现这是一个秘密三陪据点，正要打电话询问大V，恰在此时，“抚莱尔”过来取自己的手包，遇上胡蝶。

胡蝶知道了这就是大V找来的应召女郎，戴上面具，和她套话。“抚莱尔”以为她是来顶替自己的，出于好心，告诉她“行情”，还给了她“安全设备”——为了胡蝶方便，“抚莱尔”只取走了钱包，把手包连同各种设备送给了胡蝶（其实，她内心是想成全男友的工作任务）。

胡蝶又好气又好笑，不禁出于好奇，问她为什么从事这个职业。

“抚莱尔”认为她是新来的，给她“开导”——“不要看外面的‘晚会公主’胡蝶小姐美丽光鲜，其实，她也是和我们一样，唯一的区别是，我们是零售，她是批租。”

胡蝶震惊，决定以身试探。她打电话给大V，大V继续骗她在外应酬，其实他已经来到温床外面。

胡蝶心冷，戴上面具，躺上温床，等待大V。

大V开门一看“道具女郎”已经躺到床上，心里放心。通知KS最后检查偷拍设备——原来大V是要掌握老V的一手证据，以便增加“谈判砝码”。

KS 去启动设备，却发现了女友“抚莱尔”的手包——误以为床上的是女友，于是百般向大V拖延时间，谎称设备坏了。

而这时外面“客人”老V电话打了进来，询问“节目”安排妥当没有。大V满口答应。

KS 向大V摊牌，说里面是自己的女友，大V力劝他放弃女友。KS回忆起他和“抚莱尔”美好的网恋和交往不多但却令人珍惜的记忆。

大V根本不在乎这些，以为他是在“谈判”，当场提升KS为部长，加薪，还准备增股。

KS不为所动，“虽然我们做的是脏活，但是脏不脏的底线还是有的。”KS准备辞职，不畏大V威胁，流浪天涯——这一切感动了两个偷听的人，“抚莱尔”上来拥抱了KS，而里面的胡蝶躺在秘密温床上，潸然泪下。

但是KS一发现“抚莱尔”原来不在里面，又恢复了职业状态——“偷拍设备又好了”！

胡蝶打电话给大V，准备最后问他对自己的态度。

大V突然明白原来是胡蝶在里面。他正要开门去喊她出来，“客人”老V的电话又到了——他已经进入了暗道，三分钟后他将“直接、安全”地从“大衣柜”里出现在房间——他说他会感谢他的。

大V有三分钟的决断，是领胡蝶出来，还是把她送上祭台。

KS和“抚莱尔”也在等待结果。

三分钟过去了，大V只是吩咐KS继续工作——继续偷拍。

KS很气愤又很冷静，欲将温床镜头扩展到网络直播。“抚莱尔”却劝阻了他，毕竟里面的胡蝶是替自己在工作，有份工作就不容易。KS因此中断了偷录。

两人拉着手走向海滩游泳去了。

三小时之后，大V过来看动静。胡蝶打开门，大V装作大吃一惊。

胡蝶平静地告诉他：她和老V的“温床聊天”很愉快。胡蝶已不再从事艺术工作，正式下海了。另外经过大股东老V的推荐和其他大股东的确认，她即将出任这个投资公司的CEO，而大V的“生意”也即将结束了。

大V（不解地）：你一个艺员，也就是扭扭屁股作个秀，怎么做生意？

胡蝶：我一生中最大的生意已经做完了。不过出于对你这个教练的敬意，我推荐你出任这个秘密温床会所的主管。

（达蒙特·夏波先生的回复：濛小姐：作业本身还有一些结构问题可以讨论，我恐怕不得不给你的作业判为tafhfkf，afwfsf，tuy398ty30，因为从疗伤角度看，你的这个故事已经rmqrimoi，zvsvsgo，afwnfWF FHwofhWF CCXZC FFfldp qrqrrqrascaaa; ffFFNzVSKSFK sFWfhf asfFKSDFru r9CNDNSvsfwtfqdwewew qwfwfffeg. DvnjsIF;vS：Kvpwi sFJKBIsKJB Wgbg;I wsFWng;nS. 致以感恩节火鸡的问候！）

▼ 言大导—梅兰竹—贾斯汀文件.txt

就在言大导和贾斯汀密论电视前程的时候，梅兰竹却发现了小濛的艺术秘密，提着证据怒不可遏地到处寻找大导。

言大导正乱想着，忽见梅兰竹手提一个保密箱走了过来——又见着那箱子眼熟得很。只见梅兰竹顿了顿。

大导问："吃了吗？我们正在过21条，有急事吗？"

梅兰竹看了看贾斯汀，愁眉紧眼地悄声说："比21条还急！是关于小濛的事！"

大导点点头："那就说吧，贾斯汀不是外人！"

一听涉及小濛，大导更倾向于公事化处理。

毕竟小濛人前人后地还叫他老爸。知道的知道她的身世，不知道的就以为他真是她爸。尤其是在零点项目上，齐濛濛让永哥找人出面协调，台里确定了"低碳祝愿"年度主题，并认可小濛作为"报春天使"主唱《迎春序曲》。

这样一来，项目基本上是按齐濛濛的本子在推进，只是因为俄罗斯马戏团对不上"中国十二生肖"而换了本土化的民间马戏团，并加以节目改造。折腾了几番导演组的创作空间已经不大。原来以为动物入场是个大问题，没想到那任班主不知用了什么土办法，把那帮动物治理得秩序井然，连老虎都十分服帖（现在连台里儿艺团的小演员们也都敢摸摸老虎屁股）。原有的节目虽然俗，但经过老烟斗这位雅俗大通的高手调理，倒也俗得很有"民间文化"的气息，茅台看了哈哈大笑说比某些大腕装傻充愣的"强化喜剧"更有生活气息也更好玩。为了隐隐地避嫌，大导平时有意疏远这个节目，只是让小梅总抓。

梅兰竹先不开口，打开保险箱，里面赫然是一只话筒，上面已有技术部录音组的编号标志。话筒旁还躺着一些说不上来的辅助设备。

大导说："这不是小濛的专用话筒吗？"

梅兰竹小声说："是。玄机就在这个话筒上。平常小濛都随身带着，音频传输频率都是她自己调好，打印个单子交给现场录音师。每次唱完了，她就会赶紧让助理放回保险箱锁上。大家已都知道这玩意儿是进口货，金贵，一般都不碰。但是今天是技术口总调试，定频率，所以她助理过来交到技术部。咱们技术口有个副总录音师，刚从海外学成归来，一看这玩意儿就明白了，把我找过去说，这是好莱坞配音部门特制的变声话筒——原理我就不细说了，也不太明白，反正是尖端玩意儿，就是什么声音进入话筒，经它的内在软件处理，变声，修饰，出来的就是歌唱家级别的艺术效果！”

大导说：“怪不得我还说她说话还是这么说话，怎么唱歌突然就开窍呢！”

贾斯汀也道：“对了，她唱歌从来都是拿自己的话筒！”

梅兰竹说：“是。刚开始排练的时候，有个录音师碰了她的话筒，她可发了好大的脾气！还是我出面协调的。”

贾斯汀拿起话筒就要唱，梅兰竹一把夺过来搁好：“别瞎闹，录音台还没开呢！我在技术部试过来了，我唱出来的声音还是我的声音，可她的声音已经设定了记忆程序，又有密码，只有她本人使用才有效果，别人唱没用。所以除了技术部那个高人，一般人，包括专业人员都看不出来。”

大导倒静了下来，问：“这个，算哪门子问题呢！假唱？可是人家是真发声，不是对口型啊！”

梅兰竹有些激动：“大导！我不管小濛是谁！从艺术上讲，咱们追求的是真善美对不对？真不真，是看艺术功力，看真本领；善不善是艺术伦理，对别人公平不公平，然后才讲得到美、艺术效果对不对？可是这个话筒，说是话筒，其实内藏一个微型电脑，把声音都处理过了，这个还叫不叫真？真唱是咱们一直坚持的艺术原则，这原则咱们还要不要坚持？而且对别的演员，算不算公平？”

贾斯汀赶紧赔笑道：“梅导，梅大姐！敬爱的梅大姐！您先坐，有话慢慢说！这事来得突然，大导也没有思想准备，先冷静一下——我先提一个问题行不行？到目前为止，还有多少人知道这件事？”

梅兰竹坐了下来，一捋头发：“你什么意思？想捂住？——是的，现在也只有那位总录音师和我知道，当然小濛自己知道，她的助理应该也不知道内情，要不然她不会把话筒交出去就去逛街了——可是，没有不透风的墙，这事要是被记者捅出来，咱们！咱们还——”

梅兰竹激动得说不下去，贾斯汀赶紧倒了杯水递过去。言大导也坐到她的旁边。他没想到梅兰竹对艺术的追求这么纯粹，一时又生出一种敬重的心绪。

“小梅，你说的这个事，确实很严重。这比考试作弊更严重！这可是在大庭广众之中，众目睽睽之下，公然地欺骗观众！而且是在春晚！在零点！在祝愿来年的大仪式中！小濛这孩子，玩笑也开得太大了！贾斯汀，你是职业经理人的思路，遇到这种事，咱们该怎么办？”

贾斯汀沉吟一下，从容道：“决策之前先得考量咱们的战略方向，看是哪个利益诉求点最大，是兼顾还是保重点——”

梅兰竹生气地白他一眼：“别兜圈子了！你就说，咱们——咱们组该怎么办吧！”

贾斯汀赔笑道：“OK，我就不分析了，直截了当说危机处理方案吧。第一，这事马上得给茅台报告，让领导心里有个底，不至于很被动……”

言大导点点头：“好，等下我和小梅一起去找茅台！”

贾斯汀又道：“第二，从小濛动机上看，也不是故意要欺骗谁，大导您刚才的话实属过激反应，有罪推断。也许她只是出于提高艺术效果的动机，采用了不该采用的工具和手段，也许是无知，也许是无心，毕竟她还是个业余演员……”

梅兰竹又白他一眼：“我看你比林副总都能做官样文章！”

贾斯汀却不生气，从容笑道：“越急迫，咱们就越应当冷静。这件事有两种判断，首先是事实判断，然后是价值判断。所以咱们还得在事实判断上拿准。机器的事大致可定，但小濛的想法、动机咱们不知道，这也是事实中重要的一环。咱们不能搞缺席审判对不对？甚至于是不是她助理拿错了话筒也要砸实。”

梅兰竹生硬地说：“没错，就是这个话筒，编号条都贴着呢！”

贾斯汀也不回应，径直说：“然后，再从价值判断看有没有更多的回旋余地？首先，为了大局，先要保密！不能再扩散！”

大导点点头。

贾斯汀又道：“是不是真唱就不让用好话筒？从我这个观众角度看春晚，big party而已，咱们是否需要用道德洁癖来考量一场非比赛的嘉年华？这个问题咱们还得冷静一下，先广泛收集一下国内外的例证，也听听唱歌界专家的意见，咱们先不要匆忙下结论。当然这要快，大导，有些资料我可以调动我的圈外资源先收集一下！”

大导又点点头。

贾斯汀又说：“咱们节目构架还可以，只要台里下决心，是可以换人的，能唱这首歌的应该不少吧，梅导？”

梅兰竹这回点点头：“当然，姑奶奶们排着队哪！”

贾斯汀最后说：“所以咱们可以稍稍放心的是节目不受大影响。而且，万不得已，也可以不唱，换个模特，配上这首曲子的音乐，甚至别的曲子，改为舞蹈形态的仪式，不是也是No problem吗？反正咱们的节目还是走大仪式的路子，Right？”

梅兰竹接了句：“真看不出你也可以做策划了！”听不出她是夸奖还是讽刺，或是二者兼而有之。

贾斯汀不为所动下结论道：“一动不如一静。依我浅见，小濛能保则保，如果唱不了，也可不唱。其实不唱，就当模特使，不也出个仙女报春的效果了吗！所以咱们的路还没有走绝，还有很大的回旋余地！”

言大导拍拍贾斯汀的肩膀：“很好！大将风度，临危不惧！就照你说的办！现在当务之急，我和小梅去向茅台汇报，然后我再亲自找小濛谈一谈！确实我也该和她聊聊了！”

言大导站起身来，心里却想，哈，什么长江后浪推前浪的，后浪有可能是海啸啊！

▼ **附件文件夹**

▼ 陈文件夹

▼ 《南方周末》2010-12-02文件.txt

《南方周末》：“这对许多国家来说是不可思议的”中国广场艺术20年

本报记者　李邑兰　发自广州

英联邦运动会有一届开幕式设置了一个环节，叫“热爱和平”，找来了300名演员在场地内放飞和平鸽。导演万万没想到，临到开幕式当天，恰逢罢工日，演员没一个来的。导演只好自己一个人孤零零走进场地，手捧一只和平鸽，把它给放了。

出人意料的是，现场观众反应强烈，给这位“一个人在战斗”的导演以热情的掌声与欢呼。

广州亚运会开闭幕式总导演陈维亚对这个“放鸽子”的故事印象深刻，他说，这种事在中国绝对不会发生。“我们的国家体制就意味着我们能够成功，而别人做不到，真的做不到。”

雅典奥运会开幕式导演曾经告诉陈维亚，“我很羡慕你们，一指挥大家都动，这在西方是很难的。”

陈维亚从事大型广场表演艺术已近20年。1993年，他第一次参与了和运动会有关的开幕式导演工作，从全运会、世界大学生运动会、北京奥运会到广州亚运会，他见证了中国广场表演艺术近20年的变化。

不必像奥运那样“潜入”场地

麤攡紘屽醲宖？嚄跶悳蓌蔟悥婐濄濄毂浛䖉迚罘酢腖麄噈蘆麄蘆悥婐濄濄毂浛䖉迚罘弥冇宖？嚄跶悳蓌蔟悥婐海心沙岛，鸟瞰像一艘船。在陈维亚及他的创意伙伴们眼里，“这就是一艘亚洲和谐号巨轮，从珠江出发，向着东方，向着大海驶去。”幕后的陈维亚对导演职责的定位，就是“把方方面面的诉求融入到艺术形式中去”。

陈维亚已经很懂得如何将各种需要表达的理念“艺术”地表现出来。他曾担任纪念邓小平诞辰100周年文艺晚会总导演，晚会中有一段舞蹈叫《打破坚冰》，台上电闪雷鸣，音乐强劲，一群男舞蹈演员表现出一种奋争、耀武扬威的感觉，“大家一看都知道，就是讲的改革开放”。

不要团体操，可以吗？

陈维亚曾经是打破团体操模式化表演的实践者之一。几十年间，“团体操”几乎麤擨絃屽醲宖？嚄跶迚罘岚傠叻嚡龢卅奎垺迚悥媒澏弥冇宖澏毃涚蘆悥媒澏蔙迚罘吤悥罘宖？嚄跶悥“朝鲜的《阿里郎》有很多中国过去团体操表演的影子。”陈维亚说。“阿里郎”们有一些共同的特征，比如方正的队形，部队式整齐划一的动作，队形有时会发生变化，一般是拼数字、拼图、拼标语、叠罗汉等等，但基本结构仍然是方正的。

1993年，在时任北京舞蹈学院院长吕艺生的带领下，陈维亚加入了第七届全运会开幕式设计团队，@#$%^&*^%麤擨絃屽醲宖？嚄跶悳鍙敤悥媒澏澏毃涚蔙迚罘酢脨鑫唬蘆麃蘆悥媒澏澏毃涚蔙迚罘弥冇宖？蘆悥媒澏嚄跶悳鍙敤悥媒澏澏毃涚蔙迚罘酢脨鑫唬蘆悥媒澏蘆麃蘆悥媒澏澏毃涚蔙迚罘岚傠叻嚡龢卅奎垺迚悥媒澏弥冇宖澏毃涚蘆悥媒澏蔙迚罘吤悥罘宖？嚄跶悳鍙敤悥媒澏。

首先设计了一段舞蹈，故意不走方正路线：一个书法的“文”字，大笔一挥，就变成了繁体的“龙”字，再把“龙”字放大到广场，1200个人在广场上流动，形成繁体的“龙”字，随后发展成一段甩头发的舞蹈，队形不断扩张、挤压、汇聚、扩散，最后逐渐变成“龙”字，然后火炬一点，擦出光，照亮全场。

宣誓保证“国家任务”

打破团体操模式之后，陈维亚在空间上动了脑子。“到现在，广场表演艺术也是在空间上动脑子。”陈维亚告诉《南方周末》记者。

1999年，他首次以总导演身份执导昆明世界园艺博览会开幕式。这一次，他对广场表演空间来了番大改造——直接把“地球”搬进了体育场。

麤擨絃屽醲宖？嚄跶悳鍙敤悥媒澏；澏毃涚蔙迚罘酢脨鑫唬蘆、麃蘆悥媒、澏澏毃涚蔙迚罘弥冇宖。？蘆悥媒澏嚄跶悳鍙敤悥媒澏澏毃涚蔙迚罘酢脨鑫唬蘆悥媒澏蘆麃蘆；悥媒澏澏毃涚蔙迚罘岚傠叻嚡龢卅奎垺迚悥媒澏弥冇宖澏毃涚蘆悥媒澏蔙迚罘吤悥罘宖？嚄跶悳鍙敤悥媒澏，？嚄跶悳鍙敤悥媒澏澏毃涚蔙迚罘酢脨鑫唬蘆麃蘆悥媒澏澏毃涚蔙迚罘……

▼ 小濛—齐濛濛—莞儿文件.txt

卡通小莞儿背着白领小背包，蹦跶着一颗小红心，气喘吁吁地跑出地铁口的时候，小濛打开了冲浪开关，一股温泉从扇贝浴缸的边缘奔腾而出，从腰后翻滚到肚皮上。

小濛肚皮上立刻激起一阵小小的快意，同时感受到自己的小小的残存的子宫害怕似的抽搐了一下，往更深处的盆腔躲去。同时，“二手子宫”这个词残酷地在小濛脑子里闪过。

小濛不觉揉了揉小肚子。每当见到莞儿——实际上只是远远地甚至是朦胧地“见到”——都会从她的和自己十分相似的腰身那里想到她的天然的收紧的腹线，然后就会不由自主想到自己那颗曾经柔软而新鲜的子宫。有的东西，真他妈不是钱能得瑟来的！

但是小濛自觉地多少继承了妈妈的坚定而沉着的性格，尤其是国际学校的寄宿生活，与少男少女的“国际混战”，锤炼了这种品质，她发现实际上自己比妈妈更冷静（当然有时也更冷淡），很少动感情（动过吗？实在不记得了。就连躺在圣西门的手术台上等待“处理”也没有流过眼泪。也许小时候偷跑到言老爸那里弹钢琴算是一次动心的记忆？）。在温泉泛起的波浪触发了小小的不快之后，很快地，当第二波第三波浪涌翻过身体在腿间乱窜的时候，小濛已经平静下来。她知道自己必须平静、冷静下来，好好地想一想，为莞儿安排一个合理的结局。尽管她私下承认，其实她已经有点喜欢莞儿了。

小濛往后仰靠了一些，又把防水的Pad调了个角度。（不是一般的防水Pad，是潜水级的。妈妈知道她喜欢一面泡温泉一面玩Pad，让美国的分公司经理蒙克亲自去迈阿密的专卖店选购，是那种能够完全溶入海水的，不惊动鱼儿的湛蓝，蓝得太纯太净，和玉白的扇贝浪涌大浴缸正是绝配。太棒了！妈的品位再次得到证明！）Pad上，卡通小莞儿站着不动——也许是刚才无意碰了暂停键，小濛又点了一下，卡通小莞儿又活动了，抬头望天，天上蓝莹莹的，飘落着硕大的卡通雪花。西风斜走，飞雪如蝶。黑车见白，白车见肿。小濛似乎能从温泉的硫磺味中闻到那一片纯净又湿润的雪味儿。莞儿站着不动，后面的人却拥了出来。不少人也和她一样望天望地。忽然间，他们都排成一排，像检阅场上那样正步行走而来，大踏步间，又忽然地莞儿掏出一个化妆品的瓶子，高声疾呼："美白洗而康！洗洗更健康！"众男女也一齐高举小瓶，齐声高呼："美白洗而康，洗洗更健康！"

小濛哈哈大笑。靠！那什么8楼的公司，整来整去就整这么个破广告。收了钱也不好好整个好创意！真是帮山寨货！等到那谁——对了，那什么贾斯汀就位之后，就把他派过去，好好整顿这家破公司！硬资产没多少，还不好好提升软实力！

看来还是蒙克说得对，以资产包来看，他们值钱的也就是把莞儿签了，然后又生出来几个广告代理权而已。既然如此，等到把他们背后的风投搞定，产品可以推新品牌。关于这一点，新的产品名已经想好了。套用"春晚"总体叫"春婉"，大名"春婉宝贝"，小名系列化，婉儿1号，婉儿2号，小婉儿，Teenage版的。上官婉儿，正装，主打官太、富婆。像妈那样的蓝莞儿，夏季专用。雪婉儿，打冬季（对了，就配上现在卡通小婉儿的造型。那双小靴子，翻出个毛边，茸乎乎的，好可爱！）。绿婉儿，生态版，纯天然，不加添加剂。黑婉儿，酷版，穿黑皮靴，皮靴上还加个链子。金链子，银链子，铁链子，亚光的？红婉儿？当然要！穿大红旗袍，婚装专版，卖贵一点。

那么贵一点的，还可以有金婉儿（死贵！贵得珠光宝气！）、银婉儿（贵而雅，有点文化，有点国学，有点知识淑女，又上层次），对了，那么，就可以有铁婉儿、钢婉儿，穿迷彩服卖部队女兵，又防晒，又润肤，还不能那么太俗香，有点隐隐好闻，最好还能洗，又消毒，又卫生，妈正好有渠道，姥爷应当也有些小人脉，老关系断了也没关系，妈总有办法续上。广告语也是现成的——"不爱红妆爱武装，钢铁莞儿更健康！"——不好不好，这个味道不正。"不爱红妆爱武装，钢铁莞儿保国防！"——这个好，比较正，在部队宣传很贴切的。或许还可以出口？东北亚的日韩朝，有尚武之道，应该有市场。可惜卡扎菲game over，要不然他的3000女卫队是个大单！

OK！下一个那应该是粉婉儿，粉粉的，Q版，超可爱（就像自己在国际学校还没有出国历练之前）！粉裙粉靴粉发卡！是青春造型，但不是卖给中学生，专卖CBD写字楼哇！那些有点成人，又有点钱，又喜欢在吃盒饭时谈论校友动向的女白领！她们一般自称为“女孩子”，心智上还十分向往校园生活，也许暗恋某个大男生或男人气质的教师，又自卑又幻想，一般是谁的粉丝。粉婉儿正好是她们“怀旧”或者更确切地说是“自恋”的载体。产品悄悄地塞在包里，和余老师周老师的软皮人生文化哲理书放在一起；产品偶像，粉粉的，公然地小清新一下，放在工位的电脑旁，镇一镇公司文案、办公用品所堆砌的压抑气氛，对了，还要稍稍性感一些，引诱一下公司男同事的目光，小小满足这些白领“女孩子”的性心理。对了，要是这样的话，要不要整出一个什么先生，和婉儿系列配对，整出个男士专用的产品系列？

不好不好，斯蒂克里莰教授说过的，副线品牌应当在正线品牌主干化以后再分枝。这也是“分形原理”在品牌延伸上的应用。靠！感谢达蒙特·夏波教授，要不是他老人家逼大家硬啃“分形几何”，思路应当不会这么开阔。哈！当初还老问干吗！分形几何学！我的妈吔！几何吔！靠！偶的个大教授！我们这个“国际文化产业管理”专业和几何挂得上钩吗！幼稚幼稚！还是中国古话说得好，书到用时方恨少，钱到分时嫌人多！

小濛慵懒地跨起腿，随着思绪展开，一面点开不同的文件夹，记录关键词，不一会儿，主界面上已罗列了大小不一的文件夹。那个循环播放的莞儿广告已经压缩成一个小窗口。突然间，小濛便烦了，玉指带露轻一点，那些文件夹，连同莞儿广告之类，倏地都消逝了。

小濛把Pad一扔，那不怕水的Pad翻了个儿，瓦蓝瓦蓝地在珠腾玉碎的水浪中起伏，很成就一番小风景。在瓦蓝瓦蓝的颜色下是隐约可见的两条光洁的大腿。腿色黑紧皮面细腻，像两段很有品质的雕塑。经过这两天的“长泡”，腿间那地图似的红斑消退不少，但还隐隐地有些痒。一想到红斑，又有点烦。小濛伸手一拉窗帘，窗帘弹上去。玻璃面积很大，视野开阔，这是亚光镜面的玻璃，只可以从里看外。窗外是鹅毛大雪，正是文件夹上所说的，西风斜走，飞雪如蝶。黑车见白，白车见肿。天色好时，远山如画，近树如屏。云慢走。鸟傻立。或者，如英文书说的，the lonely tree understood that for everything there was a season。用容格格的话说，买告！这景象要是凝固多好，可是莞儿和她妈正在通往温泉花墅的路上。

很快地和莞儿就会见面了。

正式见面。

但是以非正式的形式。

莞儿是谁，到底是不是妹妹？同父异母的妹妹，还是“干妹”？突然地，小濛想起以前在某个香港片中听到的一句话（对了，还是国际学校看的粤语版的，是个香港仔翻译给自己听的）“出来混总是要还的”，这句话比较好。比“冤有头，债有主”更潇洒，比“不是冤家不碰头”更幽默，比“种瓜得瓜，种豆得豆““开什么花结什么果”更时尚、更都市化。但是，无论如何，不管西风斜走还是横走，莞儿就要到了。和莞儿见面，是玩潇洒、玩幽默，还是玩时尚、玩都市甚至玩“更女孩”？

一时想不透。想不透，就有点烦。

莞儿来的消息是容格格跑来透露的。容格格是自己的又一个分身。小濛打开容格格的文件夹，里面大部分是她的酷妆照片，自恋狂这家伙！

比起来，容格格更酷更夸张，更没遮拦。听她说在组里没有什么知音。虽说是实习生，也没人给她派活。当然以她的能力和性子，大事想不通，小事又烦心，虚事说不好，实事干不来，久了，成了一堆忙人中最闲的一个。太闲了也不好玩的，她就给自己派活，结果拉来一个大单，一下让人刮了目。

她原是在德国什么学院混日子，对新派表演很有兴致，就认识了写《笑》谱书的安托妮娅·巴埃尔。这个巴埃尔自己做一台戏，就叫《笑》，却没有一句台词，整个演出，就是笑，各种人，各种笑，而且所有角色由她一个人按自编的笑谱扮演。有少女偷见恋人的羞涩的笑，有胖大厨娘听粗口段子的野荡之笑，也有银行家谨慎、保守、卑谦于外坚硬于内的职业之笑，有明星逢场作戏、瞬息万变、肤浅着肤浅的硬笑，也有教授目光邃远、淡然天下、深刻着深刻的微笑，更有政客在国际场合纵横捭阖、大话感天动地、小利赶紧套现的皮笑肉不笑的外交领袖之笑。

最感人的却是地铁边的一位盲人乞者，陈旧风衣垂落着雕塑感的线条破帽在手中，希望存心，双眼紧闭，似乎是不屑于张望无聊人生，嘴角挂笑又显出洞察一切的大度。听到地铁过往，鸟儿来去，也偶尔偏听拾趣，觉察路人馈赠，钱多钱少，都点头微笑致谢。路人至此，突遇的似乎不是街边乞丐，而是人生途中的一个哲人雕像，打开钱包必扪心自问，问人间“情”为何许？问世间“钱”为何物？问高楼广厦“城”既为“市”为何大？问苍茫大地“路”之为“道”为何绕？

容格格说她真的在地铁口见过这么让人尊敬的德国乞者，这完全不同于国内地铁里那些一个劲展示疮口的高声唱歌小声道谢叫人给了钱只悲天不悯人的讨饭大爷们。容格格说，那一刻她完全被镇住了。容格格说，来德国多年，学艺学理学哲地胡乱听了不少课，只有在那“盲乞大师”前才突然抓住了德国人的哲思品质。容格格说，看了巴埃尔的演出，当最后一个“笑场”是表现“乞之道”时，她再次被镇住了。

容格格说，一看“春晚”节目单那些相声还是油嘴滑舌说皮相的老一套，就赶紧向劳大仙推荐。劳大仙看了录像说是不要太好，但为时晚矣，因为语言组有周期，各时段相声小品滑稽戏均已占满。容格格说，她“大怒”。

容格格大怒之后，玩真的了。先是德国方面的歌德学院中国院的安德思院长亲自写了推荐信，接着是中国方面的中德友好协会公函一封，大说“中德友谊文化年”项目云云。后来又有什么人，好像还是永哥的朋友打了电话，更重要的是德国啤酒协会赞助所有巴埃尔赴华费用，又有演出公司“地接”，在节目之外还安排了5个城市的巡回演出。容格格说，她就笑了。后来大导把这个项目算作21条半的半条，交给劳大仙办了。但这还不是最后的“笑”，最后的“笑”是分账。容格格说她是出于文化交流的公益心，没想到这一番折腾，最后还有票房分账。容格格说她又不是没钱，但这样的雅钱，还送上门，不好意思拒绝。拒绝了怕别人有想法，说下次不带别人玩。

但容格格最后还是“小怒”了一把。因为巴埃尔的一场演出可以玩55分钟，上“春晚”肯定玩不到这么久。选肯定是精选，但怎么也没有想到把“盲乞”拿了，说是“中国人大过年的，整个外国丐帮讨钱算怎么回事，况且正是欧债危机，欧盟诸国正希望中国施以援手的时候！”

“买告！欧债危机！外国丐帮！这哪跟哪呀！靠！真他妈大头在上无处说理！”

所以容格格很“小怒”。

听到这里，小濛知道该劝慰她了。这事不能怪劳大仙，换谁都不能把一个外国乞丐整进中国春晚，况且，真的是欧债危机的关键时刻。这个丫头，在欧洲待得太久了，连美国人常讲的“政治正确”都没入心。该劝，必须劝，便从弗洛伊德和荣格讲起（在手术后的心理干预课上，知道这两个老家伙都是德语系，只是记不清是德国人还是奥地利的）。容格格对这个话题很有兴趣，不知怎么就聊到人格模型和恋父情结上。容格格忽然就眨巴起眼睛，然后就呷一口她自己刚送过来的德国百利威甜酒，故作神秘地说：

“嗨！你猜怎么着，那谁——什么饭馆儿菜馆儿的莞儿也在忙着找爹！”

“找就找呗！这年头有爹总比没爹好，大爹更比小爹强！”

“你别故作清高！她是往你这边来呢！”

“你瞎编什么！她找爹也不能找我找爹呀！难道我爹还是她爹不成？”

“嘿嘿。”容格格坏笑起来，又呷一口酒，在口里含一下，似乎舌头在酒里滚了一下，很专业的样子。

“讨厌！你倒说呀！不说呛死你！”

“嘿嘿，急了吧！你猜怎么着，我不是给你送点酒来喝，正在广厦B座门口，让Boy往车上搬呢。就看见那莞儿和她妈在门口让Boy招的呢！又听她们在讲去什么地方可是Boy和司机都不知道，我就过去帮忙，我这人你知道的，其实是很有公益心的，给丐帮的，都是大钞票，都不用找的——”

“废话！给丐帮还指望找钱哪！”

“瞎贫！我就过去帮她们指路，毕竟她们是外地人，又是弱势群体——那谁什么大棉裤饭馆儿我可真瞧不上，可人家现在也得瑟起来了，也穿得像模像样的，可浑身上下都是地摊货，头发上也别一个卡通发卡，装嫩！”

“人家本来就嫩！瞎嫉妒！”

“嫩就嫩呗，你又挎个什么Lady style的包包，包包上还有金链子！买告！她妈更俗还戴一个假戒指，那颗祖母绿一看就是塑料的——这个就不替她们瞎操心了。可是，你猜怎么着！她妈手上捏了张旧名片，名片上的地址，买告！就是你们这个楼盘呢！”

“是吗？你有没有看错？”

“事关本小姐的朋友，怎么能看错，我仔细看了，确是你们楼盘的地址。不过这名片是好多年前的老款，又皱巴巴的，这，这就让人浮想联翩。你们这楼盘开了很久了吧？”

“是分好几期。首期倒也有20年了。我们这里就是首期。”

“这就对了——”

“瞎编！难道这名片是我爸的名片？”

“嘿嘿，那倒不是，是售楼处的名片。经理叫魏什么，估计早不在了。电话也升位了，换了，所以她们问不着。”

“也许她们是想来看房？”

“买告！她们——？这里已然涨了多少了！就凭她们，别说买，租也租不起！所以，既不是来看房的，大老远的，又这么忙，还下雪，为什么？再说你知道她妈是在什么地方干活吧？”

“知道一些，听蔓姐说过。”

“这就令人浮想联翩，浮想联翩啊！”

“可是，那又能怎么样？有谁会傻到在外玩还乱派名片？”

“是派的，还是被悄悄藏的？只有上帝知道。他老人家是剧情总策划。我所能帮你的，就是给她们指了条远道，好让你有点准备。可是天要下雨，娘要嫁人，小儿女要找爹，你挡得住？还是德国老师说得好，不管站着躺着，每个人都是别人的路标。哈，那个金发碧眼的老帅哥！站着躺着都是个帅路标！嘿嘿，德国！哲思无处不在。买告！好了，小濛你自己快浮想联翩想出个危机公关预案吧，本小姐去也——”

也不等小濛应声，容格格便一抖长款皮衣，套袖舞翩翩而去。小濛便一下浮想联翩地有些把持不住，赶紧放了水，打开Pad上的文件夹，细细搜索起来。

但是奇怪得很，这个文件夹似乎是有的，但文件名却是乱码。打开以后，只有卡通莞儿的广告视频，说明却又是一通乱码。

眼看窗外，车渐稀少，也不见有什么的士过来，也不知道她们到了哪里，还能不能找到这里。突然，小濛想，事已至此，何不给爸打个电话？问问他是不是真有个老名片忘在广东某个洗浴中心？顺便再打开爸的文件夹，找到他在海外的那一串电话号码。试了三个都没信号，第四个却通了。

“爸！在哪儿呢？”

“正从埃及往利比亚去呢！家里还好吗？”

“都还好。又下雪了！真美！您冷吗？”

“还好，就是干，你知道的。你要多穿点，别贪凉！别像外国女孩子总穿裙子，露个膝盖，将来老了腿痛。以前在欧洲的时候总给那些女翻译带风湿膏、狗皮膏药的，她们就是年轻时贪凉。再说咱们人种还是不一样！”

“知道啦！就您唠叨！妈都不管。您自己也要小心。我看了，说利比亚的枪还有不少收不上来，你们不怕？”

“担心是有点担心。我们这是个大车队，前后也雇了保安车，也都拿枪拿炮的。唉，搞个半拉工程，不去就全扔了，都是国家资产！集团现在派我过来守北非，利比亚这里好大一摊子呢，哪能不管！”

“那您要特别小心！您得佩把枪！”

“小孩子话！平民不能随便带枪，带了反而麻烦——再说我都好多年不摸枪了，背块铁，多沉，我可不像你妈，一说武器就来了精神。对了，她这些天忙什么，也不给我来个电话？”

“她……她有点事心里烦——就是那个煤矿的事……”

“又冒顶了？！嗨！跟她说过多少回，别弄矿，别惹事，她他妈的就是不听！我看非把她整进去了就消停了！我这就跟她说——你没事了吧？”

“有事有事，爸，你可别跟我妈说，她没告诉我，是我无意听到她发火骂三舅公我才悟到的！”

“那什么三舅公不是他妈什么好东西，纯粹是乡下一霸！又圈地又占山的，对老家农民又打又骂，简直是横行乡里！要放过去，就是革命的对象！就这三舅公老是撺掇你妈入股开矿！你都不知道，去年就冒过一回顶，死了几个黑小工，他们怕县里查，人都死了，还往医院送，打点滴打不进去，就扎穿手腕子往地上漏！然后两三天报一个‘抢救无效，不治而亡’，这样就不超标，你说这他妈黑不黑！小濛，你也大了，你也该懂一点社会，懂一点大是大非，你妈别看精明得不得了似的，可是在财产问题上，她有些变态！人性有弱点，就容易被人利用，就容易被三舅公那样的人牵着鼻子走！平常我都让着她，这可是个原则问题，不能含糊！”

小濛从来没见过爸发这么大的火。他长驻海外，又负责大工程，有见识有修养，另一方面，和妈比，他更斯文儒雅，对自己也是又哄又劝的，可现在他居然都大骂粗口，可见这事真的很严重。

“小濛？你在听吗？”

“在，在，我听着呢！”

“我说给你听听，是希望你也能从比较正面的方向影响影响你妈，离那个三舅公远一点。咱们家不愁吃不愁穿的，你还要怎样？该知足了！你妈真该在第三世界长驻，体验一下战乱、贫穷，就知道应该感谢强大祖国感谢我们的好时代！还他妈不知足，瞎折腾！总有一天把我们这个家折腾垮了！小濛，我真的很担心哪！我受命在外，鞭长莫及，所以你要配合我，和我形成统一战线。我干也干不了几年了，就希望软着陆，然后太太平平安度晚年，带上你、你妈，不带工作目的的，满世界转转。可她，真不知她怎么想的！你还有事？”

“没事没事，就是听听您的声音！爸，我认同您的观点，我有机会一定跟她说说——可您千万别跟她说是我打小报告，要不然她跟我没完！”

“知道，爸是谈判专家，这点我自然掌握。唉，可笑，堂堂一个副部级干部，在国际工程界纵横捭阖，为国家开拓了多少大项目，就是搞不定一个老婆！我真搞不懂，有的伊斯兰国家可以娶四个老婆，也不知那些男人是怎么摆平这么多老婆的！”

“嘻！那您没准换个外国老婆就好了！”

“瞎扯！挂了？你让崔阿姨给你做点好吃的，别老吃小零食！”

“是！遵命！”

小濛挂了电话，发现根本没法问爸年轻时去没去过广东的什么洗浴中心。从性格上看他倒不像去过，可是要是应酬呢？这就不好说了。而且他那时再怎么着也是个小干事，奉命陪客也不是没有可能。

突然间就明白，除了证据，关于历史什么都没法说。不过爸说得对，关于妈，关于三舅公，是得提醒着点。那个三舅公，一看就招人烦。每次来总是鬼鬼祟祟地和妈“密谋”什么。脖子粗黑，小肿泡眼乱转，一脸横肉，抽的烟又辣又呛，有次还掐了崔阿姨一把。开个四环大越野，送的都是土特产，每次都有羊肉。有次帮崔阿姨搬东西，后厢打开一股羊膻味杂和着大葱味真没把自己放倒。小濛就又打开妈的文件夹，可是里面却没有三舅公，也没有什么煤矿的文件。

正纳闷着，妈在外面敲门了。

“小濛，泡太久了也不好，都泡熟了！——我这儿有急事！”

“行了行了！起来了！”

小濛套了件棉浴袍，又用大毛巾裹住头发。

“坏了！小濛！你那个话筒穿帮了！”

“是吗？”小濛很平静地应了一声。

“嘿！这孩子！你倒不急！刚才小贾打电话来了！说节目组反弹得厉害！已经上报茅台了！你这孩子！玩笑开大了吧！当初我就没信心，你非说是什么高科技，还是美国的！美国的咱们就认不出？天外有天，这句话你没听说过？”

“大不了，不玩就是了，我早都烦了！”小濛依然平静地说，还顺势倒了一杯黑莓汁，“那个话筒是我让人送到技术部去的。”

齐濛濛一把夺过杯子，重重往桌上一蹾。

“太任性了！这孩子！这可不是好玩不好玩烦人不烦人的事！我要是这样，你姥爷早抡皮带抽了！倒不说花多少钱，这多折腾人呀！又是低碳长走，又是瑞恩的！还惊动了永哥找人帮你说话！茅台那儿也不是小庙，人家到哪儿也是位尊神！多大的面子！还有你言老爸！嘴上不说，暗中使力谁看不出来！那个林木森跳起来反对在零点搞仪式，硬是被他们压住了！还有云先生，还有梅导！甚至还有那个任班主，人是油腔滑调一些，可为你尽了多大的力！活生生叫老虎配合你！还有我……我是你妈，就不说了！连姥姥姥爷都为你兴奋的，要不是我硬劝，他们还不去普吉岛哪！非要留下来陪你！连崔阿姨都为你煲了多少汤！你这孩子太任性，你就不看人的面子，也该看那帮动物的面子！你看那倒霉的老虎，你要摸就摸，你要骑就骑！我真怕你大屁股一沉把它的腰给压塌了！”

小濛扑哧笑了起来。

“你还笑！还有那倒霉的猴子，还要配合你从森林高处往下蹦，每次都吓得吱哇乱叫，脸都绿了，还得跳！这么老高！你倒也可怜可怜这些动物！人类的朋友，这些大话就不说了，可是它们也都是辛辛苦苦了这么久！还有大屏幕，也不知道李后主他们从哪儿整来的资料，做得多细，十二生肖，每一种配一个濒危动物的数据！看了我才知道老虎有8个亚种，3个亚种已经没了，就是东北虎也只剩几百只了！这真叫人感叹！我都觉得我们做的事，多有意义！拯救地球说高了，可是给大家提个醒，关爱地球、关爱生命，这，这，多好的理念！就是不挣钱也值得干，何况还挣钱！小濛，为绿色品牌签的代言人已经这个数了！”

齐濛濛伸出一个巴掌。

“好，好，就是不认情面、不认公益，那也得讲规矩对不对，在商言商，你都预签单了，怎么能不亮相？你以为这些公司都是没事找事自动给你送钱！你这孩子太任性太狂妄了！”

小濛靠在沙发上，脸朝窗外，淡淡地说：“妈，其实我是有些担心——”

“担心？你担心什么！要你担心什么！我刚才已经给茅台打了电话，他都不担心，你担心什么？话筒问题有不同的标准，美国高科技的玩意儿，咱们国内还没有标准评估它，怎么用都不能算个事！再说小贾已经做通了你言老爸的工作，联欢吗，怕什么？人家口技的话筒不也是特殊话筒吗！这事台里已经摆平，技术口的人也不再出幺蛾子了。你就给我上台去！挺住！零点仪式也不长，不到10分钟就结束！但是你的名头就变了，不再是什么小濛了，是万人瞩目的报春天使了！你就算是不想要这个名头，也要为我想一想，也算是替我圆一梦行不行我的个小姑奶奶！”

小濛想，这就说到根儿上了。其实是她的梦想，我来实现。

“妈，我担心的不是我，是你！妈！”

“这真他妈奇了怪了！我要你担心什么！”

“妈！你说我要是做了报春天使，是不是一下暴得大名？”

“当然！这不就是我们要追求的目标吗？”

“好的。那到时，我在网络上会不会成为热点？”

“那还用说吗？你现在已经快成热点了！为了你，我都打通了曹磊，这家伙可他妈傲慢了，还说什么网民意志不可操纵！扯！都为你设了专区，候选报春天使的大热门，天天有水军管刷票，现在你的网票已经远远超过其他明星了！你怕什么怕？你怕大家不认同你？”

“不是啦，我是担心一搜索就搜出你来，还有咱们家。”

“哈，你怕那干什么！搜出我来，我是星妈我怕谁——你爸也是堂堂正正的人怕什么？言老爸？这年头有些分分合合的新闻怕什么！还是谈资呢！有的人怕寂寞，没事也搞出点动静，不是吗？”

“妈！小石头马上要带记者组出发！去的就是三舅公那里！煤矿！”

小濛突然蹦了这句话来。本来她不想讲那么透，可是这是真担心，不讲透怕妈不明白。

齐濛濛愣了一下，突然大笑起来，然后又亲热地搂着小濛。

“好！好！我的好丫头！真难为你一片孝心！”齐濛濛又拍拍她的脸，“好丫头是好丫头，但也是傻丫头！你妈又不是没有和媒体打过交道，一个小丫头片子，怕她什么！她要去，去好了，到了县上，进不了山；进了山，进不了矿区！她什么也拍不着！再者说了，这矿县上是大股，是公矿，三舅公他们占的是乡民股、土地股，而且在县上也是红旗单位，利税大户，小事故有一些，地下上千米的，有些小动静很自然。退一步说，就算是三舅公管理有问题，也牵涉不到你妈，更牵涉不到你！我既没有股份，也不参与管理，只是当时三舅公他们筹资，我借了些钱而已。也是老区，都挺不容易的，穷山沟发现了点矿苗，咱还不得支持一下。三舅公这人是有点横，可你不知道，在山沟沟里办事，哪有那么多讲究。钱这事我还真请示了一下你姥爷，你姥爷你知道，最唠叨的，可他也说该帮一把。还说当年在老家受穷如何如何。你不信，打电话给你姥爷。按时差普吉岛正在吃晚餐他一准在家！小濛，这事这想法，妈谢谢你，可你不能因为这么个不着边际的事来干扰妈的事务！就算小石头揪出三舅公的一些小辫子，也还有个报道程序，更有个司法程序对不对！你就别操心那么多了！”

小濛最担心的事就这么被妈这堵大墙压住了。

小濛无语。

压是压住了，真正的担心却更加深沉。她想还是爸说得对，妈已经走得很远了，是不是被三舅公牵着走，都很难讲了。她太自信，甚至有点不知天高地厚，至少她不知道小石头是什么人。台里三大石头，都是新闻口上的名家——老石头最早开办《暗访》栏目，被他揪出的人都有枪毙的；大石头是名嘴，天天评议PK各种“大逆之人、不道之事”，他是真PK，被他kill的靶子林林总总；那小石头，更不是省油的灯，一个女孩子，能够从众多出镜记者中冒出来，一定是有爆炸性的力量，观众叫她“小石头”也是因为她有石头的硬朗之风。她硬起来，茅台都管不住。“宁为玉碎，不为瓦全”，你能怎么办？她的口号是“你看到的，就是我看到的，我看到的，就是你想看到的”，她每次外出，总是弄出些动静，绝不放空。

她此行一去，听李后主瞎侃还带了登山设备、海事电话，就估计到有人封路的、信号不通，就打海事电话，助理团队先把微博发了，还怕没个动静。真的，就像妈说那样的就好了，可是这事儿，要是完全信妈，到了大发作就来不及了！她不知道，只要真有事，她的微博粉丝就有几百万个，再转发，那，那，还那什么报春天使呢！一定把你翻底朝天，把八百年前的破事都得给你翻出来。什么叫人肉，就是别人是人，倒霉蛋是肉，等着挨吃吧。

“妈！我知道说不服你，可是有个情况，是我隐私，本不想说，你能不能发发慈悲，别再逼我，我真不想上了——你看我腿红的！”

小濛撩起浴袍，从膝盖往上，大腿内侧，一片红斑，还有些疹子水泡。

齐濛濛认真地俯下身，仔细看看，出乎小濛意料地，她不仅不悲情四射，反而哈哈大笑起来。

小濛本无泪意，见妈一笑，倒又委屈了：“你还笑！人家疼的！”

“红的地方痒？起疹子的地方痛？”

“是啊，还有更糟心的是大腿根上，屁股底下也全是，一小便就痛！又不好跟别人说，温泉泡了两天，也不见有用。”

齐濛濛却哧哧乱笑着，好像是想起什么好笑的事情，便喊：“小崔，把姥爷的醋拿过来。”忽又一笑，“小崔也去普吉了，看你把妈气的！”便起身，从厨房里拿来一罐醋——醋罐里泡着大蒜，绿白隐约的，正是姥爷的心爱之物。

“大蒜醋？干吗？吃饺子？”

“哈，傻丫头，别怕，这点小磨难算什么——蘸点醋搽了就好！”

“妈！这，这管用吗？不用去医院？”

“哈，这事由来很简单，其实倒怪我。那天我在后台检查老虎，也是为了你，怕它咬你什么的，需不需要上个手段，那任班主我真服了，也不知他用了什么办法，那老虎比猫都乖，猫你想摸一下，还得哄哄，这大虫、老虎屁股就随便乱摸。我看安全性没问题，就又细看，发现老虎身上有寄生虫，小小的，也看不清楚，有的在吃血，有的在啃皮，我就把任班主叫过来指给他看了。我一想我那个宝贝疙瘩要是惹上个小虫，在腿毛间乱窜怎么办——”

“妈——”

“你别装，这可是个大问题！任班主当时就答应彻底解决——现在我知道了他这个彻底解决是上了农药了，你腿上都是纱装，又坐，又揉的，还不把杀虫剂沾到腿上？没事的，洗一洗，泡一泡，再上点醋——正好还有大蒜，马上就会好的。”

“妈，你又不是医生——”

“妈这个方子是亲身体验来的，比医生管用！我小时候喜欢和男孩子玩，九、十月收稻谷——那时候营房里种菜、种粮食，大概是学大庆学大寨什么的吧，我们就喜欢爬上稻草堆瞎疯，不是小时候都学了那句歌词吗——我们坐在高高的谷堆上面，听妈妈讲那过去的故事——放学后我们坐是坐在高高的谷堆上面，妈妈们都忙着在家做饭呢，没想到有一年虫大，你不知道战士们干活，猛，农药放多了，谷子收了稻草上还有残留，把一帮小孩的大腿、屁股都沾上了，起红斑，起疹子，起泡，哭天喊地的，把营房闹翻了天。军医看了，搽这个抹那个都不起作用，最后是司务长端了一碗醋，叫大家抹，这才好了！所以我一看就明白任班主这小子不舍得用好药，别人摸一下，也都洗手，就你又骑又坐的，挨得紧。没事，姥爷这醋还更好！还有大蒜呢！”

“可大蒜不是更刺激吗，多疼呀！”

“勇敢点！这点破事算个啥！没要你上前线呢！你下不了手，妈给你弄！”

“别，别，我自己弄！我自己弄……”

小濛又慌张又害怕，原来还想对付妈的那点心气，早已烟消云散。正闹着，茶几上的电话铃响了，齐濛濛听了听，气到变了颜色："好，谢谢你！老朱，回头请你吃螃蟹——你先把人给我控制住了，我这就过来！"

齐濛濛撂下电话，狠狠地说："妈的！什么人！老在小区里瞎晃悠，怕是矿上有什么家属跑出来闹事，神经病！我先到保安部看看再说。你就别三心二意的，家里给你铺好了路，你还这那的，一点责任感都没有，别再任性了啊！"

看着妈摔门而去，小濛知道自己的"苦肉计"彻底失败了！那什么石头，妈才是石头，不不，比石头还厉害，真是金刚钻啊！

小濛发着呆，起身把那醋都倒了。又取了Pad在沙发上呆坐。心想，妈的底线这下倒测不出来了，真闹不懂妈是不是真关心自己。照说皮肉之痛的，哪能不走心？可她连眉头都不能皱一把，还笑。这样看来，红斑的真正隐情，还有那段圣西门医院的故事还是自己咽了吧。

可是这么惨痛地把子宫切了一块的故事，要是还不能跟妈诉说诉说，也太孤独了，便想起那longly tree的故事。信手打开小濛的文件夹。那里有一首小小的诗，是刚进国际学校时，海伦校长为那些刚刚走出家庭、在学校寄宿的"孤独宝贝"们讲的。其实是当励志故事讲的，可是小濛——那时小小的，身体还没有发育。就像那样小小的没有成长的孤独的小树——却觉得是一首深沉悲情的诗。

那是英国作家Halliday的诗——对了，在国际学校里的英国小孩也都有孤独的韵味。

Now the lonely tree understood that for everything

There was a season.

Summer brings warmth and the time to grow.

Autumn provides us with seeds for future.

Without a friend, winter can be cold and lonely,

But spring always brings new life.

The two trees can still be seen in the New Forest,

and they are of cause, the best of friends.

现在，孤独的小树明白了，任何事物都有自己的四季。

夏天是带来温暖和成长的季节；

秋天留给我们的是未来的种子；

没有朋友的冬天是寒冷孤单的；

接下来的春天会带来新的生命！

我们在新森林里还能看到小橡树和孤独的小树，当然了，

它们现在已经是最好最好的朋友了！

小濛在自己的文件夹上找寻着，终于找到了自己为这首故事画的画。那是两棵单线条的树，线条单单的，两棵离很远，又离很近。那时还刚刚学电脑，画也只会单线平涂。室友是从南洋过来的华侨后裔，中国话说不利索，英语倒又有一股怪腔。小濛怕把自己带到沟里，并不特别热衷于和她用英语交流，但她却总是热情四射地拥着她，咧着厚唇大嘴，掺和强烈的热带体味和香水味，来帮她画。她还伸出两只黑黝黝的胳膊说，“两棵树，两个朋友，你，我！”

小濛却不给面子：“No，one，me；another，my sister！”

厚唇少女很诧异：“你姐妹，在哪里？”

小濛就观赏电脑：“Far away！”

小濛从小就觉得孤单，大人们总是晃来晃去，做着她看不懂的事情，要是有个小姐妹、小伙伴、小朋友一起玩该多好！那就不用仰望大人，看那些看不懂的脸色，听那些听不懂的的话了。

也许是这颗种子太孤独，才渴望放纵地生长，与树林合群。在大二进大三的时候，功课已经没有那么紧张。她加入了“面具之夜”俱乐部。

这个学生社团的活动地点总在强森家的大house里，强森是单亲，老爸是飞国际航线的，总不在家。就是在家也好像不在乎，他老爹总是带个空姐回来，白的黑的黄的，都有，然后把他往房里一关，随便他们那帮面具帮怎么胡闹。

美国的好处是只要不扰邻居，没人管的。

酒。色。财。气。气。色。财。酒。

轮着玩。

不会，没关系。

强森老爹房里有各种影碟，还有道具器具，器具不给力，上道具；道具还不给力，上手段；上手段也不给力了，就上境界。境界玩到一定层次，就上网传了，明星一样的，反正都戴着面具。只有团伙里的人才知道谁是谁，笑死人。真是没想到，小树疯长了，有些分形很随机，很非线，不受控制。

忽然有一天，不得不躺在圣西门医院的手术台上哀求仁慈的医生不要告诉家人。签了约，医生们很欣欣然的样子，原来子宫里有三个——白、黑、黄，像个小联合国。但是有两大一小。医生们没有说哪个大，哪个小。而那个小的，受了两个大的压迫，是发不起来了，像崔阿姨走神发面发出一块死面疙瘩。但是他（或她？或它？）发不起来却又占了个地盘，子宫就那么大，正如地球也就那么大。两个大的也就被挤压变了形。因为不知道，还有不知不觉无知无觉的大撞击。所以医生的结论，一个也保不住，要拿一起拿，同归于尽。真搞！躺在手术台上的时候，还自嘲。更没想到，那块死面疙瘩已经发炎——据医生说拿出来的时候已经发臭——所以不得不切除部分疮面——那，那，以后，以后——以后，上帝才知道！孩子，好好休养，上帝保佑你——

疼是像贼一样，慢慢来的，先是埋伏在病床的某个松软之处，然后潜入身体的某个松软之处，然后见主人无力反抗，便四处游荡。当然，更多的是集中在它感兴趣的地方，然后便肆虐起来，无所顾忌地扶摇、跌宕。过山车般的抽筋，射箭般的穿透，小偷般的痛便立马上了层次成了强盗般的痛。大痛。小痛。大痛领着小痛，宛如痛的家族或班级在心腹间召开学术会议。有简单明了的快痛，宛如高球教练指导的“一招杀”，有缠绵悱恻、复杂暧昧的阴痛，如同社会教授提示的利益纠缠的人际关系，还有一种自成节律的高潮连绵的低谷，主线引领副线的长痛。驱之不走，驻之不去，让人细细地体会到某种分形美学意味的痛学艺术。躺着，只有躺着。廊灯似月，清泪无痕。梦中有痛无亲人。好在那两大一小的功德是献身人类医学，成就了领衔教授的学术案例，也因此换来医院的长养与保密。

先还以为，痛并不快乐着，是可以忍的。忍一忍就过去了，这是古话，是国粹，课中、课外都有的语录。本以为，在小偷之痛、强盗之痛班师回朝后可以过一段清静的日子，万万没想到那面目不清的恐惧更像幽灵一样袭来——

一个天大的消息，强森死了！

死于艾滋病！

So what！ So——？

所有的同学都这么说。强森那死鬼还不只是跟俱乐部的同学。又复查一遍，还好，好像没有。但又有一个女孩发病了，满头红疹，然后溃烂，然后，然后，惨不忍睹。又复查一遍。还是没有。或者说疑似没有。玛格丽特教授说，从哲学上讲，“有”能证明，“无”却是不能证明的。因为有潜伏期。后来就发了红疹，从腿上开始，到屁股，从红疹到红斑，到起泡。

再次躺到圣西门医院的病床上。展览。医生们会诊。男的、女的、留胡子的、戴眼镜的。医生们参观完，还有实习生参观。然后是临床学术讨论，有说是疑似艾滋病毒前兆，有说是前一段用药过多了引发的药疹，有说是卧床太久的褥疮变异症状。PK。激烈。有时还时不时用玻璃小棍拨弄地雷，是生命的地雷，也是心理地雷。最后分为两大派，一派说是免疫系统出的毛病，但也不一定是艾滋病，也许稍好一些，也许是红斑狼疮；另一派认为就是皮肤病，但皮肤病种类多达数千种。因此看上去是两派，实际是一派——不确诊派。

狂看书。学医。但太深。不独是英文，还有拉丁文。地雷爆炸。终于崩溃。半夜里把医学书一扔，放肆地叫，量贩版恸哭。

最后惊动了校方。

出院后参与心理互动治疗课程。达蒙特·夏波教授强调写剧本。写剧本是最好的心理疗伤，比荣格的沙盘法细腻，而且更具有时间维度。

先建一个空间，一个有情景的空间，三个维度。把小人放进去。这个角色可以是自己，也可以是别人；可以是自己的分形，也可以是别人的分形。主题自己定。愿意写，愿意发展就好。但是很快你们就会发现问题。教授把情景空间的一个维度变成了一半。

孩子们注意，你们所想象的空间大多是三维整齐的理想空间。理想空间有吗？大家说，没有。很好。如果遇到1/2，甚至是1/3的维度，你的空间还能建立起来吗？大家傻了。教授笑了。这就是绝大部分人的状况，有一个维度，甚至是两个、三个维度，发展不起来，只有半个，甚至更少，甚至是碎片。我们还有没有希望？我们要不要跳楼？大家笑了。教授却没有笑。

别笑得太早。小伙计们，我会恶狠狠地逼迫大家写剧本，就像希特勒逼迫他的子民一样——实际上希特勒很懂这一套。他是画家出身，尤其对几何形状感兴趣，他像工程师一样搭建一个第三帝国的情景空间，然后亲自写剧本并导演把全世界都拖入他的疯狂战争戏剧。当然以后我也会逼迫大家学习《分形几何》，你们会发疯的。但是现在你们就学习写剧本好了。你们不是没有接触过剧本。你们长这么大，到这里来，都是别人写的剧本。写写自己的剧本吧，我的孩子们！这样会拯救你们！至少会治疗心理创伤。

有什么问题吗？

有个俄罗斯姑娘举手：我不会写剧本，可以写小说吗？可以。只要把你的人物放到适合的情景都可以。所以，就算你是写小说，在疗伤功能上看还是情景剧本。但是一定要把你自己放进去！你不能只是旁观别人不考察自己。我们这不是普利策笔会。谁写得再好只能得到一个拥抱大奖！

大家都笑了。

小濛松了口气。写剧本想太多事。在拿自己所熟悉的温泉会所做模拟空间，写了一个不成熟的剧本之后，教授看了后，私下说她还有些文学才华。小濛突然决定，把自己所住的温泉花墅作为情景空间。有了自己，就有了妈，就有了爸。然后就是茅台、春晚、云先生，等等等等。突然就开阔起来。云先生知道自己用功，又怕自己阅历浅，还发了不少邮件过来。其中不少是速记员的记录，真管用。然后就建文件夹。存不下还外存U盘。夹子和夹子，有的有关联，有的没关联。没有关联，其实也很难说没有关联。我们自以为是整体，其实是碎片；我们自以为是碎片，其实是整体，这是达蒙特·夏波教授说的。

他还说中国有个民间传说，说有个高人，打长工，能把腌菜坛子翻过来洗。惊动一村人。让地主老财不敢再欺负他。这是最有草根气息的想象力和最有想象力的草根自慰。

通过写小说《春晚》，小濛渐渐地知道自己是谁。

但是问题还是来了。

那么莞儿是谁，起头的时候她是主角。

后来她还是主角吗？还是她只是自己的一个分形，或者说是非典型分形？莞儿从文件夹里跑了出来，好像有些失控吧。不要笑了，反正还在Pad里，关了就是了。

小濛随想着，在Pad上又点开了一个文件夹。又顺手把圣西门医院文件夹删除了。不要留下痕迹才好。其实真正难弄的是妈。她太固执了。为什么要写情景剧本，不就是因为从小都是她写剧本，要我去按她想法演戏吗？为什么我每次写的剧本，她都不呼应？所以零点的问题，还是得想个办法。如果不理妈怎么样？莞儿都有自己的意志了，我自己写的剧本还不能有点自己的想法吗？都写了这么长了，也确实有用，都忘了圣西门这几个字了。不料，这老虎屁股还摸不得，居然红斑再起，心创再发。还有六天，才正式直播，天天痒，天天得看的，不出三天，可能又要崩溃了！写了那么久不就白写了！还说一碗醋就好，一碗醋能疗体内之伤吗？真是伤不起呀！

便又打开莞儿的文件夹，找到莞儿的电话。看来还是莞儿这把钥匙好使。

“莞儿吗？我是小濛……对，对，我听容格格说，你们要来找什么人，对，我家就在这个小区住，你们到哪儿了？我邀请你们过来——啊？”

真没想到，她们瞎晃悠，被保安控制住了。还把她们当成是什么矿上来的访民呢！

“真是对不起了！那位领导就是我妈，我让她把你们领过来吧。天怪冷的，喝杯热茶吧。另外我们还有要紧事要商量！”

门开了。

莞儿不敢细看，一低头看到一块精致的地毯，上面是蔓藤，还有阿拉伯风格的什么字。老妈迟疑着，不知道该不该踩上去。齐老师倒是热情，大大咧咧地说：

请进请进！没事，就踩，地毯就是踩的。

莞儿就勇敢地踩了。软软的，又有些硬。老妈却在嘴里唠叨：“唉，真不好意思，鞋子不干净呢！”

齐老师一把把她们拽了进来，又大声叫着：“小濛，客人来啦！”

里面应了一声。

齐老师又帮她们挂大衣外套。莞儿注意到玄关上有一个青铜兽面，口含一个圆环。想起来是辟邪的。

绕过玄关，是一个大厅。房间好高。抬头望起，有一盏亮晶晶的什么灯从头上挂下来，像几串瀑布。大厅中间是更大的地毯，也是门口那块同一个风格的。大沙发。后面又有一人铜雕。胡子半撮又扎起。那铜色比青铜黄，比黄铜红，比红铜紫，比紫铜还带点绿，古古旧旧的，颜色好像老汉饮马的腌菜缸缸。

“那是埃及的什么神像，总之是保佑家人的吧——你们坐！我给你们泡茶去。”

刚和老妈坐下来，又站起——雕花楼梯一阵响，一个女娃儿，一身家常睡衣噔噔地跑下楼来，真的好面熟，一看就有缘分。

“莞儿！”

“小濛姐？”

两人就拥在了一起，热热烈烈的。小濛姐的手好像蛮凉的，不晓得是穿少了，还是体虚。她那个毛茸茸的睡衣厚是厚，但是个裙不裙袍不袍的样子，大面敞口，灌风。老妈说的，女娃儿家的，肚子受了凉，一辈子的事，不能不当心。等下要找个机会跟她讲讲。

“莞儿！我看着你就眼熟，好像认识很久似的！”

“我也是，就好像是看到姐妹似的！”

“缘分！见面就是缘分！”莞儿妈适时地递了句话。

“啊，阿姨，您坐！您坐！”小濛把她们都让到大沙发上，“阿姨，我怎么称呼您呢？”

“你就叫莞儿妈，他们都这么叫我呢——”

“莞儿妈？”小濛迟疑地叫了一声，“不好呢，阿姨，这不显得见外，又好像我比莞儿大一辈呢！那您在老家——”

“老家是川西，他们都叫我‘范锅头家的’——她爹是跑马帮的马锅头。”

“马帮？嘿，真浪漫，我还想什么时候骑着马走一遍茶马古道呢！”

“那好办得很啊。她爸几匹老马正闲着呢，开了春，你们就去，她爹还会唱山歌，吹口哨，一路都有野花，有趣得很呢！”

“太棒了！”小濛开心大笑，“可是，我也不能叫您‘范锅头家的’呀！”

她们都笑了。莞儿也笑了，又觉得老妈的话有点多。

齐老师端了茶盘过来，笑说：“别没大没小的，小濛！——莞儿妈，我们家这孩子就是没规矩，我忙，她从小在寄宿学校，又出国学了点洋派，一点规矩都没有！她不喊姥爷叫什么密斯特谁什么就不错了！”

大家都笑了。

齐老师又说：“小濛，其实莞儿妈的姓很有品位，姓‘上官’呢！”

“就是‘上官婉儿’那个‘上官’？”

“是啊！刚才保安部和她们闹误会，我去解围，身份证也看了，莞儿妈叫‘上官铁梅’呢！”

莞儿听了，觉得齐老师真会说话，什么“闹误会”，刚才其实已经闹僵了，保安部把她们围在一间屋子里，不让出来。刚给梁导发了个短信，手机就给摔坏了。当时要没有齐老师出面，还不知道怎么收场呢。

“上官铁梅？这听起来怪怪的。我叫您上官阿姨吧。对了！莞儿，你要是跟你妈姓，‘上官莞儿’，多好听！”

“是啰，我都说过好多遍了！”莞儿妈又笑起来，“她身份证上就是‘范莞’，挺不好，还以为是‘饭馆’，闹出许多笑话，可她不愿意改！”

莞儿觉得妈的话真是太多，大户人家又不是没有见过，怎么坐了大沙发话就多呢！脸上还笑着，但心里已有些不舒服：“妈，一个姓，一个名，一个念想爹的，一个念想妈的，你不能都要了去叫我不想爹了嘛！”

齐老师却道：“小濛，别乱说，莞儿说得对，姓名是爹妈的念想，哪能乱改呢——”

小濛却道：“也不是啦，好多艺人出道，为了红，还专门改名呢！对了，莞儿，你的故事我知道，我好敬佩你呢！要是换了我，也奋斗不出来！”

莞儿妈道：“啥子奋斗嘛！没得贵人相助，啥子也不是！多亏你们大家帮她啰！”

小濛却扯过茶几上的一个纸盒，打开，却见一个粉晶颜色的Pad安安静静地躺在白白胖胖的软包中，粉嘟嘟的面上，还有些亮晶晶的按钮，又高科技，又Q，看了就叫人喜欢。

“这是送给莞儿的，算是见面礼吧！”

莞儿一下涨红了脸，不晓得该怎么说好：“不不，小濛姐，这，这可要不得……你留着用吧！”

齐老师却把Pad塞到莞儿妈的手里：“小濛她有，这也是别人送的，不专门花钱买，别太往心里去——又都是新年，莞儿妈，她上官阿姨，你就帮莞儿拿着吧！”

莞儿妈却连连推却。

“无功不受禄，这，这怎么好意思？”

小濛却打开机器：“你们先别推辞，这是一个工具，我这里还有些项目要说呢——你们先看看我刚存上的一些文件。”

那Pad上先播出的是一个卡通小莞儿的广告，有什么“洗洗更健康”“金汤玉液来泡脚，壮阳补肾身体好”还有什么“三围速调，梦想成真”，都是些山寨味很浓的网络广告。

莞儿看了看，脸涨得通红，喃喃道：“都是尹老板那帮人瞎画的，也不通过我，说是签了约的，动画形象版权却是他们的，不是我的。我真没办法。”

小濛又点开另一个文件夹，里面蹦出一大堆卡通美女，有正装，有晚装，有裙装，有工装，有旗袍，有迷彩服，人都精神，凤眼闪烁，光彩照人，看起来比自己有气质，比有气质的亲和，比亲和的时尚，比时尚的接地气，比接地气的洋派，比洋派的幽默，比幽默的有内涵，比有内涵的洒脱，比洒脱的大气，比大气的跨界，比跨界的可爱，比可爱的主流……总之比山寨味的好太多了，再细看时，又觉得有点像小濛，也不晓得是不是按她的样子画的。

小濛好像看出她的心思，说：“这套形象，原是照我打造的，可是等到我看到莞儿的卡通版，更觉得像莞儿。要是我不说破，你们是不是觉得更像莞儿？”

大家都点点头，莞儿注意到齐老师在思考什么，又好像在给小濛递眼色，小濛却不管不顾，继续说道：

“所以今天也是机缘凑巧，本来想给梅导、云老师打电话帮忙牵线见个面的，你们倒自己过来了，正所谓不是——”

她也许想说“不是冤家不碰头”的，倒又卡住了，转笑道：“不是姐妹不碰头。我虽和莞儿没有见过面，但也是因为‘春晚’结缘，算是同事，我一见莞儿就好喜欢，觉得我们就好像姐妹一般——莞儿，为姐的在国外混过，知道一些商业套路，说白一点，尹寨主那个小公司太山寨，你一定贱卖了！如果不见外，你们能告诉我现在入账多少钱吗？”

莞儿有些迟疑，老妈却抢着说：“是贱卖了，先收了10万的定金，后面也有些零碎的分账，总起来也不超过15万吧，还有的，他们总说客户还没有结，拖着没给。”

“哈，山寨公司都这样！”小濛笑了，莞儿注意到小濛妈有些不自在，一句话也没有，也不表态，倒是只看着小濛。

小濛又正色道：“上官阿姨！莞儿！你们出来打拼，很不容易！不能给那些山寨利用了，要注意保护自己的权益！为姐的，今天想帮你一把！”

莞儿一时觉得小濛姐很大气，颇有领导气势，到底是见过国际大世面的。

莞儿妈却双手合十，连连谢道：“那太感谢了，太感谢了！我说有贵人相助，小濛姐儿你们就是我们家莞儿的大贵人！莞儿，你还不快谢过小濛姐儿！”

莞儿碍不过情面，只好说：“谢谢小濛姐！”

小濛笑道，很洒脱的样子：“现在谢什么！事情我还没有说呢！这样——这套形象，莞儿你喜欢吧？”

莞儿点点头。她感觉到事情有些快，而且会越来越快。比追那匹小马驹又快，还不同，就像头一次坐地铁，一进那长盒子，门一关，一启动，越来越快，你什么主张也不能有，只能随它去。

好在地铁上面那么多人，都很习惯的样子，看到别人脸上都无所谓的样子，也就慢慢地静下来。坐了许多回后，还不习惯。她又瞟了一眼旁边，齐老师和老妈都不做声，但又都很期待的样子。

“那好！首先，这套形象，姐送给你！”

大家都愣住了。这超出了莞儿的想象力。

还是老妈反应快，以不变应万变，用“感恩”模式双手合十道：“那太感谢小濛姐儿啰，太感谢啰！这怎么好意思呢。只是，这，这套小人，又，又能干啥子呢？”

“干啥子？”小濛调皮地一笑，学了莞儿妈一句：“啥子都能干！‘芭比娃娃’知道吗？”

“晓得，不是那种又长又瘦的外国洋娃娃儿嘛，好贵，莞儿小时就闹着要，我们买不起！”

“对，现在我们就要做一套中国的芭比娃娃，谁都买得起，比福娃、海宝还要好卖。奥运、世博不是年年都有，可是春晚年年有，所以我们这套娃娃的名字就叫‘春晚娃娃’，或者叫‘春晚吉祥物’——”

齐老师——小濛妈在这个节骨眼上插了句话：“这个想法倒有意思，可是‘春晚吉祥物’不是每年有不同的十二生肖吗！”

小濛道：“十二生肖不是春晚专有的，它是国粹，春晚仅借用文化标签。”

“那‘春晚吉祥物’也有春晚主持人嘛！”

“主持人不只是主持春晚，他们还有别的节目，他们是有偶像在卖，但都是个人识别体系，牵扯不到春晚。”

“可是你叫‘春晚娃娃’，不是有个推广问题嘛！”

“妈！这个我早想好了！你先让我把这套娃娃的伟大意义说清楚嘛。实际上，我们要把她们打造成为女孩子才艺梦想的化身，有点小清新，有点大情调，还针对不同女孩子有不同的分形造型——总体来说，我们把她们都叫‘春婉宝贝’，春天的春，上官婉儿的婉，叫春晚就不太好卖，也不像人名。这是大名，小名叫‘婉儿’。这是婉儿一号，这是婉儿二号……这是金婉儿，这是银婉儿，铁婉儿，所以你们看，要有小名，要不然前面一加东西——金春婉，银春婉？真像个瓷器店里面的东西，太土了……这是粉婉儿……”

小濛把Pad上的卡通人物都点了一遍。莞儿是大开眼界，心里对小濛姐好生佩服。忍不住低声说：“小濛姐，这套形象倒很好，可是，就拿她们卖钱吗？是不是像地铁口那样摆个摊？”

老妈却抢着说：“摆个摊也要得，你阿姨我不怕吃苦，你说往哪里卖，我就往那边冲！”

说罢，老妈还做了个夸张的手势，小濛和她妈都笑了。

“不是啦！阿姨！您都上官阿姨了，哪能让您在地铁摆摊哪！这个要不得！我们做的是大生意，不卖，送！”

“送？！”

莞儿和她妈一起脱口而出：“那，那……”“那”后面的话她们都说不出来。

“是的，送！这么说吧，其实我们打造的是‘春婉’女性用品系列产品，有化妆品，有防晒品，有冬天抹手的润肤油，高级一点的有香水，女学生专用香水，女白领专用香水……”

“还有看电脑太久了，专用的‘润眼水’！”莞儿开始听懂了。

“太好了，莞儿你真是太聪明了！对，是要有‘润眼水’，当然还要有其他女性专用品，以后发展了，各种小玩意儿，从马克杯到太阳镜，然后服装鞋帽等等，我们的产品都不贵，专供进城打工的、上学的、求职的普通女孩子使用，但也打造出一个品牌。然后，卖产品的时候，每套产品附送一个和用户身份匹配的卡通小人偶，她们喜欢挂来挂去的，从学校到办公室再到群租房的宿舍，把我们的品牌再一次宣传，扩大市场。生意当然是生意，可是也有文化意义，刚从学校出来的女孩子，能挣多少钱？大品牌太贵，离她们太远；杂货摊、早市夜市的东西又不放心，毕竟是女孩子专用的。所以要有专用的品牌，而且是我们中国女孩自己专用的品牌，你说这个事情有没有意义？”

莞儿妈抢着说：“有意义！好大的意义！——可是，要我们莞儿怎么配合小濛姐儿呢？”

小濛从容道：“别说配合，这是我们女孩子自己的事情！而且还是挣钱的事！我要你们准备接受100万！”

“100万！”莞儿妈愣了一下。莞儿却镇定起来：“小濛姐，你是要我成为这套形象的代言人？”

“你很聪明，莞儿！我没有看错人！”

“可是我现在有约在先——这，你也是知道的。他们一签就是三年呢！毁约？我怎么好出尔反尔，不讲信用？！”

“哈！莞儿！你很讲义气，这正是我所希望的！那我就交个底给你们，尹老板那个公司上面还有投资人，其中有家公司背后的老板是网络大户曹磊。经过股权置换，他和我们，已经控制了这家公司，过了春节，新的总经理就要上任——你们也可能认识的，就是现在言大导的助理，贾斯汀。我已经让贾斯汀来作下一年度的战略规划了，当然还有其他很多事，比如大Pad代理等等，其中就包括‘春婉’这个系列。所以即使我现在不说，贾斯汀也会找你们说的，其实还是你们公司的事，只是原来给你的太少，现在我让他们多给你一些。你也不必客气，到时候还是完成原来合约那些事情就是了！”

“完成啥子事都要得！公司对你那么好，莞儿要感谢小濛姐儿呢！”

“小濛姐，我确实很感激你，可是你说的这些情况，我还太生疏，能不能让我考虑一下！”

“我倒是想让你考虑，考虑三个月也没有关系，可是市场不等人——更重要的，还有六天，春晚就要开播了！”

莞儿妈还是不明白：“我娃儿这个普通人，和春晚有什么关系？”

“上官阿姨，这套‘春婉宝贝’卡通形象必须上春晚。但她们不能唱不能跳的哦，只能做些大卡通掺乎在一个大节目中集体亮相，因此必须有一个真人替她们亮相聚焦——这就是零点仪式，报春天使——现在报春天使已经有了一个名字——大名春婉宝贝，小名婉儿！”

“那，那，不是原来是你的角色吗？”

“是，可是我决定让给你，因为你比我更适合！不管是外形还是宣介，还是家世……你看这套形象是照我描绘的，可是一卡通化，反而更像你！这就是缘分！”

“等等！”齐老师突然站了起来，“小濛，你是说的那谁，什么假视听——我怎么不知道？”

小濛大笑：“是贾斯汀不是‘假视听’，他是我在美国认识的，人很能干，又是曹磊的校友，大家都挺谈得来的。妈，我们也有我们年轻一代的圈子——”

齐老师打断她，语气甚至有些粗暴：“小濛！你跟我上楼去！这么大的事，你要让莞儿和她妈商量一下嘛！”

说罢头也不回地上了楼。小濛调皮地做了个鬼脸，低声道：“没事，我事先没请示，我妈有些郁闷，没事的，我有能说服她的人，打个电话就

OK，你们也商量一下嘛！”

小濛急匆匆地跟上了楼。只听楼上“砰”的一声关了什么房门。

莞儿叹气：“为啥子都是些急匆匆的事，让我想破脑壳都想不通！”

莞儿妈抓起她的手，悄声说：“娃儿呀，有的事，不是我们能想通的。是好事就客气不得，100万！做啥子都要得了！不过，嘴上说说不算数，还要落到纸上，要那个新来的贾什么和你签，我看他不能不听小濛的话！小濛这娃儿，了不得，比她妈还能干！”又蘸了点茶水在茶几上乱画了几个数字，口里还念念有词，“三七二十一，四七二十八……对了，200块钱一套，全国多少这样的女娃儿！卖个10万套，百万套的有个啥子难的，都是上千万上亿的事，分你个100万也不亏她的！唉，有这就行了……莞儿你饿不饿？我倒饿了，能不能吃个果子？这房子好大，也不晓得她们哪个做饭搞卫生，你说我要是在她们家做个保姆怎么样——我看她们人还不错嘛！”

“妈，你不要犯贱！另外这个事是个好事，可是我总有些不自在，好像老是在受些摆布……”

莞儿有些恍惚。

老妈一巴掌拍过来，把她的肩膀拍得好疼：“你发个妈的什么呆！犯贱？！这么好的好事，你不要发昏！自在？你个穷娃儿，要个狗屁自在！你在川西山沟沟里面玩泥巴，你自在？你在广东出租房里混生活，你自在？那几个烂仔没把你搞死，就算你命大！给钱你还要装淑女，还要自在！你也不撒泡尿照照你是个自在命吗？再说了，你以为别人自在？老妈自在？老汉自在？就是各位老师，小濛姐儿，生活比你好一些，我看也不自在！你看那个言大导，他们，哪个自在？你不要想虚了，想冒了。自在不是我们凡人的事，那是菩萨才有的道行，你没有看那个经书上说，观自在菩萨，观自在菩萨！这也是我平时在大庙小庙里进香，菩萨才记得你！你还要自在！”

莞儿给拍了一掌，有些清醒，又有些糊涂。有些事，是自己修炼不到看不透的。

老妈又重重加了一句：“等下，她们返转来，你不要瞎说话！妈给你做主了！”

就听见楼梯一阵响，齐老师和小濛都下得楼来，也都笑着。齐老师笑得好像还更开心些，也不晓得那个小濛姐儿说了啥子名堂把她这么难对付的老妈搞定了。

齐老师走到眼前，手里捧着一个小小的首饰盒，打开取出一条珍珠项链，都是一水的白玉润洁的珍珠，前面又缀了一个绿莹莹的宝石。

“哎呀，今天真是个好日子，瑞雪兆丰年！我就喜欢下雪！你们意下如何呀？我看就照小濛的意见办最好！她毕竟在国外学习过，见识比我们多！我也有个提议，既然我们要亲密合作，小濛又孤单单的没个姐妹，不如就此认一个干妹，我也认个干女儿，来来来，小莞儿，这是干妈给你的见面礼！这可是真珠子，坠件上的那块翠，水头特别好，是缅甸将军送的正经A货！”

“哎呀！这，这，这怎么好意思……太高攀了，太高攀了！”

老妈也觉得这齐老师好像一下太生猛了，回不过神来，不晓得说啥子好，又牵起莞儿：“快说，谢谢干妈！谢谢小濛姐儿！”

莞儿也有点发木，跟着说：“谢谢干妈！谢谢小濛姐！”

小濛却含笑不语，亲自给她戴上了项链，又搂着她的肩，悄悄地耳语道：“真适合你！真漂亮！我就差个你这么可爱的小妹！”

齐老师上下欣赏着：“真好，太配了！你是报春天使嘛！脖子上哪能光光的，又哪里能戴个假货，我想来想去，金的太俗，银的太亮，白金的太细，乌金又黑又不亮堂，还是珍珠的好，都是天然的，也切合主题。”

老妈急道：“还是齐老师有眼光，今天真是个好日子，我们家莞儿真是太幸福啰！”

小濛又道：“莞儿，你放心，一切有为姐的安排！我已经让贾斯汀起草合同，把你原来合同中的有利条款都继续保留，还加上刚才说的100万定金，一签字，先打三分之一的款，就是三十三万三千三百多吧！这套形象，就差个大棉裤装的，也要有，这是你的标识嘛，我已经让人做上去了。你时间蛮紧的，那个报春天使台上的事不多，无非是吊个威亚，骑个老虎，唱个歌而已。吊威亚你会，骑老虎你胆子比我还大，也没有问题。唱歌嘛——”

老妈：“会唱会唱！她从小就喜欢唱，两三岁就跟我唱听奶奶讲——”

莞儿却道："可是我一开口就容易跑调——"

"不怕！"小濛斩钉截铁地说，"我们有好话筒，能调。唱得好，你就自己原声唱。唱不了原生态，我们就上手段！"

齐老师满意地点点头，却什么也没有说。

"而且马上要进入宣传期。刚才我妈和茅台打了个招呼，他说没问题，全程配合。大石头和小石头他们有一档《年年有余》的过年扯淡节目，天天有的，安排你上节目，讲身世，讲奋斗，讲艺术，讲人生。小石头还要拍你的生活，把形象塑造起来——对了，你在讲话时，对外要讲你姓上官，大名叫上官春婉！小名就是婉儿，这样好记！因为叫莞儿，又姓范，会联想到什么饭馆，容易给网友取笑，不好，品牌嘛！就要上口！那谁，不是就叫东单女孩吗！有问题吗？上官阿姨，莞儿——婉儿妹妹？"

"没得问题！没得问题！叫啥子都要得！"

老妈急忙表态。

莞儿也麻木地点点头，又觉得真有点不自在。但是妈说得对，我一个乡下女娃儿，山沟里来的，混到这个地步已经是烧高香了！还管什么自在不自在呢！妈吃这么多苦，总是为我好，我也应该尽尽孝了！

突然地，老妈的电话鬼哭狼嚎地叫起，老妈接起，又慌慌张张递给莞儿："找你的！"

"找我的？"

莞儿接过来，只听得是光头梁导的声音："莞儿吗？你在哪儿？！"

莞儿急道："是我！梁导！"

"哈！把我急死！我们已经出发了！我喊了几个小兄弟，都是武行出身，能打！还有吴大波的保镖，就是那个黑大汉！那什么尹总平常总是狠三狠四的，到了关键真是掉链子，他不出头，我只好直接找吴大波求援，她老人家义气！说我们先过来看看，不行她就叫杰克包个保安公司，开几辆大巴派个百十号人过来！你不用怕！"

莞儿心里一热，急道："谢谢梁导谢谢梁导！不用了，问题解决了！"

"莞儿你不要客气，都是自家人！你去的那个地方，看上去太平，其实有点乱，以前碰瓷、拐卖，还有黑监狱什么的都有过！你要特别留神！"

莞儿一时觉得还有这么个人惦记自己，小鼻头都酸起，忙小声说：

"谢谢梁哥！我和妈在一起呢，我们就在我干妈干姐这里，问题真的解决了，没得啥子事，梁哥你们快回吧，天寒地冻的，快回吧！太谢谢梁哥了！"

"看你说的，人在那儿就好，你梁哥这就放心了，明儿见！"

"雪大，开车小心！"

莞儿把手机往老妈怀里一杵，跑到窗口，窗外，夜幕深沉。西风斜走，飞雪如蝶。黑车见白，白车见肿。一行纯净又湿漉漉的泪水静悄悄流了下来。

▼ **附件文件夹**

▼ 《建外周报》文件夹：2011－10－11

建外SOHO喷泉配乐多年未换　物业表示尽快解决

本报讯（记者于永延）10月9日，记者从建外SOHO东区锦融物业公司获悉，位于建外SOHO 8号楼附近，多年未更换过背景音乐的喷泉或将更新音乐。

建外SOHO东区8号楼附近的音乐喷泉以轻盈欢畅的音符和晶莹剔透跳跃的水柱赢得很多白领喜爱。在很多白领看来，它是快节奏商务楼宇里的一份清静悠闲之地。

然而，近日有不少白领向本报反映，音乐喷泉让在这里的白领们喜忧参半。"喜"是因为白领们可以在休息时来这里边欣赏音乐喷泉的"舞蹈"，边释放疲劳的身心。"忧"则是多年来，音乐喷泉的背景音乐从未更换过。"再好吃的东西也不能多吃，再好听的音乐也不能经常听，时间长了，'好听'就变成'扰民'了。所以希望物业能（以下为乱码）蘙弦?�跶悳蓌蒰怘媇傞濄濄枚彀涚啙辿弥冇弦罘酢腴籠啾蘆麁蘆怘媇濄傠朝濄彀呷涚啙辿罘么麻廁鸁擁絃陈醲才弦？嚄跶金哈额悳蓌那颗蒰怘媇濄濄彀涚啙辿罘酢腴籠

韩国文化院　唱歌赢手机

本报讯（记者刘红）据记者了解，驻华韩国文化院举办的韩国歌曲大赛K—POP contest 本周一到本周四接受报名，中国赛区优胜者还有可能获得三星最新款手机和平板电脑，还有机会获得赴韩参与KBS直播全球总决赛的机会。

同时，由中、韩两国设计师共同参与的“CONTINUE+US展——可持续性发展设计”也将于10月15日下午5点在驻华韩国文化院开幕，主题为：创建者们的新挑战·新机遇。

韩国文化院10月的电影定为李俊益导演电影月，其导演的三部电影《王的男人》《快乐人生》《广播明星》将分别于10月14日、10月21日、10月28日晚上6点半，在文化院地下一层礼堂播放。

韩国歌曲大赛报名详情见：

·#￥@@@8 7 6 5 g z c n z c k n z n c m n e f f j i d f

地址：朝阳区光华路光华西里1号

永安里东保安“大比武”

本报讯（记者刘红）9月27日，建外SOHO西区小广场分外热闹，永安里东辖区内15家物业公司的200多名保安开展了别开生面的“大比武”。

跶悳蓥蕻急婐濄，濄敤洓韮迚弥冇弦罘；酢胨麄啾蕞麃蕞急婐濄濄敤洓韮迚罘冊廁龘搚紘屽醲弦？嚄跶悳蓥蕻急婐濄濄：敤洓韮、迚罘酢、胨麄啾、蕞麃、蕞急婐、濄濄敤、洓韮、迚罘……

整个西区小广场显得虎虎生威，蓄势待发。

经过激烈的角逐，最终，戴维斯物业银泰C座保安队伍获得冠军。

我们平时训练成果的展示，安保工作作为基层安全保证的第一线，不管是（以下为乱码）蕟弦？嚄跶悳蓥蕻急婐濄濄敤，洓韮迚弥冇弦罘酢胨麄啾蕞麃蕞急婐濄濄敤洓韮迚罘冊廁龘搚紘屽醲弦？嚄跶。悳蓥蕻急婐濄濄敤，洓韮迚罘酢胨：麄啾蕞麃蕞急婐濄濄敤洓韮迚罘……

▼ **春晚文件夹**

▼ 春晚倒计时第0天文件夹：15：43

▼ 小石头微博-博客文件夹

▼ 婉儿—大台文件.txt

婉儿提着旧电脑，戴着新绒帽，气喘吁吁跑出地铁口的时候，我正怀着敬意带领着摄像紧跟在她的身后。

——蜗居、地铁、服务地点，这就是一个普通农二代、进城打工妹的普通一天的开始，但是今天很特殊，今天是年三十，婉儿——这么一个再普通不过的打工妹却要走进电视台，走进春晚，走进广大观众的除夕夜！

迎面扑来都是雪！

婉儿抽了抽小鼻头不禁打了个寒战。

我也打个寒战，平常在汽车里感受不到如此强烈如此真实的冬天。空气寒湿而又新鲜。

我注意到婉儿把小粉花素色围巾又裹了一圈。我能感受到她那个柔软而娇小的身躯在寒风中小小地抽搐了一下，她不由得往温暖的出口深处躲了躲。她甚至不觉揉了揉肚子。

她说有点后悔穿了双旧靴子。靴子茸乎乎的白毛翻边虽然好可爱，但靴底磨平了容易滑跤。人摔了拍拍屁股走路，电脑摔了回去不好向老板交代。两千块钱押金呢！实际上可能不止，听说专用的速录机也和电脑一样贵呢。

婉儿站着不动，后面的人却拥了出来。温润而污浊的地铁气味漫过人们头顶。婉儿又抽了抽鼻子，她说她的鼻子太好使，一般人闻不到的味道，她却总是直沁肺腑。

不少人也和她一样望天望地。有人细声嘀咕一句："妈呀！又下雪！"

我们的身后又传来车厢抽搐着开门的"哧哧"声。接着是我们再熟悉不过的广播："……各位乘客请注意，现在正是乘坐高峰期。请您配合我们维护通行秩序，迅速上下……列车门即将关闭，请注意安全……”

婉儿歪头看天，说总觉得这段话儿有些不对劲。可哪儿不对劲，我一时也想不过来。这当儿，后面又有人大声嚷嚷：“走啊！走啊！下雪还不过日子啦！”有人搡了一把，婉儿就一脚踏进雪地里。

夜幕黑得深沉。西风斜走，飞雪如蝶。黑车见白，白车见肿。一片纯净又湿漉漉的雪味儿弥漫在夜灯下。又有几辆警车无言踏在白茫茫雪地里，红蓝警灯使劲闪烁。

婉儿踩着红蓝闪光向我们使了个眼色，我们瞧见还有几个便衣人物桩子也似的钉在路口，都清一色黑衣平头青头皮，面色刚毅，肩头堆白，寒风中纹丝不动。婉儿笑着说：

又要过大佬了？

我说不是。今天车多，有的地方要封路。演职员太多了，车停不下。

婉儿回望了一下，果然道上有半边清空。更多的交警挥舞着亮闪闪的指挥棒，红蓝光影映雪而动。

蓦然，伴随着一串低沉的车鸣，一溜快进镜头般的车影，飞驰而过。婉儿说是大明星赶路吗？

我说，你也是大明星呢！在我们今天的舞台上，我们都是大明星！

婉儿笑了，不料看得发呆，一不留神，左靴一滑，正要四仰八叉摔个屁股蹲儿，却情急神来，右腿鹤飞一跃，借势一腾，竟站住了。就见旁边一黑衣小伙“扑哧”一笑，清水鼻涕甩出几滴。

婉儿不禁也嫣然一笑，婉儿说她长期打字，认识“嫣然”这两个字。婉儿不知道她自己其实“嫣然”笑起来很是好看。我们的言大导和导演组真有眼光！

婉儿嫣然着站稳后，便顺手掏出半包纸巾，往那个红鼻子青头皮小伙面前一杵。不料，他并排站着的同伴却突然握拳抬臂像拉住地铁吊环似的向上做了两个动作，又抢先拦住婉儿，凛凛然说：“对不起，同志，我们正在执行公务，请您理解，迅速离开！”说完，这个便衣还瞪了鼻涕小伙一眼，把鼻涕小伙瞪得满脸羞红，眼光斜移。

婉儿也不生气，收了纸巾，抬起手臂做了个OK的手势——便噔噔噔头也不回向台里走去弥有宖？蘆意媒濄嘆跶憓寠蔟意，媒濄濄斁渋歬迚罘酢脨鍦嗰蘆悥娱濄蘆鍦蘆悥。

这就是婉儿，一个普通的打工妹，一个不普通的大明星，走向春晚的路程。

（小石头为您现场报道。前几天关于悥嵏蔟悥娱濄濄矿斲涘博文的内容暂时中断，以后再续。因为这几天接到新任务，我们要集中报道“春晚”进程。如果有错别字和乱码，敬请原谅！）

我们台的大门其实极其朴素，不事张扬。门口的铭牌，敦实厚重。一整块霞光红的大理石，勒几个内敛又苍劲的金字。仿佛是映衬这几个金字的分量，今天门卫加岗，都正装肃立，不苟言笑。在大门两侧，又散开几个制服或便衣，形成一个格局。不远处，几辆无牌黑色闷厢车停在松树林中，车头已然堆白，警灯却没有闪亮；两只穿黑衣的大犬，悄无声息地趴在树根旁。

婉儿作为速记公司速记员，常来大台速记扒词。她说门卫自是见惯的，警察不常见却也见过，但是今天这个格局，却有点稀罕。她说今天太隆重了。隆重这个词有点怪，但是——还有什么词比隆重更能表达婉儿此时此刻的激动心情呢!

婉儿说平常进台麻烦，又是大雪天的，够等。婉儿不觉跺跺脚，引得几个便衣朝她探望。婉儿不知道这几个人里有没有节目组派来迎接她的外联。

但是旁边一些人看上去有点特别，脸上洋溢着乡土气息，高矮不等，老的像大叔，小的像小工，皮色都发糙，眼囊旁印着两个红印印，一看就知道是常刮大风的外县来的人。又都绷紧面皮，有一种共一个组织的通用神情。也许他们是外地粉丝团来等票的，或者就是来见一见某位大明星的。

婉儿自言自语地说：他们聚在大台门口干啥子？又忙抽出手机给节目组外联打电话。

“姐，我快到台门口了！”

外联是个本地女孩，手机一响就在人群里喊了起来：“哟！婉儿呀，我忘了告诉你，sorry，sorry！春晚组派我在这儿候着你哪！”

婉儿小小一喜："那不用在台门口等办手续啦？"

"不用不用。春晚组来来往往尽是人尽是事，进出太费劲儿，他们派我专门接你，你赶紧跟我来吧，啊——"

婉儿赶紧转身，不由自主往旁边一瞥，发现那些人居然直勾勾地望着自己。她不觉压低声音道："我这就去——对了，石头姐，这些什么人，怪吓人的。"

我说："今儿个是好日子呀！每到这一天，那些外地粉丝都会来！当然也不排除一些上访喊冤的，给主持人递材料的，也有。自然也有截访——嗨，这都不碍你的事！快进去吧！"

"好嘞！"

婉儿夹着包高高兴兴溜着人群的边儿往台里走去。我们也紧紧跟着，摄像大哥太厉害，人再多也能挤出一条道，还不会跟丢了。

突然人们都在笑，我一抬头，前边人行道聚拢着人，在围观一个人。

被围观的，是个中年男人，面目寡淡，眼神亢奋。西装革履的一身行头。胸前却挂着一个艳红的纸牌，那上面贴着手工做的粉红心状图案，还伴着宝蓝的月亮、奶黄的星星。上面又有用蓝黑墨水认真涂写而成的一句话：小石头！可爱的小石头！等你一千年！那字儿写得匆忙，一些蓝黑墨水印顺纸流下，把年的一竖挂得老长。

神经病！

我赶紧戴上口罩。就怕这些家伙！

作为大台的新闻出镜记者，粉丝无数，可以理解。但是人们喜欢我主要还是我说出了他们的心里话。这不是我个人的荣誉，这是大台的荣誉，是我的老师，尤其是石老师和石师哥的荣誉。我们的新闻品牌是他们开创出来的，我只不过是个跑腿的执行者。当然，间或也有男人在门口打标语示好求爱。平常也见过一两个，总觉得他们像是有病，而且穿着打扮透着一股怪味道，一看就觉得不在一个层次上。但这位大哥，看上去倒也清秀，还戴着一副优雅的眼镜。裤缝笔直，皮鞋锃亮，倒像是知书达理有身份的人咧。买告！也瞎举牌牌。

虽说是非诚勿扰，可是这番动静，就算是前世有缘后世有心，那不也搅黄了吗？唉，这人怕是读书读多了，钻牛角尖！

突然间，有个歪脖围观的老汉逆风打了个大喷嚏，把众人都逗乐了。

老汉紧紧围脖咕噜了一句什么粗话，走了。

众人也都散了。新一拨的过路人又围拢来。

那位大哥倒不在意人聚人散的，依然肃立。

我心里嘀咕，这位大哥，这么执著，倒不多见，可是他这么瞎整，有什么用嘛！他也不想想，本小姐虽然出身低微品位不高，也是剩女，但好歹神志正常，怎么着也不会看上这么不靠谱的人吧！

我悄悄跟上婉儿，问她：要是换了你，你答应吗？

婉儿回了三个字：神经病！

我们大笑。

正乱想着，迎头听到一声大车喇叭，倒把婉儿和我们吓了一跳：原来乱走走下了人行道，差点撞到大巴上。

两辆大巴熟门熟路停下。

门开处，先一个小旗晃了出来——接着一条裹着黑紧身裤的美腿。女导游便袅袅然下了车，却又操着手提喇叭喊着："大家抓紧时间照相，照完相就去吃火锅年夜饭！"

那女导游引导着游客直奔台门口，却有一伙人吆五喝六地发现了挂牌求爱的"新景观"，一小伙人便分流，向那挂牌大哥围拢过去。

婉儿说，他们都有相机，要是给拍了照，发到网上，那位大哥亲朋好友的，看了不晓得怎么想。

我却纳闷，都大过节的，怎么还有旅游团。按大石头师哥昨天在《年年有余》节目里讲的话：生活好了，过年也旅游。

我们一伙慌慌张张、仓仓皇皇踏着雪，溜着那伙围观人群和旅游人群的边儿走过。一抬头，前边法制节目接待窗口边的人行道上又聚拢着另一伙人物，约莫着有二十几个人，蹲着的、站着的、跪着的，都有。大过年的，他们也不容易。有问题赶紧解决吧，解决了，赶紧回家过年吧！

婉儿这样的阵仗已经不是头一次见到，但是眼里还不敢细看。

她问我：这么多人聚拢来，莫不是要搞啥子事？为啥子也不见人来管起？

我没有回答。

我们脚下又一滑，婉儿赶紧扶着树干站稳。抬头一看，却见几百号人乌乌泱泱聚在侧门。

婉儿说糟了，要出大事了！

我定睛看时，却见他们手里都拿着票，又都九曲八弯地排着世博风格的长队，想来他们是盼着进台看节目的观众。

果然就看见两个面熟的副导演在吆喝指挥。

婉儿笑了。很嫣然。

我们不觉肚子咕咕叫起来。

又抬头时，却见台里大楼巍然在前。

雪夜之中，大楼更显灯火辉煌。

尤其是楼上也高悬一个镶灯结彩的硕大“春”字，和不远处广厦大楼上的“春”字遥相呼应。

我们刚进门，就有人迎上来。

“你是找春晚——零点节目的吗？”

耳边突然斜飘进一个男孩子的声音。

转头看去，是一个探头探脑的高个子眼镜男生。一个塑料牌牌在他干瘪的胸前晃荡。我想起一句什么青春诗句：头油与青春痘的气息飘忽不定。

“您是——”

“春晚零点组接人的，跟我走吧！”

眼镜男生要给婉儿提包。婉儿客气地拒绝了，她大踏步地走进大厅，走向春晚舞台，走向自己的美好人生。

（小石头为您现场报道。春晚其他节目和准备情况，我们将继续为您报道。）

（本网提示：春晚开场前戏视频正在直播中，节目开始时本网也将全程转播；同时本网参与主办的《网络春晚》已经播出，点击率再创新高。敬请点击本网视频专题界面：

hppt//www.wangluochunwan2012123.gonianyiqikanchunwan.coooooom.cnn.jf;fgwifwufhrugheuvnafnafljbndljbndlbnlbnlkbnlkbndlkbndkbndnlkbndbkldbnnlkbkd，奖品是超大容量U盘。）

▼ 小石头微博–博客文件夹

▼ 《年年有余》节目春晚特别报道文件.txt

就在婉儿跟着眼镜男生在大楼过安检的时候，我们先拍了些外景镜头，然后一起来到演播厅外的大长廊。今年的安检特别严格，连我这么个熟面孔也得过。

（豝岜癹魃�私存信息：刚才老石头主任已经悄悄告诉我，说有海外某个敌对势力打了国际长途威胁蚆�鲌鼭飏爥逡嚓囄�矢椉，黑衣人还没有找到，看来别乱窜，我们这里没有观众筴叟蘁悥媒過蔋弦？嘍，已经出跶悳巎蔟悥媒過過斀涚趤迪弥冇弦警犬罘酢腖巄啨蘁庵蘁悥媒過過）

大长廊是各种演员等候上场的地方，重要演员有自己的化妆室，群众演员就在大长廊里解决问题。婉儿现在有自己的化妆室了吗？

经过几个排练厅时，见得里面几个爷爷奶奶，有模有样地在练合唱；

又有两个房间里，几个穿体操服的女孩子正在弯腰劈腿；

又经过一个房间，门关着，里面猛然蹿出一句民歌，声音之高亮令人耳炸，而跑调之怪异又叫人称奇。

“啊，我们这里什么人都有。”

眼镜男生有点不好意思回头送了一句，好像这些不靠谱的人都是他的错。婉儿一时觉得他挺单纯，不禁莞尔一笑。

又有间大屋子，有几个大人正围着一个小男孩看他打快板。小男孩的快板噼里啪啦，口里却是背《弟子规》，行云流水大有一泻千里之势。

忽见到婉儿，小男孩竟愣住了。大人们都回头漫漫张望了一下，就有人过来找婉儿签名。小男孩也想过来，又有一个女人大声呵斥了一声，小男孩重又练将起来。

又经过一个小型排练厅，是一群扮演小兔子的小演员在练习；婉儿说这就是配合她演出零点祝福的十二生肖中的兔子们，是台里艺术团的小演员。见到婉儿，孩子们都拥了过来，看来他们都喜欢这位独具魅力的报春天使。

但是婉儿注意到在一个角落，有几个小兔子哭着在练习“跪跳起”的动作，婉儿奇怪，问女教练为什么要这么为难孩子。教练说，跪着跳起才显得有爆发力。婉儿不喜欢，但是女教练说，一直这么练的，要改，得通过导演组。

我也不喜欢，干吗要小孩子跪着跳呢？你一个大人跪着跳起试试看！可是马上就要直播了，再改也来不及了。我们只好鼓励了一下那些孩子。他们眼睛里流着泪，可是还得咧开嘴巴做出高兴大笑的样子。真坚强！

我们刚走，就听教练大声训斥孩子们了。

下次做节目谈教育改革的时候一定不放过这个题材！

最后，他们停在一个门口，门上堂皇悬着一个精工细作的铜字招牌，“春晚”两个大字朱漆楷体，十分正派。

这就是“春晚”节目组的中心办公室了！

门开处，迎面是一个占满整面墙的巨幅大红喷绘，上书第某届春节联欢晚会几个古体大字，两边金龙缠绕，银凤飞翔，又有剪纸风格的祥云升腾四起；

还有两只剪纸喜鹊飞衔一幅立轴画卷，上书“春晚倒计时0天”——那数字却是可换的。

喷绘两边又立有两座宫灯，巍然挺立，金碧辉煌；宫灯余辉，正照绿萝。枝叶繁茂处，一派盎然生机。

婉儿回头说这才是正宗地方！

仔细看看，我觉得这个“影壁”比洋的俗，比俗的雅，比雅的闹，比闹的正，比正的喜庆，比喜庆的大气，比大气的又生动活泼。这堂大景，比庙会更像堂会，比堂会更像晚会，比晚会更像庙会，倒是透着一股我们看惯的传统春晚的年味儿。

婉儿一直往里走，有人点头，但是大家都忙，也没什么客套。

从小隔间走过，一顺都贴个牌子，却是A4纸打印，极为简朴，上面写有什么音乐组、舞蹈组、语言组、视频组之类。

小隔间有的开着，有的关着，不管开着关着，都散漫出一股方便面的俗香味，有的还杂和着烟、酒、小吃、果皮、口香糖以及臭袜子的味道——

这就是我们电视民工的路数，赶时赶工，加班加点，无穷无尽，没完没了。

走到尽头是一个小型会议室，门开着，门口闲站着几个人，抽烟说话，一见到婉儿，又都不说话了，都直勾勾看着她，好似在辨认什么——

婉儿莫名有些兴奋，又见会议室贴个通告，大字下面还有一行极小的字，却是英文。不及细看，眼镜男生已经推门把她让进去。

我们想再等等，好像还有些问题没有问呢。

不多会儿，门又开了，男生闪了出来，一手却抓住把手。

我问，婉儿怎么样？开始化妆了吗？

“小石头大姐您别急，一会儿盒饭马上到，吃了再说吧！”男生的回答似乎有些文不对题，却向站在一边的一位演员招手。

又一个女孩急步上前，进了门，门在她身后轻轻关了。

好了，我们马上也要回我们《年年有余》的节目现场，别走开，春晚节目先爆料！

（小石头为您现场报道。春晚节目准备内幕情况，马上继续为您报道。）

（本网提示：春晚开场前戏视频正在直播！点击率再创新高。敬请点击本网视频专题界面：

hppt//www.wangluochunwan2012123154329.anyiqikanchunwan.coooooom.cnn.jf;fgwifwufhrugheuvnafnafljbndljbndlbnlbnlkbnlkbndlkbndkbndnlkbndbkldbnnlkbkd，奖品是超大容量U盘+淘宝金券+通用Q币！秒杀！！！！！）

▼ 小石头微博-博客文件夹

▼ 《年年有余之春晚大揭秘》特别节目文件.txt

我终于回到我们《年年有余》演播室，和大师哥——著名的大石头老师一起为您揭秘春晚幕后花絮！

我会在我不说话的时候给你们发微博——当然这是领导特批的！

现在我们的监控屏幕上切到另一组画面，是大演播厅的现场，现在是

清场安检——这是最后的安检，观众马上就要进场了！这个镜头你们看不到——你看文字微博是不是也很重要ha！

（魅茇私存信息：国际长途的线索很快蚆�鲌鰄颳耀逡嚓囃礤夨筞，黑衣人已经有线索大演播厅观众太多筴旻蕄扂娸濄蕔弦？嘍，英勇特警已出跶悳寚蔟扂娸濄濄敤�郏趇迚弥冇弦警犬就位罘酢腜蘢啨蕄麄蕄问题解扂娸濄濄）

我很熟悉我们的直播间，不久前大石头和我联袂主持“低碳长走”的访谈。我们二人搭档，很多次了，但是今天还是很激动！

刚才大石头说了不少幕后的艰苦工作，我就不啰嗦了。

让我振作起来，把今天第一批上台的大腕给你们曝光曝光吧：

本届“春晚”大型晚会不仅在艺术表现上涵盖中西文化，而且在举办形式上进行了创新，将与我台参与主办的网络春晚、动画春晚形成“三台唱”的局面。本台“春晚”希望通过不同国籍和文化背景的演员联手，打造一场极具视觉冲击力和感染力的春晚“大餐”，因此也必将是国际巨星云集的盛会！

盛会啊！朋友们！

据悉，本届“春晚”的首批嘉宾名单已出炉，你想不到吧：著名的大维吴也将加入晚会主持人的行列！

俄罗斯高音王子维塔斯、美国著名魔术师大卫·威廉姆森以及国内“海豚音”天后张靓颖、费翔等观众们耳熟能详的演艺明星将首批登台献艺。

还有开场就有百位全球网络小姐来亮相捧场！

够国际化的范儿吧！

除了这些享誉中外的优秀演艺巨星之外，“春晚”还凝聚了国内顶尖的幕后创作团队的心血。

本台的腕儿已经一一亮相了，等一下我们还要请来著名导演张刚老师进行访谈！张导受聘是我们“春晚”的艺术顾问。

另外著名音乐人小柯为晚会创作了主题歌，喜欢音乐的朋友们可不要错过呦！（爆个小料：偶也是他的粉丝呢！肆滴肆滴！就肆滴！）

现在让我们看幕后的导播们，我们通常指他们为“楼上的”——是指楼上的大导播间。

在那里各种显示器架一面墙，各种切换、剪辑、录像台一溜摆开。

导播组长米哥和他的若干剪切师一排专席皮椅面“墙”而坐，忙碌着他们的忙碌，调度着他们的调度。

米哥是台湾同胞，在大陆工作好多年，这也充分体现了两岸文化交流的积极意义。

（对了，再爆个小料：米哥有个儿子叫小义，失散多年，此次小义作为鼓艺师跟随台湾著名舞团来春晚演出，父子得以相认。本节目将安排专访，再现他们感人的父子相见的情景。敬请留意！对了！这个小义好好好帅呢！完全像个电影明星！大有F4的范儿，各位小少女、大少女、老少女敬请特别留意啊！！！！）

在导播台后面是副总导演林木森的专席。

按每年惯例，在导播们的后面，还要摆上一排长桌——已经铺上红丝绒桌布，上置水果、饮料、茶水，有点过年的小气氛。

居中当然是茅台和副台长的专席。

林木森副总是茅台的“二传手”，有什么导向性指示由他来落实。

新任“大内”贾斯汀在左右“行走”。

让我们再看看大导。

大导就在楼下节目现场。

他面不改色，一派大将风度。

这些天来，以至于这些年来，言大导都是春晚灵魂人物。

他太累了！

这是一场没有冠军也没有金牌的大赛，有的只是尽心尽责的服务！

他们把欢乐献给了观众，把劳累甚至埋怨留给了自己，让我们理解他们！

也祝他们再次成功！

是的，祝我们的春晚再次成功！！！！

为了更深入地了解春晚内幕，我们拿到了他们的一个工作单，俗称21条，就是说有21个疑难杂症曾经摆在他们面前。常态节目大家看晚会现场就是了，可是这重点的设计，还有很多可圈可点的地方。

让我们一一还原现场，报告他们奋力推进节目的艰难旅程：

停车车位问题：广厦B座门口那块小空地不够，地下停车场又是各单位、公司的年租，车位根本没有。当然现在都在台里。都解决了！还是呼吁低碳生活，少开车，多走路！

开场形态问题：有无可能营造一个既有气势又独特，与往年大不雷同的开场。

经过台里研究，大胆突破，上网姐大赛的国际模特！

那帮国际模特，我看了资料，成色还是很不错的。我其实一直就期待破一破传统的大歌舞大开场——都玩了多少年了，太套路太程式化！

国际模特给我一个启发：突破，就是突围破解！

我爆个大料：一开场，百名国际模特全是中式时装！

有旗袍、有唐装，又都是华夏风采；

胸前各有各国的名头，粉缎绶带；

每一个小巧的宫灯，宫灯上面转着、印着中国情景的古画儿，就像颐和园的长廊一样——

对了，舞美也看过了，把长廊艺术化地搬到舞台两边，沿观众席延伸——

你们会看到上百名西洋美人、旗袍唐装、花样年华，又一幅幅古典水墨画，象征中国年是国际节日，四海贺年、八方联欢，有意境，有动感，从两边包上去，聚焦于舞台——

然后一群主持人用中英文开场，呼应四海贺年的美人嘉宾，凸显我在国际上的崛起地位，也彰显我们大台胸怀、气度和格局——

本小姐表态：好，好！花样年华！花团锦簇，花枝招展，大庆年华！太好了！

你知道吗？台里还专门申请了些专业费用，此次播出，还要租用几个卫星转发器，预订了网络大流量通道，真正做到全面覆盖，共时联欢，做一个花好月圆！

好，好！这才是开门办春晚嘛！

绿色段子问题：绿委会致函希望推广绿色文明的短信段子，且要和相声、小品结合起来。

这个问题也通过开门方式解决了！

话说有一个县文化馆，送了个作品，是小品，反腐的，说是有个捡垃圾的，在垃圾堆捡了个手机。

本想上交警察，这手机却是某局长的，一会儿有人打来，他们也不会用，也不敢乱回话，原来是局长二奶打来的，说别人送了多少钱过来问怎么办，见他们不吱声，以为局长又泡别人，吃醋撒泼。

后来又有大老婆打来，又有别的女人打来，最后是局长亲自打来，先是吓唬他，后来阴差阳错的，以为是有关机关掌握了证据，吓得赶紧自首了事。

这捡垃圾的最后还真把手机交警方，成了铁证——

这小品原版我看了，话儿是糙点，情节也简单直白，但有几个好处，一个是把垃圾堆描绘得不恶心，因为有社会意义，一个捡垃圾的，捡到一个不是垃圾的用品，最后却把官场垃圾扫进垃圾堆。

所以它有个题目，叫“我不是垃圾”，因为局长打电话过来，见捡垃圾的不肯把手机还他，以为他讹钱，骂他是垃圾。主人公在最后堂堂正正说，我不是垃圾！你才是垃圾！我这个捡垃圾的，今天就要把你这垃圾扫进垃圾堆里去！每到此时，掌声爆起——这小品在地方演的，还参与了外省的群众会演，得了个一等奖，所以信心满满来闯春晚。

据说节目组已经请了文艺专家进行修改、提高，他们都有信心。我们跟这个节目的负责人通了个电话，他们认为这捡垃圾的就是农民工，跟咱们的生活很贴呀，又反腐，又有群众基础，一定能火！

请大家密切关注。我没有剧透——看了你就知道了！

红歌联唱问题：红歌歌咏大赛已经决出五个金奖队，一个队就有三五十人，如何进入节目。

大导有气魄，全上！

这么多人，能摆得开吗？

能！

这就是大台！

这就是大台的大导！

据说米哥作为专家，也作为导播组组长，从切换台的角度，设计了与众不同的机位调度，使今年的节目呈现，形成具有国际化的大跨度、远距机位大格局！

为此，经米哥建议推荐了曾在很多国际演唱会使用过的飞梭机团队——欧·亨利团队来布局！

那是一种利用大跨度远程钢丝快速移动的数码摄像机，受遥控后可快速纵、横、平移，速度比大摇臂更高，因此镜头更具张力，移动后，又能迅速成焦，聚焦于靶点对象。我们看了试验效果，大呼过瘾！

视频专家组组长李后主一语道破："视觉过山车！"

茅台当然也很兴奋，说虽然花了钱，但是值。

你们没想到吧，这个节目也可以非常炫非常好看非常值得你期待！

国学推广问题：全球华人国学推广基金会希望推广《弟子规》《三字经》，他们已经请了大腕作曲。

全新的音乐快板《弟子规》！

跨界吧？潮吧？

爆料：快板演员是"网络春晚"里的，不好挖角儿。后来我台一联办，问题都解决了！

非物质文化问题：世遗申报总会呈请有关部门并已批示下来：中华年节乃世界级非物质文化遗产，春节晚会不普及年节文化、各地年俗，岂非怪哉？

昆曲入戏问题：同样是世界级非物质文化遗产，为何历年来没有大节目正面表现？著名台湾文化家白先勇先生身体力行推广经年，现已向媒体发出呼吁。

这两个题目合并一起，推出新派国学《雅音》！

现在大石头正在访谈，看看他们说啥！

大石头：在中国传统文化中，乐即是礼，在你的表演中似乎非常强调礼仪对一个人规训的功能，是否想通过歌唱来唤醒国人对于礼的这种意识？

音乐人叻囖龢卅奎：其实很多人理解礼，就是拱手、弯腰、谦让。这只是一部分，礼的更高境界还是德，是一种仁爱、伦理、和谐。所以我希望我的音乐里面可以渗透这种人类的智慧、伦理和道德。我的理想可能看起来很天真，不可能，但是我觉得就算是一滴水滴在这个盛满咖啡的杯子里面，它也会慢慢净化的。如果我们一群人一起来滴，这个水会越来越纯。就是带着这样的心，希望可以在音乐里渗透礼仪之邦的意义。

大石头：发现你非常注重形式美感和各种符号的象征性，华丽的服饰、庞大的乐队，以及具有历史代表性的场地——孔庙、贝特锡安神殿等等，你是不是有意传达“美”和“善”之间的联系？

作曲家凧僩垰：雅为正，新核心表达就是“正气”。虽然汉服很华美繁复，其实体现的都是当时汉代的正气。颜色并不绚丽，但是庄重大气。“雅乐”古代是皇宫里面上层的祭司祭天的，我们延续的“雅”是典雅、儒雅。在“真善美”当中，最重要的是“真”，这是我们的人生哲学。

太雅了！太棒了！

洗耳恭听吧！

两岸关系问题：两岸关系迅猛突破，经贸协定、文化协定以后，作为华人欢聚过年的春节晚会如何正面表现两岸关系内容？

此次通过台北戏剧节组织了为“台北戏棚”贺演的新派京剧《金山寺》，新派导演要求法海和尚弃杖而击鼓，率虾兵蟹将进攻金山寺，其中大鼓小鼓要了十几面，很是壮观！

爆料：操持鼓乐的是著名的台北优鼓乐团！前几天前来访谈，一下来了两个总监，一个姓刘，一个姓黄，一男一女，但是不好意思我忘了哪个姓刘，哪个姓黄，只记得他们好像是两口子，都是艺术家的派头，又低调又与众不同。

哈！还有台北的和本地的报馆记者同仁跟着，噼里啪啦拍照，弄得我都忘了词。抱歉！

再爆料：其中一面大鼓，颇有来历。总监们讲鼓，又是康熙皇帝，又是施琅大将军。他们强调，这庆和鼓坊的祖上，便是施大将军门下的司鼓。击鼓出战，鸣金收兵。

晓得不？偶低调地点点头。一鼓作气，再而衰，三而竭。晓得不？

偶还是低调地点点头，台湾记者们也低调地点点头。

总监就满意地高调点点头。

就是说哦，庆和坊的鼓艺，原来是军鼓坊传下来的。海上潮湿，牛皮湿了，敲不响，岂不误了军机大事？

总监特地强调军机二字，晓不晓得哦，没有两把真手艺，传不下来的。

偶想，肆滴，这大鼓的牛皮不好捶滴！

偶台有个长相板正的女记者，推了推眼镜，冒冒失失地问：总监！可是我看影视上海船开战，白天升旗，夜里吹号，好像不是打鼓哦。

总监极不满意地横了她一眼。这个我不晓得！反正是鼓坊师傅告诉我的！师傅也是师傅的师傅告诉他的！有道是，瞒得过军爷，瞒不过皇上；瞒得过皇上，瞒不过妈祖！

再爆料：

优鼓乐团的总监来访之时还带了一位帅哥，有个记者爆料说是庆和鼓坊的传人，这位“沉默而青涩的小帅哥”，很像《艋舺》里的某个角色。

“沉默而青涩的小帅哥！”

令人心仪！

后来偶见了，确实如此！就是前面说的米哥的公子小义。

小义却觉得真是乱扯。《艋舺》他也看了，除了那个半边黑面的黑脸妹，其他的人他都不喜欢。成天打打杀杀的，有什么意思。

据说他也是从小就是在庙街——不过是新庄的庙街长大的。

窄街。暗巷。机车。烂仔。这是他的庙街印象。

他不明白这有什么叫人怀念的，而且，也像那个电影一样，他也有一个不明不白的爸。师傅有次喝多了，告诉他他爸其实姓米，是电视圈里的人物。

所以，你们知道了吧其实是本小姐牵线，小义和米哥父子相聚！

留意近期对他们的访谈哦！

对了，买什么礼物送给他们，表达祝福之情呢？给偶支支招吧！

本年度重大事件问题：是由我们新闻频道老石头主任提出，年度事件风起云涌，既有立法进展，又有改革新事，成就卓然，崛起可期。新闻频道已开展《感天动地》系列人物展播，作为台里大品牌，“十大感天动地人物”应在春晚亮相并有访谈环节。

办了！

军事内容问题：拥军爱民历来都是重要内容，但今年军方新武器频频亮相，跨国演习此起彼伏，尤以海军远程护航护渔、保卫蓝色国土、举国期待航母问世，国民振奋，如何在节目中宣国防扬军威。

有航母大节目！还有天空大节目！

敬请期待！

警方内容问题：警方已有和台里合办节目和晚会，但从“我为治安管人民”转变为“我为人民管治安”，警方工作成绩斐然，涌现出“街头标杆好交警”“千里打黑好刑警”“小巷当家好片警”“文明维稳好特警”“火眼金睛好边警”“抗洪救灾好水警”“勇战台风好海警”“高铁保镖好铁警”“凌云壮志好空警”“巡路人生好路警”“挽救青春好网警”“一片爱心好校警”“反贪治腐好经警”“诲人不倦好狱警”“执法如山好法警”，以及参与联合国维和行动的“非洲维和五警花”等等，一台晚会都说不过来。如何以点带面，警民联欢。

茅台批了：都来。唱歌。

脆！还是领导有水平！

农民及农民工问题：人口超过半数，国家极为重视，年关常有讨薪悲剧，板胡般凄凉；必又有“春运”大迁徙，史诗般壮阔，人间冷暖，色彩斑驳，又不可障目无视。如何表而不亵，哀而励志，分量给多少、情怀怎么开，都不是尺寸间能拿得住的。

这类题材不难找，关键看表现力。他们找了一个烤串杂工，他改编的《加州旅馆》，唱红网络。

我们马上要给他做访谈！

他为了音乐寻梦，曾在地下通道唱歌近两年，网友称其唱出外来奋斗者心声。这样的草根歌手应当大大关心！

据说他的《饭店小厨版加州旅馆》的歌曲在网络热传，6天内已有270多万条点击。

这位90后烤串杂工叫沙健，此歌激起众多70后、80后的共鸣。网友则称其“唱出了多少正在外地奋斗者的心声”。

据说他1990年出生，老家云南，是布朗族。他身高约1.65米，皮肤略黑，比实际年龄“老成”不少，店里的员工们说“他长得有点像刘欢”。

爆料：他父母都是云南农民，种甘蔗为生，“父亲希望我上制糖中专，早点工作。”但他没有顺从父母的意愿，2009年2月，小沙背着吉他，揣着600元出奔。由于春气寒冷，无法长时间在地下通道停留，他只好在郊外沙河镇花350元租了间只能容纳一张床的房子。小沙说，想在城区找一处地下通道唱歌赚钱，但每次刚进通道，就被保安赶走，“600元已经用光。”后来在大学附近，一家仅有4张桌的小餐馆，小沙当起了送餐员，每月工资1100元。

餐馆老板喜欢音乐，支持小沙利用空闲时间练歌。“每天从10点干活到晚上9点多，但下午可以练练吉他。”

2009年7月，小沙辞职外卖员的工作来到地下通道，当起流浪歌手。在这20个月里，他发现，在地下通道歌手中间，也存在诸多潜规则。比如，有时需要排队，有时需要计算时间，不是想唱多久就唱多久，“一般一天只能在一个地方唱一小时。”他说，运气好时，一天能赚60元，有时只有十多元，有时一天只能吃一顿饭。“开始体会到梦想渐远”，说到这里，他低下头。他说，正是在这样的心境下，他改编了老鹰乐队的《加州旅馆》。礤��瑘蘆恴媒濄蔌弦？嚄跶悳鑫蔟恴媒濄濄敤�迚弥冇弦眔酢脨龘嘁蘆龎·#￥%……

新年致辞问题：既是老问题，又是新问题。各行各业、驻外单位一定会有大量来函来电来短信表达新年心愿，并向观众拜年。其中企业、商号均由广告部处理、纪检组督办。

但现在每年来电越来越多，越平衡越不平衡、越照顾越照顾不到，导致节后台里台外怨声一片。谁贺？怎么贺？这是茅台最头痛的问题，因为他决定不了；但如果一直决而不定，又可能等待来一个上面不决而定的决定，引发被动局面、严重后果。

最后定了：按惯例办。

观众审美问题：众口难调是老问题，也是新问题。总是招来某一群体的反弹和骂声。

粉丝团问题：与此相关，大凡新星，尤其是当红新星，背后都有强大的粉丝团，有的明星博主，粉丝多达百万。节目组请得来，是明星给面子；不来请，则是节目组不给粉丝面子、不尊重观众意愿。现在至少有十几个歌星的个人网络在造声势。

网络办了，一通百通！

节目结构问题：长达5个小时的节目，要不要按时段分主题、分层次形成框架结构？若是形成结构，一旦演员或节目异动，牵一发而动全身如何调整。

亲，大导总有办法解决——分了5个主题板块！

首长互动问题：

没问题了！

三网合一问题：这是已经定下了的大事，但是超常规的电视春晚引发的技术很多：让不让网络直播，直播后造成观众分流怎么办？相关的广告资源怎么办？虽然节目组本身不参与经营，但联合播出后的短信互动就是大事。短信要不要进节目？怎么把关？如果分流到网站会不会引导观众去上网从而影响收视率？

技术机密。无可奉告。

环球网姐问题：解决了！

最后是低碳问题：

合并到零点方案解决了，所以零点仪式有点大有点长，但是总是有设计了！

零点钟声问题：历来零点钟声一带而过，众多观众指出值此除旧迎新之际，只是几个主持人引领演员口头欢呼，踩几个气球拉倒，太小儿科了。

这是个问题。零点钟声那个环节，被边缘化了。大部分时候沦为广告预热。

今年的零点设计非常重头戏！

形态是“零点大祝愿”；主题是“祝愿地球母亲”。

确实，今年地球事故层出不穷，有大地震，有大海啸，有大干旱，有大水灾，有泥石流，有龙卷风，有暴风雪，有火山大喷发，有飓风大扫荡，有物种大灭绝，有瘟疫大流行，还有大战争，有大饥荒，有大火灾，有大爆炸，有大事故，有大歉收，有金融大危机，有全球大股灾，有政局大动荡，有跨国大罢工，有天上大空难，有地上大撞车，有地下大矿难，有江河大污染，有海底大漏油，有疯狂大追杀，有恐怖大炸弹，有工厂大冒毒，有校园大枪战……

买告！仔细数来，哪一天都不消停！

偶最大的愿景啊，就是祝愿地球太平无事！

所以偶支持低碳！

我们有没有想过：

点了吃不完的饭菜，其实就是暴殄天物？

一个人开车占了四个轮子的位置，其实是挤占了公共空间？

下班扬长而去不关电脑，其实是无端浪费能源？

矿泉水喝了一半就扔，其实是糟蹋地球妈妈的乳汁？

佩戴了根本不需要的珠宝，其实是鼓励在地球妈妈身上挖坑打洞？……

保护地球这个概念，既是人人有关、人人有责，又如此迫切、如此紧要！

大爆料：

这个节目——我们把它定位叫做节目《零点大祝愿》，从地球全景开始——大屏幕从我们的天空飞行器遥望地球妈妈！

先是标准的蓝色地球，然后，渐变，卡通化，变成地球妈妈的形状——然后进入地球妈妈的怀抱，绿色怀抱！

——进入了大森林，卡通风格！

——进入了大森林，十二生肖，猪羊牛马老虎老鼠大龙小龙什么的，正在开办迎春晚会——这下就进入了舞台，台上是卡通动物和真动物跨界大组合！以十二生肖为主，也有别的！（保密！！！！偶先不告诉你，让你的心痒痒滴！）

动物们跨过一个晶莹剔透的琉璃小桥，桥下流水，波光粼粼。七八尾锦鲤，闲游其间。光影柔曼，修竹疏朗，正是绿桥共碧波一色，锦鳞与竹影齐辉。

又一声浑厚声音远雷般从天际传来。

那男声远雷起于孤峰，群声鼓荡，宛如海波呼应山风；有女子和声群涌漫开，似吟似唱，似泣似颂，似弹似赞，柳浪闻莺，且悲且喜。忽然间，音乐大起，男女合声吟诵，排山倒海，风起云涌，霖雨酣畅，大开大合间，一派大喜欢、大光明意象。便把今年的七思八绪涤荡而去。

小爆料：这些震撼的曲目是春晚总策划云先生在青海藏区采风时采到的。领唱，或者说领诵的还是位活佛呢——不过已经经过重录，有了现代味。

云先生警告说："这曲子能唤起生命力，孤零零一个人过年的可得把控得住。"

然后森林里迎来了第一缕曙光——那是地球妈妈的微笑。

动物们都屏心歇气，准备着；

然后，是百位少女组成一个百花仙子的大阵容，有一番简单、华丽又隆重的舞蹈；

然后迎来地球妈妈派来的报春天使：

——她头戴花样银冠；

——又有一串简单的项链，低碳！

——身穿古希腊克里特样式的古典长裙——当然经过服装师的改造，又简约明快，又庄重性感；

美丽的报春使者从天而降；

——威亚！

——然后，报春使者开始吟唱《迎春曲》，起初轻轻的、柔柔的，像摇篮曲，梦境一般，然后，旭日渐升，东风给力，春暖花开，所有人都沐浴在温暖的春光中；

——那些百花仙子们也都卸除了笨重的冬装，舒展肢体，花开娇艳；

——那些动物们也都挥舞了春天的遮阳帽、遮阳伞向大家致敬！

小爆料：关于《迎春曲》，已经请著名的瑞恩大师做了。

这首《迎春曲》从小夜曲起头，走着走着，渐入佳境，比舞曲文，比室内乐的路子大气，有场面，比交响的格局又更聚焦、突现、透明，更纯！

从彩排效果看，我们的报春天使——我们的婉儿——上官春婉，大气自信，镇定自若，迎风放歌，歌声如穿云破雾的雨燕，又飘逸又自由又有力道，入耳穿心，胸肺间便鼓荡起来。

小爆料：婉儿小时候溜索上学，遇到迎风，溜不过去，就得拼命喊，毛焦火辣地喊，对岸的人家才会知晓，由此练就一副好嗓音。

小爆料：为了打造婉儿，造型总监呕心沥血！

她梳的欧式发髻，高高的，又利索又高贵，如果电视是高清的，还可以看得见她脖子上散散的几根软毛，好可爱吔！

高髻上，一个精致小巧的小王冠，真是镶满钻石。

婉儿能扮演报春天使，充分体现了开门办春晚的好政策，也体现了“我要上春晚——心有多大，舞台有多大”的宗旨——地球大不大？哈！还体现了从农民工、农二代的角度来表现社会关爱。

曾经有人质疑婉儿的气质。但是以我看，虽然婉儿是典型的农二代，她的气质可比很多艺员高贵得多！

甚至，或者说也有一份公主的气度——每一个女孩在家里不都是小公主吗！

婉儿歌声的伴奏非同一般！

瑞恩大师用印度牛铃演化出东方家园的意境。

晚霞。归途。江河远来，又远去，波光粼粼；菩提树叶。飘零，又飘扬，风影交汇。

又一声牧笛，唤醒沉睡已久的诗意，婉儿的歌声便如轻盈的飞鸟，穿越着——大屏幕超大景象——从都市出发，穿越喧腾的街市，穿越刚直的城郭，穿越舒缓的峰峦，穿越江湖，穿越大洋，穿越冰天，穿越雪地，穿越经纬，穿越云，穿越风，穿越光，穿越心灵，穿越梦想。

歌声如雪泥鸿爪，渐渐消融于无迹。

最后是尾声。

尾声是报时仪式：

最妙的是瑞恩设计了用乐符，而不是干巴巴地数数来报诵倒计时——在音乐高潮声中，突然万籁俱寂。报春使者引领大家用哆——咪——咪——的乐音，在音阶的最高处，响起零点钟声！

——是悠然而至的黄钟大吕，似远鸣的警钟，蕴涵着浓郁的悲悯；又似报晓的晨钟，点燃了拂晓的希望！

天上人间，万物迎春！

太令人期待了！

亲！偶滴亲！求求你收看我们的大仪式好不好！

（放炮，当然要放！提前15分钟放！

我们已经调整了节目！）

爆料：关于婉儿唱歌话筒的不实之词与解释：

有人质疑她唱歌好是高级话筒帮忙；

还有的网友认为这比考试作弊更严重！说这可是在大庭广众之中，众目睽睽之下，公然地欺骗观众！而且是在春晚！在零点！在祝愿来年的大仪式中！

本节目请来了大导助理贾斯汀先生。

贾斯汀解释说："这件事有两种判断，首先是事实判断，然后是价值判断。是不是真唱就不让用好话筒？从我这个观众角度看春晚，big party而已，咱们如何看待、考量一场非比赛的嘉年华？希望广大网友冷静一下，先广泛收集一下国内外的例证，也听听唱歌界专家的意见，不要匆忙下结论。当然，有些资料我可以公布，根据我的资料来源，众多国内外专家都认可在非比赛的场合可以使用话筒，包括使用技术上先进的话筒！"

我个人看法是对于婉儿这样的非专业演员要宽容、理解、支持和扶植，这是最大的价值判断！

还有，其实咱们的节目还是走大仪式的路子，有人唱无人唱都进行仪式，这是根本，Right?

零点祝福仪式：

节目组设想，邀请100位社会各界代表人物，有明星有草根，有精英有百姓，工农商学兵，各行各业人物，但他们自发地向一个具体的人物表达祝愿。

当然是从地球的、低碳的、环保的角度，表达一种生活方式的新希望。

比如说：几个少女向水稻高产专家袁隆平爷爷送一瓶防晒霜，祝愿他老人家多培育无需农药的新品种；

又比如，舟山渔场的船老大为日本核电站坚守岗位的某个退休老人祈福；

还有海军老干部为在航空母舰上执勤的小战士祝福；

那被冤枉的大客车好司机向先冤枉他后来又道歉的老太太恭贺长寿健康，并祝她多在家和儿女相聚；

还有被万人欢送的县长向家乡的民众问个好，等等。

还有工厂大佬和运动健将祝福某个著名网友，少上网，多运动，等等。

我们的节目互动网已经收集了许许多多的祝福意愿。

好个案数不胜数，千奇百怪，比如城管祝小贩发财、老板祝税务近视、司机祝收费站放假，很有点幽默感呢。

当然，到广厦B座参与祝福的人最有色彩，因为火树银花的烟火为你做背景呢!

亲！到时你一定参与，啊!

▼ **春晚文件夹**

▼ 春晚倒计时第0天文件夹：00：00

▼ 小石头微博—博客文件夹—婉儿文件.txt

▼ 婉儿临时文件：

还有糟糕的小事儿！婉儿掉下来了！

是在节目完成以后，后台吊威亚脱了钩，说是她自己不小心。怎么搞的！还好不算太高，命是保住了，脸也没毁容，但是听说腹部被地上的什么道具撞了，已经送往医院，好在（以下为乱码）婐濄趤迚及时抢救罘哊悥罘弦？嘍跶惪嶎蔟悥婐濄，？嘍跶惪嶎蔟悥亲切慰问婐濄濄斁渋趤迚罘酢腖龕皭蘆龟蘆悥婐濄濄斁渋趤迚罘……

图书在版编目（CIP）数据

春晚 / 喜宏 著. -- 北京 ：作家出版社，2012. 12
ISBN 978-7-5063-6477-5

Ⅰ. ①春… Ⅱ. ①喜… Ⅲ. ①长篇小说 - 中国 - 当代
Ⅳ. ① I247.5

中国版本图书馆CIP数据核字（2012）第141014号

春　晚

作　　者：喜　宏
责任编辑：汉　睿 贺　平
装帧设计：视觉共振工作室
出版发行：作家出版社
社　　址：北京农展馆南里10号　　　　邮　　编：100125
电话传真：86-10-65930756（出版发行部）
86-10-65004079（总编室）
86-10-65015116（邮购部）
E-mail:zuojia@zuojia.net.cn
http://www.haozuojia.com（作家在线）
印　　刷：北京明月印务有限责任公司
成品尺寸：152 × 230
字　　数：300千
印　　张：19.5
版　　次：2012年12月第1版
印　　次：2012年12月第1次印刷
ISBN 978-7-5063-6477-5
定　　价：29.00元